Elysia

Elysia

Le monde dans les rêves des enfants

Malcolm Chester

Elysia de Malcolm Chester

Ce livre est écrit pour fournir des informations et des motivations aux lecteurs. Il n'a pas pour but de fournir des conseils psychologiques, juridiques ou professionnels de quelque nature que ce soit. Le contenu est la seule opinion et expression de l'auteur, et pas nécessairement celle de l'éditeur.

Imprimé au Royaume-Uni.

ISBN 978-1-8383499-4-3 (Hardcover)
ISBN 978-1-8383938-1-6 (Paperback)
ISBN 978-1-8383499-5-0 (e-book)

AEGA Design Publishing Ltd
Kemp House, 160 City Road, London
EC1V 2NX, United Kingdom
info@aegadesign.co.uk
www.aegadesignco.uk

Contenu

Dévouement:

À mes enfants et petits-enfants
et tous les enfants en chacun de nous

Chapitre 1

La vie de Courtney

Courtney, une jeune fille de 12 ans de bonne famille, redoutait les remous qui l'habitaient. Bientôt, très bientôt, elle allait devenir une femme.

Quand elle le fera, Courtney quittera Elysia, le monde de la lumière, de la bonté et de la beauté, pour ne jamais y revenir.

Quelques jours auparavant, elle avait été élue reine d'Elysia, aux côtés de son roi bien-aimé. Courtney aimait ce monde de ses rêves et les gens qui y vivent bien plus que son propre monde et son peuple, mais les règles d'Elysia indiquaient très clairement qu'elle devrait bientôt partir. Seuls les enfants, les créatures et le peuple d'Elysia pouvaient y être. Elysia n'autorisait pas les adultes à quitter son monde. Courtney regarda sa petite chambre morne et soupira. Ses poupées étaient assises dans un coin avec son costume de princesse guerrière, son épée et son bouclier. Elle passa d'innombrables heures à jouer avec ces jouets, un moment à donner du thé à ses poupées et le suivant à combattre ses amies en tant que princesse guerrière. Bien que sa vie dans le monde réel soit devenue bien meilleure depuis qu'elle avait rendu visite à Elysia tous les soirs, sa petite enfance lui manquait encore lorsqu'elle et les deux parents passaient beaucoup de temps ensemble.

Elle vivait alors dans un monde heureux, rempli de fêtes de famille, de sorties au cinéma et dans les parcs, et juste du temps passé tranquillement ensemble. Puis, la colère et l'obscurité sont venues. Son père et sa mère ont soudainement perdu leur emploi, et les disputes ont commencé peu après. Sa mère a trouvé du travail dans une autre entreprise, mais son père n'a pas trouvé de nouvel emploi. Puis un jour, après une longue dispute, la police est venue et a emmené son père. Courtney ne l'avait vu qu'une seule fois de loin depuis ce terrible jour. Dans son esprit, elle est retournée à cette époque.

Courtney est allongée dans son lit, attendant que le sommeil vienne. Il y a quelques mois à peine, Courtney avait pu s'endormir dès que sa tête avait touché l'oreiller. Lorsque le sommeil est enfin venu cette nuit, Courtney s'est retrouvée devant un portail en fer forgé élaboré avec un grand panneau indiquant "Elysia" placé au milieu des morceaux de fer tourbillonnants. Le soleil brillait très fort, les oiseaux chantaient joyeusement et de douces odeurs de fleurs s'échappaient des espaces entre les barreaux de fer de la clôture. L'endroit ressemblait beaucoup aux illustrations de ses livres, mais au lieu d'être des images sur une page ou les parties les plus floues des rêves dont elle se souvenait, cet endroit lui semblait très réel, aussi réel que la vie qu'elle menait habituellement. Même dans son esprit de onze ans, Courtney savait que cet endroit ne pouvait pas exister, mais néanmoins, elle se tenait là.

Peu de temps après, les portes de ce monde magique se sont ouvertes, et un homme à l'allure étrange a émergé. Grand, moustachu et mince, l'homme portait un smoking noir, un gilet vert, une chemise à froufrous roses, un nœud papillon à pois roses, un haut-de-forme noir avec un trou sur un côté et de très grandes chaussures orange qui tombaient lorsqu'il marchait. Il bougeait constamment, marmonnait et fixait sa montre. Il avait l'air très stressé et inquiet. Puis, tout à coup, il a levé les yeux jaunes et a parlé à Courtney d'un ton nasal irritant, comme s'il l'avait connue toute sa vie.

"Vous êtes en retard, jeune fille. Notre horaire est très précis. Courtney McGee doit être accueillie à l'entrée à 20h59, et non tôt ou tard. D'après ma montre, il est 21 heures, bien trop tard pour notre réunion. J'ai des centaines d'enfants à rencontrer aujourd'hui. Il est tout simplement trop long de classer tous les documents. Ils doivent être en trois exemplaires, vous savez. Non, je suis désolé de ne pas pouvoir vous laisser entrer à Elysia. Il n'y a rien que l'on puisse faire. C'est la règle. C'est très important, vous savez."

"C'est très décevant pour moi. Je voulais vraiment voir comment c'est à l'intérieur. N'y a-t-il pas un moyen pour moi d'entrer? Il doit y en avoir une. Au fait, quel est votre nom? Je n'aime pas parler aux gens si je ne connais pas leur nom. Et pour l'amour de Dieu, pourquoi votre chapeau a-t-il un trou?" dit Courtney, en s'approchant de l'homme et en essayant de parler d'une manière que l'homme puisse comprendre.

"Eh bien, peut-être que vous pouvez entrer après tout. Il y a, bien sûr, des exceptions aux règles. Laissez-moi voir. Vous deviez être au lit à 20h50, ce qui vous donnait exactement neuf minutes pour vous endormir. D'après mon dossier, vous étiez au lit à 20h30 mais vous ne vous êtes pas endormi avant 21h. Eh bien, vous ne le savez pas, il y a une exception pour les enfants qui se couchent tôt. Cela change tout. Veuillez me suivre à l'intérieur. Vous devez venir rapidement. Je ne veux pas être plus loin derrière que je ne le suis déjà. Au fait, je suis Cédric. Oh, pour ce qui est du trou, eh bien, il n'y a pas d'argent dans le budget pour un nouveau chapeau ou pour réparer ce chapeau. Je peux vous dire qu'il est préférable de porter un chapeau avec un trou que de ne pas en porter du tout. Cela ne ferait jamais l'affaire. Je veux dire, j'ai un endroit vide sur la tête".

"C'est logique, Cédric, mais ça ne me dérangerait pas si tu étais chauve. Mon père en a un. Quoi qu'il en soit, merci de m'avoir laissé entrer."

"Vous êtes les bienvenus, mais dépêchez-vous s'il vous plaît."

Cédric fit signe à Courtney d'avancer et se dirigea vers la porte, qui s'ouvrit à son approche. Courtney le suivit à l'intérieur. Courtney a adoré Elysia dès le premier instant. Partout, elle voyait des couleurs vives, des créatures fantastiques, des monticules de bonbons, des manèges de toutes sortes et de toutes formes, et des milliers d'enfants rieurs et souriants de toutes les races de la terre qui couraient et jouaient au loin les uns avec les autres. Avant que Courtney ne puisse absorber tout ce qu'elle voyait, Cédric a saisi le bras de Courtney et l'a conduit dans un bâtiment aux couleurs vives, juste à droite de la porte, avec "Adult Questioner" au-dessus de la porte.

"Oh mon Dieu, je suis si en retard. Toutes les alarmes de ma montre vont commencer à se déclencher. Le nom suivant sur ma liste clignote déjà sur ce bout de papier. L'interrogateur a de nombreuses questions à vous poser. Vous devez répondre à ses questions avant de pouvoir entrer. Je vous laisse alors". dit Cédric, en poussant Courtney vers la porte de l'interrogateur.

"Avant que vous ne partiez, Cédric, j'ai une question à vous poser. Pourquoi portez-vous un gilet vert?"

"Eh bien, c'est évident. Tu t'appelles McGee, un nom irlandais.

Le vert est votre couleur".

"J'aime bien le vert, mais je ne suis pas sûr que ce soit ma couleur préférée. Je préfère vraiment le bleu parce que mes yeux sont bleus. Est-ce que tous les enfants ont une couleur?"

"Quelle question idiote. Est-ce que tous les enfants ont des jambes? Est-ce que tous les enfants ont des bras et une tête? Bien sûr, tous les enfants ont une couleur. Maintenant, comme je l'ai déjà dit, je dois partir. Il suffit de frapper à la porte. L'interrogateur vous laissera entrer." Cédric se retourna brusquement et se dirigea vers la porte, mais il trébucha sur ses grosses chaussures. Il a trébuché mais n'est pas tombé et s'est éloigné en toute hâte sans se retourner.

Courtney a regardé Cédric pendant un moment, puis s'est tournée pour étudier la porte élaborée devant elle. La porte, faite d'un bois sombre avec des charnières en fer finement ouvragées en haut et en bas, se profilait devant Courtney. Un très grand heurtoir, avec un visage qui semblait presque réel et avec des sourcils froncés, les cheveux bruns et les yeux sombres et brillants ont immédiatement attiré son attention. Elle pouvait voir de petites quantités d'humidité se former sur les lèvres du heurtoir et sentait l'odeur piquante de la laque, qui, pensait-elle, maintenait en place ses cheveux bruns. Pensant qu'elle devait annoncer sa présence, Courtney a soulevé le heurtoir et l'a laissé tomber. À sa grande surprise, le heurtoir parla avec beaucoup d'irritation.

"Que faites-vous? Mes dents claquent. Le heurtoir me fait toujours ça. Aimeriez-vous être frappé par un heurtoir sur le menton? Ce n'est pas agréable, je peux vous le dire."

Un peu décontenancée par l'erreur qu'elle avait commise, Courtney a tenté de se racheter en frappant au menton du heurtoir. "Je suis désolée. Cédric m'a dit de frapper à la porte. Tu es un cogneur, alors je t'ai utilisé pour frapper."

Le heurtoir s'est un peu calmé après les excuses de Courtney, mais le heurtoir a quand même parlé avec une certaine colère dans sa voix. "Tu ne sais rien? Tu frappes à une porte avec ton poing. Vous n'abusez pas de la pauvre personne comme moi sur la porte. Je ressemble peut-être à un heurtoir, mais je m'appelle Knockle."

"Eh bien, Knockle, Cédric m'a dit que je dois parler à l'interrogateur avant de pouvoir entrer à Elysia, alors j'ai frappé à sa porte", a dit Courtney aussi gentiment que possible. Elle aimait déjà cet endroit et ne voulait pas se faire d'ennemis avant même d'y entrer. "Vous n'aviez pas besoin de me frapper au menton pour faire ça. Avez-vous même pris la peine d'essayer la porte? Elle est toujours ouverte. Il suffit d'entrer. L'interrogateur adulte est assis derrière son grand bureau, où il est toujours assis".

"L'interrogateur adulte, est-il le même que l'interrogateur?" "Oui, Cédric ne fait pas la distinction, mais il devrait. Tous les enfants sont des interrogateurs. Les adultes interrogateurs posent des questions différentes. Ils veulent savoir des choses sur les enfants que les enfants ne veulent pas leur dire. C'est pourquoi un adulte interrogateur est la bonne personne pour poser vos questions. Nous avons de nombreux critères pour l'admission à Elysia. Seul l'adulte interrogateur peut dire si vous les remplissez ou non".

"Alors je suppose que je vais entrer et parler à l'Interlocuteur adulte", a déclaré Courtney, un peu incertaine d'elle-même et toujours émerveillée par le heurtoir de la porte qui parle.

"Personne ne vous en empêche".

Courtney est entrée pour trouver l'interrogateur adulte là où Knockle avait dit qu'il serait, dans une grande pièce avec seulement un grand bureau au milieu. Le même bois lourd et sombre que celui de l'extérieur recouvrait les murs. Une autre porte se trouvait derrière le bureau. L'interrogateur adulte ressemblait beaucoup à Knockle. Il semblait très mince et avait de petites lunettes sans cadre et un costume sombre avec des chaussures noires polies. Il avait l'air très sévère et intimidant. Contrairement à Knockle, il avait une moustache.

En s'approchant du bureau de l'adulte interrogateur, Courtney a d'abord parlé sans vraiment réfléchir.

"Tu ressembles à Knockle."

"Bien sûr, je le fais. Après tout, Knockle est mon heurtoir. Pourquoi devrait-il ressembler à quelqu'un d'autre?" L'adulte interrogateur a fait semblant d'être insulté par la question de Courtney.

"Je suppose que c'est logique. Je pense que vous êtes censée me poser des questions", a dit Courtney, de sa voix douce. Elle a remarqué que l'adulte interrogateur avait sur la tête un tonique pour cheveux qui sentait encore plus fort que celui de Knockle.

"Oui, des questions d'adultes. Veuillez vous asseoir sur cette chaise. C'est mon travail de vous poser devant moi toutes les questions du journal", a déclaré l'adulte interrogateur, ajustant ses lunettes et grinçant un peu les dents.

"C'est le genre de questions auxquelles les enfants ne répondent jamais vraiment."

"Oui, ce sont eux." "Ok, demandez."

"Vous vous appelez Courtney McGee?" demande l'adulte interrogateur en faisant tournoyer sa moustache. Il fixa Courtney du regard, la faisant bouger un peu. Pourquoi les adultes doivent-ils toujours fixer les enfants de cette façon?

"Oui."

"Tu as onze ans?" "Oui."

"Votre père et votre mère se sont-ils disputés?" "Oui."

"Ta mère a-t-elle divorcé de ton père?" "Non, mais mon père ne vit plus à la maison. "As-tu vu ton père depuis qu'il est parti?" "Non."

"Es-tu triste et malheureux?"

"Oui, je suis très triste. Je passe une partie de la journée à parler à ma poupée. Elle m'écoute", a répondu Courtney, mais à contrecœur. Elle a trouvé cette dernière question très difficile à répondre. Elle ne devrait pas avoir à dire aux adultes ce qu'elle ressent.

"C'est tout. Vous pouvez être admis. Bien sûr, je le savais déjà. Sinon, vous ne seriez pas ici. Vous voulez entrer?"

"Oui, bien sûr. Sinon, je n'aurais pas répondu à vos questions. Mais j'ai des questions pour vous. Cet endroit est-il réel? Est-ce que je rêve? Pourquoi suis-je ici? J'ai d'autres questions, mais cela suffit pour commencer."

"Fille idiote. Je suis un interrogateur comme mes parents avant moi. Mes parents ont aussi pratiqué le droit, mais comme nous n'avons pas de lois ou de tribunaux en tant que tels, je ne sais pas ce qu'ils ont fait. De toute façon, les interrogateurs ne font que poser des questions. Si nous répondons, ce que nous ne faisons presque jamais, vous ne pouvez pas comprendre ce que nous disons. Si vous voulez des réponses, vous devez demander à un répondant. Il y en a à l'intérieur, mais je n'ai aucune idée de qui ils sont, de ce qu'ils sont, ni d'où ils sont".

"Alors je suppose que je dois aller à l'intérieur."

"Si vous voulez entrer, faites le tour de mon bureau et sortez par la porte arrière. Elle est déverrouillée."

"Si j'avais refusé de répondre à vos questions, m'auriez-vous laissé sortir par la porte derrière vous?" demanda Courtney avec irritation en se levant de sa chaise.

"Je ne sais pas. Vous devez être malentendant.

Je suis un interrogateur, pas un répondeur."

Courtney, ne voulant pas passer une minute de plus avec l'Interlocuteur adulte, a fait le tour de son bureau et est sortie par la porte arrière. Si elle passait plus de temps avec lui, elle aurait un très mauvais mal de tête.

Une fois de plus, Courtney s'est concentrée sur le monde fantastique qui se trouvait devant elle. Elle s'est retrouvée sur une route de briques bleues qui menait au loin. De nombreuses autres routes croisaient la route bleue à droite et à gauche, chacune d'une couleur différente. Courtney a hésité un moment, ne sachant pas quoi faire. Puis un garçon à l'air très drôle est venu bondir vers elle. La partie supérieure de son corps ressemblait à un des garçons qu'elle connaissait à l'école. Il avait les cheveux roux, les yeux noisette et un T-shirt vert uni avec "Elysia" en grosses lettres sur le devant. Le garçon avait également un pantalon très ample, dont il avait besoin pour ses énormes jambes. Ses jambes semblaient appartenir à un géant. Ses pieds énormes étaient attachés aux jambes du garçon et enfouis dans les plus grandes chaussures de sport que Courtney n'ait jamais vues. Il sauta à un endroit situé à un demi-mètre devant elle et s'arrêta. L'étrange garçon dégageait une forte odeur de sueur, très similaire à celle des garçons de sa classe, après leur retour de la récréation. Il lui parla avec beaucoup d'enthousiasme.

"Salut! Je suis Ted Skipper! Vous avez l'air nouveau. Si tu veux, je peux te faire visiter Elysia, mais seulement si tu peux sauter."

"Ce serait bien, mais pourquoi vos jambes sont-elles si grandes, et pourquoi dois-je sauter? Je ne peux pas plutôt marcher? «demanda Courtney, en essayant de donner un sens à la créature qui apparaît devant elle.

"Je suis un skipper, pas un marcheur. Je ne peux que sauter. Si vous ne sautez pas, vous ne pourrez pas me suivre - c'est-à-dire, bien sûr, si vous voulez être avec moi".

"Ce serait bien d'être avec quelqu'un qui s'y connaît. Je vais essayer de passer, mais vous n'avez pas répondu à ma question sur la taille de vos jambes".

"C'est évident. Si tu sautais toute la journée, tes jambes seraient de la même taille que les miennes." Le capitaine a regardé ses jambes.

"Eh bien, je suppose que cela a autant de sens que n'importe quoi d'autre ici. Je vais sauter aussi longtemps que possible, mais je pense que je vais me fatiguer au bout d'un moment. Où allons-nous?"

"Nous allons sur la route bleue, bien sûr. Sauter aussi longtemps que possible me convient. Je vais commencer la visite, ce qui signifie que je dois utiliser la voix de mon guide touristique officiel. Nous y voilà." Ted a sauté sur la route bleue avec Courtney à ses côtés. Courtney essaya désespérément de suivre le très rapide Ted, qui fit semblant de parler dans un micro.

"Mesdames et messieurs, bienvenue à Elysia. C'est un lieu créé par des enfants pour des enfants. La route bleue que nous parcourons actuellement traverse toute la région. D'autres routes colorées dévient de la route bleue vers d'autres endroits. La route dorée mène au palais royal, où le roi et la reine règnent sur la terre. La route noire mène à Maelstrom, le monde des ténèbres et du mal, où les enfants font face à leurs plus grandes peurs et cauchemars. Très peu d'enfants qui empruntent la route noire sont revus. La route rose mène à l'endroit spécial pour les filles. La route rouge mène à la place spéciale des garçons".

Ils ont sauté pendant un certain temps, Ted parlant et pointant les choses presque continuellement. Finalement, Courtney est devenue fatiguée. Elle a tenu sa main en l'air et s'est tournée vers Ted, haletant un peu en le faisant.

"Ted, ça suffit", dit-elle en haletant. "Je ne veux pas savoir où mène chacune des routes. La moitié du plaisir d'aller sur une route est de ne pas savoir ce qu'il y a à la fin. De toute façon, je suis fatiguée de sauter."

"Je suppose que c'est logique. Vous devriez aller sur la route rose, qui se trouve juste ici, et rencontrer des filles comme vous. Il faut toujours prendre la route violette pour aller au parc d'attractions, aux terrains de jeux et au zoo. C'est l'endroit où je peux trouver des enfants qui sautent comme moi. Bill Jumper, qui saute comme moi, partage les tâches d'accueil chez l'Interlocuteur adulte. Lorsque nous y allons, nous pouvons généralement convaincre les nouveaux enfants de sauter à la corde ou de sauter avec nous".

"Hmm, je ne sais pas si je veux prendre la route rose ou non, mais je n'ai pas vraiment envie d'aller sur un terrain de jeu en ce moment. Je pense que je vais explorer un peu. En tout cas, merci de me rencontrer et de me parler un peu de cet endroit, Ted".

"Bien sûr. Si tu as envie de sauter, viens me trouver sur la route violette. Vous êtes une très jolie fille. J'aime sauter à la corde avec de jolies filles", dit Ted, l'air un peu gêné.

À ce moment précis, Courtney a entendu un autre son, plus familier.

"Courtney chérie, tu es réveillée? Dans une demi-heure, je dois partir au travail. Si tu veux que je te dépose, tu dois être prête, sinon tu devras trouver un autre chemin pour aller à l'école."

"Ok, maman, tu n'as pas besoin de crier. Je suis déjà en route pour la salle de bain. Je serai prête à l'heure comme d'habitude."

Plus tard dans la journée, Courtney rêvasse dans sa classe de sixième. Elle se souvint de chaque moment de son séjour à Elysia, un endroit très heureux. Le soleil était chaud, mais pas autant que pendant l'été dans son monde. Les brises lui chatouillaient la peau de façon agréable et portaient des odeurs de fleurs fortes et parfumées. Le vent faisait aussi des sons doux, qui se mélangeaient bien avec la musique joyeuse qui semblait toujours être en arrière-plan, ainsi qu'avec les rires des autres enfants. Courtney a également aimé les personnages qu'elle a rencontrés - ridicules à bien des égards, mais aussi amusants et divertissants. Courtney préfèrerait de loin être là plutôt qu'ici. L'école lui semblait ennuyeuse. Elle recevait des notes et des critiques très élevées et pouvait facilement répondre aux questions que le professeur lui posait. Elle apprenait toujours, mais elle avait le sentiment qu'elle pouvait apprendre beaucoup plus. Ces derniers temps, ses professeurs avaient fait des efforts pour être gentils avec elle, probablement parce qu'ils étaient au courant des problèmes de Courtney à la maison. Courtney craignait que les autres enfants n'apprécient pas l'attention qu'elle recevait. Les garçons difficiles de la classe l'ont taquinée en lui disant qu'elle était le chouchou du professeur.

Elle pouvait supporter ces taquineries, mais Edward la rendait folle. Il la fixait constamment et faisait des commentaires stupides sur son apparence et sa tenue vestimentaire. Un jour, il l'a accusée de se balancer les hanches alors qu'elle ne faisait rien de tel. Elle marchait juste comme n'importe quelle autre fille. Puis il l'a accusée de porter du rouge à lèvres, mais depuis quand Chap Stick est-il du rouge à lèvres? Courtney a essayé d'ignorer Edward, mais si elle l'ignorait trop, il lui tirait les cheveux ou la poussait. Courtney savait qu'Edward l'aimait au moins autant qu'un garçon de onze ans pouvait aimer une fille de onze ans, mais elle souhaitait qu'il n'ait pas à se comporter comme un connard tout le temps. Les petites amies de Courtney, Rachel et Dede, l'évitaient ces derniers temps et jouaient surtout entre elles. Courtney se doutait que la faute en incombait à elle. Lorsque ses parents ont commencé à se battent, cela a bouleversé tout son monde. Elle n'avait pas eu envie d'être amicale avec qui que ce soit. Elle les évitait probablement plus qu'ils ne l'évitaient.

Après l'école, Courtney a rapidement terminé ses devoirs et s'est retirée dans sa chambre, où elle a pu lire des livres qu'elle aimait et écouter de la musique. Elle s'est également exercée à la guitare que son père lui avait offerte pour son dernier anniversaire. L'instrument avait un sens pour elle. Elle pouvait l'accorder à l'oreille et savait toujours où se trouvaient les doigts de sa main gauche lorsqu'elle jouait et caressait les cordes de sa main droite. Courtney pouvait déjà jouer un certain nombre d'airs et aimait chanter et fredonner en même temps.

Son père lui avait dit, lorsqu'il lui a donné le disque, que les Irlandais aimaient jouer des instruments, chanter et raconter des histoires. Courtney voulait apprendre à jouer et à chanter très bien comme une bonne Irlandaise pour pouvoir impressionner son père lorsqu'elle le reverrait.

Après le dîner, la mère de Courtney semblait regarder fixement dans l'espace. Elle s'est assise près du téléphone même si, comme tout le monde, elle avait un téléphone portable avec elle.

"Maman, tu dois donner une chance à papa. Il trouvera un bon emploi, et quand il le fera, il nous appellera. Je sais qu'il le fera. Nous serons à nouveau une famille, tu verras."

"Bien sûr qu'il le fera, Courtney, mais je ne veux pas manquer son appel. Ton père et moi avons beaucoup de choses à nous dire."

"Je sais, maman, mais si ça ne te dérange pas, je vais monter dans ma chambre."

"C'est bien. N'oubliez pas de faire vos devoirs.""Je l'ai déjà fait, maman."

Courtney s'est entraînée à la guitare pendant quelques heures jusqu'à ce qu'elle soit fatiguée. Elle a éteint sa lumière après que sa mère lui ait dit bonne nuit et s'est concentrée sur son sommeil. Courtney espérait qu'elle reviendrait à Elysia.

Chapitre 2

La route rose

Un instant plus tard, Courtney a regardé Ted s'éloigner. Elle se tenait exactement là où elle était avant de se réveiller dans son lit. Après l'avoir considéré pendant le jour, Courtney a décidé de suivre les conseils de Ted et a tourné sur la route rose à sa gauche. Immédiatement, Courtney a commencé à voir des choses mignonnes et câlines au bord de la route. Un ours en peluche couinait avec délice lorsqu'elle passait, et un lapin en peluche sautait devant elle. Courtney essaya de parler au lapin, mais il continuait à sauter. Elle a entendu une voix aiguë derrière elle et s'est retournée pour voir un lapin blanc pelucheux indigné qui la regardait. Il avait une petite paire de lunettes sur son nez rose, une chemise bleue douce et un pantalon. Le lapin blanc parlait sur un ton de sermon si souvent utilisé par les adultes.

"Tu ne peux pas parler à un lapin en peluche.

Quelle notion ridicule. Ils ne sont pas vivants. Moi, par contre, je suis un vrai lapin. Si vous avez quelque chose à dire à un lapin, dites-moi."

"Oh! Je suis désolé, M. Lapin. Je ne voulais pas vous offenser. Je suis nouveau ici. Je ne sais pas qui peut parler et qui ne peut pas. Je suis un peu surpris que vous puissiez parler. Les lapins de mon monde ne peuvent pas parler.""Vous ne savez vraiment rien, n'est-ce pas? Bien sûr, les lapins dans votre monde peut parler. Vous ne pouvez tout simplement pas comprendre ce qu'ils ne peuvent pas comprendre ce que vous dites. Ici, chaque être vivant comprend ce que dit un autre être vivant. Cela rend les choses beaucoup plus faciles ici. Nous n'avons pas d'êtres vivants qui se tuent ou se blessent les uns les autres pour la simple raison qu'ils ne se comprennent pas", a déclaré le lapin à Courtney. "Je suis désolé, je ne savais pas. Je comprends que les animaux parlent, mais vous avez dit des êtres vivants. Est-ce que cela signifie que les plantes parlent aussi?""Oui, oui, bien sûr, elles le font, mais pour la plupart, elles ne nous parlent pas. Comme elles fabriquent de la nourriture et que les animaux n'en fabriquent pas, ils se sentent supérieurs à nous. Ils se plaignent que tout ce que font les animaux, c'est les blesser ou les tuer. Les plantes considèrent également les êtres humains et les insectes comme leurs pires ennemis. Elles sont toujours en colère contre la construction de ce monde. De nombreux arbres sont morts pour construire les maisons, les granges et les châteaux de ce monde. Les insectes et les humains ne sont pas les seuls que les plantes n'aiment pas. Je peux vous dire que les carottes me détestent vraiment. Elles savent que je mangerai toutes celles que je trouverai. Vous devriez les entendre crier quand je m'approche d'elles", dit Fluffy Rabbit dans un doux de la voix, ne voulant pas être entendue par les plantes à proximité.

"Je ne sais pas quoi faire pour régler leur problème. Si nous ne mangeons pas, nous allons mourir. Nous n'avons pas vraiment le choix."

"Je leur ai dit la même chose, mais ils sont toujours en colère.

Parfois, on ne peut pas plaire à tout le monde".

"Je suppose que non. Voulez-vous m'accompagner jusqu'au bout de cette route? J'aurais vraiment besoin d'un compagnon."

"C'est gentil à vous de me le demander, mais je suis très occupé. Je dois me faufiler dans quelques fermes et creuser quelques salades et carottes pour les apporter à ma famille. J'ai six fils, cinq filles et une femme à nourrir. Ma femme, Betty, vient de me dire qu'elle attend d'autres bébés. Je passe presque toute la journée à essayer de trouver assez de nourriture pour nous tous. Quand les nouveaux bébés arriveront, je devrai passer encore plus de temps à chercher de la nourriture. C'est un travail épuisant et dangereux. Mon ami Wilbur s'est très mal coupé la patte arrière sur un fil barbelé hier. Il s'occupe de leurs enfants pendant que sa femme chasse pour se nourrir. Je pense qu'il boitera pour le reste de sa vie, ce qui n'est pas très bon pour un lapin, qui doit courir vite pour survivre. Si vous voulez un compagnon animal, les chiens et les chats aiment être avec les humains, tout comme les lapins de compagnie, mais je ne connais pas de lapin de compagnie ici. Je suis venu au monde en tant que lapin sauvage et je le resterai jusqu'à ma mort. Au fait, je ne sais pas pourquoi vous voulez être avec un animal. Les humains ont construit cet endroit et contrôlent ce qui se passe à Elysia et à Maelstrom. Il y a beaucoup d'enfants humains ici qui voudront être tes amis.

Vous devriez passer votre temps avec eux."

"Je le ferai, mais je veux aussi passer du temps avec les animaux. Ils vivent ici et devraient avoir le droit de se plaindre des choses qu'ils n'aiment pas, tout comme les humains".

"Je suis d'accord, bien sûr, mais je dois vraiment y aller. Quel est votre nom? Je m'appelle Wild Fluffy. Tu es le premier humain à t'intéresser à ce que pensent les animaux comme moi. Les seuls humains que je vois sont des fermiers en colère qui veulent me tirer dessus avec leurs fusils quand je prends des légumes dans leurs champs et jardins". "Je m'appelle Courtney. Je suis heureuse de vous rencontrer. J'espère que

Je te revois, Wild Fluffy", a déclaré Courtney en saluant Wild Fluffy alors qu'il disparaissait dans les hautes herbes.

Après avoir marché un peu plus loin sur la route rose, Courtney a entendu des sanglots. Elle a couru au coin de la rue pour enquêter. Une fille en surpoids aux beaux cheveux blonds se tenait devant elle. La jeune fille essayait de boutonner une robe rose à froufrous qui tenait à peine sur son grand cadre. Malgré tous ses efforts, elle n'arrivait pas à fermer sa robe. Son T-shirt dépassait du milieu de sa robe. Lorsque la jeune fille a vu Courtney, elle a commencé à se plaindre.

"Il y a tellement de jolies robes ici, mais aucune ne me va. Je ne pense pas qu'Elysia aime les personnes en surpoids comme moi. C'est la treizième robe que j'ai essayée. Je ne sais pas ce que je vais faire.

Je veux juste être jolie comme les autres filles, comme toi. Bref, tu peux fermer cette robe à l'arrière? Je l'ai presque."

"Bien sûr, nous y voilà."

"Merci. Au fait, je m'appelle Pénélope", dit la jeune fille en se retournant et en offrant sa main, que Courtney secoua.

"Je m'appelle Courtney. Je ne m'inquiéterais pas tant d'être en surpoids. Nous ne sommes que des enfants. Notre corps va beaucoup changer quand nous deviendrons des adolescents. Tout votre surplus de poids pourrait disparaître presque du jour au lendemain. Une fille de mon quartier a eu du mal à s'adapter à ses vêtements quand elle était enfant, mais après son adolescence, elle a développé une de ces courbes. Les garçons qui se moquaient toujours d'elle l'aimaient soudain. La même chose pourrait vous arriver. Je pourrais changer aussi. Je suis mince maintenant, mais quand je serai plus âgée, je pourrais devenir la fille lourde que les garçons n'aiment pas. Et puis, je me fiche que tu sois en surpoids ou mince. Je veux juste avoir une petite amie ici pour m'aider à donner un sens à cet endroit". "Tu penses vraiment que je pourrais devenir ronde quand je serai plus âgée?

Ce serait bien, mais je ne pense pas que vous puissiez jamais devenir peu attrayant et lourd. Vous êtes très belle. Si ça ne te dérange pas de passer du temps avec une fille en surpoids, j'aimerais être ton amie. Tu es le premier garçon ou la première fille à avoir un beau tome."" Alors nous sommes amis. Trouvons des vêtements plus décontractés pour que vous les portiez. Je suis sûr que nous pouvons trouver ensemble quelque chose qui vous ira. Puisque vous essayez des vêtements, vous devez savoir où ils se trouvent".

"Plus loin sur la route, il y a des centaines de placards remplis de vêtements. Peut-être que je ne regarde pas au bon endroit", répond Pénélope en souriant.

Les deux filles marchaient main dans la main dans un virage de la route rose, où elles sont tombées sur une zone avec des armoires à vêtements à perte de vue. Des centaines de jeunes filles enfilent et enlèvent leurs vêtements devant les miroirs à côté de chaque placard. Elles se maquillaient et se coiffaient également sur l'une des nombreuses tables de toilette situées sur les côtés des placards. D'autres filles se peignaient les doigts et les orteils avec du vernis à ongles. Les jeunes filles ont posé et couiné avec plaisir devant l'un des nombreux miroirs et aux tables de toilette. Elles montraient fièrement aux autres filles les différentes couleurs de vernis à ongles et à orteils qu'elles avaient mis. Courtney et Pénélope ont vu toutes les sortes de tenues imaginables aux nombreux postes de secours: des robes à froufrous, d'élégantes robes longues à paillettes, des pantalons, des jupes avec des chemisiers assortis, des jeans bleus avec des chemises à boutons, des shorts, des chapeaux, des chaussures de toutes tailles et descriptions, y compris des talons hauts, et même de longs foulards.

Une femme à l'allure froufroutante qui ressemblait à un mannequin de fléchettes des allers-retours entre les groupes de filles. Elle avait de longs cheveux noirs, des pommettes hautes, un nez parfaitement formé et de belles longues jambes. Son maquillage mettait en valeur ses meilleurs traits et sa tenue - un chemisier ample et une jupe serrée - mettait en valeur sa silhouette. Elle aidait les filles à essayer des vêtements et à se maquiller. Les cabines d'essayage étaient équipées de nombreux boîtiers et flacons de maquillage, ainsi que de parfums, de lotions et de crèmes. La femme a vu Pénélope et Courtney et s'est approchée d'elles en courant, son long foulard de soie soufflant derrière elle.

"Salut! Je suis Frilly Lady. Je suis un mannequin, le seul que je connaisse à Elysia. Si vous avez besoin d'aide pour essayer des tenues ou si vous voulez savoir où trouver certaines choses, je peux vous aider. Je suis également très douée pour le maquillage". Frilly Lady se déplaçait de manière séduisante sur ses talons ridiculement hauts. Courtney craignait que la femme mince ne tombe.

"Ravi de vous rencontrer, Frilly Lady. Je m'appelle Courtney, et mon amie s'appelle Pénélope. Je n'ai jamais rencontré de mannequin avant. Je pense que Pénélope et moi aimerions observer les autres filles pendant un moment avant de décider d'un vestiaire. Mais si vous pouviez nous suggérer un endroit où elles ont des vêtements pour Pénélope, nous apprécierions", a répondu Courtney.

"Les vestiaires à l'extérieur droit ont les plus grandes dimensions. Je vous suggère d'en essayer une. Si Pénélope n'y trouve rien, j'ai peut-être quelques idées pour elle. Au fait, Courtney, avez-vous déjà pensé à devenir mannequin? Vous avez de beaux cheveux auburn, des pommettes hautes, des yeux bleus étonnants, et probablement de bonnes jambes sous ce pantalon. Je pense que vous feriez un très bon modèle. Même toi, Pénélope, tu as une belle peau et un visage bien dessiné avec de jolis yeux bleus pâles. Si tu perdais un peu de poids, tu serais très jolie aussi", a déclaré Frilly Lady en examinant attentivement les filles.

"Non, je ne l'ai pas fait", a déclaré Courtney. "Je passe la plupart de mon temps libre à jouer de la guitare et à chanter."

"Comme Courtney, je n'ai pas non plus. De toute façon, je serais trop gênée pour faire du mannequinat et pour que les gens se moquent de moi. J'aime aussi la musique. Je joue du violon", répond Pénélope en regardant ses chaussures.

"Oh eh bien, si vous, mesdames, voulez jouer des instruments et chanter, vous devez aller sur la route bleu poudre. J'adorerais rester et discuter, mais j'ai laissé une fille m'attendre. N'oubliez pas, si vous avez besoin de moi, criez", dit Frilly Lady en s'éloignant en balançant ses hanches. "Pourquoi marche-t-elle de cette façon? Elle a l'air mal à l'aise," demanda Courtney après avoir vu Frilly Lady disparaître au loin.

Pénélope rit un peu en se tournant vers Courtney. "Les femmes font ça quand elles veulent attirer les hommes. Ma mère aimait bien le plombier qui réparait notre évier, alors elle bougeait les hanches à chaque fois qu'elle passait devant lui. J'ai surpris le plombier en train de regarder ma mère, alors je suppose que ça a marché."

"J'espère que je n'aurai pas à me ridiculiser comme ça. Si un garçon n'aime pas ma façon d'être et mon apparence, je ne vais pas faire semblant d'être un serpent pour le faire changer d'avis".

Les filles se sont finalement tournées vers le vestiaire, essayant de donner un sens à la scène chaotique qui se déroulait devant elles. Elles ont concentré leur attention sur la zone suggérée par Frilly Lady. Courtney et Penelope ont identifié plusieurs zones d'habillage possibles. Après avoir choisi une zone et commencé à s'y diriger, elles ont remarqué des mouvements dans des buissons à leur droite. Elles se sont tournées d'un seul coup vers les buissons mais n'ont rien pu voir. Puis elles ont entendu un cri, et un groupe de garçons a soudainement sauté des buissons et s'est dirigé vers les placards, surprenant les filles. Courtney et Pénélope ont décidé que les garçons voulaient embarrasser les habilleuses. Cela a fonctionné. De nombreuses filles ont crié ou fait des commentaires de colère, ce que les garçons voulaient bien sûr qu'elles fassent. Finalement, les filles habillées ont chassé les garçons de la zone, mais ont dû subir un certain nombre de railleries pendant qu'elles le faisaient.

"Pénélope, c'est vraiment bizarre, des garçons qui courent après des filles dans leurs sous-vêtements. Ils ne le font certainement pas à la maison, du moins je ne me souviens pas qu'ils le fassent. Mais le plus gros problème pour nous, c'est d'essayer des vêtements sans que les garçons nous voient. J'aimerais bien essayer ces vêtements, mais je ne montre pas mes sous-vêtements à ces garçons. Je n'aime même pas qu'ils me regardent avec mes vêtements. Si un garçon me voyait en sous-vêtements, je le giflerais", a déclaré Courtney avec une certaine colère dans la voix. "C'est le deuxième raid que je vois. Vous devez regarder les filles intelligentes. Elles entourent chaque fille qui se change pour que les garçons ne puissent pas voir à l'intérieur. Les autres filles ne veulent pas le faire parce qu'une seule fille à la fois peut changer de vêtements, mais ce sont les filles qui sont prises en sous-vêtements quand les garçons font leurs courses. Certaines de ces filles disent qu'elles ne se soucient pas de savoir si les garçons les voient ou non. Elles ont des frères qui les voient tout le temps, de toute façon. Les autres ne font que crier et hurler. Je suis comme toi, je ne veux pas qu'un garçon me voie en sous-vêtements. Je dois déjà écouter tous leurs commentaires méchants. Je ne peux qu'imaginer ce qu'ils diront s'ils me voient en sous-vêtements".

"Bon, alors. Nous n'irons pas dans le premier placard que nous avons choisi. Les filles n'ont pas fait un très bon travail pour protéger une des filles qui se déshabillaient quand les garçons leur passaient devant. Nous irons plutôt dans le placard le plus proche, au bord droit, là-bas. Les vêtements que les filles essaient semblent être raisonnables et pas trop voyants. Je parie que vous y trouverez des vêtements qui vous iront. De plus, les filles dans cette zone d'habillage ont fait des cercles serrés pour protéger les filles qui se changent des garçons d'équitation".

Après que Courtney et Pénélope aient marché ensemble vers le vestiaire, il s'est soudain mis à pleuvoir. Après que les filles qui riaient aient couru se mettre à l'abri sous un grand arbre, Courtney s'est tournée vers Pénélope.

"Je ne savais pas qu'il pleuvait ici. Je suppose que c'est logique. Les plantes ont besoin d'eau et les gens aussi."

"Oui, il pleut tous les après-midi. Puis c'est à nouveau le matin.

Pour une raison quelconque, ils n'ont pas la nuit ici".

"C'est étrange. Quand est-ce que tous les hommes et les animaux dorment? "Je ne suis pas sûr, mais j'ai vu certaines des créatures, des animaux et des personnes ici faire la sieste. Bien sûr, nous sommes déjà endormis quand nous venons ici. Pour que les enfants comme nous n'aient pas besoin de dormir".

Avant que Courtney ne puisse répondre à Pénélope, elle s'est réveillée au grand appel de sa mère.

"Courtney, es-tu habillée, ma chérie?"

"Non, maman, mais je vais m'habiller dans quelques minutes. Je serai prête à temps. Ne t'inquiète pas."

"Je ne serais pas aussi insistant, mais mon patron Arthur semble utiliser un chronomètre quand il est temps pour nous d'être à nos bureaux. Il est très pointilleux".

Tout comme hier, Courtney s'est précipitée dans sa salle de bain et s'est rapidement vêtue de son jean et de sa chemise habituels. Mais cette fois, elle a regardé les vêtements dans son placard et ses tiroirs. Elle avait une robe, une jupe et un chemisier que son père lui avait achetés il y a six mois. Elle a envisagé d'en mettre un sur son corps mince, mais s'y est opposée. Certaines des jeunes filles de l'école se moquaient de ses tenues unies. Elle voudrait leur montrer qu'elle peut aussi s'habiller comme une fille, mais elle craint que si elle le fait, Edward ne l'ennuie encore plus. Courtney pensait néanmoins qu'elle pourrait en mettre une avant longtemps. La jupe et la robe ne tarderont pas à lui manquer et elle doute que sa mère lui en achète de nouvelles. Lorsqu'elle se décida finalement à mettre la jupe ou la robe, Courtney ne voulait pas ressembler à Pénélope en train de se débattre pour boutonner sa robe ou fermer sa jupe.

Plus tard dans la soirée, dans sa chambre, Courtney a décidé de chanter sa première chanson du début à la fin, tout comme elle a joué pour un public. Elle a choisi un morceau pop qu'elle a entendu à la radio.

Elle a fini la chanson sans trop de problèmes. À ses propres oreilles, elle sonnait bien, mais Courtney n'avait aucune idée de la façon dont la chanson aurait été perçue par les autres. Après avoir rangé sa guitare, Courtney est montée dans son lit et s'est endormie.

Lorsque la pluie s'est arrêtée, Courtney et Pénélope ont marché jusqu'à l'aire de déguisement qu'elles avaient choisie et ont immédiatement rejoint les autres filles qui s'y trouvaient dans le cercle de déguisement.

"Salut. Je m'appelle Courtney, et voici Pénélope. Pouvons-nous nous joindre à vous?"

"Bien sûr", a dit une jolie brune du nom de Cindy, leur faisant ainsi de la place à tous les deux dans le cercle.

Une heure agréable s'écoula avant que le tour de Courtney d'essayer ses tenues n'arrive enfin. Elle s'est tenue six fois dans le cercle de protection pendant que d'autres filles, dont Pénélope, essayaient leurs vêtements. Courtney a d'abord essayé une jupe en velours côtelé marron et un chemisier marron clair ample. Elle a assorti la tenue d'une paire de belles chaussures marron à talons hauts. Courtney a mis un collier de satin marron autour de son cou pour mettre en valeur la tenue. Lorsqu'elle a terminé, Courtney a couru hors du cercle vers l'une des tables de toilette et a appliqué un maquillage subtil pour les yeux et un rouge à lèvres rouge vif. Pénélope et Cindy l'ont aidée à se maquiller et lui ont fait plusieurs commentaires sympathiques pendant que Courtney tournait devant le miroir. Après avoir mis le maquillage, Courtney a essayé différents parfums tandis que Pénélope l'aidait. Les deux filles ont finalement décidé que le parfum au jasmin sentait meilleur. Courtney en a éclaboussé un peu derrière chaque oreille. Puis Courtney s'est rendue à la chaise à ongles et orteils et s'est fait peindre les ongles en rouge vif. Enfin, elle s'est peignée avec l'aide de Pénélope pour enlever ses beaux cheveux longs. Alors qu'elle n'avait que onze ans, elle était absolument magnifique. La jupe mettait en valeur ses belles jambes bien galbées, qu'elle cachait presque toujours sous son pantalon.

Alors que Courtney retournait vers le miroir avec ses mains sur les hanches, les garçons ont organisé un autre raid. Courtney s'est retournée pour rencontrer les garçons du raid avec un regard de défi. Elle les regarda fixement en passant. Elle les regardait et se sentait bien. Elle n'a pas crié, hurlé ou fait ce qu'ils voulaient. Quelques minutes plus tard, les garçons se sont approchés de son vestiaire.

Un très beau jeune garçon de l'âge de Courtney, avec des cheveux noirs soyeux ondulés, des yeux verts étonnants, un visage bien formé, un menton fort et un corps mince et athlétique, a mené le raid. Il portait un jean bleu, un T-shirt bleu uni et des baskets blanches usées. Lui et ses ravisseurs se sont concentrés sur un groupe de filles changeant leurs vêtements derrière Courtney qui criait alors que lui et ses partisans les harcelaient. Courtney pouvait voir le garçon sourire, montrant une série de belles dents blanches. Alors que le chef des garçons s'approchait de Courtney, il s'arrêta soudainement à une cour devant elle. Ses disciples, un peu confus, s'arrêtèrent juste derrière lui, sauf celui qui était le plus proche du leader, qui continua à passer devant Courtney. Le garçon la regarda droit dans les yeux, fixant pendant près d'une minute ses beaux yeux bleus. Bien qu'elle ait réagi avec dégoût à l'égard d'Edward, Courtney a regardé en retour le garçon leader, se perdant dans ses yeux verts étonnants. Elle n'avait jamais regardé un garçon de cette manière auparavant.

En secouant la tête, le garçon a fait un signe de la main en avant et se dirigeait tout droit vers les filles qui criaient. Alors qu'il courait vers Courtney, il a dit doucement, d'une manière que seule elle pouvait entendre: "Tu es la plus belle fille que j'ai jamais vue. Ton odeur à elle seule suffit à rendre un garçon fou."

Courtney se tenait là pendant que les garçons couraient à côté d'elle. Elle ne pouvait pas bouger un muscle. Pénélope secoua la tête et pointa vers la robe bleu vif que Courtney avait laissée dans le cercle. Courtney se retourna et fixa Pénélope pendant un moment, puis se dirigea lentement vers le cercle. Les filles se sont formées autour d'elle et elle a enfilé la robe bleue. Courtney sortit du cercle et se dirigea vers le miroir. Elle a fait quelques ajustements dans son maquillage pour accentuer la robe. Puis elle a cherché le garçon qui lui avait chuchoté, mais il a couru avec les autres garçons au loin. Elle voulait qu'il la voie dans cette robe, mais elle a changé d'avis, pensant qu'elle était plus belle dans la jupe. Après avoir admiré la robe pendant un moment, Courtney est retournée au cercle et a remis son vieux jean et sa chemise. Elle a ensuite pris la place d'une des filles du cercle qui a essayé à son tour deux tenues. Courtney a décidé qu'elle garderait la jupe et le chemisier pendant son séjour à Elysia. Le garçon semblait aimer la jupe, et elle pouvait utiliser la robe pour une occasion officielle. Après plusieurs heures supplémentaires, elle et Pénélope quittèrent la loge et prirent la route rose pour le prochain arrêt de cette merveilleuse route.

Courtney s'est réveillée à l'appel de sa mère.

"Courtney, réveille-toi. Je veux que tu essaies au moins de prendre un petit déjeuner ce matin."

"Oui, maman, je promets de manger assez de nourriture pour devenir une grande fille."

Comme d'habitude, elle a couru aux toilettes et s'est préparée pour le lendemain, puis a mis son blue-jean et sa chemise. Presque en fuite, elle a pris ses céréales de blé et son jus d'orange. En plus du lait contenu dans ses céréales, elle a bu un grand verre de lait. Sa mère lui a toujours dit que le lait l'aiderait à devenir une belle femme. Pour la première fois de sa vie, Courtney voulait devenir une belle femme. Elle voulait que le garçon aux beaux yeux verts tombe amoureux d'elle.

En fait, au fil des jours, Courtney ne pouvait penser à rien d'autre. Elle n'a que onze ans et ne devrait pas s'occuper des garçons. Jusqu'à présent, elle considérait les garçons comme une nuisance. Elle se demandait ce qui pouvait bien lui faire ressentir cela. Dans les livres de contes de fées qu'elle lisait, la fille tombait toujours amoureuse du prince ou du beau garçon. Peut-être qu'en Elysia, elle deviendrait une princesse, qui tomberait bien sûr amoureuse d'un garçon aussi beau que celui aux yeux verts. Dans la vie réelle, il serait probablement un casse-tête comme tous les autres garçons. Même s'il n'était pas une gêne, il n'existait probablement même pas. Alors pourquoi Elysia et le garçon aux yeux verts lui paraissaient-ils si réels?

A l'école, Courtney voulait disparaître dans les murs. Lorsque ses professeurs l'appelaient, elle avait toujours la bonne réponse, mais elle se sentait mal à l'aise lorsqu'elle devait donner la réponse à voix haute. Une fois, elle a donné la réponse à si basse voix que son professeur d'études sociales ne pouvait pas l'entendre. À sa grande gêne, elle a dû répéter la réponse. Courtney ne voulait participer à aucune des activités de l'école. Elle voulait juste monter dans le bus et rentrer à la maison dès que l'école serait terminée. Aujourd'hui encore, elle s'est habillée un peu mieux que récemment. De plus, elle portait un sourire rêveur sur son visage au lieu de son visage malheureux habituel. Elysia et le garçon aux yeux verts ont commencé à l'affecter un peu dans son propre monde.

Après le dîner, Courtney a approché sa mère avant qu'elle ne puisse s'asseoir devant le téléphone. Elle a parlé de sa voix la plus sérieuse.

"Maman, j'ai été un peu triste à l'école."

"Je sais, chérie. J'en ai parlé à plusieurs reprises avec votre professeur principal, Mlle Williams. C'est une période difficile pour nous tous. Ton père est parti pour régler certaines choses dans sa tête. Quand il le fera, il reviendra vers nous. Vous verrez."

"J'aimerais qu'il le fasse, maman. Il me manque beaucoup. Je ne me sens pas bien la plupart du temps."

"Il me manque aussi, Courtney, mais tu dois faire plus d'efforts à l'école pour te faire des amis. Tu te sentiras mieux si tu as des amis de ton âge".

"Je vais essayer, maman, mais ce n'est pas facile pour moi en ce moment. Je me sens plus en sécurité dans ma chambre."

La mère de Courtney a soudainement mis ses bras autour de sa fille et a dit: "Courtney, tu es la chose la plus importante dans le monde de ton père et dans le mien. Nous t'aimons beaucoup. Ensemble, nous allons améliorer les choses. Je sais que nous le ferons."

"J'espère bien, maman. Je n'aime pas être triste."

Après que Courtney ait laissé sa mère au téléphone, elle a chanté une chanson d'amour dans sa chambre. Une fois de plus, elle a chanté et joué la chanson sans s'arrêter. Elle a souhaité pouvoir chanter et jouer pour le garçon aux yeux verts.

De retour à Elysia, Courtney a regardé Pénélope pendant longtemps avant qu'elle ne parle. Courtney avait complètement oublié leur conversation précédente. Elle avait des choses différentes à dire à son amie. Elles marchèrent à nouveau toutes les deux sur la route rose, qui brillait de l'eau laissée par une brève pluie d'après-midi.

"Pénélope, quelque chose ne va pas chez moi.

Pourquoi le garçon aux yeux verts m'a-t-il regardé hier pendant si longtemps? Je n'ai plus pensé à rien d'autre depuis. Il cherchait des filles en sous-vêtements, mais j'avais une jupe et un chemisier. Je suis trop jeune pour avoir un petit ami".

"Je ne sais pas. Les garçons peuvent être étranges parfois. Tu ressemblais à une belle adolescente dans cette tenue d'adulte. Peut-être qu'il aimait ton apparence. Qui sait? Je peux te dire une chose. Il est vraiment beau. Ses yeux verts, c'est quelque chose.""Ouais, je me demande si sortir avec des garçons va être comme ça. Si c'est le cas, je ne veux pas grandir et avoir un garçon qui me fasse ressentir cela. Peut-être que je ne devrais pas remettre des vêtements d'adulte si cela attire les garçons de cette façon. Je ne veux plus penser à lui. Nous sommes de nouveau sur la route rose. Quelle est la prochaine étape?"

"Je n'ai pas été aussi loin, mais je pense que l'animalerie est au prochain coin de rue. J'adore les animaux de compagnie."

"Moi aussi, mais je n'en ai jamais eu avant."

Les filles marchaient côte à côte puis sautaient rapidement au coin de la rue. Devant elles, dans une grande prairie, des centaines de chiens, chats, chiots et chatons, ainsi que des souris, hamsters, cochons d'Inde et perroquets aboyaient, miaulaient et couinaient, et a crié. Les chiens et les chats adultes se promenaient, mais le reste des animaux se déplaçaient dans leur cage ou sautaient volontiers dans les bras de petites filles et de quelques garçons qui riaient et souriaient. Tout l'endroit avait une légère odeur d'animal, comme celle d'un zoo, mais l'odeur ne dérangeait pas du tout les filles. Un grand homme avec une moustache et un fouet traversait la zone. Il portait des vêtements noirs moulants et des chaussures noires d'adulte. Il rappelait un peu Cédric à Courtney, même si leurs tenues étaient différentes. Il a remarqué les filles et s'est approché d'elles avec un sourire sur le visage.

"Salut, je suis Bert le dresseur d'animaux", a-t-il déclaré avec autorité. "Si vous voulez jouer avec les chiots ou les chatons, choisissez une cage et approchez-vous en. Dans la plupart des cas, les parents seront là. Vous devrez obtenir leur permission pour jouer avec les chiots et les chatons. Certaines des cages n'ont pas de parents à proximité. Si c'est le cas, vous pouvez simplement ouvrir les cages et sortir les animaux. Si vous trouvez des animaux qui veulent vous mordre ou vous griffer, appelez-moi. Moi et mon fouet les remettrons à leur place en toute hâte".

"Ravi de vous rencontrer, Bert. Je suis Pénélope, et voici Courtney. J'espère que vous n'aurez pas à fouetter les animaux. Je n'aime pas voir les animaux se blesser." Pénélope frissonnait.

"Je l'espère aussi, mais de temps en temps, c'est nécessaire. Ces animaux ont des dents et des griffes. Parfois, ils perdent le contrôle; c'est là que j'interviens", dit gentiment Bert, en essayant de montrer aux filles qu'il n'aime pas faire du mal aux animaux, sauf s'il est obligé de le faire.

"Ok, Bert, nous serons prudents", a déclaré Courtney.

Courtney et Pénélope ont immédiatement oublié ce que Bert a dit et ont couru aussi vite que possible vers une cage remplie de chiots Labrador jaunes. En moins d'une minute, les filles avaient sorti les six chiots. Alors qu'elles riaient et roulaient sur le sol, les chiots ont rampé sur Courtney et Pénélope, léchant leurs visages et en remuant la queue. Toujours en train de rouler sur le sol, les filles ont levé les yeux et ont vu un Labrador mâle jaune qui les regardait. Il avait de grands yeux marron jaunâtre tristes, ce qui le faisait paraître très gentil. Il les a saluées en aboyant, ce qui a fait rire.

"Eh bien, les filles, je vois que vous avez trouvé mes chiots", dit-il entre deux aboiements. "Mon nom est Maître nageur canadien. Je ne sais pas si vous le réalisez ou non, mais les Labradors viennent du Canada et sont de bons nageurs. Notre travail principal, chez nous, est de sauver les pêcheurs qui tombent par-dessus bord pendant les tempêtes en mer. Je peux dépasser n'importe quel chien à Elysia et sauver celui qui tombe par-dessus bord. J'espère qu'un de mes chiots pourra porter le même titre lorsqu'il aura mon âge. J'ai peur que mes chiots n'aient pas de nom et qu'ils soient trop jeunes pour parler. Ma femme Canadian Flower et moi déciderons du nom à donner aux chiots lorsque nous aurons recueilli vingt noms possibles. Nous en avons dix jusqu'à présent".

"Salut, maître nageur, si je peux vous appeler comme ça", a déclaré Courtney. "Mon ami et moi allons trouver des noms pour vous. Quels genres de noms aimez-vous, vous et Canadian Flower? Que diriez-vous de Nageur, Pagayeur ou Sauveur? Est-ce que vous aimez l'un d'entre eux?" Courtney et son amie s'étaient assises pour parler au maître nageur canadien pendant que les chiots continuaient à se tortiller sur leurs genoux.

"Et pourquoi pas Licker ou Sniffer? Je veux dire, c'est ce que font les chiens", a ajouté Pénélope.

"Ce sont tous de bons noms. Je vais demander à Canadian Flower si nous devrions les ajouter à la liste. Je suppose que nous pourrions également ajouter Behind, Slobber et Bark à la liste. Toutes ces choses sont importantes pour les chiens", a déclaré le maître-nageur, en levant les sourcils et en regardant les filles avec ses grands yeux.

"Maître nageur, puisque vous pouvez parler, j'ai deux questions à vous poser. Je n'ai jamais eu de chien, mais j'aime les chiens, les regarder et jouer avec eux chaque fois que je le peux", a déclaré Courtney, en regardant directement le maître nageur pendant qu'un de ses chiots lui léchait le visage. "Bien sûr, petite fille. Je ne connais pas vraiment ton nom, mais demande-moi n'importe quoi", a répondu le maître nageur.

"Je m'appelle Courtney, et mon amie ici présente est Pénélope. Voici mes questions. Pourquoi les chiens se reniflent le derrière des autres et pourquoi les chiens se lèchent tout le temps?""Ravie de vous rencontrer, les filles. La réponse à vos questions devrait être évidente. Les chiens ont une grande langue, et les langues se lèchent. C'est ce qu'ils font. Alors on lèche des choses. C'est aussi notre façon de nous nettoyer. Nous aimons particulièrement lécher la région de notre ventre, près de notre derrière. Nous n'avons pas autant de poils à cet endroit, et ça fait du bien de les lécher. Nous ne sommes pas stupides comme les chats qui lèchent leur fourrure et finissent par s'étouffer avec les boules de poils qu'ils avalent. Quant à renifler les derrières, qu'est-ce qui peut être mieux que ça? Il n'y a rien de mieux au monde que de renifler un derrière qui sent bon. Vous savez, c'est comme ça que les chiens tombent amoureux. Quand j'ai senti le derrière de Flower Petal, je suis tombé follement amoureux d'elle.

Je passais toute la journée à la regarder remuer la queue et reculer ses hanches en avant", répondit le maître nageur.

"Je croyais que tu avais épousé Canadian Flower. Elle a eu tes chiots, après tout", a déclaré Pénélope avec une certaine inquiétude.

"Canadian Flower" et moi sommes devenus copain et copine après que "Flower Petal" m'ait refusé.

Flower Petal m'a dit qu'elle n'aimait pas l'odeur de mon derrière. Pour elle, ça sentait les algues et l'eau stagnante. Elle m'a dit qu'elle ne pourrait jamais sortir avec un chien qui sentait comme ça. Je lui ai dit que je sentais comme ça parce que je nageais beaucoup, comme les labradors sont censés le faire. Flower Petal m'a dit qu'elle s'en fichait, qu'elle était tombée amoureuse d'un labrador brun nommé Light Paws.

Flower Petal a dit que Light Paws avait agi comme un artiste. Il a fait de beaux cercles dans l'herbe quand il se couchait et avait une écorce de ténor qu'il utilisait pour la courtiser. Light Paws traînait également son derrière à travers les fleurs, ce qui lui donnait une odeur agréable. J'ai encore le cœur brisé qu'elle m'ait rejeté. C'est déjà assez grave que les Pétales de fleurs n'aient pas aimé mon odeur, mais la perdre à cause de Pattes de Lumière a rendu la situation encore pire. Light Paws est une très mauvaise nageuse. Il peut à peine garder la tête hors de l'eau. Et il se soumet toujours à tout autre chien mâle qui l'affronte. Perdre Pétale de Fleur à cause de lui m'a brisé le cœur. J'ai hurlé de misère chaque nuit pendant une semaine après que Flower Petal m'ait rejeté. J'avais envie de sauter dans le lac et de nager jusqu'à ce que je me noie. La Fleur canadienne m'a sauvé. Elle a senti mon derrière et m'a dit que je sentais comme un Labrador devrait sentir. Même si elle ne sentait pas aussi bon que Pétale de fleur, Canadian Flower sentait quand même assez bon et pouvait bouger ses hanches et remuer sa queue de manière séduisante quand elle le voulait. Nous nous sommes mariés et avons eu nos petits. Pourtant, chaque fois que je vois Light Paws, j'aboie et je grogne après lui jusqu'à ce qu'il se roule sur le dos et se soumette à moi. Je veux que Flower Petal sache que Light Paws ne pourra jamais être le chef d'une meute ou la protéger d'un méchant chien mâle qui voudrait profiter d'elle".

"Maître nageur", c'est une triste histoire, mais je pense que vous avez fini avec la bonne femme à la fin. Vous avez besoin d'une chienne qui peut apprécier un chien mâle fort comme vous. Et vous avez fait d'excellents chiots", a déclaré Courtney.

"Merci. J'apprécie beaucoup ces commentaires. Si jamais vous avez besoin d'aide, faites_-moi savoir. Je serais heureux de me tenir à vos côtés dans n'importe quelle aventure. Vous pouvez passer autant de temps que vous le souhaitez avec mes chiots. D'habitude, je dis aux petites filles ou aux petits garçons qu'ils ne peuvent passer que dix minutes avec mes chiots pour que d'autres petites filles et garçons aient la chance de jouer avec eux", a répondu le maître nageur.

"Merci, maître nageur. Si nous avons une aventure, vous êtes l'un des premiers compagnons que nous aurons dans notre équipe", répond Pénélope avec enthousiasme.

Pénélope et Courtney ont joué avec les chiots de Swim Master pendant plusieurs heures encore et ont eu l'occasion de rencontrer Canadian Flower. Elle s'est comportée comme une vraie dame et les filles ont apprécié leur conversation avec elle. Les filles ont finalement quitté Swim Master et sa famille et se sont dirigées vers l'autre bout de la prairie. Elles ont vu quelques chatons en cage et ont décidé de leur rendre visite. Elles espéraient passer avec eux un aussi bon moment qu'avec le maître-nageur et ses chiots. Avant de pouvoir ouvrir la cage où jouaient quatre chatons tabby, ils ont entendu une voix derrière eux. "Alors qu'est-ce que j'obtiens si je vous autorise à jouer avec mes chatons?

Franchement, tu sens le chien. Le prix est toujours plus élevé lorsque je dois faire face à cette horrible odeur. Cela me donne envie de vomir la dernière taupe que j'ai mangée", dit avec plus qu'un peu d'indignité une petite chatte tigrée mince aux grands yeux, la queue en l'air. "Hé, je ne pensais pas que vous pouviez manger d'autres animaux ici. Ce n'est pas c'est contre les règles?"Pénélope répondit avec une certaine irritation, en se retournant pour regarder la chatte derrière elle.

"Techniquement, c'est le cas, mais je suis un chat. Je dois chasser. Je n'ai pas le choix. Sinon, je ne pourrais jamais être considéré comme un chat. En plus, cette nourriture qui est dans nos bols, je veux dire, c'est horrible. Vous ne le direz pas aux soldats, n'est-ce pas? S'ils découvrent que j'ai mangé une taupe, ils me mettront sur la route noire près de Maelstrom. Je ne peux pas y aller. Je suis un chat tigré, pas un chat noir. J'ai entendu dire qu'ils servent des chats comme moi pour le dîner dans cet endroit. Je suis trop jeune pour mourir. Je n'ai eu qu'une seule portée de chatons", a répondu nerveusement le chat tigré.

"Je ne sais pas. Vous n'avez pas été très gentil avec nous quand nous sommes venus vous voir pour la première fois. Vous vouliez nous faire payer pour jouer avec vos chatons", a déclaré Courtney, sans doute.

"Vous n'avez pas à vous inquiéter de cela. Vous pouvez jouer gratuitement avec mes chatons aussi longtemps que vous le souhaitez. Mais ne parlez pas de la taupe aux soldats ou aux gens du château. Ils sauront qu'un chat a mangé la taupe, mais ils ne sauront pas que je l'ai mangée, à moins que vous ne me dénonciez". Le chat tigré a fait des allers et retours.

"Nous ne dirons rien, mais si quelqu'un nous demande ce que nous savons, nous devrons dire la vérité. Si nous ne le faisons pas, c'est nous qui serons jetés dehors, pas vous", a répondu Pénélope, dubitatif.

"Je suppose que c'est bien. Pourquoi vous questionner sur la taupe morte? Vous pouvez jouer avec mes chatons, mais n'oubliez pas que les chatons grattent et qu'il leur arrive de prendre un bout de votre doigt avec leurs dents. Ils ne savent pas mieux. Je gratte le poteau là-bas quand j'ai envie de gratter et je mâche une souris en furie quand j'ai envie de mordre, mais les chatons n'ont pas encore appris à utiliser le poteau et ne semblent pas aimer la souris en furie. On peut généralement savoir quand un chat ou un chaton va gratter ou mordre. Leurs yeux sont un peu rouges. Lorsque nous sommes en mode chasse, nous regardons par là. Je ne veux pas que vous vous mettiez en colère contre mes chatons et que vous les blessiez de quelque façon que ce soit."

"Un petit pincement ou une petite égratignure ne nous dérange pas. Et vous n'avez pas à vous inquiéter. Nous ne ferions jamais de mal à des chatons aussi mignons que les vôtres. Merci pour le tuyau sur les yeux. Je vais surveiller les chatons avec attention", a déclaré Courtney en retirant les chatons tortueux de leur cage.

"Je vais lécher ma fourrure et la faire briller. Sexy Cat va peut-être venir par ici, et je veux être au mieux de ma forme s'il le fait"."Qui est Sexy Cat? Nous ne connaissons même pas votre nom. Je suis Pénélope, et voici Courtney.""Je m'appelle Pattes Blanches. Je suis un tigré, mais j'ai ces pattes blanches inhabituelles. Elles me rendent spécial. Sexy Cat est un grand chat mâle brun foncé aux yeux jaunes qui courtise toutes les filles comme moi. Il se pavane mieux que tous les chats que je n'ai jamais vus. Il a une grosse tête, ce qui le fait ressembler à un lion. Beaucoup de filles pensent qu'il a un lynx en lui. Son plus grand atout est son rugissement profond. Quand il se lâche avec un de ces rugissements, toutes les filles se roulent sur le dos avec leurs pattes en l'air. On ne pourrait pas jouer les difficiles, même si on le voulait. Après nous avoir fait la cour avec son rugissement, il nous donne une odeur rapide. S'il aime ce qu'il sent, eh bien, il pourrait décider d'être notre amant. Une fille doit être au mieux de sa forme quand c'est Sexy Cat qui prend cette décision. Sinon, il mettra sa queue en l'air et s'en ira dégoûter. Je sais tout cela parce que j'ai attiré son attention la dernière fois qu'il est passé dans ma zone.

Maintenant, regardez-moi. Je suis une mère célibataire avec quatre chatons. Il est allé vers moi la dernière fois, mais il ne le fera peut-être plus. La moitié des chatons dans le pré sont les siens. J'ai entendu dire qu'il avait l'intention de venir dans cette région. Je lui ai même gardé une petite taupe fraîche.

Le meilleur moyen d'attirer un chat mâle est par l'estomac. Les chats mâles ne chassent pas beaucoup. Les chattes en font la plupart."

"Sexy Cat" sonne comme un vrai étalon. S'il a tous ces chatons, leur prête-t-il attention? Fait-il attention à vos chatons?"Demande Pénélope, soudainement inquiète du fait que les chatons n'ont pas de figure paternelle.

"Non, les chatons sont en dessous de lui. Il dit à tous ses amants que son travail est de faire des chatons alors que le leur est de les avoir et de les élever". "Il a l'air un peu coincé avec moi. Je ne laisserais jamais un homme me faire ça", a déclaré Courtney avec indignation.

"C'est ce qu'un chat est censé être, un peu coincé. Tout ce que je sais, c'est qu'il est rêveur et qu'il peut être mon petit ami chaque fois qu'il se laisse aller à son rugissement. White Paws ronronnait en pensant à Sexy Cat.

"Je suis heureux de ne pas être un chat. Aucun garçon ne va rugir et s'attendre à passer du temps avec moi. Au fait, n'avez-vous pas de boules de poils à lécher? Le maître nageur dit que vous crachez constamment des boules de poils", a demandé Courtney.

"Cela vous montre à quel point les chiens sont stupides. Avez-vous déjà vu un chien avec une belle fourrure? Bien sûr que non, à moins que certaines personnes ne lavent la fourrure des chiens pour eux et ne les mettent dans des expositions canines. La fourrure de la plupart des chiens est affreuse. Si on a quelques boules de poils, et alors? Notre fourrure est belle. Nous avons l'air bien. Attends une minute, je crois que je vois Sexy Cat arriver. J'espère que je ne vais pas m'étouffer avec une boule de poils. Wow, ce chat peut bouger. Miaou, miaou", dit Pattes Blanches en essayant de remuer ses hanches pour attirer Sexy Cat.

Courtney et Pénélope ont regardé un grand chat mâle brun marcher lentement près de White Paws, en la regardant attentivement d'un regard de côté. Toujours en train de se pavaner, Sexy Cat a regardé les chatons se rouler par terre avec Courtney et Pénélope. Pattes Blanches a glissé contre lui. Sexy Cat la regardait avec peu d'intérêt et la tête haute.

"Ce sont mes chatons?" A-t-il demandé. "J'en ai tellement, vous savez. Je n'ai pas eu beaucoup de succès dans cette portée. Ce sont tous des chats tabby. Aucun de mes enfants ne pourra jamais m'égaler, alors ça ne fait pas vraiment de différence. Je suppose que vous voulez que je vous fasse rugir, mais je ne suis pas d'humeur à rugir. Je crois que je t'ai donné assez de chatons pour le moment. D'ailleurs, qui a déjà entendu parler d'un chat tigré aux pattes blanches? Ce dont j'ai besoin, c'est d'un siamois. Désolé, vous devrez trouver un autre chat mâle."

"Es-tu vraiment si sûr, Sexy Cat? J'ai gardé un grain de beauté pour toi. De la viande fraîche et crue. Penses-y." White Paws ronronnait de sa voix la plus provocante.

"C'est une toute autre affaire. Rien ne m'excite plus qu'un peu de viande fraîche. Je peux vous faire un rugissement très sexy pour un peu de cette viande. Ecartez-vous, tout le monde. C'est parti." Atteignant sa voix la plus basse possible, Sexy Cat a donné son meilleur rugissement, qu'il a tenu pendant près de trente secondes. White Paws a immédiatement réagi.

"Quel beau rugissement! Tu es tellement sexy. Viens avec moi. J'ai la taupe cachée par ici. Courtney et Pénélope, vous surveillez les chatons? Sexy Cat et moi avons des choses importantes à faire."

Lorsque les deux chattes disparues derrière se sont présentées, Courtney a parlé avec beaucoup d'irritation. "C'est plutôt dégoûtant. Je ne pense pas qu'un garçon voudra sortir avec moi si je lui donne de la viande crue. J'ai toujours pensé que les chats et les chatons étaient si mignons et adorables, mais jusqu'à présent, je n'ai jamais vraiment su ce qu'ils pensaient vraiment".

"Pourquoi ne pas partir d'ici? Nous pouvons remettre les chatons dans leur cage où nous les avons trouvés. J'ai plusieurs égratignures sur la main et je commence à craindre que Pattes Blanches n'enfreigne les règles. Je ne connais pas beaucoup cet endroit, mais je pense qu'ils peuvent être assez durs avec les enfants ou les créatures qui enfreignent les règles. Si les soldats viennent quand nous sommes ici, nous pouvons être entraînés dans le bazar de Pattes Blanches".

"On devrait peut-être y aller. Je ne veux pas juger tous les chats par Pattes blanches et Chat sexy, mais je ne peux pas dire que j'aime l'un ou l'autre", a déclaré Courtney alors qu'elle remettait les chatons tortillards dans leur cage.

Peu de temps après, alors que Courtney et Pénélope marchaient parmi les centaines de cages étalées devant elles,

elles ont entendu un vacarme venant de là où elles venaient. Lorsqu'elles se sont retournées, tout comme les petites filles, les garçons et les animaux qui se trouvaient à proximité, Pénélope et Courtney ont vu cinq gros soldats jeter Pattes blanches et Chat sexy dans une cage et les tirer au loin. Les deux pauvres chats miaulèrent pitoyablement. Courtney se retourna pour parler à Pénélope, mais avant qu'elle ne puisse dire un mot, elle entendit le réveil de sa mère. Courtney a passé la majeure partie de la journée d'école sans penser au garçon aux yeux verts. Au lieu de cela, elle a pensé aux pauvres chatons et à ce qui leur arriverait sans leur mère Pattes Blanches pour s'occuper d'eux. Puis, quelques minutes avant la fin de l'école, Edward lui a jeté un morceau de papier ouaté. Courtney avait volontairement évité de regarder Edward toute la journée, mais elle devait maintenant penser à lui. Elle voulait voir ce qu'Edward avait écrit sur le papier, mais ne voulait pas non plus l'encourager. Malheureusement, dès qu'elle pensait à Edward, elle pensait au garçon aux yeux verts, beaucoup plus beau, et à la façon dont ce garçon à Elysia menait les autres garçons au lieu de les suivre comme Edward le faisait. Ces pensées ont vraiment rendu Courtney folle. Elle ne voulait pas penser aux garçons, surtout à celui aux yeux verts. Elle a écrasé le morceau de papier qu'elle tenait à la main et l'a mis dans le sac à dos d'Edward en sortant de la classe.

"Edward, je me fiche de ce qui se trouve sur cette note", a déclaré Courtney.

"S'il vous plaît, ne me lancez pas de papier en classe. Je ne veux pas avoir d'ennuis."

"Eh bien, Courtney, tu peux parler. Je veux juste être avec toi, c'est tout. Vous ressemblez aux reines de beauté et aux mannequins de tous les magazines que ma mère commande."

"Je me fiche de l'apparence des femmes dans les magazines. Je ne veux pas vous parler ou être avec vous." Courtney a quitté l'école en trombe sans parler à personne.

Courtney est restée assise dans sa chambre pendant une heure entière, essayant de donner un sens à ce qui lui était arrivé. Elle se sentait si confuse. Elle ne se sentait pas bien depuis le départ de son père. Elle voulait juste qu'il soit là, près de son lit, pour lui parler et lui raconter des histoires comme il avait l'habitude de le faire. De plus, sa vie sociale à l'école la dérangeait. Elle n'avait plus de petites amies et n'en voulait plus. Le seul qui lui prêtait attention, Edward, ne faisait que l'ennuyer. Même si sa mère et ses professeurs ont essayé de l'aider, Courtney ne croit pas que quelqu'un a compris ou s'est soucié de la façon dont elle se sentait perdue et seule. Elle aimerait partager davantage ses sentiments avec sa mère, mais celle-ci semble avoir encore plus de problèmes qu'elle. Courtney se demandait combien de nuits sa mère pouvait rester assise à attendre près du téléphone un appel qui pourrait ne jamais arriver.

Tout en connaissant des problèmes dans sa vraie vie, Courtney avait maintenant sa vie à Elysia. Il y a quelques années, elle aurait simplement accepté cet endroit comme une autre réalité, mais à onze ans, elle doutait de l'existence réelle d'Elysia. Pour la première fois, à Noël dernier, elle avait perdu sa foi dans le Père Noël. La plupart des autres enfants de l'école avaient perdu cette croyance, des années avant elle, mais elle s'est obstinée à conserver ses croyances au Père Noël.

Pourtant, les personnages d'Elysia et le lieu lui-même lui semblaient si réels. Elysia ne pouvait tout simplement pas être un rêve ou un fantasme qu'elle avait créé dans son propre esprit. Elle croyait en fait le garçon aux yeux verts et Pénélope vivait ailleurs dans le monde comme elle le faisait. Même si cela n'avait pas beaucoup de sens, Pénélope était devenue sa meilleure petite amie. Pour une raison quelconque, Courtney pensait que les réponses à ses problèmes se trouvaient à Elysia et non pas ici dans le monde réel. Elle s'y sentait plus heureuse. Pourtant, Courtney devait comprendre Elysia plus qu'elle ne le faisait. Elle et Pénélope devaient chercher une réponse. Quelques minutes plus tard, Courtney s'endormit et, bien sûr, elle retourna à Elysia. Elle et Pénélope cherchèrent les chatons de Pattes Blanches, mais elles ne trouvèrent ni les chatons ni leurs cages. Un peu bouleversées par tout cet incident, les deux filles ont recommencé à marcher sur la route rose. Courtney a commencé à discuter de l'inquiétante de la vie avec Elysia. Elle a utilisé sa voix la plus sérieuse.

"Pénélope, explorer ce monde avec toi est très amusant, mais j'ai besoin de comprendre certaines choses mieux que moi. Depuis quelques jours, quand je m'endors, je viens ici. Quand je me réveille dans le monde réel, je me souviens de tout ce qui s'est passé à Elysia.

Quand je viens ici après avoir passé du temps dans le monde réel, je commence exactement là où je me suis arrêté à mon réveil. Est-ce que c'est comme ça avec vous?""Oui, c'est la même chose pour moi. Pourtant, plusieurs choses m'intriguent.

D'abord, quand je me réveille dans le monde réel, je me sens reposé, comme toujours après avoir dormi. Comme nous avons couru pendant des heures ici, cela n'a aucun sens. Deuxièmement, quand je suis ici, je n'ai ni faim, ni soif, ni sommeil, ni besoin d'aller aux toilettes. Je pense que je pourrais manger et boire si je le voulais, mais je ne pense pas que la nourriture et la boisson m'affecteraient comme dans le monde réel. J'ai vu des créatures ici dormir, manger et boire, et il y a des salles de bain dans certains bâtiments et le long de la route. Nous ne sommes donc pas ici de la même manière que les autres créatures et les gens. Troisièmement, quand j'arrive ici, je ne me souviens pas de l'endroit où je vis, de mon nom de famille ou du nom de famille de quelqu'un que je connais dans le monde réel. En fait, je ne me souviens même pas de mon numéro de téléphone ou de mon adresse électronique. Je ne sais même pas quelle langue je parle. Je veux dire qu'avec tous les différents enfants ici, ils doivent parler des langues différentes, mais ici nous parlons tous la même langue. Je peux me souvenir de certains détails de ma vie, mais aucun qui aiderait quelqu'un de ce monde à me retrouver dans le monde réel. De plus, il y a beaucoup de règles ici, mais je n'en connais que quelques-unes".

"Oui! Je pense que nous devons trouver un répondant qui puisse expliquer tout cela pour nous. Bien que j'apprécie toutes les choses que nous faisons ici, je ne serai pas à l'aise tant que je n'aurai pas de réponses", a déclaré Courtney.

"Si nous continuons sur cette voie, je pense que nous allons entrer dans les zones des poupées et des maisons de poupées. C'est censé être très soigné. Je ne sais pas s'il y a des répondeurs là-bas ou non, mais j'en doute. J'ai entendu une des filles à la coiffeuse dire que les répondeurs sont sur la route marron. Que devrions-nous faire? a demandé Pénélope.

"Je suppose que nous pouvons aller dans la zone des maisons de poupées pendant un petit moment. Nous sommes tout près, après tout. Si nous allons sur la route marron, nous devrons revenir dans les zones que nous avons déjà explorées pour arriver ici. Mais nous devons accepter d'aller sur la route marron après avoir fini avec les poupées".

"D'accord, je suis d'accord. De toute façon, certaines des filles de la maison de poupées connaîtront peut-être les réponses à certaines de nos questions si nous les leur posons".

On s'y attendait presque, la zone de la maison de poupée étonnait les filles. Des centaines de maisons de poupées de toutes tailles et de tous styles se dressaient devant elles. La plus grande maison de poupée se trouvait au centre, assez grande pour que les filles puissent y entrer et en sortir. Les plus petites maisons de poupées pouvaient tenir sur les genoux d'une petite fille. Des centaines de bébés, petites filles et garçons, et même des poupées adultes masculines et féminines de toutes tailles et de tous modèles étaient empilées à côté des maisons de poupées. Des tables, des chaises, des poussettes, des moïses, des piles de vêtements de poupées et d'autres objets pour jouer à la maison se trouvent également dans et autour des maisons de poupées. En outre, dans le coin de la prairie, un très gros bébé était assis dans une chaise haute surdimensionnée. Il tenait un hochet dans une main et une grande cuillère dans l'autre.

Juste à côté de la maison de poupée, vingt petites filles étaient assises à une longue table. Courtney et Pénélope ont décidé d'y aller en premier. Lorsqu'elles se sont approchées de la table, elles ont vu que toutes les filles portaient des robes. Courtney et Pénélope, portant toujours les tenues qu'elles avaient essayées plus tôt, entrèrent dans la grande maison de poupées. Elles avaient besoin de se changer. Les murs aux couleurs vives de la maison de poupée semblaient un peu irréels, et les restes des parfums portés par certaines des filles qui avaient traversé l'endroit planaient dans l'air. Après avoir exploré la maison de poupée pendant quelques instants, elles ont vu une loge. Là, au milieu de quelques poupées grandeur nature, elles ont enfilé leurs robes. Après être sorties de la loge, elles sont retournées à la table de thé et se sont tenues à l'arrière de celle-ci.

Les filles occupant toutes les chaises, Courtney et Pénélope ont décidé d'attendre quelques minutes pour voir si certains sièges devenaient vacants.

Une grande femme à la robe rose fluide s'est assise en tête de table. Elle avait des boucles noires qui coulaient sur son visage rond et des jambes courtes et trapues qui sortaient du bas de sa robe. Elle avait également des talons hauts, mais les filles n'avaient aucune idée de la façon dont la grande femme marchait avec. Un parfum très fort venant de sa direction rappelait aux filles les forêts de pins. La grande femme avait une voix puissante et aiguë et grondait constamment les filles à table.

"Vous vous tenez droit quand vous prenez le thé, et non pas affalé comme un malade. Votre poitrine doit se trouver à 15 cm du bord de la table, pas un centimètre de moins ou de plus. Vos bras doivent être sur vos genoux, et non pas agités en l'air. Lorsque vous souhaitez prendre une gorgée de thé, insérez délicatement vos doigts dans l'anse de la tasse et levez votre bras droit. Ensuite, amenez lentement la tasse à thé vers votre bouche. Lorsque la tasse atteint votre bouche, mettez le rebord sur votre lèvre inférieure et buvez une petite gorgée. Retirez ensuite la tasse à thé de votre bouche et remettez-la doucement dans la soucoupe. C'est l'étiquette du thé. Maintenant, essayez-le chacun de vous".

Certaines des filles ont bien réussi à mettre la tasse de thé sur leurs lèvres, tandis que d'autres semblaient un peu négligées, remuant leur chaise et buvant leur thé plutôt que de le siroter. La dame du thé a réagi avec colère aux mauvais élèves. Sa voix stridente a fait mal aux oreilles de Pénélope et de Courtney. Elle se pencha sur la table pendant qu'elle parlait. "Toi, là, dans la robe bleue brillante, tu te comportes comme un cochon à l'auge. En plus de cela, votre posture est horrible. Vous n'êtes pas une dame. Eloignez-vous de ma table. Je ne tolérerai pas de filles dégoûtantes comme vous à ma table."

Courtney et Pénélope ont regardé avec horreur la dame du thé attaquer quatre autres filles et les forcer à quitter la table de thé de la même façon que la fille à la robe bleue brillante. Beaucoup de filles rejetées ont pleuré en quittant la table. Des places se libèrent, mais les deux filles hésitent, effrayées de se faire crier dessus par la dame du thé. Tracy, une petite fille mince aux cheveux roux, leur parla aussi doucement qu'elle le pouvait.

"Vous devez prendre un des sièges. Sinon, vous ne pouvez utiliser aucune des tables de l'espace poupées pour nourrir vos poupées ou leur donner du thé. Faites juste attention à la dame du thé et vous vous en sortirez très bien". Ne voulant pas perdre leurs privilèges, les deux filles ont suivi le conseil de Tracy et ont tranquillement pris deux des sièges tandis que Tracy s'asseyait à un troisième. Lorsque tous les sièges furent occupés, la dame du thé reprit son cours de thé. Cette fois-ci, la dame du thé ronchonne un peu mais décide de garder toutes les filles à table. Elle passa ensuite à la partie suivante de son programme. Courtney s'en sort bien, mais Pénélope tremble un peu en portant la tasse à sa bouche. La Dame du thé lui faisait peur. Mais elle s'acquitta correctement de sa tâche, si bien que Pénélope ne reçut qu'un regard furieux de la Dame du thé. Après quatre autres séances au cours desquelles d'autres filles ont quitté la table, les autres filles ont finalement reçu la permission d'utiliser les différentes tables de la zone des poupées. Elles apprirent à plier leurs serviettes et à les mettre sur leurs genoux, à se déplacer sur leur chaise, à mettre leur argenterie et à demander correctement du sucre et du thé. À chaque fois que la dame du thé criait, Courtney et Pénélope s'éclipsaient, mais elles passaient l'épreuve sans perdre leur place. Reconnaissantes de ne plus avoir à s'asseoir à la table,

Courtney et Pénélope, en tant que théières officielles, se sont précipitées sur le terrain pour examiner toutes les poupées disponibles.

Après avoir examiné toutes les poupées pendant près d'une heure, ils ont finalement sélectionné deux bébés et deux petites filles chacun. Ils ont également choisi plusieurs tenues pour chacune et quelques couches pour leurs poupées de bébé. Ils ont ensuite trouvé une table où ils pouvaient se nourrir et assister à leurs poupées. En parlant, en nourrissant et en grondant leurs poupées, les filles passaient plusieurs heures heureuses à leur table de thé. En agitant son doigt dans le visage de sa poupée, Courtney a dit: "Tu es un porc. Tu n'es pas assis bien droit, et tu as renversé ton jus sur ton front".

Pénélope a regardé sa petite poupée et a dit: "Tu ne devrais pas tenir ta tasse de thé comme une tasse, et tu ne devrais certainement pas boire ton thé. Tu n'es pas une dame."

Pendant cette période, les filles écoutaient souvent le bruit du gros bébé qu'elles avaient vu plus tôt. Il avait un cri "waa" très fort qui leur faisait mal aux oreilles même s'il était assis loin d'elles. Son hochet créait également des problèmes pour les filles très musicales. Big Baby n'avait aucun sens du rythme. Finalement, Courtney en a eu assez. Elle parla à son amie avec irritation.

"Ce bébé là-bas me rend fou. Allons là-bas et parlons avec lui. Peut-être qu'on pourra le calmer. De toute façon, je ne m'intéresse plus aux jeux de poupées."

"Oui, je suis avec toi. Si on ne peut pas faire taire ce bébé, je veux partir d'ici."

Les deux filles se sont approchées du bébé en pleurs, les mains sur les oreilles. Il a pleuré si fort qu'il a commencé à devenir violet. En s'approchant, les filles se sont concentrées sur l'étrange bébé qui se trouvait devant elles. Il semblait faire deux fois la taille d'une personne et avait des joues, des jambes et des bras potelés ainsi qu'un gros ventre. Il portait une énorme couche avec des épingles de sûreté aux deux extrémités et rien d'autre. Courtney lui a parlé avec sa voix en colère.

"M. Bébé, tu pleures si fort mon ami et je n'arrive pas à réfléchir. Pourriez-vous pleurer un peu plus doucement? Nous vous serions reconnaissants de le faire."

Le bébé a soudain cessé de pleurer et a regardé les filles de haut.

"Pourquoi voudrais-je faire cela? J'ai jeté ma bouteille vide et mon bol par terre là-bas, mais personne n'est venu les remplir quand je l'ai fait. Je n'ai pas eu d'autre choix que de pleurer pour que quelqu'un me nourrisse. Sinon, je vais mourir de faim. La dame du thé me nourrit habituellement, mais elle est en colère contre moi parce que je lui ai jeté un peu de ma nourriture pour bébé. Croyez-moi, si quelqu'un ne me nourrit pas bientôt, je pleurerai encore plus fort et je ferai une de mes fameuses crises de colère. Vous ne voulez pas être là quand je fais ça".

"Pouvez-vous marcher? Si tu le peux, tu peux aller remplir ta bouteille et te servir toi-même", dit Pénélope, l'air perplexe.

"Bien sûr, je peux marcher. J'ai trente ans Elysia, mais je suis un bébé. Les bébés ne remplissent pas leur propre bol et leur propre biberon."

"Je suppose que non, mais qu'en est-il de votre couche? Vous êtes si grande qu'une personne ne serait pas assez forte pour la changer", a demandé Courtney. "Oui, eh bien, je dois la changer moi-même. Il y a de nombreuses années, cinq soldats venaient changer ma couche, mais ils ont cessé de venir quand j'ai grandi. Ils se plaignaient que ça sentait vraiment mauvais. J'avais très mal à cause de tout ce qu'il y avait dans ma couche, alors je n'avais pas d'autre choix que de la changer. Laissez-moi vous dire que c'est difficile d'être un bébé à Elysia".

"Big Baby ou quel que soit ton nom, pourquoi n'es-tu pas allé aux toilettes comme tout le monde?" demanda Pénélope. "Encore une fois, les bébés ne vont pas aux toilettes dans les toilettes, ils y vont en couche. Et pour votre information, mon nom est Big Baby".

"Ok, Gros Bébé, je m'appelle Courtney, et mon amie s'appelle Pénélope. Je crois savoir quel est ton problème. Même si tu veux ressembler et agir comme un bébé, tu n'es plus un bébé. C'est pourquoi personne ne te nourrit. Crois-moi, je ne veux pas nettoyer ma chambre à la maison, mais ma mère m'oblige à le faire quand même. Tu ne veux pas te nourrir, mais tu dois le faire, tout comme vous devez changer votre propre couche. Nous grandissons tous, que nous le voulions ou non".

"J'ai passé trente ans à ne pas grandir, et je ne veux pas commencer à grandir maintenant. Je ne vais pas me nourrir, je ne vais pas! Peut-être que vous, les filles, vous pouvez me nourrir. Le lait et les flocons d'avoine que je mange sont dans la petite cabane là-bas", dit Big Baby, en montrant sa cuillère.

"Non, nous ne le ferons pas. Tu dois grandir et le faire toi-même", a répondu Pénélope.

Le visage de Big Baby est soudain devenu rouge de colère. Il a crié, a tapé du pied et a battu le plateau de la chaise haute avec sa cuillère. Puis, sans crier gare, il a jeté sa cuillère sur Pénélope. Elle se tenait là, figée sur place, tandis que la grosse cuillère lui passait au-dessus de la tête. Alors que Pénélope regardait Courtney en état de choc, Courtney gronda Big Baby.

"Big Baby, tu es vraiment méchant. Tu aurais pu blesser mon ami. Les vrais bébés ne peuvent rien lancer assez fort pour blesser quelqu'un, mais les bébés de trente ans le peuvent. Mon ami n'est pas une cible pour toi quand tu n'obtiens pas ce que tu veux. Nous ne voulons pas être ton ami. Pénélope et moi partons".

Big Baby a soudainement cessé de pleurer. Il avait l'air triste pendant qu'il parlait. "Je suis désolé. Je ne voulais pas vous faire de mal à tous les deux. J'ai jeté la cuillère au-dessus de la tête de Pénélope. J'ai juste agi comme un bébé, c'est tout. Je ne sais pas comment agir autrement".

"Eh bien, il est temps pour vous d'apprendre", a déclaré Pénélope alors qu'elle et Courtney quittaient Big Baby assis dans sa chaise haute.

Alors que les filles s'éloignaient de la zone des poupées, Big Baby s'est remis à pleurer. Quelques minutes plus tard, Courtney a parlé à Pénélope, qui s'est finalement calmée après que la cuillère de Gros Bébé l'ait presque frappée.

"J'aime bien les endroits où nous sommes allés, même si Big Baby et Tea Lady sont un peu difficiles à prendre. Mais je pense que là est bien plus pour Elysia que de simplement passer un bon moment. Je veux de l'aventure. Comme nous l'avions convenu avant de venir ici, allons trouver une réponse. Nous pouvons toujours revenir ici ou à n'importe quel autre endroit sur la route rose plus tard."

"Je pense que vous avez raison. Jusqu'à présent, tout cela semble être un long rendez-vous.

Nous sommes tous les deux ici pour une raison. Nous devons découvrir ce que c'est."

"Je pense que ma présence ici a quelque chose à voir avec le fait que mon père nous a quittés, mais cette route rose n'a pas vraiment de rapport avec ça."

"Je n'ai jamais connu mon père. Ma mère passe la journée entière à manger des bonbons. Elle ne travaille pas vraiment. Mon grand-père et ma grand-mère nous donnent l'argent pour vivre. Je me suis demandé si c'est aussi pour ça que je suis ici", dit Pénélope, en se souvenant un peu de son passé.

"On dirait que nous avons tous les deux des problèmes. Très bien, alors, c'est le retour sur la route rose vers la route bleue vers la route marron. Je suis curieux de voir à quoi ressemble un répondeur et d'obtenir des réponses".

Avant que Pénélope ne réponde, Courtney a entendu sa mère l'appeler.

Le dernier jour de la semaine scolaire, le vendredi, était déjà arrivé. Alors que Courtney se préparait pour l'école, elle se demandait ce qu'elle allait faire le samedi et le dimanche. Elle devait aller à l'école dans ce monde et marcher sur la route marron avec Pénélope à Elysia. Le moment venu, Courtney déciderait de ce qu'elle ferait le week-end.

Le vendredi de Courtney commençait à peu près comme n'importe quel autre jour. Elle a dit bonjour à Rachel, mais à part cela, elle n'a pas parlé ni joué avec personne d'autre. Elle ne pouvait cependant pas éviter complètement Edward. Il la regardait fixement pendant plus d'une heure en classe. Elle ne comprenait pas pourquoi un garçon faisait ça. Edward semblait être un type assez ordinaire, d'apparence décente et assez amical. Il s'en sortait bien à l'école et avait un certain nombre d'amis. En fait, Edward a eu une vie plus facile à l'école que Courtney. Il devrait faire son truc de garçon et ne pas la déranger. Pour autant que Courtney puisse le dire, même si elle avait passé un peu plus de temps à se préparer pour l'école, elle était à peu près la même avec une chemise ample et un jean bleu et ses cheveux tombant dans le dos. Si elle avait porté cette jupe Elysia et son maquillage, Courtney pourrait comprendre. Elle s'attendrait à ce que les hommes la regardent à l'époque, mais pas maintenant dans sa tenue de tous les jours. Elle ne voulait pas que les garçons la regardent. Aucun autre garçon ne la regardait, alors pourquoi Edward l'a-t-il fait?

Lorsque la journée d'école s'est finalement terminée, Edward a suivi Courtney hors de la classe. Il la regarda à nouveau, mais cette fois, il la regarda par derrière. Elle a vu les garçons plus âgés faire la même chose aux adolescentes. Bien sûr, ces filles avaient déjà leurs courbes, mais Courtney venait juste de commencer à en montrer quelques-unes. Alors pourquoi Edward s'intéresserait-il à son derrière de onze ans? Courtney décida de demander au maître-nageur quand elle retournerait à Elysia. Il semblait en savoir beaucoup sur les fesses. Alors que Courtney atteignait le bas des escaliers menant à la sortie de l'école, elle sentit soudain une main la saisir. Choquée et en colère, elle se retourna pour voir Edward lui sourire. Elle s'est emportée.

"Comment osez-vous! Je ne suis pas un morceau de viande que tu peux attraper quand tu veux". Avant qu'elle n'ait pu y réfléchir, Courtney a giflé Edward au visage. Elle s'est ensuite précipitée vers le bus qui la ramènerait chez elle.

Juste avant que Courtney n'atteigne la porte du bus pour y monter, elle a entendu Edward dire: "Tu gifles assez fort pour une fille, mais je pourrais encore te toucher, peut-être même plus fort la prochaine fois. Tu es tellement sexy..."

"Si tu me prends encore, je te frapperai si fort que tu tomberas", a crié Courtney en montant dans le bus et en s'asseyant à l'arrière. Elle a essayé d'éviter les regards des autres enfants dans le bus, dont beaucoup lui ont ricané et se sont moqués d'elle.

L'incident avec Edward l'a vraiment dérangée pour le reste de sa journée. Elle est restée en colère toute la soirée. Courtney a réalisé que ses problèmes venaient de commencer. Quand elle sera adolescente et qu'elle aura toutes ses courbes, elle devra faire face à des garçons plus odieux comme Edward. Quand Courtney a finalement grimpé dans le lit avec des mains douloureuses après avoir martelé sa guitare pendant plus d'une heure, elle a eu une étrange pensée. Si le garçon aux yeux verts l'avait attrapée, l'aurait-elle giflée? La réponse dans sa tête la surprit. Non, elle ne l'aurait pas fait. Jetant furieusement cette pensée hors de sa tête, Courtney s'est endormie.

Chapitre 3

La route brune

ourtney et Pénélope ont repris le chemin du début de la route rose. Lorsqu'elles sont passées devant la zone des animaux, Courtney a cherché le maître nageur mais ne l'a pas vu. Pénélope ne voulait pas chercher le maître-nageur, alors Courtney a quitté à contrecœur la zone des animaux de compagnie avec elle au bout d'une heure. Courtney ne voulait pas dire à Pénélope la vraie raison pour laquelle elle cherchait le maître nageur: lui demander son avis sur le garçon de son école dont elle ne se souvenait pas du nom ici. Courtney savait que les garçons plus âgés attrapaient les filles pour des raisons sexuelles, mais elle ne voulait pas y penser avant d'être adolescente. Et si le maître-nageur connaissait le comportement des chiens, il ne savait probablement rien des gens. Après tout, les gens ne se sentaient pas comme les chiens.

Courtney, presque malgré elle, a ralenti lorsqu'elles sont passées devant la zone des vêtements et du maquillage. Elle a cherché avec attention l'une des fêtes de garçons mais n'en a pas vu une seule. Bien qu'elle n'ait pas voulu le montrer, Courtney s'est sentie très déçue. Elle voulait regarder à nouveau dans les yeux verts du garçon pour voir si elle allait se perdre dans ces yeux comme elle l'avait fait la première fois.

Pénélope est devenue très impatiente devant la lenteur de Courtney. Finalement, elle a dit d'une voix quelque peu agitée: "Courtney, il n'est pas là. Pour une raison quelconque, les garçons ne font pas de raids sur les filles aujourd'hui. Il faut que nous avancions. Je veux arriver à la route marron avant de me réveiller à la maison."

"Qu'est-ce qui vous fait croire que je cherche le garçon aux yeux verts? J'aime cet endroit et je marche lentement pour en profiter", a déclaré Courtney, en croisant presque les doigts pendant qu'elle parlait. Bien sûr, elle a pensé au garçon aux yeux verts.

"Je ne suis pas stupide. Je comprends que vous cherchiez le garçon aux yeux verts, mais il n'est pas là. Si vous voulez vraiment le trouver, nous pouvons aller sur la route rouge et le chercher."

"Je ne vais pas chercher ce garçon comme un adolescent fou d'amour", a répondu Courtney avec une certaine colère dans la voix.

Courtney et Pénélope ont décidé de laisser les jupes et les robes qu'elles avaient prises plus tôt dans des casiers aux couleurs vives alignés au bord de la prairie. Elles avaient mis les robes dans des sacs au vestiaire et les portaient depuis lors. Chaque fille a pris un casier, y a mis ses vêtements et l'a fermé à clé avec une serrure à combinaison placée sur le dessus du casier, la combinaison étant collée sur le côté. Courtney et Pénélope ont fait installer le même casier dans leur école de la vie réelle.

Lorsque les filles ont finalement trouvé la route marron, qui se trouve à droite de la route bleue, elles l'ont délibérément refusée. La lumière semblait plus douce et les couleurs plus ternes ici. Des deux côtés de la route, de petites maisons soignées apparaissaient à proximité les unes des autres. La quatrième maison, sur le côté gauche, avait un panneau accroché devant elle disant "Répondeur". Les filles ont couru le long du chemin de terre menant à la maison et se sont arrêtées à la porte d'entrée. Comme dans la maison de l'interrogateur, un petit visage réaliste se transformait en une grosse tête bulbeuse, sans cheveux, et les regardait fixement depuis la porte. Courtney, se souvenant du grondement qu'elle a reçu du premier Knockle, frappé directement sur la porte avec son poing. Le frappeur a répondu d'une voix agréable et reconnaissante au moment où elle a frappé.

"Eh bien, c'est très gentil et courtois. Tu as eu le bon sens d'utiliser ton poing et de ne pas me casser le menton avec le heurtoir. Certains de ces autres enfants grossiers - même si Knockle leur a dit de ne pas le faire - ont quand même laissé le heurtoir me tomber sur le menton. Quand il le fait, toute ma tête vibre. Il faut jusqu'à une heure pour l'empêcher de vibrer. Au fait, je m'appelle Knockle Junior".

"Bien à vous, M. Knockle Junior. Mon nom est Courtney, et voici Pénélope. Nous sommes venus poser quelques questions au Répondeur", a répondu Courtney d'une voix agréable et respectueuse.

"Bien sûr, vous l'avez fait. Sinon, pourquoi seriez-vous ici? Tous les enfants viennent tôt ou tard. Je peux dire que vous êtes un plus tôt. C'est bien. Il vaut mieux avoir des réponses à vos questions avant de passer trop de temps ici. Pendant que je suis Knockle Junior, je sers le Répondeur. Le prochain répondeur est Answerer Junior, et son heurtoir est Knockle III", a déclaré Knockle Junior.

"Il y a plus d'une réponse?" a demandé Pénélope.

"Bien sûr, les questions que vous posez sont très difficiles. Une personne qui répond ne peut traiter qu'une seule de ces questions. Il ne peut pas répondre à toutes les autres. Donc, chaque répondeur répond à une seule grande question. C'est comme ça", a répondu Knockle Junior.

"Je suppose que c'est logique, mais alors, pourquoi avez-vous une si grosse tête? Je suppose que si vous avez une grosse tête, le Répondeur en a une aussi", a déclaré Courtney avec respect.

"La réponse devrait être évidente. The Answerer et moi avons la tête et le cerveau gros pour répondre à vos questions difficiles. Comme nos cerveaux sont déjà grands, il fallait des réponses à chaque question difficile. Sinon, nos têtes seraient trop grosses pour être manipulées. Le Répondeur ne pourrait pas marcher, et je ne pourrais pas ouvrir la porte. Il y a douze répondeurs ici et le répondeur royal dans le château. Chacun d'eux peut répondre à une question difficile, mais le répondeur royal peut également répondre à des questions supplémentaires. C'est lui le chef. Au fait, lorsque vous parlez au répondeur, ne mentionnez pas la taille de sa tête. Cela le dérange. Il peut ne pas répondre à votre question si vous le mentionnez".

"Bon, alors, quelle est votre question difficile?" demanda Pénélope. "Je pensais que tu ne demanderais jamais. Notre question est: "Pourquoi est-ce que chacun d'entre vous ici?"

"C'est une très bonne question. Quelle est la réponse?" a demandé Courtney.

"Idiote, je suis un heurtoir, pas le Répondeur. Tu devras lui demander", dit Knockle Junior en riant.

"Bien sûr, je suis désolé. Est-ce qu'on entre comme avec l'Interrogateur adulte?" demanda Courtney.

"Oui, la porte est déverrouillée. On ne verrouille pas nos portes à Elysia. Au revoir et bonne chance. J'ai apprécié de vous parler, jeunes filles."" À bientôt", répondit Pénélope alors qu'elles entraient toutes les deux la maison du Répondeur.

Comme chez l'adulte interrogateur, le répondeur est assis sur un grand bureau dans une pièce unique. Sans surprise, il ressemblait à son heurtoir. Il avait une tête énorme mais un corps très petit, pas plus grand que leur propre corps. Le Répondeur fumait la pipe et avait de petits verres à monture métallique dorée. Comme son heurtoir, il n'avait pas de cheveux, mais il sentait l'eau de Cologne pour homme. Lorsqu'il parlait à l'entrée des filles, on aurait dit le directeur de l'école de Courtney. "Bienvenue, jeunes filles. Je voudrais me lever et vous saluer, mais quand je le ferai, je risque de tomber sur la tête. Mon corps ne soutient pas bien ma tête, et si je bouge dans le mauvais sens, je vais tomber. Aussi difficile que cela soit, je suis néanmoins fière d'être une répondante. Je suppose que vous êtes venu pour recevoir une réponse à votre grande question. Nous n'ont pas été introduites auparavant. Je suis le Répondeur".

"Ravi de vous rencontrer. Comme je l'ai dit à votre marteau, je suis Courtney, et voici Pénélope. Alors, quelle est la réponse? Pourquoi sommes-nous ici? «dit Courtney de sa voix la plus agréable alors qu'elle et Pénélope s'approchaient tranquillement.

"Il y a beaucoup de réponses à une grande question comme celle-là, des centaines en fait, mais la réponse simple que vous cherchez est que vous êtes ici pour trouver des moyens de faire face à votre vie familiale troublée. Elysia et Maelstrom, son contraire, peuvent vous donner les outils dont vous avez besoin pour y parvenir, mais vous devez les trouver par vous-même. Personne ne vous les donnera".

"Que signifie "cope"? demande Pénélope.

"Occupez-vous de, occupez-vous de", a répondu le Répondeur d'une voix professorielle.

"Je comprends, mais comment savoir quels sont les outils ou quand on les trouve?" Pénélope pressait, en fronçant un peu le front.

"Vous le saurez, c'est tout ce que je peux dire. Elysia n'est pas un monde ordinaire. Elle est conçue pour vous donner ces outils d'une manière qui n'est pas celle du monde réel. Si vous voulez vraiment trouver ces outils, vous les trouverez.""Mais qu'est-ce qu'Elysia?" a demandé Courtney. "Est-ce qu'elle existe vraiment?

Pourquoi ne venons-nous ici que lorsque nous dormons? Pouvons-nous mourir ici? J'ai tellement de questions".

"Je ne peux pas répondre à ces questions. Vous devrez poser les autres réponses. À moins que vous ne vouliez d'autres réponses à votre grande question, je ne peux pas vous en donner d'autres", a répondu le répondeur avec une certaine irritation dans la voix.

"Merci pour la réponse que vous nous avez donnée. Cela nous aide beaucoup. Je sais que j'ai des difficultés dans le monde réel, mais je ne sais pas quoi faire. Peut-être que cet endroit peut m'aider", a déclaré Courtney. "C'est à peu près la même chose pour moi. Peut-être que cet endroit peut aider", a ajouté Pénélope.

Après plusieurs minutes de bavardage poli, les filles ont quitté la maison du répondeur en faisant signe à Knockle Junior. Ayant toujours besoin de réponses, les filles ont fidèlement rendu visite à chacun des autres répondeurs sur la route marron et ont reçu la plupart des informations qu'elles cherchaient. Pénélope et Courtney apprirent qu'Elysia et

Maelstrom existaient réellement. Les créatures et les gens d'Elysia et de Maelstrom vivaient comme les humains et les animaux dans leur monde. Ils sont nés, ont vécu, ont mangé, ont bu, sont allés aux toilettes et sont morts. Pourtant, ces mondes se distinguaient des autres par un aspect très important: les pensées des enfants humains les créaient et ils existaient pour aider les enfants à faire face aux moments difficiles de leur vie. C'est pourquoi les enfants pouvaient visiter ces deux mondes, Elysia et Maelstrom, dans leurs rêves, mais retournaient dans leur monde à leur réveil. Comme les filles le savaient déjà, elles ne pouvaient plus visiter les deux mondes une fois qu'elles avaient atteint l'âge adulte.

Des enfants humains pourraient être blessés dans les deux mondes ou même tué, mais ils ne sont morts ou restés blessés que dans ces deux mondes. Lorsqu'ils sont retournés dans leur monde humain, ils vivaient encore et n'avaient pas de blessures, mais le traumatisme de mourir ou d'être blessé pouvait les affecter pendant des mois. De nombreux enfants ont ressenti les blessures qu'ils ont subies à Elysia ou à Maelstrom, même s'ils n'ont montré aucun signe de ces blessures dans le monde réel. Bien sûr, une fois que des enfants humains sont morts dans ces deux mondes, ils ne pouvaient plus jamais revenir. Ils pouvaient revenir s'ils étaient blessés, mais ils souffraient toujours de leurs blessures dans les deux mondes.

Les enfants humains pouvaient manger et boire dans les deux mondes mais n'étaient pas obligés de le faire. De plus, ils n'avaient pas besoin d'utiliser les toilettes dans les deux mondes. Ils le faisaient seulement dans leur propre monde. Si un enfant mourait dans le monde humain, il mourait aussi dans les deux mondes.

Chapitre 4

La route violette

Courtney et Pénélope se tenaient à l'intersection des routes marron et bleue, essayant de décider ce qu'il fallait faire ensuite.

Courtney essayait encore de donner un sens à tout ce qu'ils avaient appris sur Elysia et Maelstrom.

"Nous avons découvert ce que nous pouvions sur cet endroit", dit-elle, "mais je ne sais pas quels outils je suis censée obtenir. Les seuls outils que je connaisse sont ceux que nous gardons dans le garage, comme les marteaux, les pinces et les tournevis. Je suppose qu'ils signifient des choses à notre sujet". Courtney a froncé les sourcils.

"Dans les livres de l'école, ils parlent de choses comme le courage, l'honnêteté, la loyauté et l'amour. Nous devons trouver des choses comme ça pour pouvoir régler nos problèmes familiaux avant de devenir des adolescents". Pénélope répondit lentement en réfléchissant au problème.

"Oui, nous avons des vies gâchées. Mon père nous a quittés, ma mère et moi. Tu n'as jamais connu ton père. Nos deux mères ne sont pas très heureuses. Je pense que nous sommes censées apprendre à nous débrouiller seules ici, mais jusqu'à présent, nous n'avons fait que jouer et nous amuser", a déclaré Courtney avec un peu de culpabilité, en déplaçant son poids d'une jambe à l'autre.

"Nous passons un bon moment, mais je pense que c'est en partie ce que nous sommes censés faire", a déclaré Pénélope. "Nous sommes des enfants, après tout. Je travaille dur à l'école et je pratique mon violon pendant des heures chaque jour. Je suis tellement sérieuse. J'ai besoin de m'amuser. Sans cet endroit, je pense que je deviendrais folle. Quels que soient tous ces outils, nous devons continuer à explorer cet endroit pour les trouver."

"Moi aussi! Je travaille dur à l'école, je fais mes devoirs, je m'entraîne à la guitare et je chante. Je n'ai pas beaucoup de temps pour jouer et passer du temps avec mes amis. Comme vous, je suis bien trop sérieux dans le monde réel. Je suppose qu'on peut jouer. Nous devrons trouver les outils au fur et à mesure. Ted Skipper a dit que la route violette est pleine de terrains de jeux et de divertissements. Pourquoi n'y allons-nous pas?"

"Super. Allons-y. Peut-être que le garçon aux yeux verts sera là." Pénélope taquine.

"S'il vous plaît, ne dites pas cela. Je ne suis pas un adolescent. Je n'ai pas encore à m'occuper de garçons et je veux que ça reste ainsi."

"Désolé, Courtney, je promets de ne plus parler de ce garçon, mais il est vraiment mignon."

Après une marche rapide vers la route bleue, puis de nouveau vers la route rose, Courtney et Pénélope ont trouvé la route violette à leur gauche. Dès le premier moment où elles ont tourné sur la route violette, les filles ont vraiment aimé. Tout l'endroit ressemblait à un grand carnaval. Les couleurs vives abondaient. Les arbres avaient des feuilles violettes scandaleuses, les fleurs brillantes faisaient mal aux yeux des filles et l'herbe verte semblait briller. Après avoir parcouru quelques centaines de mètres seulement sur la route, les filles virent un clown avec des chaussures énormes et souples, des pantalons bouffants de couleurs vives, un gros nez rouge à boutons et de longs cheveux roux. Il a jonglé avec des poupées en l'air tout en regardant les filles s'approcher. Il s'est soudain approché d'elles, a laissé les poupées tomber au sol et a jeté Pénélope et Courtney au visage en appuyant sur un gros bouton sa poitrine. Il s'est immédiatement mis à rire. Malgré le choc initial, les filles ont commencé à rire avec lui.

"Howdy! Je suis Nez Rouge le Clown. Je parie que vous n'avez pas vu la giclée venir. Vous ne le voyez jamais, les enfants. Je suppose que ce n'est vraiment pas juste que j'ai un gicleur et pas vous, mais bon, je suis un clown. On ne joue pas toujours franc-jeu. Ne vous énervez pas et partez. Je te promets de ne plus t'asperger jusqu'à ce que tu aies ton propre pistolet à eau."Courtney s'essuyait le visage avec sa manche et riait. "Ravie de vous rencontrer, Nez Rouge. Je suis Courtney, et voici Pénélope. Tant que vous promettez de ne plus me gicler dessus, je suis heureux d'être avec vous pendant un certain temps".

"Oui, moi aussi, mais je suis bien content qu'on ait mis nos belles tenues dans nos casiers." Pénélope rit.

"Hé, les filles, vous voulez que je sois votre guide au parc d'attractions? «dit Nez Rouge en regardant dans les yeux des filles. "Ce serait génial!" dit Courtney. "Pénélope et moi ont décidé que nous sommes beaucoup trop sérieux. Nous voulons nous amuser". "Le plaisir, c'est ce que je suis. Allons-y."

Le trio marchait joyeusement sur la route. Nez rouge racontait une blague après l'autre et, sans raison particulière, faisait soudain la roue sur le sol. Les deux filles ont essayé de faire des roues et des sauts de leur propre chef, mais elles ne les ont pas faits aussi bien que Nez Rouge. Nez rouge chantait des petits airs de crèche jusqu'à ce que les filles lui rappellent que les enfants de onze ans n'écoutaient plus de comptines. En riant, Courtney a dit: "Nez rouge, je vais te chanter une vraie chanson, au lieu de ces petites chansons pour enfants que tu chantes. Je pense que cela reflète un peu ce que je ressens. Elle s'appelle "Feeling Groovy", mais je ne me souviens pas qui l'a chantée. C'est la première fois que je chante une chanson à n'importe qui".

Après que Courtney ait sauté sur la route et chanté la chanson, Nez rouge et Pénélope ont toutes deux applaudi très fort. Nez rouge, souriant, a parlé en premier. "Wow, c'était génial, Courtney. Tu es une très bonne chanteuse."

"Oui, je suis d'accord avec Nez rouge. Tu es génial."

"Wow, merci pour les éloges. C'est un peu gênant mais sympa".

Après une demi-heure de sauts, de jeux, de chants et de promenades sur la route violette, le trio est arrivé dans un parc d'attractions géant. Tous les types de manèges imaginables se trouvaient sous leurs yeux: de grandes et effrayantes montagnes russes, des manèges à thème, des manèges aquatiques, et des manèges si hauts que des parachutes s'ouvraient pour amortir la descente. Ce parc d'attractions avait tout: des colporteurs, des clowns, des jongleurs, des chanteurs et des créatures de toutes formes et de toutes tailles, des femmes à barbe aux garçons avec des écailles. Des hommes et des femmes géants et minuscules avec des queues remplissaient les allées entre les manèges. Chacun d'entre eux portait des vêtements distinctifs et quelque peu scandaleux. Courtney pouvait passer littéralement des heures à étudier tous les êtres fantastiques qui se trouvaient ici. Elle voyait Ted Skipper au loin et lui faisait signe, mais il ne la voyait pas. Des centaines, voire des milliers, d'enfants criaient et riaient des centaines de divertissements différents qui n'étaient destinés qu'à eux. Courtney et Pénélope ne pouvaient pas décider de la suite des événements. Elles avaient tout simplement trop de choix. Nez rouge a pris les choses en main et les a conduites au saut en parachute.

"Faisons d'abord ce tour. Quand vous arriverez au sommet, vous pourrez voir tout Elysia et Maelstrom au-delà. Je suggère toujours aux enfants d'aller ici en premier pour qu'ils puissent mieux comprendre notre monde".

Courtney est d'accord, mais Pénélope se tait. Pénélope craignait le vertige, mais ne voulait pas l'admettre. Courtney lui saisit le bras et la poussa dans la file. Contrairement aux parcs d'attractions du monde réel, les manèges ne coûtaient rien, et personne ne devait attendre plus de deux minutes pour y monter. Avant qu'ils ne s'en rendent compte, ils se sont assis, attachés par une ceinture avec leurs pieds qui pendent sur le bord. Nez rouge les tenait tous les deux fermement pendant qu'il parlait joyeusement de la balade.

"Ce manège fait trois cents pieds de haut. Lorsqu'il atteint le sommet, notre siège reste en place pendant trente secondes, afin que vous puissiez admirer la vue. Avant que vous ne vous en rendiez compte, un déclenchement est effectué, et le siège tombe en chute libre pendant plusieurs secondes jusqu'à ce qu'un parachute s'ouvre. Ensuite, le crochet du siège attrape une corde et nous amène à un arrêt brutal à l'endroit même où nous nous trouvons. La partie la plus effrayante du voyage est d'attendre au sommet que la chute libre commence. Après cela, la balade est amusante et se termine avant qu'on ne s'en rende compte".

Avant que Pénélope ne puisse protester, le siège a commencé une lente ascension vers le sommet. Courtney contourna le Nez Rouge et saisit la main de Pénélope. Pénélope a essayé de paraître courageux, mais sa main a tremblé. Alors qu'elles grimpaient plus haut, Pénélope ferma les yeux. Finalement, elles atteignirent le sommet. Elysia et Maelstrom s'étendirent devant eux. Surveillant rapidement la scène, Courtney aperçut un château sur sa gauche et les nombreuses routes qu'elle devait encore emprunter. Dans le peu de temps dont elle disposait, Courtney ne pouvait pas voir grand chose sur ces routes. Au dernier moment, elle vit une masse sombre maligne et tourbillonnante formant un demi-cercle autour d'Elysia. Même à cette distance, la masse semblait vivante.

Avant qu'elle ne puisse examiner Maelstrom plus longtemps, le siège tomba vers le sol. Courtney ressentit leur accélération rapide puis une sensation de flottement dans l'espace, mais seulement pendant un moment. Un grand parachute est sorti au-dessus d'elles, et le siège s'est arrêté brusquement lorsque le crochet situé au-dessus d'elles a attrapé une corde épaisse juste derrière elles. Le voyage s'est terminé. Courtney poussa un grand cri de joie, mais l'image de Maelstrom resta avec elle. Pénélope avait l'air malade et avait encore les yeux fermés. Alors que Nez rouge les aidait à sortir du siège, Pénélope ouvrit enfin les yeux et se mit à gémir.

"Je pense que je vais être malade."

"Désolé. Bien qu'il soit possible de se sentir malade, vous ne pouvez pas vomir de la nourriture ici. N'oubliez pas que vous n'êtes pas obligé de manger à Elysia." Le Nez Rouge a ri.

Pénélope s'est rapidement remise et, à sa grande surprise, a poussé les autres à essayer les manèges les plus difficiles du parc. Le trio a fait les quatre montagnes russes du parc, y compris la boule de feu grésillant, qui a atteint une vitesse de plus de cent miles à l'heure, les petits manèges tournoyants comme la soucoupe, et le tambour rotatif où le sol s'est effondré lorsque le manège s'est déplacé assez vite en cercle. Le parc a également accueilli plusieurs manèges aquatiques, où des caboteurs de bateaux ont touché un lac à une vitesse approchant les quarante miles à l'heure. Après avoir participé à toutes les attractions à sensations fortes, le trio a fait toutes les promenades à thème, en compagnie de dinosaures, d'un singe géant, de pirates, de dragons, de sorciers et de créatures magiques comme les licornes et Pégase le cheval volant.

À la fin de ces promenades, Courtney a dit à Nez rouge: «Je sais qu›ils ont des moyens de faire paraître les créatures réelles, mais ces créatures m›ont semblé très réelles».

"Elles le sont. Elles peuvent aussi être très difficiles. Essayez de raisonner avec un singe de trente pieds lorsqu'il est de mauvaise humeur ou de dire à un dinosaure, même s'il n'a qu'un quart de la taille d'un dinosaure ancien, de se comporter. Croyez-moi, ce n'est pas facile. En cas d'urgence, nous pouvons leur tirer une fléchette de sommeil spéciale. Mais une fois que vous avez fait connaissance avec les créatures, elles sont vraiment gentilles. Elles semblent aimer leur travail ici. Pégase, le cheval volant, m'a fait faire le tour d'Elysia une fois."

"Je suis heureux que nous ayons déjà fait ces balades. Je ne veux pas être mangée par un dinosaure ou piétinée comme un insecte par un énorme singe", a déclaré Pénélope avec plus qu'un peu d'inquiétude dans la voix.

"Je ne pense pas que je serais allée dans ces manèges si j'avais su que les créatures étaient réelles", a reconnu Courtney.

"Détendez-vous, mesdames. Vous n'avez rien à craindre de ces créatures. Mais je ne peux pas dire la même chose des créatures de Maelstrom. Elles peuvent être vraiment méchantes et dangereuses."

"Nez rouge, en haut du parachute, j'ai vu Maelstrom", a dit Courtney. "Ça a l'air vraiment effrayant. Ça me fait peur. Je suppose que vous ne savez rien sur Maelstrom?"

"Non, pas grand-chose. Si vous voulez en savoir plus sur ce monde, vous devrez demander au Répondeur Royal."

"Je suppose que Pénélope et moi le ferons alors. Il doit être dans le château. Je pense que Maelstrom a quelque chose à voir avec la raison pour laquelle je suis ici, mais je ne peux pas vous dire pourquoi", répondit Courtney d'une manière plus adulte que d'habitude.

Le trio, oubliant Maelstrom, se dirigea vers la rue principale du parc. Là, ils ont vu des arcades, des glaciers et des magasins de bibelots. Des jongleurs, des clowns, des troupes de théâtre et des chanteurs se promenaient dans la rue principale, tout comme de nombreuses créatures magiques qu'ils avaient vues lorsqu'ils étaient arrivés dans le parc. Des parades ont lieu à intervalles réguliers. La rue principale ressemblait à un endroit très joyeux, la place non officielle de la ville d'Elysia. Nez rouge a dit aux filles que la cour du château servait de place officielle de la ville.

Alors qu'elles commençaient toutes les trois à marcher dans la rue, elles remarquèrent Ted Skipper et Bill Jumper se disputant. Bill ressemblait beaucoup à Ted. Il avait un petit corps de garçon de taille normale et des jambes énormes. Mais contrairement à Ted, il avait les cheveux noirs bouclés, les yeux et la peau foncés, et un T-shirt sur lequel se trouvaient des créatures. En s'approchant, ils pouvaient entendre la forte dispute.

"Non, tu es fou!" déclara Bill Jumper. "Sauter est beaucoup plus rapide que sauter à la corde. Tout le monde sait ça."

"Pas question! Quand vous sautez, vous gaspillez trop d'énergie à monter au lieu d'avancer. Sauter est beaucoup plus rapide, mais nous n'arrivons à rien avec cet argument. Nous nous disputons à ce sujet tous les jours, et pour ma part, j'en ai assez. Il n'y a qu'une seule façon de résoudre ce problème.

Je vous mets au défi de faire une course dès maintenant. Nous pouvons faire la course de cette partie de la rue jusqu'à la fontaine au bout. Courtney, je vois que vous vous joignez à nous. Vous pouvez nous faire démarrer. Courtney est l'un des enfants que j'ai escortés à Elysia", a déclaré Ted.

"Je ne veux plus me battre non plus", a dit Bill. "J'accepte votre défi. Si un enfant que vous avez escorté appelle le départ, alors un enfant que j'ai mis au monde devrait appeler l'arrivée. Je veux que Reginald appelle la fin de la course. Je viens de le voir ici; il est là. Reginald, tu descends à la fontaine et tu marques la ligne d'arrivée", ordonne Bill Jumper.

Courtney a tournoyé pendant que Reginald, le garçon aux yeux verts, sortait en courant d'une arcade sur sa gauche. Le cœur de Courtney a fait un bond. Elle s'est figée, fixant Reginald dans les yeux pendant un moment alors qu'il s'approchait de la ligne de départ de la course pour parler avec Bill Jumper. Reginald fixa Courtney, mais seulement pendant un moment. Après avoir parlé à Bill Jumper, Reginald a couru dans la rue jusqu'à la fontaine située à environ trois quarts de mile de là. Comme si quelqu'un l'avait programmé, Nez rouge a marché dans la rue en criant à tout le monde de faire un chemin pour les deux coureurs. Les autres clowns de la rue principale ont repris le cri, et en quelques minutes, des centaines de personnes et de créatures de la rue se sont alignées sur les bords, laissant un parcours de course droit jusqu'à la fontaine, qui avait une petite place autour d'elle. Nez rouge est entré sur le parcours et a fait une annonce forte, que ses collègues clowns ont répétée à intervalles réguliers jusqu'à la ligne d'arrivée.

"Mesdames, messieurs, enfants et créatures, nous sommes dans un traitement spécial aujourd'hui. Bill Jumper et Ted Skipper feront une course jusqu'à la fontaine pour prouver lequel d'entre eux est le plus rapide. Pendant des années, ils se sont disputés pour savoir qui est le plus rapide.

Aujourd'hui, nous allons découvrir une fois pour toutes lequel des deux a raison. Le vainqueur de la course recevra une nouvelle paire de chaussures de sport et le droit de se vanter jusqu'à ce que la course soit relancée. Ted Skipper a choisi Courtney pour prendre le départ de la course, et Bill Jumper a choisi Reginald pour annoncer l'arrivée de la course. Quand tu es prête, Courtney, je pense que Reginald a déjà marqué la ligne d'arrivée", a déclaré Nez rouge, en s'inclinant et en balayant le bras vers Courtney.

Courtney ne se sentait pas qualifiée pour prendre le départ d'une course aussi importante, mais elle a réussi à aligner Bill et Ted derrière une ligne de craie qu'elle a tracée sur Main Street avec la craie produite par magie par Nez rouge. Elle s'assura que les pieds des deux garçons étaient parfaitement alignés, grondant Ted lorsque son pied gauche glissa sur la ligne. Se rattrapant au fur et à mesure, Courtney s'est mise à côté des deux coureurs et a annoncé le départ de la course.

"Bill et Ted, vous êtes prêts?" Ils hochèrent tous les deux la tête en signe d'accord. Se tenant très droite, Courtney a crié de sa voix la plus forte: "À vos marques, préparez-vous, prêts, partez!"

Ce qui se passa ensuite stupéfia Courtney et Pénélope. Bill Jumper a décollé d'un bond de 3 mètres, mais Ted Skipper a parcouru la même distance juste au moment où Bill a heurté le trottoir. Elles sautèrent et se mirent au coude à coude dans la rue alors que l'excitation de la foule les suivait. Comme les autres créatures, les enfants et les adultes Elysia, Courtney et Pénélope ont couru derrière Ted et Bill alors qu'ils descendaient la rue en courant. Courtney n'avait aucune idée de la vitesse à laquelle Bill et Ted allaient, mais pour Courtney, ils semblaient aussi rapides que la voiture de sa mère. Ted et Bill se sont tous les deux tendus en courant l'un vers l'autre. Ils mirent toute leur énergie dans la course.

En quelques minutes, ils approchaient de la ligne d'arrivée. Bill décida qu'il voulait franchir la ligne en l'air, et quand il s'approcha suffisamment, il fit son dernier saut avec toute la force qu'il lui restait. Lorsqu'il vit Bill sauter, Ted se poussa en avant avec toutes les forces qu'il lui restait. Tous deux ont mis leur bras droit en avant pour franchir la ligne d'arrivée avant l'autre.

Du point de vue de Reginald, debout à côté de la ligne d'arrivée qu'il avait tracée, le bras de Bill a franchi la ligne d'arrivée une fraction de seconde avant celui de Ted. Ils ont franchi la ligne d'arrivée si près l'un de l'autre. Reginald pouvait dire qu'il y avait égalité, mais il avait distinctement vu Bill franchir la ligne d'arrivée le premier. Alors qu'il levait les yeux pour faire son annonce, Bill s'est envolé dans la fontaine avec un petit plouf, et Ted a dérapé jusqu'à s'arrêter au bord de la fontaine en utilisant ses mains pour l'arrêter. Trempé, Bill a sauté hors de l'eau et a atterri à côté de Ted. Il a secoué un peu de l'eau en le faisant tremper sur Ted. Ted a ri et a donné un petit coup de coude à Bill avec son bras. Reginald aligna Ted et Bill l'un à côté de l'autre, puis fit entendre sa voix la plus forte pour l'annonce. Il se tourna vers la foule excitée qui attendait.

"Enfants de mon monde, créatures et gens de ce monde,"

Il a commencé, "Je pourrais appeler cela une cravate. Bill et Ted ont semblé franchir la ligne en même temps. Mais de là où je me tenais, il semblait que Bill avait franchi la ligne une fraction de seconde avant Ted. Il est certain que nous ne pouvons pas douter de l'engagement de Bill. J'ai peur qu'il ne dégouline sur ses nouvelles baskets. Je vous présente donc notre gagnant, Bill Jumper, et notre très, très proche second, Ted Skipper. Applaudissons tous pour une course bien menée."

La foule a acclamé les deux concurrents et leur a donné une tape dans le dos. Ted ne semblait pas contrarié d'avoir perdu, il plaisantait et jouait avec son meilleur ami Bill, en jurant qu'il le battrait la prochaine fois. Courtney a finalement atteint la ligne d'arrivée. Elle a couru si vite qu'elle a failli heurter Reginald. Ils se sont tournés l'un vers l'autre. Reginald a regardé Courtney dans les yeux, et elle a regardé Reginald dans les yeux. Ils ont tous deux gelé pendant plusieurs secondes, et le visage de Courtney est devenu rouge vif. Elle ne trouvait pas de mots à dire. Reginald finit par parler, mais avec moins de confiance qu'à l'ordinaire.

"La dernière fois que je t'ai vu, tu étais superbe dans cette jupe. Mais je dois admettre que je voulais te surprendre en sous-vêtements. Je dois dire que ce pantalon te va bien aussi."

Trouvant enfin la force de répondre, Courtney a dit: "Qu'est-ce qui te fait croire que je vais laisser un garçon me voir en sous-vêtements? De toute façon, ce n'est pas juste. Toi et tes amis n'avez jamais posé pour aucun d'entre nous en sous-vêtements".

"Ha! Tu ne connais pas très bien les garçons. Nous n'avons aucun problème à parader en sous-vêtements, mais nous n'avons pas non plus besoin de nous changer dix fois par jour. De toute façon, quel est le problème avec les sous-vêtements? Je vois tout le temps des filles qui défilent en maillot de bain. Ces maillots en montrent beaucoup plus que tous les sous-vêtements que j'ai vus", répond Reginald, toujours en regardant Courtney dans les yeux. "Il y a une différence, et vous le savez. De toute façon, je ne porte pas de maigres maillots de bain. Je n'aime pas que les garçons me fixent", dit Courtney, se rapprochant de Reginald sans en réalisant qu'elle l'a fait.

"Alors pourquoi me regardez-vous maintenant? Non pas que cela me dérange beaucoup. Vous avez de très beaux yeux bleus. Si je dois devenir chevalier, je dois avoir une belle dame pour faire de grandes choses. Tu peux être cette dame si tu veux", répondit Reginald avec un certain sérieux. Tout comme Courtney, il s'est efforcé de réduire la distance qui les sépare sans même s'en rendre compte. Ils ne se tenaient plus qu'à quelques centimètres l'un de l'autre.

Son cœur battant très fort, Courtney réussit quand même à défier Reginald. "Je ne sais pas si je veux que tu sois mon chevalier ou non. À part effrayer les filles en train de se changer, je ne sais pas ce que tu peux faire."

"Eh bien, je peux le faire", répondit Reginald en embrassant Courtney sur la bouche.

Courtney se tenait là, sous le choc. Elle n'avait jamais embrassé un garçon sur les lèvres auparavant. Elle aurait dû gifler Reginald comme elle avait giflé Edward quand il l'a saisie, mais elle ne l'a pas fait. Elle a beaucoup, beaucoup aimé le baiser. En vérité, elle voulait l'embrasser à nouveau. Mais elle a dû se défendre. Courtney n'avait jamais donné à Reginald la permission de l'embrasser.

"Comment osez-vous?" dit-elle avec indignation. "Je ne suis pas une fille rapide que tu peux embrasser quand tu veux. Je pars à la recherche de mes amis.""Pars si tu veux, mais j'ai vraiment aimé t'embrasser. Vous allez être ma belle jeune fille, que vous le vouliez ou non", a déclaré Reginald avec un petit sourire sur son visage.

"Les garçons!" a déclaré Courtney en s'éloignant rapidement de Reginald. Après avoir fait quelques pas seulement, Courtney s'est brusquement retournée et a regardé Reginald avec l'amour qu'elle ressentait vraiment pour lui. Il se retourna vers elle et lui sourit. Puis il a disparu dans la foule.

Courtney s'est promenée dans un état d'hébétude pendant plusieurs heures encore, absorbant simplement les vues et les bruits du parc d'attractions. Pénélope et Nez Rouge l'accompagnaient mais devenaient frustrés lorsque Courtney répondait à peine à leur conversation. Finalement, elles sont parties essayer d'autres manèges et ont accepté de retrouver Courtney dans deux heures près de la fontaine. Malgré les distractions du parc, Courtney ne pouvait penser qu'à Reginald. Elle ressentait de l'amour pour Reginald d'une manière qu'elle n'avait jamais cru possible. Son baiser brûlait dans sa mémoire. Malheureusement, Courtney ne le voyait plus. Comme une idiote, elle s'était détournée de lui, et maintenant il la quittait. Courtney essaya de rejeter la responsabilité de ses sentiments sur Elysia, mais à chaque fois qu'elle se réveillait dans le monde réel, elle ressentait la même chose pour Reginald qu'elle ressentait pour Elysia. Courtney devait aller chez son médecin et prendre une pilule anti-amour, si son médecin avait une telle chose.

Après avoir marché seule pendant dix minutes, Courtney entendit un fort sanglot. Sa curiosité étant éveillée, Courtney a suivi les sons jusqu'à une zone située à l'arrière des manèges à thème. Elle contourna un coin et vit une énorme cage avec un singe de trente pieds assis sur un grand tabouret. Il ressemblait exactement à un gorille, mais il avait des jambes plus longues destinées à marcher debout et portait un short marron sur son corps brun poilu. Le singe avait une énorme paire de baskets empilées dans un coin, mais il ne portait rien aux pieds pour le moment. Pourtant, Courtney concentrait son attention sur ses grands yeux sombres et pleins d'âme, maintenant mouillés par ses pleurs. Elle sentit immédiatement qu'elle devait réconforter le grand singe si elle le pouvait. À côté de lui se tenait une grande table avec un jeu de dames surdimensionné et deux grandes chaises. Aussi haut que beaucoup de bâtiments, le singe ne semblait pas réel, mais les faux singes ne pleuraient pas. Courtney tendit la main au singe géant en espérant que sa voix l'atteindrait.

"Salut, singe géant, je m'appelle Courtney. Tu pleures tellement fort, je pouvais vous entendre devant le bâtiment. Puis-je vous aider?"

Le singe géant se retourna et sourit à la belle fille qui se tenait devant lui. Il a répondu d'une voix puissante mais gentille. "Je m'appelle Herbert. Je suis un singe très triste. Je pleure ici pour que personne ne me voit. Je suis censé faire peur aux enfants sur mon manège. S'ils me voyaient comme ça, ils n'auraient pas très peur."

"C'est normal de pleurer si tu es triste. Je pleure parfois quand je me sens comme ça. Je me sens mieux quand je pleure. Mais pourquoi un grand singe comme toi est-il si triste? Personne n'oserait être méchant avec toi.""Peut-être pas, mais ils peuvent certainement m'ignorer. Le problème, c'est que je suis trop grand. Tout le monde a peur de moi. Je n'ai pas d'amis, mais je suis vraiment un gentil singe. Je ne ferais jamais de mal à quelqu'un exprès, mais quand on est aussi grand que moi, il est facile de blesser quelqu'un par erreur. Je pourrais marcher sur quelqu'un, faire tomber un bâtiment avec quelqu'un à l'intérieur ou à proximité, ou je pourrais me détacher d'un arbre, l'envoyer dans une personne ou un enfant. C'est pourquoi je dois rester assis ici la plupart du temps quand je ne travaille pas sur mon manège. C'est vraiment difficile. Même lorsque je fais de mon mieux, la plupart des enfants pensent que je suis un faux, une sorte de machine. Ils ne savent pas à quel point je dois travailler dur pour rendre mon manège excitant. Quand certains enfants réalisent que je suis réel, ils ont peur et ne reprennent plus jamais mon manège.

"Je pourrais gérer tous ces problèmes si j'avais une petite amie, mais je suis le seul singe de mon espèce. Il n'y a pas de femelles pour moi. Même les éléphants et les dinosaures femelles sont petits par rapport à moi. Parfois, je parle aux dinosaures. Les gens les traitent comme ils me traitent. Ils ont peur d'eux. Pourtant, les dinosaures ont tendance à se renfermer sur eux-mêmes. Ils n'aiment pas le fait que je sois plus grand qu'eux. Après tout, un dinosaure devrait être plus grand qu'un singe. Quand Harry, le directeur du parc d'attractions, a persuadé le roi et la reine de me faire, il a prévu de faire un mâle et une femelle. Pourtant, je suis si grand que le cristal de lumière a dû passer une journée entière à me faire. Le roi et la reine se sont inquiétés de la perte du cristal pendant une journée et ont donc refusé de me faire un mâle et une femelle".

"Je suis désolé, Herbert. Tu dois te sentir très seul. Je pourrais venir vous voir de temps en temps et peut-être amener quelques amis pour vous parler. Si je connaissais le roi et la reine, j'essaierais de les persuader de vous aider. Peut-être que je les connaîtrai et que je leur dirai un mot en votre faveur. Une chose est sûre, si je deviens reine, je vous aiderai. Aucune créature ne devrait être en prison si elle n'a rien fait de mal, et chaque créature devrait pouvoir avoir une petite amie ou un petit ami. Ce n'est pas juste".

"Je ne sais pas si vous pourrez persuader le roi et la reine de me faire un compagnon, mais j'apprécie que vous vouliez être mon ami. Si j'ai un ami, ça m'aidera. Je me sens déjà un peu mieux. Vous êtes une belle fille à l'intérieur comme à l'extérieur. J'espère juste que ma compagne est aussi jolie que vous."

"Si j'ai quelque chose à voir avec ça, elle le sera. Au fait, je vois que vous avez un jeu de dames sur une table là-bas. J'y jouais avec mon père. Tu veux faire une partie?"

"Wow! Ce serait génial. Les pièces ont la taille d'une grande roue de camion, mais si vous avez du mal à les déplacer, je vous aiderai."

Courtney se serra entre les barreaux de la cage et se tint sur la chaise de son côté du damier. Elle a dû mettre une boîte sur le siège pour pouvoir regarder par-dessus le damier. Pendant les heures qui suivirent, Herbert et Courtney jouèrent aux dames. Ils riaient et plaisantaient entre eux, mais Courtney devait faire attention à ne pas faire rire Herbert trop fort. Quand il le faisait, il faisait tomber Courtney sur le côté. Une fois, Herbert a dû la rattraper avant qu'elle ne tombe de la chaise. Courtney pouvait grimper sur la table et déplacer une pièce de pions en la poussant de toutes ses forces, mais elle ne pouvait pas la soulever et sauter par-dessus une autre pièce ou la déplacer sur l'autre pièce lorsqu'elle faisait un roi. Herbert l'aidait quand cela devait être fait. Il soulevait les pièces comme si elles ne pesaient rien du tout. Après la vingtième partie, lorsqu'ils ont fait match nul à dix, Herbert s'est soudainement levé pour atteindre la hauteur de trente pieds. Malgré elle, Courtney est devenue un peu effrayée. "C'est le meilleur moment de ma pause", dit-il avec enthousiasme, "mais je dois rentrer et me préparer pour mon prochain groupe d'enfants. Avant cela, prenons une photo ensemble. Vous vous tenez ici, à côté de ma jambe gauche. J'ai préparé l'appareil photo pour qu'il puisse me prendre en photo en entier, mais j'ai peur que vous ayez l'air très petit". Courtney s'est rapidement approchée de la jambe d'Herbert et a souri de son plus beau sourire pendant qu'Herbert procédait aux derniers réglages de la position de l'appareil photo.

Lorsqu'ils se sont tous deux placés l'un à côté de l'autre exactement au bon endroit, Herbert a déclaré: "Prêts? Regardez dans la caméra et souriez. Un, deux, trois. Nous sommes prêts! En attendant que la photo soit imprimée, j'ai une autre photo de moi en train de secouer la cime d'un grand arbre et de rugir. C'est ma préférée. Je veux que vous l'ayez. Et voici la nouvelle photo; elle vient juste d'être imprimée. Nous sommes très bien ensemble. Je suis désolé. Les deux photos sont en noir et blanc. Cet appareil photo en noir et blanc est le seul qui puisse me mettre en valeur".

"Wow! Merci pour les photos, Herbert. Tu es vraiment superbe en secouant cet arbre. Je suis sûr que n'importe quelle fille-singe géante s'évanouirait presque si elle voyait cette photo. J'aime aussi les photos de nous deux ensemble, même si le haut de ma tête ne va pas jusqu'au genou", a déclaré Courtney en étudiant les photos devant elle. "Vous êtes les bienvenus. Je pense que nous allons devenir de grandes amies, mais je dois vraiment y aller. Sans moi, tous les enfants devront attendre pour monter sur mon manège. Je veux te serrer dans mes bras, Courtney, mais je suis trop grande.

Pourquoi ne pas ramper dans ma main et sauter de haut en bas? J'aurai l'impression que tu me serres la main."

Herbert a posé sa main énorme sur la table, la paume vers le haut, et Courtney a sauté dessus de haut en bas. Après avoir sauté pendant un moment, Courtney a rampé hors de la main d'Herbert et lui a souri.

"J'ai vraiment aimé ça. J'espère que vous aussi. Je vais ramper hors des barreaux de votre cage et chercher mes amis Pénélope et Nez rouge le clown. Merci pour la partie de dames. Vous êtes un grand joueur et un bon ami".

"Toi aussi, et n'oublie pas de revenir me voir quand tu en auras l'occasion", a déclaré Herbert, en souhaitant que Courtney reste un peu plus longtemps.

"Je le ferai, Herbert. Je te promets que je le ferai."

Herbert se détourna à contrecœur de Courtney et retourna à son manège à thème. Courtney, la meilleure amie qu'il avait au monde, lui manquait déjà.

Courtney retrouva Pénélope et Nez Rouge près de la fontaine. Nez rouge s'est excusé, disant qu'il devait retourner à sa place au début de la route violette pour accueillir d'autres enfants. Pénélope a dit qu'elle ne voulait plus rester dans le parc, alors elle et Courtney ont décidé de suivre la route violette jusqu'au zoo. Faisant au revoir à Nez Rouge, elles se sont dirigées vers le zoo en parlant et en plaisantant comme d'habitude. Pendant un moment, Courtney a réussi à oublier Reginald. Au bout d'une heure, ils arrivèrent enfin au grand zoo, qui s'étendait devant eux.

Contrairement au parc d'attractions géant, qui comptait des créatures fantastiques comme Herbert et Pégase, un cheval volant, le zoo d'Elysia avait des créatures identiques à celles d'un zoo ordinaire. Mais contrairement au zoo du monde réel, les enclos des animaux leur permettaient de partir s'ils le souhaitaient, comme n'importe quelle autre créature d'Elysia. Comme ils pouvaient parler, le comportement de ces animaux était également différent de celui du monde réel, ce que Courtney et Pénélope allaient bientôt apprendre.

Chaque animal ou groupe d'animaux semblait avoir une routine de divertissement différente, qu'ils annonçaient et promouvaient à l'aide d'affiches et de prospectus. Après avoir examiné toutes les affiches à l'entrée, Pénélope et Courtney ont décidé d'assister d'abord au chœur de chats. Elles sont entrées dans l'auditorium des chats presque sombre juste au moment où le chœur a commencé. À cause de l'obscurité de l'auditorium, Courtney et Pénélope ne pouvaient pas voir les personnes à côté d'elles ni de nombreux détails de l'auditorium. L'endroit avait une forte odeur animale, comme la plupart du reste du zoo. Tous les sièges semblaient être occupés, alors Courtney et Pénélope ont dû se lever. Les différentes sortes de chats composant le choeur étaient assis sur différentes plates-formes sur une grande scène, les plus grands chats étant à l'arrière. Des projecteurs étaient braqués sur chacun des chats.

Un grand lion mâle avec une cravate blanche et une queue en travers de la poitrine et un short noir sur l'arrière-train s'est mis à l'avant du choeur presque au même moment où les filles ont trouvé une place pour se tenir debout. Le projecteur le plus grand et le plus puissant s'est braqué sur lui. D'un air très digne, il a rugi vers le public puis a parlé d'une voix grave. "Mesdames et Messieurs, enfants et créatures, bienvenue au chœur des chats, où nous, les chats, harmonisons nos rugissements et nos miaulements. En tant que roi de la jungle et directeur du chœur des chats, je suis fier de vous présenter le meilleur chœur que vous n'aurez jamais entendu".

Après avoir prononcé son court discours et attendu les applaudissements polis qui ont suivi, le lion mâle s'est tourné vers le chœur et a rugi d'une voix grave. Les autres chats ont répondu en émettant des sons merveilleux. Les lions et les tigres mâles, qui forment la section des basses, ont poussé les rugissements les plus profonds, suivis par les lions et les tigres femelles, les guépards, les léopards, les jaguars et les lions des montagnes qui forment la section des alto de moyenne gamme. Les lynx et les chats domestiques, avec leurs rugissements et leurs miaulements les plus aigus, constituaient la section des sopranos. Lorsque le chef de la chorale des lions a senti que les autres chats rugissaient et miaulaient en harmonie, il s'est lancé dans une version entraînante de la chanson thème de la comédie musicale Cats. Plusieurs autres marches et ballades intéressantes ont suivi. Courtney et Pénélope ont passé beaucoup de temps à écouter le chœur des chats. Étonnamment, malgré les différents sons provenant de tous les chats, la combinaison a fonctionné. Pénélope et Courtney ne pouvaient s'empêcher de penser que Sexy Cat ferait un bon ajout au chœur, mais ni l'une ni l'autre ne savait où il aboutissait. Il pourrait même être en prison.

Après que le spectacle se soit terminé par une version particulièrement émouvante de la "Mother Hubbard March" de John Phillip Sousa, Courtney et Pénélope se sont adressées au chef de chœur, qui est resté sur la scène. Après la fin des applaudissements, les autres chats s'étaient éloignés de la scène en direction de leurs différentes tanières dans la zone des chats. Le chef de chœur masculin du lion s'est agité et a fait les cent pas, visiblement bouleversé par quelque chose qui s'est produit pendant la marche. "M. Lion, je ne comprends pas pourquoi vous êtes si bouleversé", dit Courtney avec inquiétude. "Vous avez fait une excellente performance. Pénélope et moi l'avons vraiment appréciée. Je m'appelle Courtney, et mon amie est Pénélope".

Le lion rugit un peu pour faire de l'effet. "Merci, mesdames, mais vous avez dû entendre les lynx faux-culs. Tous ces jolis rugissements et leurs terribles grincements, ça me rendait fou. Je suis tellement fou que je vais devoir manger chacun d'eux. Bien sûr, c'est interdit par la loi ici, alors je ne peux pas. Je suis tellement gênée. Heureusement, les chats domestiques que nous avions ont fait du bon travail. Nous pouvons virer les lynx et continuer à porter notre section de soprano en ajoutant quelques uns d'entre eux au chœur. Les lynx n'aimeront pas ça, mais je ne divertirai pas le roi et la reine tant que je n'aurai pas réglé ce problème. Au fait, je m'appelle Mane".

"Eh bien, Mane", commença Pénélope, "Courtney et moi sommes tous deux musiciens, et je dois admettre que les lynx semblent un peu plats, mais je ne pense pas que ce soit aussi mauvais que vous l'avez dit. Avec un peu d'entraînement, ils pourraient y arriver la prochaine fois. Néanmoins, en tant que violoniste, je sais qu'un petit problème comme celui-ci peut être très frustrant. Faites-nous savoir quand vous aurez réparé votre section de soprano. Nous aimerions revenir et entendre votre marche améliorée".

"Je le ferai. Ce fut un plaisir de parler avec vous deux, mais j'ai vraiment besoin de visiter les lynx. Je ne peux pas les laisser chanter comme ça la prochaine fois. Remettre à plus tard le fait de leur parler ne sera pas juste pour eux ni pour le reste du chœur", a déclaré Mane en s'éloignant majestueusement, se pavanant et bougeant lentement la queue en même temps.

Courtney et Pénélope, souriant en quittant la section des chats, ont couru vers la zone des singes et des singes. Des panneaux sur les poteaux du zoo annonçaient le spectacle de magie des singes légers, que Pénélope et Courtney voulaient absolument voir. Lorsqu'elles sont arrivées dans un grand bâtiment avec les signes du spectacle des singes, elles sont entrées par une grande porte ouverte. Dans le style typique du théâtre, des rangées de sièges faisaient face à une grande scène. Des cordes de différentes longueurs, dont beaucoup sont munies de grands et de petits cerceaux et de plusieurs balançoires de trapèze, pendaient au-dessus de la scène. Cinq échelles permettaient aux singes et aux singes d'accéder aux nombreuses cordes, cerceaux et balançoires. Les filles étaient assises au premier rang et attendaient une vingtaine de minutes pour que les sièges autour d'elles soient remplis. Les lumières se sont soudainement éteintes, laissant le public dans l'obscurité. Un seul projecteur brillait au milieu de la scène et un grand gorille à dos argenté se dirigeait vers le micro qui se trouvait là. Il portait un haut-de-forme, un short noir et une chemise noire boutonnée ouverte au col. Il a mangé une banane.

"Mesdames et messieurs, les créatures et les enfants de l'autre monde, bienvenue au Monkey and Ape Light Show", dit-il d'une voix de baryton grave entre deux bouchées. "Nous vous éblouirons avec nos acrobaties et vous impressionnerons avec les motifs que nous tissons dans l'air. De tous temps, vous ne verrez jamais rien de tel que le spectacle de lumière des singes et des singes. Asseyez-vous maintenant et amusez-vous. Tous les artistes sont-ils prêts?"

En réponse, des gibbons, des orangs-outans, des singes-araignées, des singes hurleurs, des chimpanzés et des gorilles sautent de haut en bas et lancent leurs appels de singes et de singes. Le projecteur s'éteignit brusquement, et une vingtaine de jeux de lumières s'allumèrent autour des différents singes et singes du spectacle. Comme par magie, les lumières ont commencé à s'envoler dans les airs au milieu des cris et des sifflements continus des singes et des singes. Après des mouvements apparemment aléatoires, les lumières ont commencé à former des motifs qui sont apparus et ont disparu en quelques minutes. Pénélope et Courtney ont vu un cercle, puis une étoile, puis un chiffre huit, et enfin chaque lettre de l'alphabet et des chiffres jusqu'à vingt. Chaque chiffre se formait parfaitement. Enfin, les lumières semblaient s'envoler dans l'air comme des gribouillis sur un morceau de papier. Les gribouillis se déplaçaient de plus en plus vite jusqu'à ce qu'ils s'arrêtent soudainement et que les lumières des singes et du singe disparaissent. La vue a absolument ébloui les filles.

Quelques secondes après le début de l'obscurité totale dans l'arène, les lumières de la maison se sont allumées et les différents singes et singes ont fait la queue jusqu'à l'avant de la scène où ils ont fait plusieurs saluts devant le public. Le public, dont Courtney et Pénélope, a applaudi et applaudi en signe d'approbation. Tous les singes et les singes ont haleté de leurs efforts. Ils sentaient fortement la sueur et les cages qu'ils appelaient chez eux. Lorsque les singes ont cessé de s'incliner et que les applaudissements ont cessé, Pénélope et Courtney se sont lentement dirigées vers l'endroit où le gorille à dos argenté se tenait au bord de la scène avec son chapeau haut de forme dans la main droite. Les filles se tenaient sous le grand gorille et le regardaient.

Lorsqu'elles ont attiré l'attention du singe, Courtney a dit respectueusement: "M. Gorille, votre spectacle est merveilleux. Vous devriez vous sentir très fier. Je me suis quand même demandé pourquoi je n'avais pas entendu de musique. Je m'appelle Courtney, au fait, et mon amie à côté de moi est Pénélope." En tant que femelle, elle savait qu'un gorille mâle dominant aimerait être traité avec respect.

"Salut, mesdames. Je m'appelle Kanga. J'aime toujours quand le public me remercie personnellement après le spectacle. Quant à la musique, nous avons essayé plusieurs partitions de fond, mais elles ne sonnaient pas très bien avec tous les cris et sifflements des singes et des singes. Nous sommes toujours à la recherche d'une bonne chanson qui ne soit pas en conflit avec les sons des singes et des singes".

"C'est logique. Je suppose que ce serait difficile, mais je sais que vous trouverez un morceau de musique qui fonctionnera", a déclaré Courtney. "Au fait, connaissez-vous mon ami Herbert, le giantape?"

"Est-ce que je connais Herbert? Lorsqu'il est apparu pour la première fois, il ne savait pas qu'il était un singe. Il est venu ici pour apprendre. Je lui ai appris à regarder fixement, à se mettre à quatre pattes, à frapper sa poitrine, à montrer ses dents, à attaquer et à se tenir à quelques mètres de toute personne qui le regarde, et même à marcher comme un mâle pour que les femelles sachent qui est le patron. Après avoir terminé, il est devenu un grand succès lors de sa course à thème. En un sens, j'ai fait d'Herbert ce qu'il est aujourd'hui. Je suis heureux qu'il soit votre ami. Parce qu'il est si grand, il n'a pas beaucoup d'amis, même si c'est un très gentil singe".

"Oui, il l'est, et je suis heureux que tu sois aussi son ami. Eh bien, Pénélope et moi voulons continuer à regarder autour du zoo. Nous continuons à voir des signes pour le spectacle des éléphants, des hippopotames et des rhinocéros et nous voulons savoir de quel genre de spectacle il s'agit", a déclaré Courtney avec enthousiasme.

"Oui, Mildred l'hippopotame est formidable. Elle sait vraiment comment bouger. Si vous lui parlez, assurez-vous de lui dire bonjour de ma part", a déclaré Kanga en se détournant des filles et en se dirigeant vers le fond de la scène.

"Nous le ferons", appelèrent les deux filles après le Kanga qui battait en retraite. Après avoir quitté Kanga, les filles sont sorties dans un monde humide.

Il avait de nouveau plu. Elles ont suivi les panneaux indiquant les hippopotames le long du chemin jusqu'à un auditorium extérieur. Comme elles sont arrivées tôt au spectacle, elles ont pris place au premier rang après avoir essuyé l'humidité. La grande scène semblait être en béton, même si la surface dure avait probablement fait mal aux pieds de l'artiste. Les constructeurs du zoo ont dû craindre que les grands animaux n'effondrent une scène en bois. Autour de la scène se trouvaient de très grands haut-parleurs, qui diffusaient une musique de fond. Au bout de vingt minutes, alors qu'ils étaient tous deux impatients, un annonceur a couru sur la scène. Grand et mince avec une petite barbe, il portait une cravate noire et une queue de pie ainsi qu'un très grand chapeau. Il portait également un parfum qui sentait le cèdre brûlé. L'annonceur a pris le micro et a dit d'une voix très aiguë mais enthousiaste: "Mesdames et Messieurs, enfants et créatures, bienvenue au Hippo, Rhino, and Elephant Dancing Show. Comme vous le verrez, nos trois artistes savent vraiment comment bouger. Le rhinocéros s'appelle Béatrice, l'éléphant s'appelle Hélène, et la star du spectacle est l'hippopotame nommé Mildred. Maintenant, asseyez-vous et profitez de l'une des plus belles danses de tous les temps. C'est un hippo-terrific".

Les trois grandes étoiles se dandinent sur la scène. Mildred avait une jupe rose sur son arrière-train et un soutien-gorge rose sur sa poitrine. Helen avait la même tenue en violet et Béatrice la même tenue en bleu clair. En reconnaissance des applaudissements polis qu'elles recevaient du public, Béatrice fit bouger sa trompe de haut en bas et grogna, Helen fit bouger sa trompe de haut en bas et d'un côté à l'autre et fit entendre le cri de son éléphant, et Mildred ouvrit sa grande bouche à plusieurs reprises, tout en rugissant.

Les étoiles se retournèrent et poussèrent leur derrière, légèrement couvert par leur jupe, vers le public. Le système audio s'est alors mis en marche avec une force énorme, les basses puissantes secouant tout, y compris les panneaux indicateurs de chaque côté de la scène. Pénélope et Courtney pouvaient sentir leurs sièges vibrer au rythme de la musique. Une chanteuse pleine d'âme a entonné la chanson "Shake That Behind", que Courtney et Pénélope se sont souvenues d'avoir entendue dans le monde réel. C'est exactement ce que les trois stars ont essayé de faire. Helen jouait de la trompette à fond et se balançait d'un côté à l'autre. Malheureusement, son grand corps ne tremblait pas très bien. Béatrice ne tremblait pas bien non plus, car son corps blindé rendait ses mouvements un peu raides. Elle se balançait en quelque sorte d'avant en arrière. Mildred, par contre, la secouait vraiment par derrière, sa croupe ample tremblait en même temps que ses kilos en trop. Elle a définitivement volé la vedette.

Pénélope chuchote avec enthousiasme à Courtney: "Ouah! Vous imaginez comment elle déplace tout ce poids? Elle a vraiment une âme."

"Ouais, mais je ne pense pas que je pourrais jamais me tortiller de cette façon devant quelqu'un", a dit Courtney. "Je pense que si j'essayais, je ressemblerais plus à Helen qu'à Mildred."

Après le numéro d'ouverture, le trio a interprété des valses, des sambas, des fox-trot, des tangos et des pas de deux qui auraient dû être appelés quatre pas. Ils ont également fait leur propre version du bump. À cause de sa taille, Helen a failli faire tomber Mildred et Beatrice. À maintes reprises, Mildred a surpassé ses camarades. Même si aucune des étoiles ne bougeait rapidement sur leurs pieds, Mildred semblait bouger plus au rythme de la musique et apparaissait plus vite qu'Helen et Beatrice. Malgré tous les numéros qui ont suivi la chanson d'ouverture, "Shake That Behind" s'est imposé comme le meilleur numéro du spectacle.

Après le dernier numéro, un tango lent et sensuel, où Mildred a dansé d'abord avec Helen puis avec Béatrice, Pénélope et Courtney ont applaudi et crié leur approbation. Lorsque les applaudissements ont cessé, les deux filles sont retournées sur scène à la recherche de Mildred. Elles ne l'ont pas trouvée là, mais l'ont trouvée se vautrant dans une piscine boueuse toute proche. Pénélope s'est adressée à Mildred dès que les filles ont attiré son attention. Les deux filles ont remarqué que Mildred avait mauvaise haleine à cause de son énorme bouche. Elle avait besoin de se brosser les dents plus souvent.

"Wow, Mildred, tu sais vraiment danser", dit Pénélope avec beaucoup de respect. "Même si je suis un peu en surpoids, je ne peux pas me mettre à bouger comme tu le fais. Oh, au fait, Kanga a dit de dire bonjour."

"Oui, Kanga est un bon gars, même s'il est un peu maigre à mon goût. Pour ce qui est de ta taille, ma fille, c'est une question de taille. Ces filles minces comme la girafe Gertrude n'ont rien à bouger. Elles n'ont pas de derrière à secouer. Tu devrais être fière de ta taille comme je le suis. Je ne comprends pas les humains et leur désir d'être minces. Qui veut s'approcher des os et des muscles? Si vous voulez bouger tous ces kilos en trop que vous avez sur votre corps, vous devez sentir la musique avant de pouvoir le faire. Une fois que vous avez senti la musique, ces kilos en trop bougent en quelque sorte avec elle. Mais comme pour tout le reste, vous devez vous entraîner pour vous améliorer. Sur la route bleue poudre, il y a de la danse et de la musique. Si vous voulez être une star comme moi, ils peuvent vous aider", dit Mildred avec son immense sourire en se déplaçant lentement dans la boue.

"Ce serait génial, Mildred!" dit Pénélope. "Quand je vais devenir un adolescent, ce genre de mouvements m'aiderait à trouver un garçon. Bref, Courtney et moi avons vraiment apprécié votre émission".

"Merci et bonne chance à vous. Dis à ton amie de mettre un peu de viande sur ses os. Elle est si maigre qu'elle n'a rien à secouer. J'ai un peu faim après toute cette danse. J'ai besoin de quitter ma boue confortable et de prendre mon déjeuner." Mildred est sortie de son trou de boue et s'est tournée vers son aire d'alimentation.

Courtney a pris Pénélope par la main et l'a conduite vers l'attraction suivante, le Flying Bird Show. Ils avaient ce spectacle à voir, suivi par les serpents qui se tortillent, les lézards qui sautent et les gazelles qui sautent. Pour la première fois depuis qu'elles sont devenues amies, Courtney a pu constater que Pénélope se sentait bien dans sa peau. Mildred lui a fait prendre conscience de son surpoids. Courtney se sentait très heureuse pour son amie souriante, qui laissait souvent les commentaires sur son poids la déranger.

Chapitre 5

Retour à la maison

Après avoir passé tant de temps avec Pénélope à Elysia, Courtney a commencé à se sentir différente envers ses vieilles amies Rachel et Dede. Juste après l'école, en un jour.

Après sa rencontre avec Herbert, elle s'est approchée d'eux avec un sourire prudent sur le visage.

"Hé, Ded et Rich (les surnoms de Courtney pour ses amis), je crois que je vous dois des excuses. Je vous ai ignorés, vous et tous les autres, ces derniers temps. Je me suis sentie un peu mal. Je n'ai jamais vraiment voulu cesser d'être ton amie, mais je ne voulais pas faire tomber quelqu'un avec moi. Je me sens un peu mieux maintenant. J'espère que nous pourrons recommencer à faire des choses ensemble".

"Je ne sais pas pour Dede, mais je me suis senti un peu blessé par la façon dont tu nous as traités. Nous sommes amis depuis la première année. Mais ensuite, j'ai entendu parler du départ de ton père. Je serais assez énervé si mon père partait comme ça. Mais tu aurais pu venir nous voir pour en parler. N'est-ce pas à ça que servent les amis?"

"Ouais, Courtney, tu aurais dû venir nous voir, Rachel et moi. On aurait pu te faire te sentir mieux. Je dois dire que je me suis sentie assez en colère contre toi, mais je ne me sens pas comme ça avec toi ici. Ça m'a vraiment manqué que nous traînions tous les trois ensemble. Ce n'est pas bien de n'être que tous les deux."

"Alors nous sommes de nouveaux amis, un trio comme avant?" demanda Courtney avec espoir.

"Ouais, ça me va", dit Rachel lentement. "Et avec moi", ajouta Dede.

"Maintenant, nous sommes de nouveau amies, j'ai tellement de choses à vous dire, les filles."
"Tu veux dire qu'Edward t'a attrapé.." Rachel rit. "Tu as vu ça! Je me suis sentie si gênée. Je veux dire, je ne savais pas ce qu'il faut faire". dit Courtney, les yeux grands ouverts.

"Toute l'école a vu Edward te saisir, Court (surnom de Courtney donné à Dede et Rachel), et tu lui rends sa gifle. Je peux vous dire une chose. S'il m'avait attrapée, je ne me serais pas contentée de le gifler. Je l'aurais frappé dans la bouche. Ça aurait aussi fait très mal. Je fais du karaté et je sais comment frapper un gars", dit Rachel, en montrant un de ses coups de karaté.

"Ouais, qu'est-ce qui fait croire aux garçons qu'ils peuvent attraper une fille quand ils en ont envie? On est quoi, des morceaux de viande? Ted m'a fixé ces derniers temps, tout comme Edward t'a fixé. Juste pour être sûr, je m'assure qu'il ne se mette pas derrière moi comme Edward s'est mis derrière toi. Je ne sais pas ce que je ferais s'il m'attrapait", dit Dede.

"Eh bien, l'attrapage n'est qu'une partie de la solution. Edward n'arrête pas de dire.

Je bouge mes hanches tout le temps, alors que je ne le fais jamais exprès. Puis il m'a dit que je ressemblais à un mannequin dans les magazines de sa mère après qu'il m'ait donné un mot. Je voulais en quelque sorte voir ce qu'il avait écrit sur le mot, mais je l'ai jeté à la place. Je n'aime vraiment pas Edward, et je ne voulais pas avoir à répondre à son mot".

"Tu as fait ce qu'il fallait, Court. Les attrapeurs comme lui ne méritent pas que leurs notes soient lues même s'il a essayé de te dire quelque chose de gentil." Dede a ri.

"Dede a raison sur ce point. De toute façon, Court, je sais ce que tu veux dire à propos des hanches. Les filles comme nous marchent de cette façon parce que c'est comme ça qu'on nous met ensemble. Je ne ferais jamais une vraie marche sexy pour un gars comme Edward, mais Pete, eh bien, je pourrais faire une petite marche sur les hanches pour lui. Je veux dire, s'ils veulent voir des hanches, nous pouvons leur donner des hanches", a dit Rachel en commençant à marcher d'avant en arrière en balançant ses hanches.

En riant, Courtney et Dede ont commencé à marcher de la même façon. Elles ont défilé d'avant en arrière, chacune essayant de surpasser les autres. Puis, sans même avoir à dire quoi que ce soit, le trio est rentré chez lui, en parlant et en riant comme s'ils n'avaient jamais cessé d'être amis.

Après avoir dit au revoir à ses amis qui avaient un entraînement de football, Courtney est entrée chez elle avec un sourire. En parlant à Dede et Rachel, elle s'est sentie mieux. Elle voulait parler à sa mère de ses amis, mais elle a entendu sa mère parler au téléphone fixe. Sa mère préférait encore ce téléphone à son portable. Courtney s'est précipitée avec enthousiasme dans la chambre de ses parents. Il se peut que sa mère parle à son père. Elle a décroché le téléphone et a écouté, même si elle savait qu'elle ne devait pas le faire. Au lieu de parler à son père, sa mère a parlé à son professeur principal.

"Eh bien, Mme McGee, comme vous le savez, Courtney a été l'une des vraies stars de cette école primaire. Belle, très intelligente et sympathique, tous les enfants l'admiraient. Mais ces derniers mois, elle a été une fille très différente. Elle est de mauvaise humeur, repliée sur elle-même et refuse de participer à la classe. Elle obtient toujours les meilleures notes de la classe à ses examens, mais ses notes finiront par baisser si elle maintient cette attitude. Depuis une semaine environ, j'ai constaté une très légère amélioration. Il se peut qu'elle revienne lentement. Est-ce que vous l'envoyez en thérapie?"

"Non, on ne peut pas se permettre une thérapie. Je pense qu'elle se débrouille toute seule. Elle et son père ont passé beaucoup de temps ensemble. Quand il est parti, elle l'a très mal pris. Elle a juste besoin d'un peu de temps.""Eh bien, comme je l'ai dit, je prépare mon rapport sur mes élèves de sixième année pour le donner au collège. Je mentionnerai l'amélioration de Courtney, mais si son comportement ne continue pas à s'améliorer, je vous aiderai à lui trouver des conseils. Le collège peut être difficile pour les enfants. Nous ne pouvons pas nous permettre de perdre une étoile comme Courtney aux problèmes sociaux".

Courtney a raccroché le téléphone avant la fin de la conversation. Elle s'est sentie très bizarre en écoutant une conversation sur elle-même. Pourtant, quoi qu'en dise son professeur, elle avait déjà suivi toute la thérapie dont elle avait besoin dans un endroit appelé Elysia.

Chapitre 6

La vie de Reginald

Reginald était assis dans sa petite chambre, espérant que sa tante le laisserait seul ce soir. Alors que pour la plupart des gens, il semblait qu'elle s'occupait de lui, il a en fait dû passer la plupart de son temps à la maison à s'occuper d'elle. Elle avait un mauvais cœur et passait beaucoup de temps au lit. Reginald allait bientôt s'endormir. Il souhaitait pouvoir s'endormir plus tôt. Alors que Reginald fonctionnait encore dans ce monde réel, son cœur et son esprit se trouvaient ailleurs dans un monde différent, qu'il ne pouvait atteindre que par le sommeil. Ses espoirs et ses rêves existaient là, tout comme la fille qu'il aimait. Il s'y rendrait bientôt, mais il ne savait pas combien de temps encore il serait capable d'y aller. Bien qu'il ait récemment fait un peu mieux dans le monde réel, Reginald se débattait toujours avec les problèmes qu'il rencontrait.

Reginald Wellington s'approchait chaque jour avec joie jusqu'à la mort de son père, puis des mois plus tard, sa triste mère le laissait avec sa soeur. Après cela, il est devenu très déprimé. Il refusait de parler avec qui que ce soit à l'école, y compris ses meilleurs amis. Il voulait juste trouver un trou, se faufiler à l'intérieur et disparaître. Avant la mort soudaine de ce père, il menait une bonne vie. Beau, athlétique, intelligent et doté de la même belle voix que son père, Reginald avait plusieurs camarades de classe. Leader naturel, ses camarades le suivaient dans presque tout ce qu'il faisait. Il adorait aller à l'école. Sa vie de famille lui apportait également beaucoup de bonheur. Sa mère, de qui il a reçu ses yeux verts, s'occupait très bien de lui, s'assurant qu'il avait tout ce dont il avait besoin. Il l'aimait beaucoup, mais il idolâtrait vraiment son père, un ingénieur des mines dans l'outback australien. Un grand homme robuste, au sourire facile et à l'allure charmante, tout le monde aimait son père. Chaque fois que son travail le ramenait à la maison, son père, sa mère et Edward faisaient des sorties au zoo, dans les parcs et les musées, mais peu importait ce qu'ils faisaient. Ils aimaient juste être ensemble. Reginald se souvient que son aventure à Elysia a commencé à un moment où la perte de son père et de sa mère pesait lourdement sur lui.

Quatre mois avant l'arrivée de Courtney à Elysia, Reginald se tenait à la porte d'Elysia. Cédric, bien sûr, se plaignit de son retard mais prononça Reginald trente secondes plus tôt. Cette fois, il portait un gilet bleu.

"Cédric, pourquoi portes-tu un gilet bleu?" demanda Reginald. "Ça devrait être évident. Vous vous appelez Wellington. Je porte du bleu royal. Après tout, Lord Wellington est l'un des plus célèbres seigneurs de l'histoire anglaise."

"Mais je ne sais pas si Lord Wellington et mon père sont parents."

"Cela n'a pas d'importance. Votre couleur est le bleu, et c'est tout ce qu'il y a à dire." Ne sachant que répondre, Reginald suivit Cédric à Knockle. Alors qu'il se dirigeait vers la grande porte, Reginald oublia son nom de famille et ne s'en souvint pas pendant tout le temps qu'il passa à Elysia. Étant un garçon athlétique, Reginald claqua le heurtoir à plusieurs reprises.

"Ahhhhh!" Knockle a crié. "Tu es une sorte de monstre? Je ne me souviens pas avoir jamais été frappé aussi fort auparavant. Tout mon corps tremble. Tu veux me détruire?"

"Non, je suis désolé. Je ne savais pas qu'un heurtoir pouvait parler.

Êtes-vous une vraie personne?»

"Bien sûr que je le suis. Je m'appelle Knockle. La seule différence, c'est que je dois rester ici sur cette porte pendant que vous pouvez vous déplacer. Au fait, tu n'es pas le premier garçon à me frapper fort, mais j'aimerais que vous, les garçons forts, puissiez aller un peu plus doucement sur mon heurtoir."

"Eh bien, je m'en souviendrai la prochaine fois. Au fait, je m'appelle Reginald. Knockle, qu'est-ce que je fais maintenant?"

"Tu vas à l'intérieur et tu vois l'interrogateur adulte, bien sûr. La porte n'est jamais fermée à clé."

"Oh ok, je vais faire ça. Encore une fois, je suis désolé de t'avoir frappé si fort."

"C'est bon, mais ne recommence pas."

Après avoir parlé avec Knockle (une conversation que Courtney aura également un peu plus tard), Reginald s'est entretenu avec l'interrogateur adulte. Les questions qu'il a posées étaient similaires à celles qu'il poserait à Courtney, mais une question a vraiment dérangé Reginald. "Alors, Reginald," demanda l'adulte interrogateur, "après la mort de ton père, ta mère a-t-elle commencé à boire et à passer du temps avec des hommes que tu ne voyais pas?

Plutôt que de répondre tout de suite, Reginald a en fait pensé à se lever de sa chaise et à quitter Elysia, mais a finalement décidé qu'il resterait. Il répondit: "Je peux dire qu'elle buvait. Elle sentait l'alcool quand elle est rentrée à la maison. Je n'ai jamais vu d'hommes, mais elle a mentionné deux types dont je n'avais jamais entendu parler auparavant". "Bien, ça suffit. Vous avez terminé. Bienvenue à Elysia. La porte est ouverte derrière moi.

Passez la porte et vous êtes dans ce monde merveilleux."

Un peu intrigué par tout le processus d'admission, Reginald ne répondit pas. Il est simplement sorti par la porte de derrière, où il a immédiatement croisé Bill Jumper. Comme Ted Skipper, Bill donna à Reginald une description officielle des nombreuses routes d'Elysia, mais comme ce serait le cas avec Courtney, Reginald s'impatienta rapidement devant le commentaire officiel de Bill. Ses jambes se fatiguent également en essayant de suivre le rythme du saut de Bill. Promettant à Bill qu'il le chercherait sur la route violette, Reginald lui fit signe de quitter la route rouge. Il a commencé à descendre la route rouge, mais quelques secondes plus tard, il s'est retrouvé dans son lit de Sydney. Comme Courtney, Reginald s'est vite habitué à passer son temps de sommeil à Elysia et son temps d'éveil dans le monde réel.

Reginald a sauté du lit et s'est empressé de se préparer pour l'école. Sa tante lui a crié dessus depuis l'autre chambre.

"Reginald, ton petit déjeuner est prêt. Je suis déjà fatigué et je dois me reposer. N'oublie pas que tu dois revenir tout de suite de l'école. J'aurai la liste des courses, le chèque de la compagnie minière qui doit être déposé, et mes ordonnances de médicaments prêtes pour toi. Tu dois faire ces courses tout de suite avant la fermeture de la banque. Ensuite, j'ai besoin que tu m'aides à nettoyer la maison et à préparer le dîner. Si je passe la journée au lit, je devrais avoir assez d'énergie pour vous aider".

"Oui, ma tante. Je connais la routine. Je serai là dès que possible." En vérité, Reginald préfèrerait de loin jouer au football ou passer du temps avec ses amis plutôt que de traîner à la maison, mais il ne pouvait plus faire les choses qu'il voulait faire. Dans son monde réel, il devait agir comme un adulte et aider sa tante. À la fin d'une autre longue journée à l'école, où il a réussi à faire tous ses devoirs, et d'une journée tout aussi longue à faire des courses et à s'occuper de la maison, Reginald a joyeusement grimpé sur son lit et s'est endormi rapidement. Il ne s'était même pas entraîné à chanter, la seule chose qu'il faisait encore pour lui-même.

Reginald n'a parcouru que quelques minutes sur la route rouge lorsqu'il est tombé sur un grand terrain de football. Des équipes rouges et bleues composées principalement de garçons de son âge et d'un peu plus jeunes se battaient pour le ballon sur le côté bleu. Reginald a également remarqué la présence de quelques filles dans les files d'attente. Fasciné, Reginald les observa très attentivement. Dans l'équipe de football de son école, Reginald a marqué plus de buts que n'importe qui d'autre. Il aimait ce sport et les amitiés qu'il avait dans l'équipe. Pourtant, après que sa tante eut emménagé dans la maison, sa nouvelle routine ne lui laissait pas le temps de s'entraîner ou de jouer. Au début, désespéré de pouvoir continuer à jouer, il a demandé à l'entraîneur un congé de quelques semaines pour voir s'il pouvait trouver un moyen de continuer à jouer, mais finalement, il a dû arrêter. Ses collègues footballeurs, y compris ses meilleurs amis, l'ont quitté lorsqu'il a arrêté. Ils avaient une chance de remporter le championnat local, mais sans Reginald dans l'équipe, ils ont perdu au premier tour des éliminatoires. Même si Reginald ne pouvait pas jouer, ses amis lui ont reproché leur défaite. Reginald a finalement eu l'occasion de rejouer sans que sa tante n'ait rien à voir avec cela.

Un homme qui ressemblait exactement à la star du football Billy Teasdale, de la taille à la tête, s'est approché de Reginald. Il avait des cheveux bruns ondulés, des yeux gris et une mâchoire carrée. Il portait une tenue de football blanche, tandis que les autres équipes en portaient une rouge ou une bleue. Reginald remarqua que ses jambes ressemblaient à celles de Bill Jumper, et qu'il portait donc d'énormes chaussures de football. L'homme a parlé avant Reginald d'une voix virile et enthousiaste.

"Hé, je peux dire à la façon dont vous regardez le jeu que vous êtes un joueur. Je m'appelle Billy Dale. Je suis l'entraîneur de football ou de foot selon l'endroit où tu vis. Je sais tout ce qu'il y a à savoir sur ce sport. Je suis le meilleur joueur d'Elysia.

Si tu es intéressé, je peux te mettre dans le prochain match. Vous êtes un attaquant, n'est-ce pas?

"Oui, j'ai marqué plus de buts que n'importe qui dans mon équipe. J'ai fait une moyenne d'un but par match, la plus élevée de la ligue. Je ne sais pas pour les enfants, mais j'aimerais jouer si vous pouvez me faire rentrer un jour. J'ai remarqué qu'il y a deux filles dans l'équipe. Nous ne laissons que les garçons jouer dans notre équipe. Si les filles veulent jouer, elles ont leur propre équipe."

"Et si vous jouiez maintenant? Je dois évaluer ton jeu pour t'aider à t'améliorer. En ce qui concerne les filles qui jouent, dans ce monde, tout le monde est traité de la même façon. Si les filles veulent jouer, nous les laissons faire. Et si un garçon veut jouer à la poupée sur la route rose, c'est bon aussi.

Reginald n'a pu répondre par un "oh" qu'avant que Bill ne se tourne vers le terrain de football et ne donne le coup de sifflet qu'il portait. Reginald a dû se tenir les oreilles pour se protéger du son très fort. Après le coup de sifflet de Billy, il a couru sur le terrain à une vitesse incroyable. Reginald ne pouvait pas comprendre comment quelqu'un pouvait courir aussi vite. Quand Billy a atteint l'équipe bleue, il a mis son bras autour de l'aile droite et a pointé vers la ligne de touche. Le garçon a couru vers Reginald et a pointé vers le terrain.

"Hé, je suis Bob", dit-il. Il avait une voix très amicale et sentait la sueur. "Bienvenue dans l'équipe bleue. Billy est le meilleur. Il en sait plus sur ce sport que quiconque. Il remet mon entraîneur dans le monde réel, à la honte. Suivez ses conseils, et je peux vous garantir que vous vous améliorerez."

"Hé, merci, Bob. Je m'appelle Reginald. Je vous verrai après le match." Reginald a couru sur le terrain et a immédiatement assumé un rôle de leader dans son équipe. Trois minutes après le début du match, il a volé le ballon à la défense et a fait une échappée sur le gardien. Il s'est mis en position, a feinté à gauche pour éloigner le gardien du centre du filet, a visé le coin droit et a mis toute sa force dans le coup de pied. Le ballon s'est dirigé vers le coin droit, mais au lieu d'entrer, il est passé par-dessus. Billy a trotté jusqu'à Reginald et lui a fait signe d'aller sur la ligne de touche. Bob remplaça Reginald. Lorsque les deux hommes se sont assis sur la ligne de touche, Billy a pris la parole.

"Reginald, tu es un joueur de football né. Tu bouges et manies bien le ballon et tu as la vitesse nécessaire pour les échappées. Je vois quand même deux améliorations que nous pouvons apporter ensemble. D'abord, quand un défenseur vous défie, vous bougez trop vite. Tu dois attendre qu'il s'engage à aller dans un sens ou dans l'autre avant de faire ton mouvement. Une fois qu'il s'est engagé, vous pouvez passer à l'autre direction. Il aura du mal à changer de direction et à vous intercepter. Deuxièmement, en tant que tireur, vous devez vous rappeler une chose: si la balle va à droite ou à gauche du but ou par-dessus le but, vous n'avez aucune chance qu'elle entre dans le but. En revanche, si vous tirez de manière à ce qu'elle entre dans le but, même si vous ne la frappez pas aussi fort, le gardien de but devra l'arrêter. Vous devez passer plus de temps à vous entraîner à tirer sur un filet ouvert jusqu'à ce que vous puissiez l'atteindre dans le but presque à chaque fois que vous tirez. Je veux donner à Bob quelques minutes pour jouer, et ensuite je vous remettrai dans le jeu".

"Merci, Billy. Je pense que cela nous sera utile", a déclaré Reginald en guise de remerciement.

Reginald a passé les deux mois suivants sur le terrain de football avec Billy. Chaque jour, il a consacré deux heures à taper dans un but ouvert. Reginald a également attendu une ou deux secondes supplémentaires pour que le défenseur fasse son mouvement avant de répondre. Reginald pouvait sentir son jeu s'améliorer de jour en jour. Il n'a vu Billy jouer qu'une seule fois. Billy a lancé la balle dans son propre but et a rapidement dépassé l'équipe adverse sur le terrain. Personne ne pouvait l'arrêter, même lorsque toute l'équipe essayait de le faire. La balle semblait être collée à ses pieds. Il s'est déplacé si rapidement que l'équipe adverse semblait ne pas bouger quand il a passé. Lorsqu'il a atteint le but adverse en moins d'une minute, il a frappé le ballon si fort dans le coin du filet que le gardien n'a même pas pu bouger. Billy semblait être une classe à lui tout seul. Reginald ne pensait pas que même les meilleurs joueurs de football du monde réel pouvaient rivaliser avec lui.

Même si Reginald aimait beaucoup jouer au foot pour Billy, il s'est approché de lui un beau jour et lui a dit: "Billy, j'adore jouer au foot, mais je n'ai pas encore commencé à explorer Elysia. J'ai vraiment besoin de voir et de comprendre davantage cet endroit. Je vais marcher plus loin sur la route rouge pour voir ce qu'il y a ici. Merci pour votre aide. Je reviendrai peut-être ici un jour."

"Reginald, je pense que c'est une bonne idée. Tu as beaucoup à voir et à vivre à Elysia. Mais n'oublie pas que tu es un très bon joueur de football avec beaucoup de potentiel."

"Ok, Billy. Je m'en souviendrai. Et au fait, tu es le meilleur joueur de foot que j'ai jamais vu."

Alors que Reginald reprenait son voyage sur la route rouge, en saluant Billy de la main, il a vu du base-ball, du rugby, du tennis, du golf, du football américain, du basket-ball, du cricket et bien d'autres sports le long de la route. Il pouvait passer des années à pratiquer tous ces sports et s'amuser pleinement, mais Reginald décida qu'il voulait faire autre chose que du sport pendant un certain temps.

Presque comme si la route rouge entendait ses pensées, après que Reginald ait passé le prochain virage, il vit un champ géant peuplé de forts, dont l'un semblait assez grand, plus quelques forts dans les arbres. Il remarqua également des tranchées et des falaises avec des cordes qui y pendaient. Une équipe rouge s'est déplacée dans les arbres pour attaquer l'équipe bleue, qui, pour la plupart, observait l'équipe rouge depuis le grand fort. Chaque camp avait des armes de poing et des fusils de peinture. Lorsqu'un garçon prenait un coup de pistolet de peinture dans le corps ou la tête, il devait quitter le jeu. S'il prenait un coup dans les bras ou les jambes, il pouvait rester dans le jeu jusqu'à ce qu'il reçoive un second coup, ce qui l'expulsait du jeu. Reginald aimait jouer à la guerre, il savait donc qu'il adorerait jouer à ce jeu. Pendant qu'il regardait, Reginald a décidé que l'équipe rouge ne pouvait pas gagner dans une attaque frontale. La couverture de l'équipe bleue dans le grand fort a fait d'une telle attaque un suicide.

Après quelques attaques de sondage, l'équipe rouge a lancé une attaque frontale. Au lieu de se contenter de courir aux portes du fort, ils se sont avancés jusqu'à une position à mi-chemin du mur du fort et ont essayé de tirer sur les membres de l'équipe bleue en défense sur les murs. Alors que certains membres de l'équipe bleue sur les murs ont quitté le jeu, les membres exposés de l'équipe rouge ont subi des pertes bien plus importantes. En moins d'une heure, la bataille s'est terminée. L'équipe rouge n'avait plus assez de troupes pour continuer la bataille. L'équipe rouge avait perdu trop de soldats lors de son assaut frontal. Ils se sont rendus.

Reginald s'est rapidement rendu sur le champ de bataille et a localisé le colonel, qui supervisait les combats au fusil à peinture. Dans un renversement de Skipper, Jumper et Dale, il avait une énorme poitrine et des bras mais des jambes de taille normale. Des médailles de toutes tailles et de toutes formes recouvraient son uniforme. Il avait peu ou pas de cheveux sur sa tête rasée de près. Le colonel avait des yeux gris acier pénétrants, une mâchoire carrée et un grand nez qui semblait avoir été cassé plusieurs fois.

Alors que Reginald s'approchait, le colonel se tourna vers lui, la poitrine poussée vers l'avant. Reginald parlait rapidement mais avec autorité devant la silhouette imposante.

"Colonel, monsieur, j'ai observé la bataille de près, et j'ai quelques idées sur la façon dont l'équipe rouge peut faire mieux la prochaine fois. J'aimerais rassembler quelques garçons et essayer ma stratégie."
"Eh bien, quel que soit votre nom, j'aime l'initiative. Quand vous perdez, vous ne vous asseyez pas sur vos fesses, comme l'équipe rouge semble le faire maintenant. Vous trouvez un moyen de gagner la prochaine fois avant de perdre la guerre. Je ne vois pas d'autres garçons venir ici avec des idées. Quel est votre nom?"

"Reginald, monsieur, et je pense vraiment que je peux changer le résultat.""Ok, les garçons, rassemblez-vous ici. Ceux d'entre vous qui ont de la peinture sur leurs vêtements, je veux que vous les changiez. Équipe bleue, je veux que vous retourniez à vos positions de départ. Comme auparavant, vous êtes dans le fort principal. Equipe rouge, je veux que vous soyez dans la forêt devant le fort. La seule différence, c'est que je fais de Reginald le nouveau commandant de l'équipe rouge. Il a une stratégie qu'il aimerait essayer. J'ai l'intention de lui donner une chance. Maintenant, ne restez pas assis à vous regarder. Quand je donne un ordre, vous y obéissez!" dit le colonel à voix haute.

Les garçons retournèrent à leurs positions. Reginald reçut un maillot rouge avec les galons de commandant. Il n'avait aucune idée de la raison pour laquelle le colonel l'avait nommé commandant après quelques minutes de présence. Un garçon s'est approché de Reginald alors qu'il mettait son maillot. Le garçon avait les cheveux noirs bouclés et les yeux marrons foncés sur un visage hispanique. Le garçon marchait et avait l'air d'un athlète. Il portait un jean bleu et un T-shirt avec la photo d'un combattant.

"Salut, je suis Steve. J'ai commandé l'équipe rouge la dernière fois."

"Salut, je m'appelle Reginald. Je suppose que je suis le nouveau commandant. Je suis désolé d'avoir pris votre place", a répondu Reginald, ne voulant pas que Steve se sente mal.

"Ne le soyez pas. Une fois que vous avez perdu une bataille, vous ne recevez plus jamais de commandement. Le colonel n'aime pas les perdants. Je veux juste offrir toute l'aide que je peux".

"D'accord. Je peux vous utiliser, vous et vos idées. Je dois convoquer une réunion de tous les chefs d'équipe. Je veux esquisser mes plans."

"Je vais le faire", a déclaré Steve en commençant à rassembler les chefs d'équipe rouge.

Quelques minutes plus tard, les neuf chefs d'équipe et Steven se sont assis en demi-cercle pendant que Reginald exposait ses plans de bataille. Il a parlé de sa voix la plus autoritaire.

"Nous allons les attaquer par l'arrière. Le fort y est mal défendu. Le mur est également facile à escalader. Pour attaquer par l'arrière, nous devons faire croire aux défenseurs que nous avons toujours l'intention de faire un assaut frontal. S'ils se contentent de déplacer leurs forces à l'arrière du fort, nous n'y gagnerons pas grand-chose, bien que la couverture soit meilleure à l'arrière.

"Alors voilà comment nous allons faire. Juste après notre séparation, le premier chef d'équipe emmènera ses troupes à l'arrière. Nous allons commencer à faire du bruit pour concentrer les troupes bleues sur nous à l'avant. Ensuite, chacun des chefs de groupe restants fera de même. Au fur et à mesure que nos forces se réduiront sur le front, chacun d'entre nous qui sera encore sur le front devra faire de plus en plus de bruit pour couvrir le mouvement de la plupart de nos troupes rouges vers l'arrière. Je ne veux pas qu'une des équipes descende les falaises avant que j'arrive avec les dernières troupes d'attaque à l'arrière. On pourrait les observer.

"Steve, vous et vos forces resterez au front pendant toute la bataille. Quand les dernières troupes d'attaque arrière partiront, je veux que vous alliez à la lisière de la forêt et que vous commenciez à crier et à agiter vos armes contre les forces bleues. Si je ne me trompe pas, Steve, leurs fusils à peinture ne peuvent pas vous atteindre là-bas. Il est très important que vous fassiez le plus de bruit possible à la lisière de la forêt et que vous insultiez l'équipe bleue de toutes les manières possibles. Plus vous les distrayez, plus nous avons de chances de les attaquer par l'arrière. Vous resterez dans cette position jusqu'à ce que vous voyiez l'équipe bleue se déplacer vers l'arrière du fort. Ensuite, vous attaquerez par l'avant. Quand vous le ferez, vous et vos camarades devrez courir aussi vite que possible vers le mur. Si notre attaque à l'arrière se passe bien, vous devriez pouvoir escalader le mur sans perdre trop de vos gars, ou si nous avons assez de contrôle pour ouvrir la porte d'entrée, vous pouvez passer à travers. Lorsque vous êtes à l'intérieur ou au sommet du mur, vous devez commencer à tirer sur les troupes bleues, qui seront alors en train de nous combattre à l'arrière. Si nous pouvons les mettre dans un tir croisé, nous devrions pouvoir leur infliger de lourdes pertes.

"En ce qui concerne les forces de l'arrière, nous descendrons les falaises dès que j'arriverai avec les dernières troupes. Nous nous déplacerons rapidement à l'orée des arbres et nous attaquerons si les murs sont aussi peu défendus que je l'espère. S'ils sont lourdement défendus, je devrai changer le plan et vous informer par l'intermédiaire d'un messager, Steve, de ce que sera le nouveau plan. Des questions? Les membres de l'équipe rouge le regardèrent avec admiration. Reginald a agi comme une version réduite du colonel.

Les chefs de groupe ont parlé entre eux pendant quelques instants, mais au bout de quelques minutes, ils ont hoché la tête en signe d'accord.

"Cela nous semble bien", dit Steve avec beaucoup de respect. "Ils ont un grand avantage à être dans le fort. Cela pourrait changer un peu les chances.

Ça pourrait marcher.»

Pendant ce temps, dans le fort, Terry, le commandant bleu, essayait de calmer ses troupes, qui se concentraient sur le mur de devant en regardant les singeries de l'équipe rouge. Les membres de l'équipe rouge venaient de baisser leurs pantalons et ont demandé à l'équipe bleue de leur embrasser les fesses. Ils ont également traité les membres de l'équipe bleue de lâches, de morveux, de pleurnichards et de mauviettes.

"Équipe bleue, ignorez l'équipe rouge", a dit Terry. "Ils essaient de nous persuader d'ouvrir les portes et de les charger. Si nous le faisons, nous renonçons à notre avantage de couverture. Ils savent que c'est leur seule chance de gagner. Si nous maintenons notre position, ils finiront par charger et nous les abattrons comme nous l'avons fait la dernière fois. Alors détendez-vous et profitez de leur spectacle".

Les membres de l'équipe bleue ont commencé à rire et à pointer du doigt les membres de l'équipe rouge devant eux, mais ils ont gardé une bonne prise sur leurs fusils de peinture.

Reginald et ses forces ont descendu les falaises sans être détectés et se sont blottis à la lisière des arbres. Comme il l'espérait, seules quelques troupes bleues patrouillaient sur les murs arrière. Il fit signe à ses troupes d'avancer mais leur fit signe d'être aussi silencieuses que possible. Toute la troupe s'est rendue jusqu'au mur sans que les gardes n'y prêtent attention. Ils se sont plutôt concentrés sur ce qui se passait à l'avant du fort. Avec l'aide de ses camarades, Reginald a escaladé les murs de la forteresse avec trois de ses autres soldats. Ils ont rapidement tiré sur les deux gardes bleus dans la poitrine et leur ont appliqué un patch de silence sur la bouche. Comme le règlement l'exigeait, les deux soldats bleus se sont assis sur la passerelle sous les murs. Pour eux, le jeu était terminé. Reginald est descendu jusqu'à la porte arrière et l'a ouverte.

Terry fixa l'équipe rouge. Ils n'avaient toujours pas bougé dans le champ de tir. Il se tourna brusquement vers ses hommes et donna un ordre. "Emmenez quelques garçons à l'arrière du fort pour renforcer les soldats qui s'y trouvent. C'est peut-être une diversion. Si c'est le cas, ils attaqueront par l'arrière."

A peine Terry avait-il donné l'ordre qu'un cri de guerre de l'équipe rouge éclata à l'arrière du fort. Les membres de l'équipe rouge se sont déversés par la porte arrière.

"Tous les membres de l'équipe bleue se retournent et engagent le combat avec l'ennemi à l'arrière!" Terry a crié. "La bataille n'est pas encore perdue. Nous allons les combattre jusqu'au dernier."

Quelques instants après avoir donné cet ordre, un paint-ball a explosé sur la poitrine de Terry. La partie s'est terminée brutalement pour le commandant de l'équipe bleue. Les troupes restantes de Terry ont essayé de se rallier, mais elles étaient si nombreuses à être tombées lorsque l'équipe rouge les a surprises par derrière qu'elles n'avaient tout simplement pas le nombre nécessaire. Pourtant, ils ont refusé d'abandonner. Les quelques troupes bleues restantes ont fait la moitié du chemin vers la porte arrière en concentrant leurs tirs.

Pendant ce temps, Reginald, dans toute cette confusion, avait dépassé le nombre décroissant de troupes bleues et ouvert la porte d'entrée. Steve, qui avait emmené ses forces à la porte d'entrée du fort lorsque les membres de l'équipe bleue avaient disparu des murs, a fait irruption par la porte d'entrée dès qu'elle s'est ouverte. Avant que les troupes bleues ne puissent réagir, Steve et son groupe ont rapidement peint le dos des troupes bleues restantes. L'équipe rouge a remporté une victoire décisive.

Chaque joueur bleu avait de la peinture sur lui.

Le colonel a traversé la porte d'entrée en battant des mains et en souriant largement. "Brillant, tout simplement brillant. Furtivité, diversion, bon timing, une charge passionnée à la fin - voilà comment on mène une bataille. Terry, vous ne pouvez jamais laisser les premiers succès vous tromper et vous amener à sous-estimer votre ennemi. Vous devez penser à toutes les façons dont il peut vous attaquer et développer des stratégies pour contrer ces attaques. Reginald, comme je l'ai déjà dit, un plan brillant exécuté sans faille. Vous avez trouvé la faiblesse dans les défenses de l'équipe bleue et avez exploité cette faiblesse. Vos bruyantes diversions ont concentré l'équipe bleue sur le front tandis que vous vous êtes positionné à l'arrière sans vous trahir auprès de l'ennemi. Ensuite, votre charge passionnée a éliminé la plupart des ennemis avant qu'ils ne puissent réagir. Je suis si heureux de votre victoire que je vous décerne la médaille de service Elysia.

Portez-la fièrement. Vous l'avez méritée."

Reginald a aimé recevoir la médaille mais a passé la plupart des heures suivantes à faire l'éloge des chefs d'équipe et des autres personnes qui ont combattu avec lui. Il a également cherché Terry et l'a félicité pour ses victoires passées et son attitude calme sous le feu des projecteurs. Avant la fin de la journée, Reginald avait gagné à la fois l'amitié et le respect de tous les garçons de la zone de guerre.

Reginald a passé des mois dans la zone de guerre. Steve et lui sont tombés dans la routine. Le matin, ils s'entraînaient avec leurs épées en bois et leurs boucliers pour les jeux où ces armes pouvaient être utilisées. Comme le colonel le disait souvent, s'ils devaient combattre Maelstrom, ce seraient les armes qu'ils utiliseraient. Juste avant midi, ils s'exerçaient au tir au pistolet à billes de peinture. L'après-midi, ils menaient leurs combats. Reginald continuait d'exceller dans tous les jeux de guerre du colonel et, avec Steve, il devint un excellent épéiste et tireur au fusil à peinture.

Quatre mois et quelques jours après l'arrivée de Reginald, Steve l'a approché avec une idée. Steve lui a parlé avec enthousiasme et avec un clin d'œil. "Reginald, si nous allons vers l'est à travers la forêt, nous arriverons à la route rose où se trouvent toutes les filles. Si nous prenons à gauche en bas de la route, nous tomberons sur leur zone de vêtements.

Certains des autres chefs d'équipe m'ont dit que les filles se tenaient à découvert et essayaient leurs robes et leurs jupes. Nous pourrons les voir en sous-vêtements.

Vous savez comment sont les filles. Quand elles nous verront, elles s'enfuiront en criant. Qu'est-ce qui peut être plus amusant que ça? Ces raids de filles sont une tradition ici. Un des autres chefs d'équipe a fait un raid sur les filles hier. Même une de ses filles soldats y est allée. Le colonel me dit que le nombre record de filles vues en sous-vêtements est de vingt. Depuis votre arrivée ici, l'équipe rouge est invaincue. Nous sommes peut-être la meilleure équipe de l'histoire d'Elysia. Mais l'équipe rouge ne méritera jamais vraiment cet honneur si nous ne battons pas l'ancien record de vingt filles en sous-vêtements".

"Wow, Steve, ça a l'air amusant. Qu'en dit le colonel?"

"Officiellement, il est contre, mais officieusement, il est pour. Il veut voir une de ses équipes battre le record."

"Alors on y va demain après-midi, après notre dernière bataille. Est-ce que les autres gars veulent y aller?"

"Absolument! Ils pensent la même chose que nous. En plus, les membres de l'équipe rouge vous suivront partout. Vous êtes notre chef", dit Steve, en s'inclinant un peu comme il le fait.

"Ok alors, on y va comme prévu. Ça va être très amusant." Reginald a giflé Steve dans le dos.

Reginald et Steve, avec quinze garçons de l'équipe rouge, se sont étalés en demi-cercle pour regarder les filles s'habiller et se déshabiller dans la prairie. Reginald se demandait pourquoi les filles s'amusaient autant à faire cette simple tâche. Il s'est habillé en quelques minutes. Comme les jeans longs, les sous-vêtements, la chemise, les chaussures et les chaussettes ne puaient pas, il les mettait et se peignait les cheveux avec une brosse. Il avait terminé son habillage pour la journée. S'il mettait plus de temps que cela, cela le rendrait fou. Les filles, en revanche, pouvaient passer des heures à essayer différentes tenues. Reginald ne comprenait pas.

Quoi qu'il en soit, Reginald a déterminé après avoir observé les filles que le record serait plus difficile à battre qu'il ne le pensait au départ. D'autres filles ont entouré la plupart des filles en train d'essayer des tenues. Il ne pouvait pas atteindre son objectif de vingt avec autant de filles cachées. Mais il devait quand même faire ce raid pour voir combien de filles en sous-vêtements il voyait. S'il n'atteignait pas son objectif de voir vingt filles en sous-vêtements, Reginald devait trouver un moyen de briser le cercle lors du prochain raid.

Reginald a levé la main et a lancé son cri de guerre. Les dix-sept garçons sont descendus sur les filles aussi vite que leurs jambes les portaient. Bien qu'ils n'en aient pas eu le mérite, plus il y avait de filles qui criaient, meilleur était le raid. Reginald, qui dirigeait les autres garçons, pointa son compteur vers une fille blonde et mince et le compteur se déplaça vers une. Il a remarqué qu'elle avait des moutons en peluche sur sa culotte. Mince, il a cessé d'avoir des animaux et des figures sur ses sous-vêtements il y a des années. Malheureusement, la fille blonde n'a pas crié. Elle l'a juste regardé, presque avec défi. Elle doit avoir des frères. En regardant devant lui, il a vu trois filles en sous-vêtements. Il devait se dépêcher. Leurs amis avaient déjà commencé à former un cercle autour d'elles.

À ce moment précis, Reginald a vu Courtney et s›est arrêté quelques mètres devant elle. Il fit signe à Steve et aux garçons qui le suivaient de s›avancer, mais seul Steve courut devant lui. Reginald s›est figé sur place. La beauté de la fille lui coupa le souffle. Il voulait juste regarder dans ses yeux bleus, étonnants et magiques. Après quelques secondes, Reginald brisa le sort et se remit à courir, mais il couru assez près de Courtney pour lui chuchoter à l›oreille: «Tu es la plus belle fille que j›ai jamais vue. Ton odeur à elle seule suffit à rendre un garçon fou.»

Puis il a laissé la fille derrière lui et a continué son raid. Reginald a réussi à enregistrer une autre fille en sous-vêtements, mais ses troupes n'ont enregistré que quinze filles en tout. Steve a payé la caution de Reginald lorsqu'il a enregistré deux des trois filles que Reginald a vues à l'arrière de Courtney. Son arrêt ne leur a pas coûté de filles.

À la fin du raid, Reginald et Steve ont parlé et se sont reposés. Ce raid de filles, en plus de leurs combats précédents, les avait épuisés. Reginald a parlé le premier. «Hé, Steve, je suis désolé de m›être arrêté. La fille était si belle, je n›avais qu›à m›arrêter et la regarder. Je crois qu›elle m›a jeté une sorte de sort.»

"Ne t'en fais pas pour ça. De toute façon, ça n'a rien changé. Trop de filles se cachaient dans ces cercles. On n'avait aucune chance de battre le record. De toute façon, je ne t'en veux pas. Qui que soit cette fille, elle est vraiment belle. Si je l'avais abordée comme ça, j'aurais probablement arrêté aussi. Dans le monde réel, il n'y a pas de filles aussi belles dans mon école; du moins, c'est ce que je pense. Comme vous le savez, ils vous laissent seulement vous souvenir de quelques choses sur votre vie là-bas. Je peux vous dire ce qui m'a le plus dérangé. Je n'ai entendu que quelques filles crier. Quel genre de plaisir est-ce là? Ils s'habituent trop à ces raids. La plupart des filles que nous avons prises en sous-vêtements avaient ce regard furieux que les filles ont. D'autres, je pense, ont apprécié. Elles ont fait en sorte que nous les voyions comme ça. Certaines d'entre elles étaient même assises là, les mains sur les hanches. L'une d'entre elles m'a même sorti sa langue. Bizarrement, quand j'ai poussé mon compteur sur une fille, il ne s'est pas enclenché. Je n'ai pas compris, mais je commence à penser que cette fille est un garçon."

"Oui, tu as raison. Ce n'est pas aussi amusant que nous le pensions, mais nous avons encore un record à battre. Nous devrons continuer à essayer. Je crois que j'ai une idée pour la prochaine fois. J'ai besoin de votre aide." Reginald a attrapé le bras de Steve mais a continué à parler. "Au fait, je pense que tu as raison sur le fait que la fille est un garçon. Billy Dale, le canapé du foot, m'a dit que les enfants peuvent faire tout ce qu'ils veulent ici. Je suppose que les garçons qui se déguisent sont l'une de ces choses.

Si un garçon veut faire ça, je ne vois pas de problème, sauf que ça fout un peu en l'air notre raid.""Ouais, je suppose que c'est bon. Bref, travaillons sur ce que vous avez prévu pour gagner le concours. Je veux en finir avec ce concours de raid sur les sous-vêtements et passer à d'autres choses."

Steve et Reginald ont passé plusieurs heures à travailler sur leurs préparations pour le nouveau raid.

Au fil de leurs efforts, ils sont devenus de plus en plus convaincus que la nouvelle stratégie fonctionnerait. Lorsqu'ils ont enfin terminé leurs préparatifs, Reginald s'est arrêté un moment pour réfléchir à sa rencontre avec la belle aux yeux bleus. Il n'arrêtait pas de voir son visage dans sa mémoire.

C'est à cela que pensaient les garçons quand ils ont grandi? Dans son quartier, à la maison, il voyait des garçons plus âgés suivre des filles et essayer de leur parler, mais jusqu'à aujourd'hui, il ne se souvenait pas avoir remarqué une fille. Reginald pensait que c'était peut-être ce monde étrange et magnifique. Tout était différent ici, y compris la façon dont il parlait et pensait. Demain serait une journée bien remplie. Lui et Steve avaient un record à battre.

Reginald et Steve étaient assis dans le même demi-cercle que la veille avec les quinze mêmes garçons de leur groupe, sauf qu'aujourd'hui, chacun d'eux avait un petit paquet de papier et d'herbe légèrement humide et plusieurs allumettes. Reginald et Steve ont passé des heures hier à tester les ballots pour produire juste la bonne quantité de fumée. Selon le plan de Reginald, ils lanceraient une de ces boules de fumée sur chaque cercle de filles. Lorsque les filles se disperseraient, ils cliqueraient le compteur sur la ou les filles à l'intérieur du cercle. Reginald a appelé son équipe.

"Ok, équipe rouge, allons battre le record. N'oubliez pas de placer les boules de fumée aussi près que possible des cercles de filles. Pour l'équipe rouge!"

Les garçons ont tous répondu: "Pour l'équipe rouge, nous sommes les meilleurs."

Alors que leur commandant avançait son bras, les garçons ont couru vers les habilleuses aussi vite qu'ils le pouvaient. Seuls quelques-uns se sont habillés en dehors des cercles de protection. Aucune fille n'a crié aujourd'hui. Le raid a commencé plus mal que la veille. Puis les garçons ont allumé leurs boules de fumée et les ont jetées près des cercles de protection. Maintenant, les filles ont crié. Mieux encore, dès que les filles ont senti la fumée, elles se sont enfuies des cercles, laissant les filles habillées complètement exposées.

La fumée a créé un chaos total dans le vestiaire. Les filles ont couru partout. Reginald continuait à appuyer sur son comptoir, tout en riant et en souriant. Il avait déjà compté cinq filles déshabillées. Au milieu de toute cette fumée, Reginald a cherché la fille aux beaux yeux bleus mais ne l'a pas vue. Il se sentit très déçu. Il voulait la voir en sous-vêtements.

Finalement, le raid a pris fin. Les boules de fumée, qui n'étaient pas très grosses, ont brûlé, et la fumée a commencé à s'évacuer. Reginald décida que ses raiders devaient retourner au camp de guerre. Un certain nombre de filles en colère semblaient se rassembler pour une contre-attaque. Avant qu'ils ne puissent s'organiser, Reginald et Steve ont travaillé à leur retour au camp militaire. Ils se sont assis en cercle et ont compté leurs filles déshabillées. Les résultats les ont étonnés. Le groupe a compté trente-cinq filles, dépassant l'ancien record de dix filles - une victoire militaire majeure.

Malgré leur succès, Reginald et Steve commencèrent à s'inquiéter que le responsable soit en colère à cause des tactiques qu'ils utilisaient. Il est certain que les adultes de chez nous seraient en colère. Ils s'inquiéteraient des robes ou des filles qui prendraient feu. Reginald et Steve avaient travaillé dur pour s'assurer que leurs bombes fumigènes n'explosent pas en véritables flammes. Par conséquent, pour autant qu'ils puissent en juger, rien de grave n'est arrivé. Néanmoins, le fait que cela ait pu se produire serait une raison suffisante pour que les adultes s'énervent. Ses inquiétudes se sont rapidement concrétisées lorsqu'il a entendu la voix forte et en colère de son colonel.

"Reginald! Viens ici tout de suite!"

Reginald et Steve décidèrent tous deux d'y aller, même si Reginald avait eu l'idée de la bombe fumigène. Le colonel sortit son énorme poitrine et fixa Reginald pendant plusieurs instants. Il se déplaçait autour de son petit bureau dans la tente qu'il appelait sa maison. Puis il s'est adressé aux deux garçons avec sa voix puissante. "Encore une fois, Reginald, brillant mouvement tactique. Vous avez dû briser les cercles de protection de la fille, et vous avez trouvé un moyen de le faire sans avoir à les pousser physiquement hors des cercles. Vous le saviez peut-être ou pas, mais les pousser hors des cercles vous aurait disqualifié de la compétition. Ce mouvement tactique de fumée vous a permis de battre légitimement le record, qui restera probablement valable tant qu'Elysia existera. Mais en même temps, les bombes fumigènes inquiètent beaucoup de gens. Frilly Lady a enregistré une protestation officielle auprès du roi et de la reine. La reine veut vous expulser tous les deux d'Elysia, mais le roi n'est pas du tout d'accord. Il qualifie cette stratégie de brillante. Parce qu'ils sont en désaccord, l'incident n'aura probablement aucune conséquence, mais à partir de maintenant, les bombes fumigènes ne seront plus autorisées lors des prochains raids de filles. Bien que cela me peine de devoir le dire, je pense qu'il serait préférable que vous quittiez la zone militaire et que vous vous rendiez à la prochaine attraction sur la route rouge. Après les bombes fumigènes, personne n'est très à l'aise avec une bande de garçons menée par vous deux".

"D'accord, Colonel, Steve et moi allons passer à la prochaine attraction, mais pour ma part, je ne regrette pas d'avoir battu le record, d'autant plus que personne n'a été blessé", a répondu Reginald.

"Je ne le suis pas non plus", a déclaré Steve avec conviction.

"Je ne m'attends pas à ce que vous le soyez. J'espère qu'après que tout cela se soit calmé, vous reviendrez. Reginald, tu es le meilleur commandant que j'ai jamais eu, et Steve, tu es plutôt bon en soi", a déclaré fièrement le colonel.

Les garçons ont salué le colonel et sont revenus pour annoncer la triste nouvelle à leurs partisans. Rompre leur groupe serait difficile pour eux tous.

Chapitre 7

Reginald de retour à la maison

D'humeur provocante, Reginald est resté à l'école avec ses anciens meilleurs amis et camarades de football Robert et Welford, même si sa tante a insisté pour qu'il rentre à la maison tout de suite. Reginald voulait expliquer à Robert et Welford pourquoi il ne pouvait pas jouer dans l'équipe de football ou traîner avec eux comme il l'avait fait pendant la plus grande partie de son enfance. Au début, ils ne voulaient pas parler avec Reginald. Il les avait ignorés pendant longtemps, et ils avaient encore l'impression qu'il les avait laissés, eux et l'équipe, en plan quand il a démissionné. Finalement, il a réussi à coincer ses deux anciens meilleurs amis.

"Allez, les gars, parlez-moi une minute. Je suis dans une situation difficile. Comme vous le savez sans doute, mon père est mort et ma mère est partie sans vraiment me dire où elle est allée. Ma tante a emménagé dans la maison pour s'occuper de moi, mais elle est malade. Elle insiste pour que je fasse toutes ces tâches pour m'occuper d'elle. Elle est même contrariée quand je prends le temps d'aller à l'école.

Elle est censée s'occuper de moi, mais c'est moi qui m'occupe d'elle. C'est une vraie déception. Chaque fois que je menace de partir ou que j'ignore ses demandes, elle menace de rentrer chez elle et de me laisser seule pour les services sociaux. Je ne sais rien de ces gens des services sociaux, mais d'après ma tante, si elle part, ces gens me mettront dans un orphelinat. S'ils le faisaient, je devrais quitter ma maison, cette école, l'équipe de foot et vous les gars pour de bon".

"Je ne sais pas pour Robert, mais je savais que tu avais un problème, mais je ne savais pas que c'était si grave. Je ne voudrais pas aller dans un orphelinat, je le sais bien, mais pourquoi ne pas nous l'avoir dit plus tôt? Chaque fois que Robert et moi avons essayé de vous parler, vous nous avez fui."

"Oui, Welford a raison. Vous auriez dû venir nous voir. Nous aurions pu vous aider. Je ne sais pas si je veux encore être ton ami ou non. De toute façon, quoi que tu fasses, tu ne peux pas aller dans un orphelinat. J'ai entendu dire que ces endroits sont horribles. Mais il doit y avoir un moyen pour que tu aies un peu plus de temps libre, peut-être pas assez pour faire partie de l'équipe de foot, mais au moins assez de temps pour que nous puissions passer du temps ensemble".

"Oui, il faut que tu négocies. Je veux dire, c'est ce que font les adultes, n'est-ce pas? Tu peux dire à ta tante que tu as besoin d'un peu de temps libre après l'école et le week-end. Peut-être que tu peux prendre une heure tous les jours et quelques heures le week-end."

"Huh, tu sais, ce n'est pas une si mauvaise idée, Welford. Ma tante l'a très bien compris. Je l'attends, et elle va vivre dans notre maison. Je ne pense pas vraiment qu'elle partira si j'en fais un peu moins. De toute façon, je vais devenir fou si je n'ai pas un peu de temps pour moi". Reginald est d'accord.

"C'est un bon plan, de toute façon. Passons un peu de temps dans le ravin à escalader et à lancer des pierres avant d'aller à l'entraînement de foot et de rentrer à la maison. Peut-être que nous pourrons redevenir amis comme avant", a déclaré Robert.

"J'en suis", a déclaré solennellement Welford.

"Moi aussi, mais j'aimerais vraiment pouvoir aller au foot avec vous. Jouer me manque tellement que je ne peux plus supporter ça."

Chapitre 8

Retour sur la route rouge

Reginald et Steve ont salué les membres de leur équipe rouge et ont repris leur voyage sur la route rouge. Au bout d'une demi-heure, ils ont rencontré un endroit où les garçons faisaient du skateboard, du vélo et des rollers sur toutes sortes de parcours difficiles. Jusqu'à présent, Steve et Reginald n'ont pas passé beaucoup de temps à faire des tours de vélo à la maison, mais les garçons et un petit nombre de filles qu'ils ont vus devant eux ont clairement fait preuve de compétences supérieures.

Les garçons et les filles en skateboard ont fait des vrilles et des sauts périlleux en l'air sur les parcours de pipe, et les garçons et les filles en rollers ont fait des sauts périlleux avant et arrière et se sont déplacés avec facilité sur les parcours d'obstacles. Les cyclistes se déplaçaient sur les mêmes parcours d'obstacles, souvent sur deux roues. Tous les garçons et les filles se lançaient avec plaisir des défis de plus en plus grands.

Un homme grand et mince aux longs cheveux roux s'est approché des deux garçons. Il avait des traits aigus et des yeux noisette. Il avait également des jambes surdimensionnées, mais Jumper et Skipper avaient des jambes plus grandes. Il portait un jean bleu raccourci et un T-shirt avec le mot "dare". Il portait un skateboard dans la main droite. La sueur sur son front sentait un peu.

"Hé, les gars!", dit-il d'une voix aiguë. "Quel genre de roues voulez-vous? Comme vous pouvez le voir, je préfère les planches, mais je peux aussi bien faire du roller et du vélo. Je m'appelle High Five."

"Ravi de te rencontrer, High Five. Ça a l'air d'être un endroit amusant. Je sais faire du vélo, mais je ne connais pas très bien les pales et les planches", dit Reginald.

"Je suis en quelque sorte au même endroit que Reginald. J'ai un peu d'expérience sur les vélos, mais aucune sur les planches et les lames", a déclaré Steve.

"Ok alors, pourquoi je ne t'apprendrais pas à faire ces autres choses? Tu ne seras peut-être pas capable de rivaliser avec certains des enfants qui sont là-bas, mais au moins tu pourras faire du surf et du skate un peu", a déclaré High Five avec joie.

"Ouais, d'accord. Allons-y. Ce serait bien d'apprendre ces choses", a déclaré Reginald, avec Steve qui acquiesce de la tête. Alors que les garçons s'avançaient pour examiner les skateboards, les rollers et les vélos disponibles, ils ont remarqué plusieurs jeux de béquilles. Apparemment, l'entraînement comportait certains risques, mais cela ne dérangeait ni Reginald ni Steve.

Pendant trois semaines, les deux hommes ont appris à faire de la planche à roulettes et du patin à roues alignées. Ils sont tombés tellement de fois qu'ils ont perdu le compte, mais ils n'ont pas été suffisamment blessés pour avoir besoin de béquilles. Leurs compétences se sont améliorées chaque jour.

Bien sûr, ils avaient beaucoup de bleus et d'éraflures à Elysia, mais quand ils sont retournés dans le monde réel, ils n'avaient pas de marque sur eux. Malgré cela, ils pouvaient sentir les éraflures et les contusions dans le monde réel, même s'ils n'étaient pas là. Au bout des trois semaines, ils ont embarqué sur la piste la plus éloignée lorsque les gradins au bout de la piste ont commencé à disparaître. S'arrêtant net à seulement un pied de l'obscurité rampante, Steve et Reginald ont rapidement grimpé hors de la piste et sont partis à la recherche de High Five. Ils l'ont trouvé en train de faire un double saut périlleux sur sa planche sur la piste la plus difficile, beaucoup plus près du point de départ de la zone. Reginald et Steve ont fait signe à High Five. Il a sauté de sa planche et s'est dirigé vers eux avec sa planche à la main.

"Hé, quoi de neuf? Vous vous êtes encore écrasés?"
dit High Five avec un peu d'humour dans la voix alors qu'il
s'appuyait contre sa planche.

"Non, nous sommes tombés plusieurs fois, mais ce n'est
pas pour ça que nous sommes ici. L'autre côté de notre piste
a commencé à disparaître. C'était vraiment étrange. Steve et
moi sommes sortis de là aussi vite que possible. Il a failli nous
avaler", a déclaré Reginald avec une certaine crainte. Steve
et lui craignaient que High Five les prenne pour des fous. Sa
réponse les a surpris.

"Mec, c'est vraiment pas bon. Cela signifie que
Maelstrom commence à reprendre nos terres. La piste sur
laquelle vous vous trouviez borde Maelstrom. Par conséquent,
la piste est toujours l'un des premiers endroits à disparaître
dans Maelstrom. Je vais devoir la fermer. Vous ne voulez pas
être pris là si Maelstrom vous y emmène sans être préparé. Les
enfants et les créatures de l'autre côté sauront immédiatement
que vous venez d'Elysia. Ils vous tortureront et vous tueront
avant que vous ne puissiez vous fondre dans la masse. Si
cela impliquait un Elysian comme moi, nous mourrions tout
simplement. Les créatures et les gens de notre monde ne
peuvent pas vivre à Maelstrom, et ils ne peuvent pas vivre
dans notre monde. Vous vous réveillerez dans votre monde
réel s'ils vous tuent, alors que nous serons vraiment morts si
Maelstrom nous prend."

"Wow, on dirait un répondeur. Nous ne savons rien
de Maelstrom, si ce n'est qu'il est là. Pouvez-vous nous en
dire plus?" demanda Steve, se déplaçant nerveusement sur
ses pieds.

"Non, tu as raison. Un répondeur devrait vous parler
de cet endroit. Quand cela arrive, je suis tellement bouleversé
que parfois j'en dis plus que je ne devrais. Ces pistes, planches,
pales et vélos et les enfants qui les utilisent sont tout mon
univers. Si je les perds, je ne suis plus rien. Je n'ai rien. Je
pourrais aussi bien être mort alors".

"High Five, je suis désolé. Y a-t-il quelque chose que
nous puissions faire? Steve et moi sommes d'assez bons
commandants et combattants."

"Non, c'est un problème pour le roi et la reine. Ce sont eux qui doivent combattre Maelstrom. Je vais courir et leur dire ce qui se passe, s'ils ne sont pas déjà au courant. Quant à vous deux, je vous recommande d'essayer la route violette, si vous n'y êtes pas déjà allés. La route violette est plus éloignée de Maelstrom. Vous y serez beaucoup plus en sécurité. Je vais dire la même chose aux autres enfants ici. Je vais peut-être devoir fermer pour un moment, ce que je n'ai jamais fait auparavant."

"Bill Jumper m'a dit qu'il aimait beaucoup la route violette. J'ai voulu y aller. Ça te convient, Steve?" dit lentement Reginald, ne voulant pas contrarier davantage High Five.

"Ouais, c'est super. Allons-y", répondit Steve.

Chapitre 9

La route violette du garçon

Steve et Reginald ont adoré le parc d'attractions. Aucun d'eux ne craignait le vertige, et plus le trajet était rapide, plus ils aimaient le parc. Ils ont surtout apprécié la Boule de feu. Ils ont perdu le compte du nombre de fois où ils l'ont prise. Ils ont aussi aimé le tour en parachute, mais ils ne l'ont fait que quelques fois. La vue de Maelstrom les dérangeait, surtout quand ils savaient que Maelstrom pourrait détruire la place de High Five. Comme Pénélope et Courtney, ils ne croyaient pas que les créatures des manèges à thème étaient réelles jusqu'à ce que le singe géant au milieu de son rugissement commence à se gratter le côté. Seules des créatures vivantes feraient une telle chose. Le fait que les créatures vivaient les effrayait un peu, mais en même temps, elles aimaient le frisson de voir des créatures vraiment grandes et peut-être dangereuses.

Après plusieurs jours d'amusement, Steve et Reginald ont finalement réussi à rejoindre Main Street. Steve s'est vite lassé des arcades à un sou et a voulu retourner sur les montagnes russes, mais Reginald a choisi de rester un peu plus longtemps. Il aimait toutes les créatures différentes et intéressantes qui se promènent dans le quartier. Avant de se séparer, Steve et Reginald ont convenu de se retrouver à la fontaine dans trois heures. Une heure plus tard, Reginald jouait à son flipper préféré lorsque la dispute a commencé entre Ted et Bill. Lorsque Reginald a terminé sa partie, il a couru dans la rue après que Bill Jumper l'ait appelé.

Après la course et son baiser avec Courtney, Reginald a rapidement quitté la zone de la fontaine, où les gens et les créatures parlaient encore de la course. Il aimait beaucoup embrasser Courtney, mais en tant que garçon de onze ans, il se sentait également gêné et confus. Il n'avait jamais embrassé une fille sur les lèvres auparavant et ne parvenait pas à se sortir la belle fille de la tête. Il avait besoin de faire quelques voyages sur la Boule de feu juste pour se calmer. D'une certaine manière, Courtney était devenue la belle jeune fille dans son esprit. Il voulait gagner une bataille ou un triomphe dans un concours sportif ou encore tuer un dragon pour gagner ses faveurs. Il ne pouvait pas comprendre pourquoi il l'avait embrassée. Peut-être parce que les héros dont il avait entendu parler dans ses livres d'aventures embrassaient de belles filles, il avait fait la même chose.

Reginald a trouvé Steve, et tous deux ont décidé de quitter le parc d'attractions. Steve a taquiné Reginald à propos du baiser; Bill Jumper lui en avait parlé. Lorsque Reginald s'est mis en colère, Steve a décidé de laisser tomber la question du baiser. Steve ne comprenait pas pourquoi Reginald avait réagi comme il l'avait fait. Courtney était absolument magnifique, et elle n'a même pas frappé Reginald quand il l'a embrassée. La plupart des filles de son âge ont au moins affirmé qu'elles n'aimaient pas être embrassées par des garçons.

Après avoir quitté le parc d'attractions, les deux jeunes filles ont continué leur chemin sur la route violette. Elles ont dépassé le zoo, qui ne les a pas séduites après avoir passé tant de temps au parc.

Presque immédiatement après le zoo, la route violette a tourné à droite, où Reginald et Steve ont rencontré un champ rempli de gymnases dans la jungle, de parcours d'obstacles et de toboggans aquatiques de tous types et de toutes sortes. Steve et Reginald ont immédiatement couru vers les parcours d'obstacles les plus difficiles. Ils utiliseront les toboggans aquatiques plus tard. Ils voulaient rester au sec pour le moment.

Après s'être complètement épuisé sur les parcours d'obstacles et avoir fait de nombreux voyages de retour dans le monde réel, Reginald s'est assis sur l'herbe pendant que Steve prenait un dernier virage sur le parcours d'obstacles le plus difficile. Reginald a eu du mal à s'amuser lorsque Maelstrom a menacé de détruire Elysia. En tant que commandant talentueux, il avait besoin d'être impliqué. Il voulait également passer plus de temps avec Courtney. Alors qu'il en était à sa onzième année, son séjour à Elysia allait probablement se terminer peu après ses douze ans. Et s'il ne revoyait jamais cette belle fille? Il ne voulait certainement pas que cela arrive. Il pouvait encore sentir son baiser. Il devait cesser de s'amuser et passer à ces autres sujets importants. Lorsque Steve s'est approché de Reginald en transpirant beaucoup, Reginald a parlé très sérieusement à son ami.

"Steve, je dois retrouver la belle fille que j'ai embrassée. Je dois aussi découvrir comment je peux protéger ce monde contre Maelstrom. Tu veux venir avec moi?"

"Je ne veux pas être avec toi si tu cours après une fille, mais compte sur moi si tu veux affronter Maelstrom. Je ne veux pas que la maison de High Five disparaisse."

"D'accord. Je te retrouve au château dans trois semaines. Cela devrait me donner le temps de trouver la fille et de parler avec elle. En attendant, vous pouvez demander la recommandation de Coloneltowriteusare. Cela peut être utile si nous avons l'occasion de parler au roi et à la reine d'une mission à Maelstrom."

"C'est logique. Je peux utiliser la semaine pour pratiquer mes tactiques de combat après avoir fait les toboggans aquatiques."

"Ouais, passer du temps avec le colonel est une bonne idée. Au fait, souhaite moi bonne chance, Steve. Je ne connais rien aux filles. Je pense qu'elles peuvent être très difficiles."

"Ouais, je pense que tu en auras besoin." Steve a ri en se dirigeant vers les toboggans aquatiques.

Reginald retourna sur Main Street dans le parc d'attractions à la recherche de la fille aux beaux yeux. À sa grande honte, il ne connaissait pas son nom, mais lorsqu'il l'a décrit en détail, de nombreuses créatures et enfants se sont souvenus qu'elle s'appelait Courtney. Mais malheureusement, ils n'avaient aucune idée de l'endroit où elle et son ami étaient allés après avoir quitté le parc. Après une journée presque entière et frustrante, dont un voyage dans le monde des humains, il a trouvé un indice. Selon l'exploitant de la boule de feu, Nez rouge, le clown, a passé du temps avec les filles. Comme Nez rouge laissait généralement les enfants qu'il accompagnait après qu'ils aient quitté le parc d'attractions, il est probablement retourné au début de la route violette pour chercher de nouveaux enfants. Si Reginald pouvait trouver Nez rouge, il saurait où Courtney est allée.

Reginald a hoché la tête et a couru le long de la route violette vers son début. Il a immédiatement vu Nez rouge dans une prairie à sa droite alors qu'il approchait de la route bleue. Nez rouge a fait gicler deux filles avec le bouton sur sa poitrine. Alors que les filles gloussaient et essayaient d'essuyer l'eau de leur visage, Reginald s'est approché de Nez rouge.

"Salut, Nez rouge, je m'appelle Reginald. Je cherche Courtney", dit-il. "Sais-tu où elle est? J'ai cru comprendre que vous l'avez emmenée au parc."

"Je l'ai fait, et oui, je sais où elle est allée. Elle et Pénélope sont allées à l'aire de musique sur la route bleu poudre. Courtney chante et joue de la guitare, et Pénélope joue du violon", a répondu Nez rouge sans hésiter.

"Merci, Nez rouge. Quelle est la direction de la route bleu-poudre?

"Tu vas à gauche sur la route bleue, et c'est la troisième route à droite. Salue les filles de ma part quand tu les trouveras. Je les aime vraiment toutes les deux."

"Merci, je le ferai."

Après que Reginald ait couru vers la route bleue, une des filles, maintenant à sec, a dit: "Il est vraiment mignon, mais je ne me souviens pas qu'aucun garçon de ma classe à l'école ait couru après une fille de cette façon."

"Tu devrais voir Courtney", répondit Nez rouge en faisant la roue.

Chapitre 10

La route de la poudre bleue

Courtney et Pénélope se demandaient pourquoi elles avaient attendu si longtemps pour venir sur la route bleu-poudre. Elles aimaient toutes deux la musique. Ici, la musique et la danse avaient lieu partout où elles regardaient. Après seulement quelques minutes sur la route, les deux filles ont observé un orchestre symphonique qui jouait près de la route. Un petit homme en costume noir chic avec une cravate blanche et une queue de pie a fait tournoyer ses mains en l'air, et l'orchestre a répondu en jouant une magnifique interprétation de la cinquième symphonie de Beethoven. L'homme avait les cheveux noirs bouclés, de petits traits réguliers et un petit renflement autour de son milieu. Courtney et Pénélope sont restées jusqu'à la fin de la symphonie et ont tapé des mains à haute voix quand elle s'est terminée. L'homme entendit leurs applaudissements et s'approcha rapidement d'elles. Il portait un parfum d'homme fort, ce qui fit froncer un peu le nez des filles.

"Salut, je suis le maître de concert. Je suis toujours à la recherche de nouveaux étudiants. Est-ce que l'un d'entre vous joue d'un instrument?"

"Eh bien, je joue du violon, et Courtney joue de la guitare et chante, mais je ne sais pas vraiment si je suis douée", a répondu Pénélope.

"Courtney serait probablement mieux dans le domaine du rock, du jazz ou des chansons folkloriques. Quant à vous, jeune fille, laissez-moi juger de votre talent de violoniste. Même si vous n'êtes qu'une débutante, votre place est ici", a déclaré Concert Master, tournant son attention vers Pénélope.

"Je m'appelle Pénélope, et je suppose que la seule façon pour vous de savoir à quel point je joue bien, c'est que je joue pour vous. Si tu as un violon, je te montrerai."

"J'en ai un, dans la zone des instruments là-bas. Choisissez-en un et revenez jouer pour moi."

Pénélope s'est rendue dans la zone des instruments et a examiné plusieurs violons et leurs archets. Elle a sélectionné un violon et un archet particulièrement beaux, a testé le violon pour voir s'il avait été correctement accordé et est retournée chez Concert Master. En posant le violon sur son épaule et en positionnant l'archet, elle a regardé Concert Master. Courtney pouvait dire à Pénélope qu'elle savait jouer grâce à sa façon de manier le violon.

"Je suis prête", déclara Pénélope. "Que diriez-vous d'un peu de Mozart?""J'adore Mozart. S'il vous plaît, allez-y", dit le chef de concert avec une grande excitation.

Courtney a regardé avec stupéfaction Pénélope se transformer d'une fille timide, en surpoids et légèrement maladroite en une violoniste sûre d'elle.

Elle a joué la sonate de Mozart avec passion et brio. Courtney a pu voir les yeux du maître de concert briller lorsqu'il a écouté Pénélope. Courtney a fermé les yeux et s'est concentrée sur la belle musique. Trop tôt, Pénélope a terminé et a regardé Concert Master avec une certaine attente dans les yeux. Courtney applaudit fort, disant avant que Concert Master ne puisse dire quoi que ce soit: "Tu es une violoniste formidable, Pénélope. Je suis fière d'être ton amie".

"Pénélope, je ne pourrais pas être plus d'accord avec ton amie. Tu as ta place dans mon orchestre, peut-être en tant que second. Je veux aussi te donner la possibilité de jouer plus de solos comme le Mozart. Resteras-tu un peu?"

"J'aimerais bien, mais je suis avec mon amie Courtney.""Ne vous inquiétez pas pour ça. Courtney peut marcher sur la route dans les autres régions où ils jouent de la guitare et chantent. Elle saura où vous êtes. Vous pouvez vous rendre visite de temps en temps. Beaucoup d'enfants qui passent par ici font la même chose."

"C'est logique, Penelope. Je vais aller dans le quartier folklorique et travailler mon jeu et mes chants pendant que tu restes ici. Je te promets de venir te rendre visite tant que tu me promets de faire la même chose", a déclaré Courtney.

"Ça me semble être un bon plan. Je me sens toujours mieux quand je joue du violon, mais Courtney, vous devez me promettre de venir me rendre visite. Tu es ma meilleure amie. Tu vas me manquer."

"Je te manquerai. Quand je reviendrai, je veux que tu me fasses un autre solo." Quelques instants plus tard, avec Pénélope qui lui faisait signe de la main, Courtney a pris la route de la zone folk, qui se trouve juste à côté du grand pays et de la place de l'Ouest. Un homme mince avec un jean, une chemise bleue et une barbe s'est immédiatement approché de Courtney. L'homme avait des cheveux blonds ondulés, des traits réguliers et des yeux marron foncé.

Sa voix était un peu nasillarde et il sentait un peu les chevaux. "Salut! Je suis Folk Guy. Tu veux jouer et chanter un peu?"

"Oui. Je m'entraîne à la guitare à la maison et je chante en même temps. Je ne sais pas si je suis doué, mais j'aimerais que quelqu'un qui s'y connaisse en musique m'écoute."

"Super! Prends une guitare là-bas et chante-moi une chanson."

Comme Pénélope, Courtney a trouvé une guitare qui lui plaisait, l'a accordée avec soin, a mis la sangle sur sa tête et est retournée là où se trouvait Folk Guy.

"Je vais chanter "Time in a Bottle". Est-ce que ça vous va? Je me suis entraînée à la maison", dit-elle.

"Un peu pop, mais c'est quand même bien. S'il te plaît, joue et chante-le pour moi."

Dès le premier accord, le Folk Guy a reconnu le talent de Courtney. Sa jolie voix, à la fois tonale et rythmée, a rempli le domaine du folk. Son jeu de guitare complétait parfaitement son chant. Les deux semblaient ne faire qu'un. Courtney avait un talent naturel. Elle n'avait besoin d'aucune formation formelle, juste de quelques conseils d'un chanteur professionnel à l'autre. Il travaillait avec elle sur des chansons plus actuelles. Folk Guy est devenu si enthousiaste qu'il a rejoint le dernier chœur.

"Wow, Courtney, vous avez livré la chanson avec grâce et puissance, en montrant votre talent naturel. Je peux vous aider un peu avec une suggestion ici et là, mais vous êtes déjà une star. Je m'attends aussi à ce que vous puissiez chanter de la country, du rock, du jazz, du blues, de la pop et du répertoire américain. Vous devez juste décider quel genre de musique vous voulez jouer et chanter. Je vous enseignerai ce que je sais, mais je vous suggère ensuite d'essayer les autres lieux de musique".

"C'est un grand éloge. Quand je suis dans ma chambre dans le monde réel, je m'entraîne tout le temps, mais personne ne m'entend sauf ma mère, et ça, c›est de loin. Nez rouge et Pénélope ont dit que je chantais bien, mais à part eux, tu es la seule autre personne à dire du bien de mon chant».

"Crois-moi, tout ce que j'ai dit est vrai. Si vous êtes prêt, nous allons commencer à travailler sur la chanson que vous venez de chanter. J'ai quelques suggestions", a déclaré Folk Guy, en jouant des passages de la chanson et en lui montrant comment faire quelques transitions.

Pendant les semaines qui ont suivi, Courtney a eu l'impression d'avoir fait un voyage au paradis. Elle a recherché chacun des domaines musicaux et s'est exercée à leurs techniques. Elle a travaillé très dur sur l'inflexion de sa voix et sur l'intériorisation de l'émotion des chansons qu'elle chantait. Elle s'arrêtait de temps en temps dans le domaine de la musique classique pour parler avec Pénélope, et Pénélope faisait de même, trouvant Courtney dans différents domaines. Pénélope a connu la même joie que Courtney. Elle aimait beaucoup l'enseignement de Concert Master et sentait que son jeu s'était amélioré.

Au bout de trois semaines, Courtney chante dans le quartier du blues avec Big Woman Washington, en essayant de tenir ses notes un peu plus longtemps et en s'entraînant à gémir. Big Woman Washington a levé la main et s'est adressée à Courtney avec son beau et large sourire.

"Quand vous chantez une chanson comme "Squeeze Me", vous devez sentir l'amour à l'intérieur de la femme qui chante. Faites croire que votre homme est dans vos bras et que vous le serrez aussi fort que vous le pouvez. Laissez-moi la chanter du début à la fin pour que vous puissiez entendre ce que je dis".

Courtney a fermé les yeux et a écouté très attentivement le chant de Big Woman. Elle pouvait sentir la voix puissante et profonde de Big Woman.

Lorsque Big Woman a terminé la chanson, ses bras se sont enroulés autour de sa taille, la chanson a soudainement pris un sens pour Courtney.

"Maintenant tu la chantes, ma fille." Big Woman l'encouragea.

Fermant les yeux, enroulant ses bras autour de sa taille et entendant la voix de Big Woman en elle, Courtney s'est jetée dans la chanson. Elle pouvait sentir chaque note. Au milieu de la chanson, Courtney pouvait aussi sentir Reginald dans ses bras. Avec lui, la voix puissante de Courtney s'est envolée. Une fois que Courtney eut terminé, elle regarda Big Woman avec impatience et reçut une tape dans le dos et quelques applaudissements. Courtney tituba un peu de la gifle, mais elle accueillit les louanges de la grande chanteuse. Soudain, du coin de l'œil, Courtney remarqua Pénélope qui courait vers elle sur la route bleue poudre. Lorsque Pénélope s'approcha suffisamment, elle parla à Courtney avec une certaine urgence.

"Courtney", dit Pénélope en haletant, "j'ai vu le garçon aux yeux verts passer à côté de moi. Je l'ai suivi jusqu'à la zone de la chorale. Si on se dépêche, on peut l'y rattraper."

"Qu'est-ce qui te fait croire que je vais courir après un garçon?

Je suis occupée ici", répondit Courtney avec indignation. "Souviens-toi, c'est ton amie Pénélope. Je n'aime pas votre acte. Si tu ne viens pas avec moi maintenant, tu vas te plaindre de ne pas y aller pendant des semaines. Si vous ne vous entendez pas, vous pouvez toujours revenir ici. Allons-y".

"Oh, d'accord, je vais y aller. Je peux au moins dire bonjour à Reginald.

De quoi j'ai l'air?"

"Tu es magnifique comme d'habitude.

Maintenant, viens! Allons-y."

Courtney a salué Big Woman Washington, qui a ri en disant: "Ne laissez pas cet homme vous briser le cœur. Les chanteurs comme nous sont romantiques et se font briser le cœur très facilement."

"Oh, je ne le ferai pas. Je n'ai que 11 ans et je ne suis pas prête à ce qu'un garçon me brise le cœur."

Toujours en riant un peu, Big Woman répondit à Courtney avec beaucoup d'affection dans la voix. "Ce garçon peut ou non te briser le cœur, mais un jour, tu apprendras que l'amour et le chagrin d'amour sont ce qui caractérise le blues. Vous ne vous en êtes peut-être pas rendu compte, mais ce garçon est déjà devenu une partie de votre chanson. Vous lui avez demandé de vous serrer la main, que vous le sachiez ou non. Avec lui en vous, vous avez donné votre meilleure performance jusqu'à présent". Tandis que Courtney suivait Pénélope sur la route bleue poudre, elle a rappelé par-dessus son épaule en riant un peu. "Au moins, ce garçon est bon pour quelque chose. Il m'a fait mieux chanter."

Pénélope descendit la route vers la zone de la chorale aussi vite qu'elle le pouvait. Courtney a couru à côté d'elle mais n'a pas pu s'empêcher de faire un commentaire.

"Pourquoi courons-nous si vite?"

"À ton avis? C'est le véritable amour, comme dans tous les livres de fées. Tu ne veux pas le rater, n'est-ce pas?"

"Je suppose que non, mais je ne veux pas courir vers lui comme un adolescent fou d'amour."

"Je suppose qu'on peut ralentir. C'est juste au coin de la rue. Peut-être qu'on devrait essayer d'avoir l'air décontracté comme si on passait par là."

"Ce serait mieux. Je ne veux pas avoir l'air de l'espionner."

Alors que les filles marchaient dans un virage sur la route, elles ont entendu une merveilleuse voix de ténor chanter "When Irish Eyes Are Smiling". Elles ont couru pour voir qui chantait. Courtney a failli s'effondrer quand il s'est avéré que c'était Reginald.

Ce garçon n'a pas joué franc jeu. Comment pouvait-elle ne pas aimer un beau garçon qui chantait comme ça? Quand Reginald a remarqué Courtney du coin de l'œil, il s'est retourné et lui a chanté les dernières notes de la chanson directement. Leurs yeux se sont fermés.

Choir Man, un homme sévère avec un nez proéminent, des yeux noisette, des cheveux bruns et une petite bouche, s'est rapidement mis devant Reginald. Reginald avait une voix de ténor exceptionnelle. Avec Reginald dans sa chorale, Choir Man serait capable d'impressionner le roi et la reine. Il avait un certain nombre de chansons où un ténor solo ferait toute la différence. Il ne pouvait pas laisser la belle fille prendre sa meilleure perspective depuis très longtemps. Il a parlé d'urgence.

"Jeune homme, vous avez une grande voix de ténor. Vous devez rejoindre notre chorale. Nous avons grand besoin de vous."

"Je vais y réfléchir, mais si vous voulez bien m'excuser un instant, j'ai un ami que je dois voir", répondit Reginald, fixant Courtney plutôt que de regarder Choir Man.

Presque comme s'il était hébété, Reginald s'approcha de Courtney et lui prit la main douce.

Comme s'ils ne faisaient qu'un, ils se mirent à marcher sur la route bleu poudre. Pénélope, ne voulant pas s'immiscer, retourna dans la zone classique pour pratiquer son violon. L'homme de choeur salua Reginald, mais le garçon ne lui prêta aucune attention.

"Courtney", dit Reginald avec passion, "j'ai pensé à notre baiser. Je ne sais pas trop pourquoi je t'ai embrassée. Je n'ai jamais embrassé une fille avant.

Je pensais que tu me frapperais quand je t'embrassais, mais tu ne l'as pas fait. Bien que je ne l'avouerais jamais à aucun de mes amis, j'ai vraiment aimé t'embrasser".

"Dans le monde réel, un garçon m'a attrapée et je l'ai giflé aussi fort que j'ai pu. Mais je n'avais pas envie de te gifler. J'ai aimé t'embrasser. Tu es le premier garçon que j'ai embrassé. Je ne sais pas ce qui m'arrive. Je n'ai que 11 ans et j'agis comme si j'en avais 16. Je ne sais rien sur les rendez-vous ou les petits amis, mais j'ai l'impression que tu es mon petit ami".

"J'ai onze ans aussi. Les gars de mon âge n'ont pas de petite amie, du moins celles que je connais, mais j'ai l'impression que tu es mon petit ami. Si j'étais allé à ton école dans le monde réel et qu'un gars t'avait attrapé par derrière, je lui aurais donné un coup de poing dans la bouche".

"J'aurais apprécié ça. Les filles n'aiment pas que les garçons les attrapent, surtout ceux qu'elles n'aiment pas ou qu'elles ne connaissent pas. Elles aiment aussi quand les garçons les défendent", a déclaré Courtney. "Au fait, j'ai adoré votre chant.

Vous avez une belle voix.""Merci. Je vois que tu as une guitare sur le dos. Est-ce que tu...
chanter et jouer?"

"Oui, je l'emporte avec moi partout où je vais sur cette route. Peut-être qu'on peut aller quelque part et chanter ensemble. Si tu es mon petit ami, j'ai besoin de passer du temps avec toi."

"Ça me paraît bien, mais je dois faire encore une chose avant qu'on aille plus loin."

"Qu'est-ce que c'est?""Je t'embrasse encore.""D'accord, je suppose que c'est bon", répondit Courtney avec une petite hésitation. Elle n'était pas sûre de la direction que prenait cette histoire de baisers. Reginald prit Courtney dans ses bras et l'embrassa. Au début, ils se touchaient à peine les lèvres, mais peu à peu, ils ont commencé à s'embrasser avec de plus en plus de passion. Au bout de dix minutes, Courtney a soudain réalisé qu'elle avait embrassé ce garçon très fort et pendant très longtemps. Elle s'est rapidement éloignée des bras de Reginald. Tout son corps était chaud et elle respirait très fort. Elle avait encore l'odeur masculine de Reginald à l'esprit. "Reginald, je ne sais pas pourquoi je t'ai embrassé si fort et si longtemps. Tu penses probablement que je suis une fille rapide", dit Courtney, en regardant le sol avec beaucoup de culpabilité.

"Pas du tout, j'ai adoré ce baiser. Tout mon corps est chaud. T'embrasser est la chose la plus merveilleuse que j'ai jamais faite. Mais je n'ai pas aimé quand tu t'es éloignée de moi. J'ai même pensé à t'attraper par derrière, mais j'avais peur que tu te fâches contre moi." La merveilleuse odeur sucrée de Courtney est restée dans son nez alors qu'il fixait les beaux yeux de Courtney et lui parlait avec rêve. "Je t'aurais giflé, et cela aurait tout gâché. Peut-être que je ne t'aurais pas giflé. Je ne sais pas".

"Est-ce que ça veut dire que je peux?" dit Reginald avec un sourire enjoué.

"Non, sauf si tu veux que je te frappe sur la tête avec cette guitare", répondit Courtney avec beaucoup d'irritation. Elle s'en voulait de plus en plus d'avoir agi comme une adolescente.

"D'accord, mais je veux mettre mon bras autour de ta taille. Est-ce que ça va?"

"Oui, tant que ça reste là, et je peux mettre mon bras autour de ta taille."

"Vous avez un accord. J'ai entendu dire par certaines personnes au début de cette route qu'ils ont de belles aires de pique-nique et de prairie où nous pouvons être ensemble et chanter. Allons-y. Ils doivent être plus loin sur la route." Reginald conduisit Courtney sur la route bleu poudre.

L'esprit de Courtney s'est emballé alors qu'elle marchait sur la route avec Reginald. Partout où il la touchait, elle se sentait chaude. Elle voulait rester aussi près de lui que possible. Courtney ne comprenait pas toutes ces émotions et sentiments. A onze ans, elle ne devait pas se sentir comme elle l'avait fait. Malgré ces pensées, Courtney a décidé que non seulement elle aimait ces sentiments, mais qu'elle ne savait pas ce qu'elle ferait si elle les perdait. Elle aimait tellement être proche de Reginald que Courtney ne s'opposerait probablement même pas à ce que la main de Reginald glisse un peu sur sa taille, mais elle ne le lui ferait jamais savoir. Lorsqu'elle regardait Reginald, il semblait être comme tous les princes de ses livres de contes de fées. Il chantait même comme un prince. Courtney se demandait si Reginald vivait vraiment dans le monde réel, mais il lui semblait bien réel.

Au bout d'un moment, le couple a trouvé un bel endroit au bord d'un arbre, près d'un petit ruisseau. Une table de pique-nique et quelques banquettes se trouvaient juste au bord du fleuve. Courtney monta sur la table, sortit sa guitare et regarda Reginald droit dans les yeux.

"Reginald, je veux chanter pour toi, tout comme tu as chanté pour moi. J'aime les chansons folkloriques, mais je chante presque tout. Je vais jouer "Where Have All the Flowers Gone? Papa m'a dit qu'enfant, il se souvenait que les gens chantaient cette chanson. Je sais que la chanson a une sorte de signification pour mon père, mais je ne suis pas vraiment sûr de la signification de cette chanson. J'aime juste la façon dont la chanson sonne." Courtney a regardé profondément dans les yeux de Reginald et a commencé à jouer et à chanter. Reginald aimait le jeu et le chant de Courtney, qui s'était beaucoup améliorée en peu de temps sur la route poudreuse et bleue. Il n'arrêtait pas de lui dire "wow" et "tu es géniale".

Au bout d'un moment, il a rejoint Courtney, leurs deux voix se mélangeant merveilleusement.

Lorsque la chanson s'est finalement terminée, Courtney a regardé dans les merveilleux yeux verts de Reginald et a dit avec plus de sérieux que d'habitude: "Reginald, nous devons avoir une chanson spéciale qui nous soit propre. Mon père adorait les chansons de spectacle. Il les chantait tout le temps. Il aimait beaucoup la chanson "If I Loved You", qui vient d'une comédie musicale sur un type dans un carnaval. Je vais la chanter maintenant, et quand tu l'auras apprise, nous pourrons la chanter ensemble."

Avant que Reginald ne puisse répondre, Courtney a chanté un couplet, le regardant une fois de plus dans les yeux. Lorsqu'elle a terminé le verset, elle a attendu qu'il réponde.

"Je pense que c'est une excellente idée", dit Reginald avec enthousiasme. "J'aime la chanson. En fait, mon père l'a peut-être déjà chantée à maman et à moi.

Il aimait se promener dans la maison en chantant des chansons de spectacle. Laisse-moi essayer de chanter le couplet que tu viens de chanter."

Bientôt, ils ont chanté la belle mélodie comme des professionnels. Reginald a appris avec le temps que chanter la chanson les a aidés quand Courtney et lui ont commencé à se disputer. Ils avaient tous deux des opinions très arrêtées, ce qui a entraîné quelques désaccords. Ces disputes ne se produisaient pas très souvent, mais quand même, avoir des disputes à Elysia semblait hors de propos. De plus, les paroles de la chanson avaient un sens pour eux deux. À onze ans, ils ne savaient pas grand-chose de la romance et, tout comme la chanson, ils avaient parfois du mal à se dire ce qu'ils ressentaient.

Les heures passaient, puis les jours, puis les mois. Courtney et Reginald passaient tout leur temps ensemble, chantant, dansant, marchant et même s'embrassant de temps en temps. Ils ont complètement perdu la notion du temps à Elysia. Ils passaient chaque minute de chaque jour l'un avec l'autre. Bien qu'ils aient encore beaucoup de choses à explorer à Elysia, ils ne s'en souciaient guère. Ils restaient sur ou près de la route bleu poudre, où ils pouvaient trouver de nombreux endroits pour être ensemble et apprécier la danse, la musique et le chant. Tous deux devinrent de bien meilleurs chanteurs et danseurs, et dans le cas de Courtney, un meilleur guitariste.

Au bout de trois mois, Courtney et Reginald se sont retrouvés à danser en carré dans une grange aux couleurs vives. Le mois dernier, ils ont appris à danser le ballroom, le hip hop et la salsa dans les différents espaces de la route bleu poudre aménagés pour ces activités. Lorsqu'ils sont arrivés dans l'aire de danse carrée, ils se sont portés volontaires pour chanter quelques airs avec l'aide du petit groupe qui s'y trouvait. Maintenant, ils ont apprécié la danse elle-même, tourbillonnant, virevoltant, et passant d'une personne à l'autre au rythme de la musique. Alors que de nombreux garçons essayaient de parler avec Courtney et que de nombreuses filles essayaient la même chose avec Reginald, Reginald et Courtney ne reconnaissaient presque plus personne. Ils chérissaient chaque moment qu'ils passaient ensemble. Un jour, ils allaient quitter Elysia, et quand ils l'auraient fait, il n'y aurait plus moyen de se retrouver, une pensée qui les déprimait tous les deux. Ils essayaient de ne pas y penser.

Juste avant la dernière danse, Steve est entré, accompagné de Pénélope. Ils avaient cherché partout leurs meilleurs amis. Steve se sentait un peu trahi par Reginald qui lui avait promis de le retrouver dans trois semaines et non dans trois mois. Quand ils ont vu leurs deux amis danser lentement dans les bras l'un de l'autre, ils ont su ce qu'ils avaient fait pendant tout ce temps.

"Je n'y crois pas. Ils ressemblent à des adolescents ou à des adultes. Ils n'ont que 11 ans", s'étonne Steve.

"Je ne comprends pas non plus," dit Pénélope, "mais vous savez que cet endroit est magique. Des choses se produisent ici qui ne se produisent pas dans d'autres endroits. Ils sont amoureux comme dans les contes de fées." Pénélope se rapprocha un peu plus de Steve. Elle n'avait embrassé Steve qu'une seule fois, mais ils s'étaient presque embrassés plusieurs fois au cours des dernières semaines alors qu'ils cherchaient leurs amis. Pénélope aimait beaucoup Steve.

"Courtney est vraiment belle. Peut-être que cela a un peu de sens", a dit Steve, se rapprochant de Pénélope en le faisant.

"Et Reginald est vraiment beau, mais nous sommes venus ici pour une raison. Courtney est mon amie, et Reginald est votre ami. Elysia a des problèmes. Nous devons les convaincre de venir au château."

"Je sais. Je reviens juste de là-bas. La danse se termine. Allons leur parler."

Pénélope et Steve se sont approchés du couple qui venait de finir de danser ensemble. Courtney et Reginald se regardaient dans les yeux. Pénélope s'est placée devant Courtney et Steve devant Reginald.

Steve a parlé rapidement pour attirer l'attention du couple. "C'est bien que vous vous amusiez, mais Elysia a des problèmes. Lorsque j'étais dans la cour du château avec des centaines d'autres enfants, personnes et créatures, un répondeur nous a dit qu'un garçon avait volé le cristal de lumière et l'avait apporté à Maelstrom. Entre autres choses, le cristal concentre le bonheur, la joie, l'amour et l'amitié des enfants d'Elysia en un faisceau qui renforce les murs d'Elysia. Sans le cristal, les murs commencent à s'effondrer, permettant à Maelstrom de prendre lentement le contrôle d'Elysia. Reginald, voici ce qui est arrivé à la piste de skateboard que nous avons utilisée. Le roi et la reine ont déjà envoyé trois équipes de quête différentes sur Maelstrom, mais aucune n'est revenue. Ils demandent plus de volontaires. Si tu te souviens bien, tu as promis il y a des mois d'aller au château avec moi et de te porter volontaire."

Sorti lentement de sa transe amoureuse, Reginald s'est concentré sur les mots de Steve. Avec le feu dont Steve se souvient de leurs aventures militaires, Reginald a dit: "Steve, tu as raison. J'ai promis d'aider. Toi et moi allons poursuivre cette quête. Nous devons protéger ce monde à tout prix. Vous, les filles, restez ici, où vous serez en sécurité."

"Pas question", a dit Courtney. "Je ne sais pas pour Pénélope, mais où tu vas, Reginald, je vais." Elle n'avait pas l'intention de laisser Reginald hors de sa vue.

"Si Courtney y va, j'y vais aussi", a déclaré Pénélope avec la même indignité.

"Ces filles semblent assez déterminées", a déclaré Steve. "Je pense que nous allons devoir les laisser venir. Quoi qu'il en soit, d'après la personne à qui j'ai parlé, ces groupes de quête sont généralement constitués d'une fille pour chaque garçon."

"Alors je suppose que c'est nous quatre. Allons voir le roi et la reine et demandons-leur la permission d'aller faire une quête à Maelstrom. Steve, as-tu reçu une lettre du colonel?" dit Reginald avec une certaine résignation. Bien qu'il ait accepté que les filles fassent partie de son groupe, il craint toujours que Courtney ne soit tuée ou blessée au cours de leur quête.

"Oui, elle est dans ma poche. Vous savez, si nous devons être un groupe, nous devons avoir un nom", a déclaré Steve.

Après quelques minutes de silence, Reginald, dont les mains se déplaçaient dans l'air comme s'il tenait une épée, a dit: "Et pourquoi pas des épées légères? Je sais qu'ils appellent cet endroit Elysia, mais en vérité, c'est le Monde de la Lumière, tout comme le mauvais endroit est Maelstrom, le Monde des Ténèbres. Nous sommes le peuple de la lumière. Nous avons des épées pour battre nos ennemis."

"Oui, j'aime ce nom. Qu'en pensez-vous, les filles?" Steve a dit. "Ça me semble correct", répondit Courtney.

"Et moi", dit Pénélope en hochant la tête.

Chapitre 11

Filles et garçons dans notre monde

Sans l'argent nécessaire pour aller en camp de vacances avec ses amis, Courtney a fait du bénévolat dans une cuisine.

La loi ne lui permettait pas de travailler contre un salaire, mais tant que sa mère était d'accord, elle pouvait faire du bénévolat au centre. Elle mettait la nourriture qui arrivait au centre sur les bonnes étagères afin que les travailleurs du centre puissent la trouver pour la distribuer aux gens ou l'utiliser dans leurs cuisines. Elle a également aidé à préparer et à servir certains repas. Courtney a même distribué des brochures dans son quartier pour solliciter des dons et d'autres volontaires. Courtney se sentait un peu mal à l'aise en tant que plus jeune personne de la cuisine. Pourtant, elle aimait aider les gens à résoudre leurs problèmes. Elle a réalisé que sa mère et elle pourraient avoir besoin d'une telle aide un jour. Elles avaient à peine assez d'argent pour payer les factures, rembourser l'hypothèque et faire l'épicerie tous les mois. Si sa mère perdait son emploi, elles auraient de gros problèmes. Chaque fois qu'elle le pouvait, Courtney essayait de passer du temps avec ses amis, en parlant ou en se promenant avec eux par temps chaud.

À la cuisine, un beau jeune garçon la regardait comme Edward le faisait dans sa classe. Comme le garçon semblait être beaucoup plus âgé, probablement un lycéen, ces regards mettaient Courtney mal à l'aise. Pourtant, le garçon lui souriait beaucoup et semblait être très gentil. Il essayait toujours de l'aider avec les objets plus lourds qu'elle devait porter et lui faisait la conversation. Courtney essayait d'être aussi gentille que possible avec le garçon, mais elle s'inquiétait vraiment de la tournure que prendraient ces petites conversations.

Lorsqu'elle en a parlé à Dede et Rachel, ils lui ont dit qu'elle devait se sentir flattée qu'un garçon plus âgé ait montré de l'intérêt pour elle. En vérité, elle ne savait pas ce qu'elle pensait de son attention. Elle aimait beaucoup Reginald, mais savait qu'il n'existait peut-être même pas en dehors d'Elysia.

Après quelques semaines, Trent, le nom du garçon, attendit Courtney lorsqu'elle quitta la cuisine à 15 heures pour la raccompagner chez elle. Il s'est approché d'elle avec quelques fleurs sauvages et un grand sourire sur le visage.

"Hey, Courtney, ces fleurs sont pour toi. Je les ai cueillies avant de venir à la cuisine aujourd'hui. Si c'est possible, j'aimerais te raccompagner chez toi."

"Trent, les fleurs sont jolies. Et oui, c'est d'accord si tu me raccompagnes chez moi. Mais même si j'ai l'air assez vieux, je ne serai qu'un élève de septième année l'année prochaine. Je ne suis pas encore vraiment prête à sortir avec quelqu'un."

"Ouais, je suppose que je suis beaucoup plus âgée. Je serai en première année de lycée l'année prochaine. Pourtant, tu es la plus belle fille que j'ai jamais vue, et ça m'impressionne vraiment que tu travailles à la cuisine. Contrairement à beaucoup de jolies filles que j'ai rencontrées, tu te soucies des autres au lieu de ne t'occuper que de toi-même. Je suis prête à attendre que tu grandisses un peu. On pourra se voir quand tu seras en quatrième ou quand tu seras en première année comme moi. En attendant, nous pouvons devenir de bons amis".

"Ok, je suppose que c'est bon si nous devenons amis, mais je ne peux pas te promettre que je sortirai avec toi quand je serai plus âgé. Je ne sais pas comment je me sentirai alors."

Par la suite, Trent a raccompagné Courtney chez elle tous les jours. À la fin de l'été, Courtney ne savait toujours pas ce qu'elle ressentait pour Trent.

Elle l'aimait comme un ami, mais elle se sentait très différente de Reginald et de Trent. Pourtant, comment pouvait-elle comparer un garçon dans ses rêves avec un autre dans la vie réelle? Le dernier jour à la cuisine avant la rentrée, Trent semblait très contrarié lorsqu'ils se sont rendus chez elle pour la dernière fois. Il l'a surprise avec ce qu'il a dit.

"Courtney, j'ai fait très attention à ne pas te faire de propositions. Je ne t'ai même pas tenu la main, mais je pense à toi tout le temps. J'ai vraiment, vraiment envie de t'embrasser sur les lèvres. Je crois que je suis amoureux de toi, mais je ne le saurai pas vraiment avant de t'avoir embrassée." "Wow, c'est une grande surprise pour moi. Comme je vous l'ai déjà dit, je ne suis pas assez grande pour sortir avec des garçons. Je n'ai pas encore embrassé un garçon.

Pourtant, tu as été très gentil avec moi cet été, un bon ami et un partenaire de marche. Je suppose que je vais devoir embrasser un garçon à un moment donné.

Peut-être que c'est bon, je ne sais pas vraiment."

Alors que Courtney se tenait là dans une certaine confusion, Trent l'a embrassée sur les lèvres avant qu'elle ne puisse s'éloigner de lui.

Sheimmediatel savait qu'elle avait fait une erreur en ne disant pas non. Elle n'a presque rien ressenti après qu'il l'ait embrassée. Avec Reginald, son corps est devenu très chaud, et elle voulait l'embrasser pour toujours. Avec Trent, elle a eu l'impression que son frère l'avait embrassée, si tant est qu'elle ait eu un frère. Courtney s'est rapidement éloignée de Trent avant qu'il ne se fasse de fausses idées.

"Trent, je suis désolée. Je ne suis tout simplement pas prête à embrasser un garçon. J'espère que nous pourrons rester amis, mais tu devras attendre que je grandisse un peu si tu veux m'embrasser à nouveau".

"Je t'attendrai pour toujours, Courtney."

"Trent, c'est une belle chose à dire, mais je ne veux pas trop vous faire espérer. Comme je l'ai déjà dit, je ne sais pas comment je me sentirai quand je serai plus âgée".

Plus tard dans la soirée, Courtney s'est assise sur son lit en pensant à ce qui venait de se passer. Un beau garçon plus âgé, après avoir été un gentleman très patient, l'a simplement embrassée et il ne s'est rien passé. Pourrait-elle être si amoureuse de Reginald qu'aucun autre garçon ne puisse l'atteindre? Elle ne le savait pas, mais au moins elle a eu le temps de mettre de l'ordre dans ses sentiments. Elle n'a pas vraiment eu besoin de sortir avec des garçons avant son adolescence, mais les yeux verts de Reginald pouvaient encore la hanter à ce moment-là.

Alors que Courtney se battait avec les garçons dans le monde réel, Reginald se battait avec les filles de la même manière. Pour sortir de la maison pendant les vacances d'été, Reginald s'est porté volontaire pour apprendre aux jeunes garçons pauvres comment jouer au football. Il a également joué quelques matchs d'été avec ses anciens coéquipiers. Il a remarqué qu'après avoir fini d'enseigner aux jeunes garçons, une très jolie fille blonde est venue chercher Derrick, un étudiant particulièrement enthousiaste. À son arrivée, la jeune fille le regardait toujours droit dans les yeux. Elle semblait être plus âgée que lui, car elle avait déjà une silhouette de femme. Après avoir récupéré Derrick à plusieurs reprises, elle s'est approchée de Reginald sans aucune hésitation.

"Salut, je suis Susan. J'apprécie vraiment que vous aidiez Derrick à jouer au football. Nous n'avons pas assez d'argent pour lui donner des leçons, mais il aime vraiment jouer et parle de vous tout le temps. Je me demandais si tu pouvais rentrer à la maison avec nous un jour. Nous aimerions beaucoup tous les deux".

"Ravi de te rencontrer, Susan. Je m'appelle Reginald, mais je suppose que vous le saviez déjà. Quant à marcher avec vous, ça me paraît bien. Je vais soit chez moi, soit sur l'autre terrain de foot pour jouer un match d'été. D'après ce que Derrick a dit, je vais dans la même direction générale que votre maison quand je pars d'ici."

"Nous sommes dans la même direction. On peut faire un plan à trois."

A partir de ce jour, Reginald a accompagné Derrick et Susan sur le chemin du retour. Après la deuxième marche, Susan a décidé de marcher avec Reginald jusqu'à sa maison ou jusqu'à l'autre terrain de football après qu'ils aient laissé Derrick chez eux.

Reginald ne savait pas comment s'y prendre avec Susan, une fille de deux ans plus âgée que lui. Reginald n'avait embrassé Courtney qu'à Elysia. Il n'avait pas embrassé une autre fille dans le monde réel.

Au fil de l'été, Reginald et Susan sont devenus amis lors de leurs promenades quotidiennes, mais Reginald ne savait toujours pas ce qu'il pensait de Susan en tant que fille. Il n'était pas devenu un homme et restait donc à la hauteur d'un garçon, même si ses médecins prédisaient qu'il deviendrait un très grand homme comme son père. En fait, Susan se tenait quelques centimètres plus haut que lui. Reginald se souvenait des sentiments forts qu'il avait pour Courtney, mais pour une raison quelconque, il n'avait pas ces mêmes sentiments pour Susan. Il ne savait pas si cela allait changer ou rester le même lorsqu'il serait devenu un homme. Vers la fin de l'été, toute cette question est soudain devenue un problème pour Reginald. Susan se tenait tout près de lui, le regard fixe.

"Reginald, veux-tu m'embrasser? Chaque fois que je regarde dans tes beaux yeux verts de mer, je veux t'embrasser. Je sais que tu es plus jeune que moi, mais tôt ou tard, tu devras embrasser une fille.

J'aimerais être ton premier."

"Je ne sais pas si je suis prêt ou non, Susan. Je vais peut-être sauter sur l'occasion l'année prochaine, mais pour l'instant, je ne sais pas trop ce que je pense des filles. Je suppose qu'on pourrait essayer".

Susan n'avait pas besoin d'autres encouragements. Elle embrassa Reginald très fort sur les lèvres, mais au lieu d'apprécier le baiser, Reginald ne pouvait que penser à quel point il se sentait mieux d'embrasser Courtney. Contrairement à Courtney, il n'a ressenti ni chaleur ni passion en embrassant Susan. Il s'est éloigné de Susan après seulement une minute environ.

"Susan, c'est très gentil, mais je ne pense pas que je sois encore prêt. J'espère que nous pourrons rester amis".

"Reginald, je resterai ton ami pour toujours, et j'espère qu'un jour nous pourrons être plus que des amis. J'aime vraiment t'embrasser." Plus tard dans la soirée, alors qu'il se préparait à retourner à Elysia dans ses rêves, Reginald se sentit très confus. Comment pouvait-il aimer une fille dans ses rêves autant qu'il le faisait? Pourquoi ne pouvait-il pas aimer une jolie fille comme Susan dans le monde réel? Lorsque Reginald s'est endormi, il ne savait plus où était sa place.

Chapitre 12

Le château

Courtney et Reginald ont fait leurs adieux à l'orchestre et aux danseurs carrés. Puis, en tant que quatuor déterminé, les Light Swords sont partis pour leur quête. Après une journée de marche rapide, les Light Swords ont parcouru la route bleu-poudre jusqu'à la route bleue, puis la route de l'or jusqu'à ce qu'ils atteignent le château. Le château ressemblait à un château de conte de fées, avec des tourelles, un pont-levis et un fossé, des murs de pierre épais, et une belle cour fermée avec une fontaine.

Lorsque les Light Swords sont entrés dans la cour, ils ont vu un certain nombre de personnes, d'enfants et de créatures marcher et parler entre eux.

L'entrée principale du château se trouvait au sommet d'un long et large escalier de pierre. Deux gardes en uniforme faisaient des allées et venues devant la porte. Sans hésiter, les quatre d'entre eux montèrent les escaliers et s'adressèrent au premier garde devant eux, qui semblait être le responsable. Le garde avait les cheveux brun foncé, les yeux noisette pâle et un ventre qui poussait un peu son uniforme rouge vif.

"Nous sommes les épées de lumière", dit Reginald au garde de sa voix la plus virile. "Je suis Reginald, et voici Steve, Courtney et Pénélope. Nous avons tous eu de nombreuses expériences à Elysia sur les routes roses, rouges et violettes. Nous voulons recevoir les bénédictions du roi et de la reine pour récupérer le cristal de lumière de Maelstrom. J'ai une recommandation du colonel sur Steve et sur ma capacité à diriger. Pouvez-vous nous aider?"

"Je suis le garde Rivington. Je vais apporter la lettre au roi et à la reine et leur dire ce que vous m'avez dit, mais je ne peux pas garantir qu'ils vous verront ou vous donneront leur bénédiction."

"Nous attendrons. Faites-nous savoir ce qu'ils disent, même s'ils refusent de nous voir", a répondu Steve avec une petite déception dans la voix après avoir remis la lettre à Rivington.

"Je le ferai." Rivington a promis.

Pendant l'heure qui suivit, les Light Swords discutèrent avec les différentes personnes, enfants et créatures de la cour en attendant une réponse du roi et de la reine. Ils ont beaucoup appris. Le roi et la reine s'inquiétaient des trois groupes de quête qu'ils avaient déjà envoyés à Maelstrom. Les enfants de ces groupes auraient très bien pu être capturés, tués ou blessés, ou pire encore, devenir de nouveaux membres de Maelstrom. Les murs d'Elysia s'affaiblissaient de jour en jour. La moitié du monde de High Five, avec ses skateboards, ses vélos et ses rollers, avait disparu. D'autres zones, comme le zoo, avaient également perdu une partie de leurs terres et certains de leurs animaux. Le roi et la reine n'avaient plus beaucoup de temps à passer à Elysia et pensaient avoir raté l'endroit qu'ils aimaient tant. Alors qu'ils écoutaient cette déprimante nouvelle, les épées de lumière entendirent leurs noms. Ils se précipitèrent vers Rivington, qui leur fit signe.

"Le roi et la reine vous verront, mais je dois vous avertir qu'ils sont de très mauvaise humeur. Reginald, vous êtes déjà bien connu du roi et de la reine. S'il vous plaît, venez par ici."

Les épées de lumière, suivant Rivington, entrèrent dans une grande salle avec des plafonds de cent pieds, de grandes fenêtres ornées, de lourdes poutres gothiques, et deux trônes à une extrémité avec des créatures, des enfants et des gens rassemblés autour d'eux. Ils pouvaient passer des heures à contempler la magnifique et immense salle. Les quatre hommes marchaient sur un long tapis rouge jusqu'à une position indiquée par les gardes. Le roi, grand et musclé, avait un beau visage avec une forte mâchoire, des yeux noirs foncés et une belle peau d'un noir profond. La reine, petite mais bien proportionnée, avait de beaux traits et une belle peau asiatique. Ses longs cheveux noirs et soyeux brillaient dans les lumières de la grande salle. Ils étaient tous les deux assez frappants, comme un roi et une reine devraient l'être. Courtney devina que les anniversaires des épées de lumière n'avaient lieu que quelques mois après ceux du roi et de la reine, mais pour Courtney, le roi et la reine ressemblaient plus à un homme et à une femme qu'à eux. Les Light Swords se tenaient là, attendant que le roi et la reine parlent. Malgré les émotions qui tourbillonnaient en chacun d'eux, ils avaient l'air très déterminés.

"Reginald, le colonel fait l'éloge de vos capacités de commandement militaire. Je me suis élevé pour être un commandant sous ses ordres, mais il n'a jamais dit de telles choses sur moi. Steve, le colonel a également parlé de vous, mais il ne dit pas autant de choses agréables à votre sujet. Pourtant, vous deux semblez être le genre d'enfants dont nous avons besoin en cette période de crise", a déclaré le roi lentement et avec une certaine conviction.

La reine a ensuite pesé le pour et le contre avec ses commentaires. "Courtney, Tea Lady, Fluffy Rabbit, Herbert, Swim Master et Nez rouge ont de bonnes choses à dire sur vous. Ils vous aiment aussi, Pénélope, à l'exception d'Herbert, qui ne vous connaît pas. Courtney, Folk Guy, aime votre jeu et votre chant, et Pénélope, Maître d'orchestre, est impressionnée par votre jeu au violon. Par conséquent, je pense que vous ferez de bons membres de votre équipe. Cependant, je suis loin d'être aussi heureux que mon roi à votre sujet, Reginald. Jeter des bombes fumigènes sur les filles dans le vestiaire a mis ces filles en danger. Et si une des filles avait pris feu? Personne ne vous aurait pardonné si cela s'était produit. Pourtant, les équipes que nous avons envoyées à Maelstrom ne se sont pas bien comportées. Peut-être avons-nous besoin de quelqu'un comme vous qui fait des choses inhabituelles et inattendues pour réussir dans cette quête. Mon roi le pense certainement. Quant à vous, Steve, vous semblez également être un bon commandant, mais pour autant que je sache, vous avez eu autant à faire avec l'incident de la bombe fumigène que Reginald. Donc, vous aussi, vous manquez peut-être du bon jugement dont nous avons besoin".

Reginald fit un signe de tête à la reine, ouvrit les bras et s'adressa au roi. "Vos Majestés, nous sommes impatients de commencer cette quête. Nous aimons tous Elysia. Je vous promets que Steve et moi préférerions mourir plutôt que de blesser quelqu'un à Elysia, mais je ne sais pas si nous pouvons faire cette promesse pour les enfants, les créatures ou les gens de Maelstrom. Nous voulons faire ce voyage avant que notre temps ne soit écoulé. D'après votre apparence, vous et la reine semblez être à court de temps aussi".

"Nous le sommes. Nous revenons ici chaque jour dans l'espoir de pouvoir rester ici assez longtemps pour sauver Elysia, mais c'est assez de bavardages inutiles. J'ai pris une décision. Vous avez ma bénédiction pour aller à Maelstrom et récupérer le cristal de lumière. Ma reine, qu'en dites-vous?""Tu as aussi ma bénédiction. Mais Reginald et Steve, s'il vous plaît, ne brûlez pas d'enfants dans votre quête.

Espérons que l'incident de la fumée ne signifie pas que vous prendrez de mauvaises décisions dans votre quête."

"Nous ne ferons de mal à personne à Elysia, ma reine. Je vous le promets. Nous vous rendrons fiers de nous", ont répondu solennellement Reginald et Steve.

"C'est réglé", dit le roi. "Rivington vous emmènera au Répondeur Royal. Il vous dira ce que vous devez savoir sur Maelstrom et ce que vous devez faire pour commencer votre quête. Que les dieux vous bénissent", dit le roi en renvoyant le groupe.

Les épées de lumière s'inclinèrent devant le roi et la reine et suivirent Rivington en descendant quelques marches étroites à l'extrémité de la salle. Ces escaliers menaient à une grande salle au fond de laquelle se trouvaient des herbes, des flacons et des potions. Un vieux monsieur à la longue barbe grise, aux yeux bleus, à la peau ridée et au nez proéminent s'assit sur une chaise et les regarda entrer dans la pièce. Lorsqu'ils s'approchèrent, il parla d'une voix très sage, se déplaçant légèrement sur sa chaise pour soutenir son dos douloureux.

"Eh bien, ce doit être le prochain groupe que le roi et la reine envoient à Maelstrom. S'ils continuent ainsi, nous n'aurons plus d'enfants. Je suppose qu'il n'y a pas le choix, mais chaque fois que nous perdons des enfants de l'autre côté, nous perdons la puissance de leur bonté. Je suis, au fait, le Répondeur Royal. J'en sais plus sur Maelstrom que n'importe qui d'autre ici.

Je suis aussi l'un des médecins du château, c'est pourquoi j'ai toutes ces potions".

"Nous sommes les épées de lumière. Je suis Reginald, mon ami est Steve, nos amies sont Pénélope et Courtney. Je sais que les autres groupes ont tous échoué, mais je pense que nous pouvons réussir. Nous ramènerons le cristal de lumière, mais pour cela, nous devrons savoir tout ce que vous savez sur Maelstrom", a déclaré Reginald avec confiance. Steve, Courtney et Pénélope ont hoché la tête en signe d'accord.

Lentement debout et en se penchant légèrement vers l'avant pour trouver un certain équilibre, le Répondeur Royal s'approcha des épées de lumière et commença son discours habituel sur Maelstrom. "J'espère que vous avez raison. Le dernier groupe, je crois qu'ils se sont appelés les Rapiers, a dit la même chose. Ils sont partis depuis plusieurs semaines. Je ne pense pas qu'ils aient réussi.

"Quoi qu'il en soit, c'est ma conférence sur Maelstrom. Maelstrom est l'exact opposé d'Elysia. Par conséquent, il n'y a pas de couleur du tout. Tout et tout le monde est en noir, en blanc ou dans des nuances de gris. Lorsque les deux mondes sont en équilibre, ils ont à peu près la même taille. Lorsqu'ils sont en déséquilibre, un côté commence lentement à prendre le territoire de l'autre monde. Les créatures et les gens de Maelstrom sont sournois, méchants et brutaux. Ils mentent plus qu'ils ne disent la vérité. Les enfants sont devenus comme les créatures et les gens. Ils détestent l'Elysia, bien que les enfants de Maelstrom soient originaires d'Elysia. Comme de mauvaises choses leur sont arrivées dans le monde réel, comme c'est le cas pour la plupart des enfants qui viennent à l'Elysée, les enfants de Maelstrom laissent ces mauvaises choses les posséder. Ils rejettent tout le bien qu'ils ont à l'intérieur. Pour des raisons que personne ne connaît, ils trouvent leur chemin vers la route noire et sont persuadés de traverser dans Maelstrom. Apparemment, ces enfants entendent des voix séduisantes dans leur tête et suivent ces voix. Près de la moitié des enfants qui viennent ici finissent à Maelstrom. On ne peut rien y faire. Les enfants qui viennent dans ces mondes sont libres de faire leurs propres choix. Ces mondes sont là pour leur usage.

"Si vous voulez voyager à travers Maelstrom sans danger, vous devez ressembler aux enfants qui y sont. Il y a une grange près de l'entrée de Maelstrom, du côté d'Elysia. Une créature très drôle nommée Slither est propriétaire de l'endroit. Il a beaucoup plus en commun avec Maelstrom qu'avec Elysia, mais c'est le cristal de lumière qui l'a créé. Certains ont suggéré que le Cristal des ténèbres devait être tout près lorsqu'il est venu au monde. Nous ne savons pas vraiment comment il est arrivé ici. Il a généralement un ou deux enfants de Maelstrom qui vivent avec lui. Ces enfants sont connus sous le nom de "deux mondes". Ils passent un certain temps dans les deux mondes, à faire des allers et retours. Slither, même s'il ne peut pas vivre à Maelstrom, vous apprendra ce que vous devez savoir sur la façon d'agir là-bas. Les deux mondes qu'il a avec lui vous aideront également. Slither et ses compagnons ont les vêtements que vous devrez porter lorsque vous passerez à Maelstrom.

"Une fois entré dans Maelstrom, vous devrez emprunter la route grise jusqu'à la route noire, puis la route gris clair, qui vous mènera au château. Les habitants du Maelstrom savent comment distinguer les routes grises les unes des autres, mais vous aurez peut-être du mal à savoir laquelle est la bonne. Vous saurez que vous avez la bonne route vers le château lorsque vous verrez une rivière et un pont au loin. Vous devez traverser le pont pour atteindre le château du roi des ténèbres. Le pont est occupé par un Troll de vingt pieds avec un grand club qui vit en dessous. Le Troll essaiera de vous tuer après que vous ayez posé vos pieds sur le pont. Le seul avantage que vous ayez est qu'il aime parler à ses victimes avant de les tuer. Afin de le dépasser, vous devez utiliser votre intelligence pour le tromper et lui demander de vous laisser passer. Même si le Troll est stupide, la plupart des groupes que nous envoyons ne le dépassent jamais. Il a entendu la plupart des histoires inventées par les enfants pour le tromper. "Si vous passez devant le Troll, vous découvrirez un château comme celui-ci, construit contre une falaise rocheuse. Nos sources nous disent qu'il y a une porte à l'arrière du château, juste derrière leur salle du trône. Cette porte mène à la grotte du Dragon. Ces sources affirment également que la grotte possède une entrée arrière, mais personne ne sait où elle se trouve. Le Dragon garde le Cristal des Ténèbres, et maintenant je suppose que c'est aussi le Cristal de la Lumière. Le Dragon est très méchant et encore plus dangereux que le Troll. Vous devrez d'une manière ou d'une autre voler le cristal de lumière et le cristal des ténèbres si vous le pouvez au Dragon sans qu'il ne vous tue. Si vous obtenez les deux cristaux, prenez le Cristal des ténèbres dans la boîte en verre et mettez-le dans la lourde boîte blindée. Ensuite, prenez le cristal de lumière de l'étui blindé et mettez-le dans l'étui en verre.

Si vous faites cela, les créatures, les enfants et les gens de Maelstrom perdront une grande partie de leur influence sur Maelstrom et seront plutôt influencés par Elysia. Par conséquent, ils devraient être beaucoup moins agressifs et dangereux. Il devrait être plus facile de s'échapper. Cependant, on ne peut pas leur faire entièrement confiance. Ils sont de Maelstrom, après tout."

"Je crois que j'ai tout ça, mais qu'en est-il de cette créature Slither? Il n'a pas l'air d'être un type très gentil. Pourquoi voudrait-il nous aider? En effet, pourquoi les deux mondes qui sont vraiment des enfants de Maelstrom nous aideraient-ils? Je ne comprends pas", dit Courtney, en fronçant les sourcils et en déplaçant son poids sur ses pieds.

"Slither est traître, plus comme une créature de Maelstrom que comme une créature d'Elysia. Les enfants qui restent avec lui sont encore pires. On ne peut pas se fier à ce qu'ils disent. Mais Slither aime sa grange et sa position de pire personne d'Elysia. Si Maelstrom continue à consommer de l'Elysia, sa grange sera aspirée dans Maelstrom, hors de sa portée. Il perdra tout. De plus, les habitants des deux mondes perdront leur avant-poste à Elysia. Pour cette raison, je pense qu'ils vous aideront", répondit le Répondeur royal avec une certaine confiance en traversant sa grande chambre.

"J'espère que vous avez raison à propos de Slither. Nous continuerons à le surveiller de près.

Avez-vous autre chose pour nous?" Reginald dit, n'aimant pas ce que le répondeur royal venait de leur dire, mais le suivant dans la chambre avec les autres épées de lumière.

"En fait, j'ai quelque chose. J'ai des sacs à dos pour chacun d'entre vous. Vous y trouverez un certain nombre d'objets intéressants qui vous aideront dans votre quête, ainsi que des documents que j'ai écrits sur Maelstrom. Il se peut qu'il y ait quelque chose dedans que je n'ai pas mentionné. Les enfants des deux mondes utilisent souvent des sacs à dos, donc en porter un ne vous posera pas de problème là-bas. Il y a cependant un problème qu'ils vous causeront. À Maelstrom, ils essaieront de voler vos sacs à dos s'ils le peuvent. Ne les laissez pas faire. Ils pourraient découvrir que les sacs à dos viennent d'Elysia".

Le répondeur royal a retiré quatre sacs à dos des étagères au fond de la pièce et les a remis aux épées de lumière.

"Nous allons surveiller attentivement nos sacs à dos", a déclaré Steve. "Si c'est tout, je pense que les épées de lumière sont prêtes. Si vous pouvez nous montrer comment sortir d'ici, nous pourrons commencer notre quête, mais il me semble qu'il y a encore beaucoup de choses sur Maelstrom que nous ne savons pas", a déclaré Steve avec une certaine prudence.

"Oui, Steve, je vous l'ai dit et je vous ai donné les informations que j'ai, mais, bien sûr, comme je ne peux pas aller à Maelstrom, il y a probablement beaucoup de choses que je ne sais pas sur l'endroit.

Vous devrez simplement vous fier à votre bon sens pour mener à bien cette quête. Maintenant, bonne chance à vous tous; vous en aurez besoin. Rivington vous montrera le chemin pour sortir d'ici", dit le Répondeur Royal, en saluant les quatre personnes qui partaient.

Chapitre 13

Slither

Lorsque le quatuor a atteint l'intersection des routes dorées et bleues en direction de la route noire, Wild Fluffy est sorti des broussailles et Swim Master est arrivé en courant sur la route bleue. Courtney les a embrassés tous les deux.

"Nous voulons nous joindre à vous dans votre quête", dit le lapin et le chien, "au moins la partie de votre quête qui est en ce monde". "Es-tu vraiment sûr de vouloir te joindre à nous?" dit Courtney avec inquiétude. "Wild Fluffy, tu as plusieurs bouches à nourrir. Maître nageur, tu as une femme et de nouveaux chiots dont tu dois t'occuper. Notre quête sera très dangereuse, même de ce côté. Vous pourriez être blessés ou tués."

"J'ai travaillé presque sans arrêt pendant une semaine pour stocker de la nourriture pour ma femme et mes enfants. Ils devraient avoir assez à manger pour une semaine. Quant aux blessures ou à la mort, j'y suis confronté presque tous les jours quand je chasse de la nourriture. Je n'ai peur ni de l'un ni de l'autre. Maelstrom essaie de prendre le contrôle d'Elysia. En tant que citoyen loyal de ce monde, je dois essayer d'aider", a répondu Wild Fluffy avec conviction.

"Je comprends pourquoi vous voulez aider ce monde, mais pourquoi voudriez-vous nous aider? De nombreux groupes poursuivent cette même quête.

Trois y sont déjà allés", a déclaré Courtney.

"Je veux vous aider, Courtney. Vous avez soutenu mes droits en tant que citoyen d'Elysia; maintenant, je veux vous aider de toutes les manières possibles".

"Ok. Je suppose que c'est logique. Je pense que ta petite taille et ta capacité à te serrer dans des endroits étroits pourraient nous aider, alors bienvenue dans notre groupe." Courtney a dit. Les autres membres de l'équipe ont hoché la tête. Courtney a poursuivi: "Maître nageur, je sais que vous nous avez promis, à Pénélope et à moi, que vous vous joindriez à l'une de nos aventures, mais vous n'avez pas besoin d'honorer cette promesse. Nous vous en libérerons si vous voulez retourner dans votre famille."

"Je ne reviendrai pas sur ma promesse. Je suis un chef de meute, pas un suiveur pleurnichard. Je suis prêt à défendre mon monde", a déclaré le maître nageur avec une certaine indignation. "Quoi qu'il en soit, j'ai une surprise pour vous en tant que dernier membre de l'équipe. J'ai parlé à un autre de tes amis, Courtney, et il veut venir aussi." Avant que Courtney ou les autres épées de lumière ne puissent répondre, la terre a commencé à trembler. Comme une montagne en mouvement, Herbert s'est approché du groupe, s'arrêtant à quelques mètres seulement d'eux. Il avait ses chaussures de sport sur ses énormes pieds. Tandis que Steve, Reginald et Pénélope reculaient de terreur, Courtney regardait vers le haut dans
Herbert et lui parlait avec beaucoup d'affection.

"Salut, Herbert, merci d'être venu. Voici mes amis, Reginald, Steve et Penelope. Je pense que vous connaissez Wild Fluffy et Swim Master. D'après ce que nous avons entendu au château, nous pourrions avoir besoin de votre aide sur la route noire. Mais comment avez-vous eu le temps de vous joindre à nous? Votre tour sera fermé pendant que vous êtes ici.""J'ai dit à mon manager que j'avais besoin de quelques jours de congé, et il a accepté de me les donner. La voiture a besoin d'entretien, donc le directeur prendra le temps que je sois absent pour réparer certaines choses.

Quoi qu'il en soit, Courtney, tu es mon amie. Je ne te permettrais jamais de parcourir la route noire sans mon aide. C'est trop dangereux."

"Eh bien, Herbert, tu peux sans aucun doute nous aider, mais nous ne pouvons pas marcher jusqu'à la grange de Slither avec toi à nos côtés", dit Reginald, en se grattant la tête et en avançant pour se mettre à côté de Courtney. "Slither ne nous aiderait jamais si vous le faisiez. Pourtant, d'après la carte que le Royal Answerer nous a donnée, juste avant la grange, il y a une petite forêt. Herbert, si tu peux y trouver un endroit pour te cacher - ce qui n'est pas facile pour toi - nous pouvons t'appeler si nous avons des ennuis, ce qui pourrait très bien nous arriver dans la grange de Slither. Fluffy Rabbit et Swim Master peuvent être nos messagers".

"Ouais, c'est une bonne idée, Reginald", a dit Courtney.

"Je préférerais être à tes côtés, Courtney, mais je sais que tu auras besoin de l'aide de Slither pour te préparer à Maelstrom. Je vais le faire, mais je ne sais pas si je peux trouver une place pour m'asseoir dans ces bois ou non. Je vais peut-être devoir arracher quelques arbres du sol. Les arbres seront vraiment en colère contre moi, mais je suppose que cela n'a pas d'importance. Ils sont déjà en colère contre moi parce que j'ai arraché leurs branches lorsque j'ai fait une de mes ébouriffades d'arbres", a déclaré Herbert en se grattant la tête.

"Herbert, je pense aussi qu'il serait préférable que tu quittes la route et que tu te rendes dans la forêt par tes propres moyens", a ajouté Steve. "Certaines personnes ou créatures qui connaissent Slither peuvent l'avertir. Si quelqu'un vous demande ce que vous faites, vous pouvez dire que vous allez dans la forêt pour faire une partie de jambes en l'air dans les arbres".

"Oui, je suis d'accord", a déclaré Herbert. "Si je dois vous sauver, personne ne doit savoir à l'avance que je vais le faire. En fait, il se peut que je fasse une partie de jambes en l'air une fois sur place. Je n'en ai pas fait depuis longtemps. C'est vraiment amusant".

Le groupe a continué sa visite pendant quelques minutes. Ils sont devenus à l'aise les uns avec les autres et avec la mission qu'ils devaient accomplir pour aider Elysia. Finalement, anxieux de commencer la mission, le groupe s'est brisé. Herbert se dirigea dans une prairie qui le conduirait à la forêt, effrayant chaque créature et plante sur son chemin.

Les épées de lumière, le maître nageur et Wild Fluffy descendirent la route vers la grange de Slither. Herbert ayant créé une telle scène, la plupart des personnes et des personnages normalement suspects sur la route noire les ont largement ignorés. Alors que le début de la route ressemblait au reste d'Elysia, à mesure qu'ils avançaient sur la route, la zone à côté de la route commençait à changer. Les couleurs sont devenues plus ternes et les bâtiments plus usés. Pour la première fois depuis qu'ils sont arrivés ici, ils ont vu de la terre, des détritus et des ordures. Les gens et les créatures le long de la route semblaient également de moins en moins amicaux. Apparemment, sortis de nulle part, deux hommes se sont soudainement avancés devant eux et ont regardé leurs sacs à dos, mais au dernier moment, ils se sont écartés de leur chemin lorsque les Light Swords ont marché droit sur eux.

Au bout d'un certain temps, Courtney et Pénélope ont vu Tabby

Cat et Sexy Cat les regardent depuis le coin d'une vieille maison en ruine. Leur fourrure autrefois magnifique montrait de la saleté et de la crasse qu'ils ne pouvaient apparemment pas lécher. Ils grognaient quand ils voyaient le groupe qui passait devant eux.

Les deux chats ont probablement blâmé Pénélope et Courtney pour les avoir mis dans ce sale endroit, même si leurs propres actions les ont amenés à être ici. Au moins maintenant, la chatte Tabby avait Sexy Cat pour elle toute seule.

Finalement, une grande grange, qui ressemblait un peu à une maison, apparut sur leur droite à seulement cinquante mètres de la fin de la route noire. Au bout de la route, un grand portail de fer élaboré, avec le mot "Maelstrom" au-dessus, se dressait devant eux. La porte ressemblait à la porte d'Elysia, mais au centre des parties droite et gauche de la porte, des visages furieux et hargneux les regardaient fixement. Les visages en colère ainsi que la noirceur et le gris au-delà de la porte effrayaient le groupe, mais aucun d'entre eux ne voulait l'admettre.

La grange semblait être solide, sinon un peu délabrée et sale. Elle semblait également peu accueillante, tout comme la zone qui l'entourait.

Après s'être regardés pendant un moment, Reginald et les autres Light Swords se sont dirigés vers l'avant de la grange. Wild Fluffy et Swim Master ont disparu dans les mauvaises herbes qui entouraient le bâtiment. Ils essayaient d'observer ce qui se passait à l'intérieur de la grange à travers l'une des nombreuses ouvertures dans les planches de bois qui constituaient les murs extérieurs. Ils voulaient être en mesure de courir vers Herbert si les Light Swords avaient des ennuis.

Avant même que Reginald ne puisse frapper, Slither a ouvert la porte de la grange. Bien que de taille et de hauteur normales, Slither semblait être plus une créature qu'un homme avec sa peau écailleuse et ses yeux jaune vif. Pire encore, un mucus visqueux et brillant recouvrait sa peau, et il dégageait une odeur nauséabonde qui sentait comme les émanations d'un égout. Slither sourit aux épées de lumière et fit un geste du bras pour qu'elles entrent à l'intérieur. À contrecœur, les Light Swords le suivirent. L'intérieur de la moitié de la grange et de la moitié de la maison avait des sols recouverts de paille mais aussi des canapés, des chaises et des tables au premier étage. Le deuxième étage, si l'on peut appeler cela ainsi, comportait plusieurs greniers à dormir avec des lits simples. L'endroit avait la même odeur désagréable que celle de Slither.

Assis sur un canapé, un garçon et une fille proches de l'âge adulte fixaient les Light Swords. Ils portaient des jeans sales et bas et des chemises identiques avec un trou en forme de V ouvert allant jusqu'à leur ceinture. Leurs sous-vêtements montraient l'endroit où la pointe du V croisait leurs ceintures. Chacun avait un endroit pour attacher une épée à leur ceinture. Les deux avaient de longs cheveux sales - le noir de la fille et le blond foncé du garçon - et quelques boutons sur le visage. Le garçon avait un gros nez, mais la fille avait un nez régulier.

Les deux avaient les yeux noisette pâle. Le garçon et la fille semblaient être de taille et de poids moyens pour des préadolescents. Ils se moquaient des épées légères. Alors que les garçons ne se souciaient pas des tenues portées par les deux enfants de Maelstrom, Pénélope et Courtney détestaient leurs tenues. Toutes deux ont juré dans leurs propres pensées de ne jamais porter de vêtements comme ceux-ci. Aucun garçon ne verrait jamais le haut de leurs sous-vêtements et la moitié de leur poitrine.

"Je pense que nous avons besoin de quelques présentations. Je suis Slither, et voici Derrick et Barbara. Derrick et Barbara sont deux mondes qui font régulièrement des allers-retours entre Maelstrom et Elysia. Ils savent comment se fondre dans l'un ou l'autre des deux mondes. S'ils portaient leurs vêtements Elysia, vous ne sauriez jamais qu'ils sont des résidents de Maelstrom. Derrick et Barbara, voici les épées de lumière".

"Je suis Steve.""Reginald.""Courtney." "Pénélope."

"Ravie de vous rencontrer, j'en suis sûre." Derrick a ricané en réponse tandis que Barbara lentement hoché la tête.

Slither poursuivit en déclarant: "Je pense que la première chose à faire est que vous quatre vous changiez pour porter les vêtements de Maelstrom. Les filles, vous pouvez utiliser le loft de gauche, les garçons, le loft de droite. Vous y trouverez des vêtements Maelstrom. Vous devez les mettre et regarder le rôle de Maelstrom avant de jouer le rôle".

Les Light Swords se regardèrent. Courtney et Pénélope avaient ce regard furieux que les filles ont parfois quand on leur demande de porter quelque chose qu'elles ne veulent pas porter. Courtney et Pénélope voulaient toutes deux refuser de porter les vêtements de Maelstrom et se plaignaient amèrement de cette horrible créature qui leur demandait de le faire, mais elles savaient qu'elles ne pouvaient pas. Maelstrom a menacé Elysia. Pour avoir une chance de sauver Elysia, ils doivent s'habiller comme les enfants de Maelstrom. Sinon, ils seraient capturés dès qu'ils entreraient dans Maelstrom. Finalement, longtemps après que les garçons soient allés se changer dans leur loft, Courtney et Pénélope y sont montées pour changer de vêtements. Les filles ont terriblement souffert lorsqu'elles ont échangé leurs tenues neutres et confortables contre les jeans bas et les chemises en V de Maelstrom. Elles ne pouvaient pas supporter leur apparence. Courtney se plaignait le plus fort en se regardant dans le petit miroir sale près du lit.

"Je ressemble à une de ces filles dégoûtantes qui se montrent autant qu'elles peuvent pour attirer les garçons. Je ne sais pas combien de temps je vais pouvoir porter cette tenue laide".

"Oui, mais au moins tu es belle avec ce que tu mets sur ton corps. Cette tenue met trop en valeur mon ventre. Steve va me détester quand il me verra dans ces vêtements."

Les filles ont continué à se plaindre. Les deux voulaient trouver un placard et se cacher. Finalement, elles ont trouvé le courage de descendre l'échelle du grenier. En arrivant au bas de l'escalier, elles ont toutes deux remarqué qu'elles n'avaient pas d'épée.

Steve et Reginald, qui les attendaient patiemment au premier étage, n'en avaient pas non plus.

"Eh bien, vous n'êtes pas sexy, les filles? Courtney, tu es vraiment géniale. Bien sûr, ce n'est pas parce que vous avez les bons vêtements que vous serez acceptée à Maelstrom. Vous devrez jouer le rôle.

Derrick et Barbara vous donneront une petite instruction dans ce domaine", dit Slither avec un sourire sournois.

Derrick et Barbara s'avancèrent. Derrick a immédiatement saisi Barbara et elle l'a attrapé.

"C'est comme ça que les filles et les garçons sont ensemble là-bas", commença Derrick. "Si un garçon et une fille ne se saisissent pas l'un l'autre, cela signifie qu'ils ne sont pas ensemble et que n'importe qui d'autre peut essayer de les brancher. Les garçons et les filles ne restent pas très longtemps ensemble. Ils trouvent de nouveaux partenaires et passent à autre chose. Si un garçon veut s'accrocher à une fille, il peut devoir se battre pour la garder. Dans Maelstrom, les gars les plus forts ont les filles les plus belles. Avec ton apparence, Courtney, les garçons les plus forts vont constamment défier Reginald pour t'avoir. Les filles et les garçons ne s'embrassent pas gentiment là-bas, ils se mordent plutôt les lèvres. Les enfants de Maelstrom ne se regardent jamais directement en face. Si vous regardez quelqu'un de cette façon, cela signifie que vous voulez le défier, ou si c'est une fille, prenez-la. Il en va de même pour une fille. De plus, vous devez marcher rapidement et avec audace, comme si vous vouliez blesser quelqu'un. Vous ne devez jamais sourire. Si vous le faites, vous serez immédiatement mis au défi. Personne à Maelstrom ne dit la vérité, sauf si c'est dans son intérêt de le faire. Vous ne pouvez faire confiance à personne. Les enfants lancent constamment de fausses accusations contre d'autres enfants qu'ils n'aiment pas ou qu'ils veulent écarter. Une fois qu'une accusation est faite, les soldats arrêtent l'enfant accusé. Les soldats torturent ensuite l'enfant qu'ils arrêtent pour lui faire faire des aveux. Une fois qu'un enfant a avoué, il est exécuté dans la cour du château".

Courtney n'a pas pu s'empêcher de répondre. "Ce que les garçons et les filles de Maelstrom se font les uns aux autres est dégoûtant."

"Oui, les enfants sont mauvais, mais les créatures sont pires", a déclaré Barbara. "Le Troll écrase les enfants avec sa massue; les loups, les lions et les ours déchirent les enfants avec leurs griffes et leurs dents; et le Dragon aime brûler les enfants à mort avec son souffle ou les écraser avec ses pieds.

C'est pourquoi vous avez besoin d'une épée. Les loups, les lions et les ours reculeront généralement si vous montrez votre épée. Après tout, ils ne peuvent pas manger d'enfants, car les enfants ne sont pas vraiment de la nourriture. Le Troll et le Dragon ne se soucient pas de votre épée. Ils vous tueront juste pour le plaisir. Une épée ne peut pas percer l'armure du Dragon, sauf à un petit endroit sous le menton du Dragon, et le Troll est si grand qu'une poussée avec l'épée ne fait que le mettre en colère. Il y a beaucoup d'autres créatures qui vous tueront ou vous blesseront. Vous devez être sur vos gardes à tout moment", dit Barbara, en regardant Reginald.

"Eh bien, je pense que vous, les guerriers d'Elysia, devez prendre un peu de temps pour pratiquer les mouvements que Barbara et Derrick viennent de vous montrer et dont ils vous ont parlé.

En attendant, Derrick, Barbara et moi avons des affaires à régler", dit Slither avec un soupçon d'amusement dans sa voix.

"Attendez une minute. Si nous devons nous entraîner, n'avons-nous pas besoin d'épées? Il semble que nous devons savoir comment les utiliser", a déclaré Steve avec une note de suspicion dans sa voix.

"Oh, ne vous inquiétez pas pour ça. Nous vous donnerons vos épées avant que vous n'entriez dans Maelstrom", a répondu Slither en se rendant à l'autre bout de la grange avec Derrick et Barbara.

Lorsque Slither et les deux mondes se sont éloignés de la distance d'écoute des épées de lumière, Derrick s'est adressé nerveusement à Slither. "Que fais-tu, Slither? Le Roi des Ténèbres nous a dit exactement ce qu'il voulait: capturer chaque groupe de guerriers Elysia et les entraîner enchaînés dans son château. C'est ce que nous avons fait avec les trois derniers groupes. Pourquoi cela devrait-il être différent?""Parce que je suis inquiet. Le roi et la reine ne sont pas stupides.

Ils sont peut-être sur notre petit projet. Et si nous enchaînions ces enfants et les menions dehors dans les bras des soldats d'Elysia? Ils nous jetteront tous les trois dans les donjons. Bien que nos cachots ne soient pas aussi mauvais que ceux de Maelstrom, ce sont toujours des endroits désagréables. Vous allez bientôt disparaître d'ici quand votre heure sera venue, mais je pourrais finir par vivre dans ces donjons pendant des années.""Je suppose qu'on pourrait faire comme si tout allait bien. Nous pouvons dire aux Épées-de-lumière que nous allons les accompagner dans Maelstrom puis les trahir dès que nous le pourrons. Une fois que nous serons là-bas, tu seras libre et clair, Slither", dit Barbara en se grattant la tête.

"Je n'aime pas beaucoup ça", a dit Derrick.

"Tout d'abord, le Roi des Ténèbres ne nous a pas demandé de faire ça. Il n'aime pas que les enfants ignorent ses ordres. De plus, une fois que les épées de lumière sont de ce côté, tout peut arriver. Ils sont quatre et nous sommes seulement deux. Steve et Reginald ont l'air de clients difficiles. Nous aurions l'avantage si nous avions des épées et eux non, mais je ne sais pas comment nous allons les convaincre d'aller à Maelstrom sans épées. Nous leur avons joliment dit qu'ils n'avaient pas d'épées s'ils le faisaient. Je dis que nous devons les tuer. Ce sont des enfants et ils vont disparaître. Je pense que le Roi des Ténèbres sera d'accord si nous tuons simplement ce groupe de quête, même s'il a dit qu'il avait hâte de les torturer."

"Non, on ne peut pas juste les tuer", a dit Slither. "Cedric le gardien garde une liste de tous les enfants qui viennent ici. Si un enfant part quand c'est son heure, son nom disparaît de sa liste. Si un enfant entre dans Maelstrom, son nom passe du bleu foncé au noir foncé sur sa liste. Si un enfant meurt avant son séjour à Elysia, son nom passe du rouge foncé au rouge foncé sur la liste. Dans ce cas, Cédric envoie le nom au château pour savoir ce qui est arrivé à l'enfant. Lorsque le roi et la reine recevront les noms de ce groupe, ils sauront immédiatement que j'ai causé leur mort. Les soldats, s'ils ne sont pas déjà là, viendront certainement alors dans ma grange et m'arrêteront. Non, la meilleure solution est de les enfermer dans le trou sous le plancher. Comme ils n'ont pas besoin de nourriture, d'eau ou de toilettes, ils peuvent se blottir dans le noir jusqu'à ce que leur heure arrive de quitter Elysia."

"D'accord. Pendant que vous les distrayez, je vais faire glisser le boulon sur le Une trappe", dit Barbara en se frottant les mains de plaisir. "Quand j'aurai fini, nous pourrons les diriger vers la trappe et les pousser dessus quand ils s'en approcheront."

Pendant ce temps, les Light Swords essayaient d'agir comme les enfants de Maelstrom. Ils faisaient des allers et retours en essayant d'avoir l'air aussi méchant que possible. Ils s'entraînaient à balancer leurs épées imaginaires. Reginald a attrapé Courtney, et elle l'a attrapé à son tour . Steve et Pénélope ont fait la même chose. Pénélope semblait être d'accord avec l'entraînement, mais Courtney semblait très en colère. Se tournant vers Reginald, elle lui a sifflé dessus.

"Reginald, je me vengerai de toi pour m'avoir attrapée. Je ne suis pas une fille rapide que tu peux gérer de cette façon. Si jamais on s'en sort, je te donnerai une gifle pour chaque fois que tu me feras une de ces choses. Tu en es déjà à six gifles."

"Hé, ce n'est pas juste pour moi. Est-ce que je dois te gifler à chaque fois que tu m'attrapes?"

"C'est différent. Je suis une fille." Courtney a soufflé en retour. En vérité, Courtney se sentait chaude chaque fois que Reginald la touchait. Alors que ça faisait bizarre au début, son coeur battait plus vite. Aucun garçon ne devrait pouvoir lui faire ça et l'avoir comme ça. Aucune fille de onze ans ne devrait avoir à subir ce traitement.

Pendant que Slither et les six enfants à l'intérieur de la grange se déplaçaient et réagissaient les uns aux autres, Wild Fluffy et Swim Master couraient d'une ouverture dans le mur à l'autre. Ils ne pouvaient bien voir qu'à travers dix de ces ouvertures. Ils ont observé les sept personnes à l'intérieur ensemble et ont ensuite suivi Slither, Derrick et Barbara lorsqu'ils sont allés à l'autre bout de la grange pour parler. Le trou le plus proche de l'endroit où ils parlaient tous les trois semblait assez éloigné, mais le maître nageur avait une excellente ouïe.

Même s'il ne les entendait pas très bien, le maître nageur a capté un mot ou deux. Enfin, juste avant qu'ils ne se séparent, le maître nageur a clairement entendu le mot "tuer". Ils savaient tous les deux que les Light Swords faisaient face à une menace sérieuse et devaient rejoindre Herbert aussi vite que possible.

Malheureusement, Slither remarqua que Wild Fluffy regardait à travers le trou dans le mur. Faisant signe à Barbara et Derrick, il sortit son épée, et les trois se glissèrent discrètement par la porte arrière de la grange. Le maître nageur vient de raconter à Wild Fluffy ce qu'il a entendu lorsque les trois sont tombés sur eux. Heureusement, Barbara et Derrick, pressés de suivre Slither, avaient laissé leurs épées à l'intérieur de la grange. S'approchant furtivement de Wild

Fluffy par derrière, Slither a levé son épée et l'a fait descendre en arc de cercle vers la tête de Wild Fluffy.

Voyant ce que Slither avait l'intention de faire, le maître nageur sauta et enfonça ses dents dans la main de Slither, lui faisant lâcher son épée.

"Chien infernal, tuez-le!" cria Slither.

Le maître nageur relâcha Slither et se tourna vers Barbara, qui le frappa avec un sac à dos. Le maître nageur ignore la douleur et grogne contre Barbara alors qu'il se prépare à lui sauter dessus, les mâchoires ouvertes. Mais avant que le maître nageur ne puisse le faire, Derrick a ramassé une pierre et a frappé le maître nageur à la tête d'un grand coup de poing. Le maître nageur est tombé à terre en gémissant. Bientôt, il a perdu conscience, ses jambes se crispant sur le sol. Pendant ce temps, Wild Fluffy s'est enfui vers la forêt à sa plus grande vitesse. Il se glissa, tenant sa main qui saignait, et Derrick et Barbara fixèrent le lapin qui disparaissait. Ils n'ont jamais pu attraper un lapin qui courait à toute vitesse.

"Nous devons nous dépêcher", dit Slither. "Le lapin peut avertir le roi et la reine, mais même s'il est rapide, il lui faudra au moins un jour pour atteindre le château. S'il y a des soldats à proximité, il reviendra ici beaucoup plus vite. Nous suivrons notre plan initial, mais lorsque les épées de lumière tomberont par la trappe, nous remplirons la chambre basse de gaz pour dormir. Puis, lorsque le gaz sera épuisé, nous les lierons et leur mettrons un linge sur la bouche. Les soldats, s'ils viennent, ne sauront pas qu'ils sont en bas."

"Je pense que nous devrions les traîner à Maelstrom une fois qu'ils seront ligotés et bâillonnés. Nous pouvons les tuer là-bas et en finir avec tout ça", a répondu Derrick.

"Je ne sais pas. Il nous faudra un certain temps pour franchir la ligne. Je ne veux pas être là quand les soldats arriveront", a déclaré Slither.

"Ok, nous suivrons votre plan, mais dépêchons-nous. Je suis inquiet que les Light Swords aient entendu notre petit combat ici," a déclaré Barbara.

Derrick a commencé à dire quelque chose en réponse, mais au lieu de cela, il s'est dirigé en silence vers la porte arrière avec Slither pendant que Barbara attachait les jambes et la bouche de Swim Maser avec une corde solide. Ils se sont tous mis d'accord pour décider de ce qu'ils feraient du chien plus tard. S'ils tuaient le chien, les soldats pourraient sentir l'odeur d'un chien mort. Ils n'ont pas eu le temps de creuser un trou et d'enterrer le chien.

Slither lui banda la main, puis lui, Barbara et Derrick rejoignirent les autres. Après que Slither, Barbara et Derrick aient regardé les Light Swords s'entraîner pendant plusieurs minutes, Barbara s'est glissée tranquillement autour du groupe pour détacher le boulon qui retenait la trappe. Dès que quelqu'un mettait du poids sur la porte, celle-ci basculait vers l'intérieur, faisant tomber cette personne dans le sous-sol en terre battue en dessous.

Après avoir regardé Slither et les deux mondes avec suspicion,

Reginald a demandé à Slither: "Pourquoi vous tenez votre main derrière votre dos?"

Slither a ignoré la question de Reginald, se contentant de le fixer. Coupant la tension entre Slither et Reginald, Derrick a répondu par une critique des mouvements du Maelstrom de l'Épée-de-Lumière.

"Vous faites les bonnes choses, mais vous devez vous détendre un peu plus. Vous êtes beaucoup trop raide.

Vous devez avoir l'air de vous ennuyer, comme si vous faisiez tout le temps ce genre de choses. Courtney, tu as l'air en colère. Tu dois avoir l'air d'apprécier les choses que Reginald te fait. Steve, tu as le même problème. Tu touches à peine Pénélope. Tu devrais tendre la main et l'attraper. Laissez-moi vous montrer comment vous faites."

Alors que Derrick s'approchait de Courtney avec le sourire, les filles ont reculé, tout comme les garçons. En moins d'une minute, les quatre se sont mis devant la trappe. Tirant son épée, qu'il avait mise à sa ceinture dès son retour dans la grange, Derrick a couru vers elles quatre. De l'autre côté, Barbara a également couru vers le groupe avec son épée, qu'elle avait également mise à sa ceinture à son retour.

Instinctivement, les épées légères ont continué à reculer. Steve, Courtney et Pénélope sont immédiatement tombés dans le piège, laissant Reginald sur le bord. Il a presque retrouvé son équilibre, mais avant qu'il ne le fasse, Barbara lui a donné une dernière poussée avec la poignée de son épée. Il est tombé sur les autres.

Slither a marché jusqu'au bord du trou et s'est mis à rire. "Eh bien, comment vont nos héros, les grandes épées de lumière? Contrairement aux trois autres groupes, vous n'arriverez même pas à entrer dans Maelstrom en tant que groupe. Juste au cas où vous voudriez le savoir, les hommes du Roi des Ténèbres ont attaqué les autres groupes dès qu'ils sont entrés dans Maelstrom et les ont mis aux fers. Le Roi des Ténèbres s'amuse à les torturer et à les maltraiter. Vous, cependant, avez un destin différent en réserve pour vous. Vous resterez dans ce trou jusqu'à ce que votre heure arrive, puis vous quitterez ce monde pour toujours. J'espère que vous apprécierez de rester assis dans le noir pendant des mois. Vous pouvez même vous entraîner à attraper votre Maelstrom en bas."

Pendant ce temps, Wild Fluffy, courant aussi vite qu'il le pouvait, s'approchait des bois où il espérait qu'Herbert se cachait. Une seule ferme le séparait des bois. Puis Wild Fluffy sentit la seule chose au monde à laquelle il ne pouvait pas résister: des carottes fraîches. Il ralentit alors qu'il atteignait le jardin du fermier, sachant que l'odeur venait de là. La vieille clôture du jardin rendait l'entrée du jardin très facile pour Wild Fluffy. Sans même soupeser les risques, Wild Fluffy s'est glissé sous la clôture. Il a arraché une grosse carotte, qui disait: "Enlève tes pattes de moi! J'ai le droit de grandir à ma taille avant de mourir".

"Hah, tu peux grandir jusqu'à la taille adulte, d'accord, mais tu peux le faire dans mon ventre", a répondu Wild Fluffy.

Les plaintes formulées par la carotte au moment où Wild Fluffy la mangeait masquaient un autre son que Wild Fluffy écoutait toujours très attentivement: le bruit des pas d'un agriculteur. Presque trop tard, Wild Fluffy entendit le fermier crier.

"Arrête, voleur! Personne ne mange mes carottes sans ma permission.

J'aurai ta peau pelucheuse pour cela."

Fort d'une expérience de toute une vie à dépasser les fermiers, Wild Fluffy lâcha rapidement la carotte et courut à travers la clôture. Un coup de fusil a suivi peu après que Fluffy Rabbit s'est échappé de la clôture. Il a entendu le fermier grogner: "Prends ça, voleur de carottes." Wild Fluffy a poussé un cri de douleur lorsque des balles de fusil lui ont transpercé le derrière, mais il a continué à sauter à toute vitesse.

Après avoir tiré avec son fusil, le fermier a couru après Wild Fluffy en le maudissant. Wild Fluffy a ignoré la douleur de son derrière qui saignait et a réussi à franchir la limite des arbres lorsque le fermier lui a tiré dessus à nouveau. Un arbre a absorbé la plus grande partie du souffle et a rageusement secoué ses feuilles en se plaignant des gens stupides et de leurs armes. Malheureusement, l'une des balles de la nouvelle explosion a trouvé Wild Fluffy, blessant son bras avant droit. Wild Fluffy a perdu plus de sang et la douleur a fortement augmenté. Wild Fluffy s'est senti un peu étourdi par sa perte de sang. Il continua néanmoins à courir. Ses fermiers locaux auraient abandonné la poursuite quand il a fait les arbres, mais Fluffy Rabbit pouvait encore entendre ce fermier courir après lui. Il aurait dû se rappeler que les fermiers le long de la route noire n'agissaient pas comme ceux où il vivait. Bien que Wild Fluffy n'en ait jamais été sûr, il croyait que les fermiers de sa région n'avaient jamais eu l'intention de le tuer. Celui-ci l'a manifestement fait.

Wild Fluffy avait pris de l'avance au début de la poursuite, mais il a commencé à ralentir. Ses puissantes pattes arrière ressemblaient à du plomb. Il pouvait sentir le fermier le rattraper. Avec une dernière poussée de vitesse, Wild Fluffy a couru dans une clairière dans les bois. Le fermier, haletant derrière lui, leva son fusil mais s'arrêta brusquement quand Herbert se leva et lui cria dessus. Le fermier poussa un cri d'horreur, laissa tomber son fusil et courut vers lui.

Après que le fermier se soit enfui, le grand singe a doucement ramassé Wild Fluffy sur le sol et l'a porté à son oreille. Il écouta attentivement lorsque Wild Fluffy, à peine capable de parler, dit d'une voix faible: "La grange au bout de la route . . . Ils vont tuer..." Puis Wild Fluffy s'évanouit, perdant son sang. Herbert rugit de colère. Slither et son équipe ont menacé sa Courtney. Courant à toute vitesse, Herbert se fraya un chemin à travers les arbres, en tenant soigneusement Wild Fluffy dans sa main. Les arbres se plaignaient amèrement, mais Herbert refusait de les écouter. Pour que la clairière soit assez grande pour qu'il puisse s'asseoir, Herbert a dû enlever dix arbres et les replanter à proximité. Depuis plusieurs heures, ces arbres et le reste des arbres voisins se plaignaient de sa brutalité. D'après les arbres, ils avaient le droit de pousser où ils voulaient, et aucun animal ne pouvait les replanter sans leur permission. Supportant leurs plaintes pendant un certain temps, Herbert les a finalement calmées lorsqu'il a menacé de faire une journée de farniente dans la forêt et d'arracher autant d'arbres que possible. De plus, il a dit aux arbres que, contrairement à la dernière fois, il les laisserait mourir par terre.

Maintenant, quand il a couru pour aider son ami, il a dû les écouter une fois de plus. Sans même y penser, Herbert a couru juste devant le fermier terrifié qui était assis, tremblant, près d'un arbre.

Les épées de lumière frissonnaient dans le petit trou sombre et profond dans lequel elles étaient tombées. Reginald avait déjà essayé d'escalader les murs boueux et glissants, mais même avec l'aide de Steve, il n'est pas allé très loin. Les Light Swords ont dû passer des mois dans le trou noir de Slither jusqu'à ce que quelqu'un vienne les secourir.

"Peut-être que nous pouvons nous mettre tous les quatre sur les épaules les uns des autres", a déclaré Courtney. "Si nous le faisons, je pourrais peut-être atteindre la trappe.""Même si vous le pouviez sans tomber, la trappe est probablement verrouillée de l'autre côté. Cela ne vaut pas le risque que vous tombiez et que vous vous blessiez. J'ai peur que seul Herbert puisse nous aider", a déclaré Reginald avec une certaine frustration.

"Le problème est qu'Herbert attend de nos nouvelles, Wild Fluffy, ou Maître nageur", s'inquiète Pénélope. "Qui sait où se trouve Wild Fluffy ou Swim Master ou si l'un d'entre eux sait que nous avons des problèmes".

"Eventuellement, Herbert viendra nous chercher, même s'il n'a pas de nouvelles de Wild Fluffy ou de Swim Master. Il saura que quelque chose ne va pas. Le problème, c'est que Slither et ses amis peuvent décider de nous tuer ou de nous traîner enchaîné au Roi des ténèbres, comme il l'a fait avec les trois derniers groupes, avant l'arrivée d'Herbert. Alors personne d'ici ne pourra nous aider", s'inquiète Steve.

"Oui, Steve a raison. J'espère juste qu'Herbert nous atteindra à temps", a déclaré Reginald.

Alors que les Light Swords discutaient de leur situation, Barbara et Derrick ont soigneusement parcouru la zone autour de la grange, à la recherche de soldats Elysia. Après avoir d'abord convenu avec Slither de laisser les Light Swords dans le trou noir, ils avaient maintenant changé d'avis. Le Roi des Ténèbres leur a dit de lui amener le groupe enchaîné.

Ils doivent le faire, sinon ils affronteront sa colère. S'ils ne trouvaient pas de soldats, ils pouvaient faire changer d'avis Slither et amener ce groupe, comme ils l'avaient fait pour le dernier, au Roi des ténèbres.

Au bout d'une heure, ils sont retournés à Slither avec la nouvelle. Aucun soldat n'attendit à l'extérieur de la grange. Les épées de lumière pouvaient être transportées en toute sécurité à Maelstrom.

Au début, Slither a résisté au changement de plans poussé par Barbara et Derrick. Il se sentait en sécurité avec les Light Swords qui pourrissaient dans son trou noir. Mais Slither, maintenant qu'il savait qu'aucun soldat ne se cachait devant sa grange, n'avait pas de bons arguments à utiliser avec Barbara et Derrick. Après tout, ce sont eux qui ont dû faire face à la colère du Roi des Ténèbres, pas lui. Si le lapin avançait vers le château, il leur restait au moins un jour avant l'arrivée des soldats. Il serait peut-être plus en sécurité s'ils sortaient de sa grange. De plus, Slither ne pouvait pas se permettre de s'aliéner le Roi des Ténèbres. En échange de son service, le Roi des Ténèbres avait accepté de faire un Maelstrom Slither qui pourrait s'occuper de sa grange quand Maelstrom l'aurait avalée. Il ne pouvait pas supporter l'idée que sa grange soit détruite par les voleurs et les monstres de Maelstrom. À contrecœur, Slither accepta que les épées de lumière soient apportées enchaînées au roi des ténèbres. Slither ouvrit la trappe et s'adressa aux Épées de la Lumière qui se trouvaient en dessous.

"Je vais descendre une corde pour que vous la saisissiez. Barbara, Derrick et moi allons vous sortir de là."

"Pas question, Slither", dit Reginald avec colère. "Quoi que tu aies en tête pour nous, ça doit être encore pire que de rester dans cet horrible endroit."

"Fais ce que tu veux. D'une manière ou d'une autre, tu vas sortir de ce trou. Derrick, va chercher la bombe du sommeil. Elle est sous mon lit." Quelques minutes plus tard, Slither a jeté la bombe dans le trou, libérant un grand nuage de gaz malodorant. Les Light Swords se sont vite couchés sur la terre immonde, endormis. Une fois la fumée dissipée, Derrick et Barbara descendirent dans le trou et attachèrent chacune des épées légères à une corde. Puis, un par un, ils les ont tirées jusqu'au sol. Après dix minutes de travail acharné, ils ont finalement réussi à les poser toutes les quatre sur le sol, où ils les ont rapidement et efficacement attachées avec des chaînes. Slither a rempli un seau d'eau et a jeté l'eau sur les Light Swords. Les quatre se levèrent lentement, essayant de reprendre leurs esprits et de se débarrasser des lourdes chaînes qu'ils avaient aux pieds et aux mains.

"Eh bien, Épées-de-Lumière, nous avons changé d'avis. Derrick et Barbara vous emmèneront au Roi des Ténèbres enchaîné. Vous aurez l'occasion de visiter Maelstrom comme vous l'avez prévu, mais pas comme vous le souhaitiez", s'amuse Slither. "Oui, et je peux vous embêter, Courtney, tout le long du chemin.

J'ai hâte d'attraper tes fesses et de t'embrasser avec mes dents." Derrick a ri.

"Si vous faites cela, alors je ferai de même avec Reginald. Les garçons comme Reginald à l'école ne m'ont même jamais donné l'heure de la journée", a déclaré Barbara avec un sourire tordu sur son visage.

Courtney, déjà de mauvaise humeur, s'est mise à parler d'un come-back quand le sol s'est mis à trembler. Au lieu de se plaindre, elle a souri.

Slither, l'inquiétude commençant à se former sur son visage, a rapidement dit: "Pourquoi souriez-vous?"

"Tu vas voir, tu vas voir." Courtney a ri.

Slither essaya désespérément de trouver ce qui pouvait faire trembler sa grange. Seule une créature à Elysia pouvait faire cela. Non, ce n'est pas possible. Il ne vivait pas près d'ici. Les secousses cessèrent. Quelques secondes passèrent. Puis, le toit se mit à gémir et se sépara soudainement des murs de la grange, avec de la poussière et des morceaux de bois tombant vers le sol. Curieux et la bouche ouverte, Slither regarda le visage d'un singe en colère qui le fixait. Avant que lui, Barbara et Derrick ne puissent bouger, une énorme main les a fait tomber du sol. Ils se sont agités dans la main géante tandis qu'une voix puissante et furieuse s'adressait à eux.

"Comment oses-tu blesser mon amie Courtney? Si elle est morte, je vous arracherai chacun de vos bras."

"Non, Herbert, ils nous ont jetés, moi et mes amis, dans un trou noir, nous ont drogués et attachés avec des chaînes! Mais moi et mes amis sommes toujours en vie", a dit Courtney en faisant signe à Herbert.

"Dans ce cas, ces horribles enfants et Slither subiront un sort similaire."

Tendant l'autre main vers le bas, Herbert brisa les extrémités circulaires de chacune des chaînes liant les épées de lumière entre ses doigts et mit les chaînes dans sa main. Puis il a doucement soulevé les quatre chaînes du trou et les a placées sur le sol de la grange.

En se détournant de la grange, Herbert descendit le chemin jusqu'à ce qu'il trouve un très grand arbre. Les Light Swords se sont précipités dehors pour regarder. Herbert a soigneusement attaché Barbara, Derrick et Slither à la plus haute branche de l'arbre avec les chaînes qu'il avait retirées des Light Swords. Les trois pendaient à trente pieds dans les airs. Après avoir terminé, Herbert parla à Slither et à ses amis, terrifiés.

"Je pense que vous avez trouvé un nouveau foyer. Je doute que quelqu'un vous sauve jusqu'ici.

Mais vous ne manquerez pas de compagnie. Si je connais les arbres, ce grand arbre se plaindra amèrement que vous blessiez ses branches jusqu'à ce que vous ne puissiez plus supporter de l'écouter."

En riant, Herbert remonta le chemin pour parler avec ses amis.

"Je suis content d'être arrivé à temps. S'ils t'avaient traîné à Maelstrom, je n'aurais pas pu t'aider. Courtney, tu vas bien? Je me suis inquiétée pour toi depuis que Wild Fluffy est venu me chercher. Il est blessé; un fermier lui a tiré dessus. Je dois l'emmener chez le vétérinaire sur la route vert foncé, sinon il risque de ne pas s'en sortir. Sans son avertissement, je n'aurais jamais pu arriver ici à temps."

"Je vais bien, mais emmenez Wild Fluffy chez le médecin aussi vite que possible. Pouvons-nous lui parler? Je tiens à le remercier pour son courage. Aussi, où est le maître nageur?" demanda Courtney avec inquiétude. "Wild Fluffy dort et ne peut pas vous parler. Je l'ai laissé dans le doux foin là-bas. Quant au maître nageur, je l'ai vu par terre derrière la grange quand j'ai couru jusqu'ici. Je pense que la bande dans l'arbre sera au-dessus de leur tête. Je vais l'emmener avec Wild Fluffy chez le médecin. J'espère qu'ils iront tous les deux bien. Prenez soin de vous, s'il vous plaît. Je ferais mieux d'y aller maintenant. Je ne sais pas à quel point Wild Fluffy et le maître nageur sont blessés, a déclaré Herbert avec une profonde inquiétude dans sa voix.

"Au revoir et merci, Herbert. S'il vous plaît, prenez soin de Wild Fluffy et de Swim Master. Ce sont des héros", répondit Courtney, les autres épées de lumière hochant la tête en accord. En quelques secondes, Herbert a ramassé Wild Fluffy et Swim Master à l'arrière de la grange et a disparu sur la route noire, secouant le sol en le faisant.

Les Light Swords sont rentrés dans la grange et ont récupéré leurs sacs à dos. Ils ont fouillé la grange avec soin, trouvant quatre épées et quelques cartes utiles de Maelstrom, qu'ils ont mises dans leurs sacs à dos. Lorsqu'ils eurent tous les objets qu'ils pouvaient utiliser et transporter, les quatre se rassemblèrent sur la route noire et restèrent là à fixer Maelstrom à quelques mètres seulement devant eux. Ils s'inquiétaient pour le maître nageur et le Wild Fluffy, mais ils ne pouvaient plus rien faire pour les aider maintenant. Ils priaient pour eux, chacun à leur manière. Maintenant, ils avaient une mission à accomplir.

"Après un début difficile, notre aventure commence. Sommes-nous tous prêts?" dit Reginald avec une certaine sévérité.

Les trois autres épées de lumière regardèrent Reginald et répondirent simplement: "Oui, nous le sommes." En groupe, ils ont traversé la porte de Maelstrom et sont entrés dans un monde en noir et blanc. Pendant ce temps, des voix très douces se sont mises à chuchoter dans leur tête.

Chapitre 14

Maelstrom

Fred Bolton, de taille et de poids moyens, regardait avec dégoût sa chambre minable. Il avait des yeux gris cruels, un nez fin et pointu, de petites oreilles et une bouche fine qui semblait figée dans un rictus. Bien qu'il ne soit pas encore un adolescent, il avait déjà des boutons qui se formaient sur ses joues. Son père n'était pas encore rentré à la maison, ce qui signifiait qu'il allait rentrer ivre.

Quand il rentrerait, il serait méchant et désagréable. Fred avait plusieurs os cassés partiellement cicatrisés dans les jambes, les bras et la mâchoire qui lui rappelaient ce qui pourrait se passer lorsque son père passerait la porte par hasard. Un jour, il serait assez vieux et assez grand pour se défendre. Puis il ferait payer son père.

Mais les coups qu'il pourrait recevoir de son père ne le préoccupaient pas beaucoup. Dans le monde réel, il n'avait ni amis ni pouvoir, mais à Maelstrom, il régnait en roi des ténèbres. Lorsqu'il a quitté son royaume ce matin, Maelstrom s'est trouvé confronté à une grave menace de la part d'une des équipes de quête d'Elysia. Il devait trouver et tuer ces intrus avant qu'ils ne gâchent son monde parfait.

Les épées de lumière ont emprunté la route grise pour s'habituer à un monde de noir, de gris et de blanc, qui semble avoir épuisé toute leur énergie. Aucun soleil n'est apparu ici. Ils ne voyaient que l'obscurité perpétuelle du ciel noir. De plus, contrairement aux sons doux et doux d'Elysia, à Maelstrom, les sons forts et durs qui les entourent leur font mal aux oreilles. Les Épées de Lumière pouvaient entendre chaque pas qu'ils faisaient. Bien que Courtney soit restée belle dans ce monde, Reginald a manqué ses yeux bleus étonnants comme elle a manqué ses yeux verts. Ils virent des créatures qui ressemblaient à Slither les regarder depuis leurs vieilles maisons, mais aucune créature ou personne ne les défia sur la route grise. Ils trouvaient cela étrange, mais se sentaient chanceux de pouvoir progresser dans leur quête sans avoir à se battre contre quelqu'un ou quelque chose.

Se souvenant de leur bref entraînement à la grange, ils ne regardaient que du coin de l'œil les créatures ou les personnes qu'ils voyaient. De plus, conformément aux instructions, Reginald et Courtney s'empoignèrent l'un l'autre, asdid Steveand Penelope. La mâchoire bien serrée, Courtney chuchota aux oreilles de Reginald: "Tu as maintenant reçu jusqu'à huit gifles."

Tous ont essayé d'ignorer l'odeur des égouts, qui semblait se renforcer au fur et à mesure qu'ils avançaient sur la route grise. Comme lorsqu'elle avait fait un saut en parachute, Pénélope tomba malade à cause de l'odeur, mais elle réalisa comme avant qu'elle n'avait pas de nourriture dans l'estomac pour vomir. Elle a simplement souffert en silence. Le groupe a également essayé d'ignorer la poussière et la saleté qui semblaient recouvrir tout et tout le monde, ainsi que les ordures en décomposition qui gisaient partout. Les voix qui chuchotaient les dérangeaient toutes, mais pour l'instant, elles ne pouvaient pas dire ce que les voix disaient. La route grise se terminait par une grande route noire tout comme la route noire se terminait sur la route bleue à Elysia.

Ils n'avaient pas dit un mot sur la route grise, mais Reginald rompit maintenant le silence.

"Nous n'avons pas été défiés jusqu'à présent, mais je pense que nous avons déjà dépassé les personnes et les créatures les plus gentilles de cet endroit. A partir de maintenant, nous devons nous attendre à de nombreux défis. Je ne sais pas à quelle distance se trouve la route royale, mais si ce monde est comme Elysia, il devrait être à environ une demi-journée de marche sur la route noire. Avant d'aller plus loin, je dois savoir si vous entendez des voix ou non".

"Oui, je les entends, mais je ne comprends pas ce qu'elles disent", a déclaré Steve. "Quand je suis allé au château la première fois, un vieux type n'arrêtait pas de parler des voix.

Je ne sais pas s'il parlait en tant que répondeur ou non, mais il en avait l'air. Selon ce vieil homme, Maelstrom murmure toutes sortes d'ordres dans la tête des enfants. Les enfants entendent les chuchotements pour la première fois lorsqu'ils s'approchent de Maelstrom sur la route noire d'Elysia. Bien que les enfants puissent ignorer les ordres, il est difficile d'y résister. Au bout d'un moment, ils semblent être les pensées d'un enfant. Plus un enfant agit et pense comme Maelstrom, plus les voix deviennent fortes. Les ordres des voix sont l'une des raisons pour lesquelles les enfants sont si méchants les uns envers les autres dans Maelstrom et pourquoi ils se laissent torturer. Je ne sais pas pourquoi nous ne pouvons pas comprendre les murmures, mais j'espère que nous ne le ferons jamais. Ils me rendent déjà fou".

Pénélope et Courtney ont hoché la tête et ont dit d'une seule voix,

"Oui, on entend les voix, mais on ne comprend pas non plus ce qu'elles disent."

Alors que les Light Swords pensaient aux voix et marchaient lentement le long de la route noire, un énorme serpent noir, aussi gros qu'une des Light Swords et ressemblant beaucoup à un cobra, s'est glissé sur la route devant eux. Le serpent leva la tête et émit un sifflement fort qui fit frissonner la peau de l'Épée-de-Lumière. L'effrayant serpent noir a alors concentré ses yeux de fouine sur les épées de lumière. Les épées légères dégainèrent leurs armes et encerclèrent soigneusement le dangereux serpent, qui sentait très fort le glissement.

"Eh bien, je n'ai pas mordu un enfant de toute la journée", dit le serpent, en sifflant plus qu'en parlant. "Je devrais être capable de mordre au moins deux d'entre vous avant que les autres ne s'échappent. Les deux que je mords ne devraient pas trop souffrir. Mon poison les tuera en moins d'une minute."

"Tu as tout faux, serpent. Si tu mords l'un d'entre nous, les trois autres te couperont la tête. Ensuite, nous couperons le reste de ton corps et le donnerons aux loups", dit Steve avec agressivité.

Ignorant Steve, le serpent a fait quelques coups à demi-mesure mais a rapidement reculé lorsqu'une épée tranchante s'est dirigée vers sa tête. Après dix minutes de tension, les épées légères n'avaient pas frappé le serpent rapide et le gros serpent n'avait pas mordu une des épées légères.

Finalement, le serpent s'est détourné des épées de lumière, disant à voix basse: "Cela ne vaut pas la peine de prendre ce risque. Je ne mords les enfants que pour le plaisir, pas pour la nourriture. Les enfants disparaissent dès que je les mords. Si vous avez de la chance et que vous me coupez la tête, je serai mort. Alors, les enfants, vous avez un laissez-passer aujourd'hui."

Dès que le serpent a quitté la route, Courtney, Steve et Pénélope ont repris leur voyage, mais avant qu'ils n'aillent très loin, Reginald les a arrêtés. "Vite, sortez vos épées et tournez-vous vers l'endroit où le serpent vient de partir et descendez la route. Je pense qu'il a l'intention de nous attaquer quand nous passerons à côté de lui."

Quelques instants plus tard, le serpent bondit hors de l'herbe en direction de Pénélope, mais sur ses gardes, Pénélope s'écarta du chemin. Mais l'énorme serpent a enfoncé ses crocs dans son sac à dos et l'a traînée vers l'herbe. Ce faisant, le serpent s'est exposé aux coups d'épée de Courtney, Steve et Reginald. Ils en ont profité pour frapper l'énorme serpent encore et encore, leurs épées sifflant en l'air. Ils ont tous maudit le serpent lorsqu'ils ont frappé.

"Lâche ma Pénélope, ou je te coupe en morceaux!" cria Steve.

Se tordant de douleur, le serpent géant arrêta de traîner Pénélope et sortit ses crocs du sac à dos. Au lieu d'essayer de frapper à nouveau, le serpent géant a glissé dans les broussailles, évitant de justesse une nouvelle frappe de Steve.

"Vous devez être de Maelstrom après tout", dit le serpent en s'éloignant en glissant. "Je pensais que vous étiez des enfants d'Elysia en quête. Seuls les gens de notre monde auraient su ce que j'avais prévu dès le début. Mais sachez que, quel que soit le nom que vous vous donnez, je guérirai, et quand je le ferai, je trouverai chacun d'entre vous à un moment que vous n'attendez pas. Alors je vous mordrai et vous regarderai mourir dans l'agonie. Je vous tuerai ou je mourrai en essayant. Personne ne me coupe de cette façon et ne s'en sort."

"Tu ne nous tueras jamais, serpent. Nous sommes les épées de lumière", a dit Courtney en référence au serpent qui bat en retraite.

Après avoir calmé leurs nerfs et s'être assuré que le grand serpent était parti, les Light Swords ont finalement repris leur marche sur la route.

"Reginald", commença Pénélope, "comment avez-vous su ce que le serpent avait prévu de faire? Si tu n'avais pas sonné l'alarme, le serpent m'aurait tué. Le serpent m'a tellement fait peur que j'en tremble encore. Je vous aime tous d'être venus à mon secours, en particulier mon galant Steve".

Steve rougit mais sourit quand Pénélope parla. Reginald ajouta quelques unes de ses pensées.

"Le serpent savait que nous avions des épées avant de prendre la route. Il voulait voir s'il pouvait nous effrayer et nous séparer. Ensuite, il pourrait nous prendre un par un. Lorsqu'il a vu que nous nous serrions les coudes et que nous ne voulions ni reculer ni nous séparer, le serpent a essayé de nous faire croire qu'il était parti. Il n'a pas réalisé que nous attendions qu'il nous attaque depuis l'herbe. Et Pénélope, tu n'as pas besoin de nous remercier de t'avoir sauvée.

"Je mourrais en essayant de te protéger, Pénélope, comme n'importe lequel d'entre nous", dit Steve en fixant Pénélope dans les yeux. Pénélope voulait dire autre chose à Steve, mais elle a saisi sa main à la place.

Après quelques moments gênants, Courtney a frissonné un peu et a dit: "Wow, il faut vraiment faire attention ici, n'est-ce pas?"

Les épées de la lumière ont tous fait un signe de tête. Ils ont à peine échappé au serpent avec leur vie. Tout en continuant leur marche, les épées de lumière observaient les bords de la route encore plus attentivement qu'auparavant. Au bout d'une vingtaine de minutes, les Light Swords ont commencé à voir des yeux qui les regardaient depuis les hautes herbes. Au début, elles ne savaient pas qui ou quoi les cherchait, mais ensuite elles ont vu la fourrure d'un loup qui revenait dans les arbres. Les loups les ont traqués.

"Nous devons garder nos épées devant nous", dit Steve. "Je pense que les loups vont essayer de nous encercler. S'ils le font, nous pouvons former un cercle en nous tournant le dos. Si les loups d'ici sont semblables à ceux du monde réel, ils n'attaqueront pas si nous formons ce cercle."

En continuant sur la route de briques noires, les Light Swords n'ont pas eu à attendre longtemps. Apparemment, sorti de nulle part, un grand loup gris a sauté sur la route devant eux. Il se tenait aussi haut sur les épaules que Steve. Il grogna si fort que les Épées-de-lumière sentirent sa colère à l'intérieur d'elles. La salive de la gueule du loup dégoulinait sur le sol en passant devant ses grandes dents dénudées. Les yeux jaunes et cruels du loup se concentrèrent sur sa proie, les épées de lumière, qui suivirent l'exemple de Steve et formèrent un cercle avec leurs épées dégainées. Tout comme eux, trois autres loups apparurent à l'arrière, à droite et à gauche. Ils semblaient presque identiques au loup dominant, mais légèrement plus petits.

Les loups hargneux ont fait un certain nombre d'attaques rapides mais sont retombés en grinçant lorsqu'une épée tranchante brandie par l'une des épées légères les a coupés. Comme le serpent, les loups séparent les épées de lumière en effectuant les attaques. Juste au moment où les épées de lumière pensaient avoir gagné, le loup qui faisait face à Courtney a sauté sur elle.

Prétendant être la princesse guerrière, Courtney cria au loup: "Prends ça, sale bête!" Elle enfonça son épée dans la poitrine du loup bondissant.

Le loup hurla de douleur en renversant Courtney et en la griffant avec ses griffes. Même si Courtney avait saisi les mâchoires du loup et utilisé toute sa force pour les empêcher de se refermer sur elle, les mâchoires baveuses du loup se déplaçaient toujours vers le cou de Courtney. De plus, les dents acérées du loup ont coupé un de ses doigts, faisant

couler un peu de sang sur la main de Courtney. Juste au moment où Courtney sentait qu'elle ne pouvait plus tenir le loup loin d'elle, les mâchoires puissantes et le corps musclé du loup se sont mis à boiter. Utilisant la dernière force qui lui restait, Courtney poussa le loup qui tremblait sur son dos. En quelques secondes, le loup est mort, les yeux toujours fixés sur Courtney. Avec l'aide de Reginald, Courtney se remit rapidement sur pied et reprit sa position dans le cercle de l'Épée-de-Lumière.
Les trois loups restants fixèrent et grognèrent sur l'Épée de la Lumière

Les épées pendant cinq minutes de plus mais n'ont pas fait d'autres attaques. Puis, à contrecœur, le loup de tête qui avait d'abord affronté les Light Swords a quitté la route et s'est retrouvé dans l'herbe, suivi de ses deux compagnons. Reginald a entendu le loup de tête dire: "Ça n'en vaut pas la peine. D'autres d'entre nous pourraient être blessés ou tués. Les enfants ne peuvent pas être mangés, mais nous vengerons la mort de notre soeur Fang une autre fois.

Je vous le jure."

En quelques minutes, les loups restants ont disparu dans les arbres au bord de la route. La bataille s'est terminée. Dès que les loups sont partis, Reginald a mis ses bras autour de Courtney. Les larmes lui ont rempli les yeux.

"Courtney, tu as agi très courageusement. Tu es une vraie guerrière. Je voulais combattre ton loup, mais si je l'avais fait, les autres loups auraient attaqué. Je n'ai pas pu briser notre formation. Vous êtes égratigné. Ton doigt est coupé. Je me sens si mal. Si je t'avais perdu, je ne sais pas comment j'aurais pu continuer. Me pardonneras-tu?" "Bien sûr, je te pardonne. Ce loup a choisi de me combattre, pas toi. Mes griffures ne sont pas mauvaises. Ma coupure est petite. Le saignement s'est déjà arrêté. Je vais bien. Comme vous l'avez dit, si vous aviez essayé de combattre mon loup, ils auraient tous attaqué. Tu as fait ce qu'il fallait, mon amour."

Steve et Pénélope ont giflé Courtney dans le dos. Steve a dit: "Courtney, tu mérites une récompense pour ta bravoure. Ce loup était plus grand et plus fort que toi."

"Je suis d'accord", dit Pénélope rapidement.

"Comme moi, levons nos épées et touchons leurs pointes en l'honneur de Courtney", a dit Reginald en souriant.

Après que leurs épées se soient touchées, Courtney a simplement dit: "Merci pour l'honneur, mais je pense que tout le monde ici est aussi courageux que moi."

Alors que les Light Swords reprennent leur marche sur la route noire, Steve parle avec une certaine autorité en pensant à leur rencontre. "Pour une raison quelconque, je connais un peu les loups de ma vie réelle. Ils ont attaqué Courtney parce qu'ils la croyaient la plus faible. Ils ont découvert à quel point ils avaient tort."

Ils ont tous hoché la tête. Ils se sentaient très bien dans leur peau et dans celle de leur groupe. Ils avaient été testés deux fois, et ils avaient gagné deux fois.

Après environ une demi-heure de voyage, les Light Swords ont remarqué que trois couples d'enfants s'approchaient d'eux. Les garçons avaient l'air méchant, tandis que les filles avaient l'air sournois, comme Barbara. Chacun des garçons semblait être plus grand que Steve et Reginald, tandis que chacune des filles semblait être plus grande que Courtney mais pas Pénélope. Ils avaient les cheveux noirs et sales et des boutons. Comme les Light Swords, chacun des enfants qui s'approchaient avait une épée. Reginald a saisi Courtney et Steven a saisi Pénélope. Ils devaient ressembler aux enfants de Maelstrom pour avoir une chance d'éviter ces enfants à l'air méchant. Courtney a tout de même regardé Reginald et lui a murmuré à l'oreille: "Je te dois neuf gifles maintenant."

Les Light Swords savaient que cette rencontre serait dangereuse, car ils faisaient face à des enfants plus grands et plus nombreux. Ils ont décidé de continuer à marcher pour tenter d'ignorer le groupe qui arrivait. Parfois, quand vous ignorez les gens, ils vous ignorent. Dans Maelstrom, cela s'est avéré faux.

Lorsqu'ils s'approchaient, le chef du groupe les interpellait immédiatement. Un très grand garçon avec de vilains boutons rouges sur le visage et un regard cruel, le gamin ressemblait à la pire brute qu'aucun d'entre eux n'avait jamais vue. Il leur a aboyé dessus d'une voix grave. "Hé, qu'est-ce que vous faites sur ma route, les enfants? Vous ne passez pas si je n'ai pas ce que je veux. Qu'est-ce que vous avez pour moi?" "Rien, nous ne payons pas de péage", répondit courageusement Reginald.

"Nous venons d'affronter un serpent géant et une meute de loups et nous sommes toujours là pour en parler. Si vous marchez un peu plus loin sur cette route, vous verrez un loup mort qui a découvert à quel point nos épées sont acérées."

"Je suis Buck, le chef des Pounders. Quand nous disons que nous voulons un hommage, nous le pensons. Il y a des enfants morts qui nous ont ignorés. Je me fiche des animaux que vous avez tués. Nous sommes six, et nous sommes plus grands que vous. Pour la dernière fois, que nous donnerez-vous?"

Reginald a hésité avant de répondre. Ils avaient leurs épées, qu'ils ne pouvaient donner à personne, et leurs sacs à dos, mais peu d'autres choses de valeur. Même s'ils pouvaient donner leurs sacs à dos, les affaires qu'ils avaient dans leurs sacs à dos pouvaient les donner. Même si ce n'était pas le cas, Reginald ne pensait pas que ce serait une bonne idée de donner quoi que ce soit à ces enfants. Peu importe ce que vous donnez à un tyran, ils veulent toujours vous prendre plus. Reginald a remarqué que le garçon de plomb sentait mauvais, un peu comme les ordures qui pourrissent le long de la route.

"Nous n'avons rien à vous donner", répondit Reginald de sa voix la plus courageuse.

Plusieurs minutes passèrent. Buck, qui essayait de paraître effrayant, ne dit rien mais fixa néanmoins le sang séché sur les épées des Light Swords. Finalement, il grogna: "Je prendrai la fille si vous n'avez rien d'autre - la jolie, pas la grosse, dégoûtante, aux cheveux blonds".

Devant Pénélope, Steve cria à Buck: "Comment osez-vous insulter ma Pénélope! Je vais te découper en petits morceaux pour avoir dit ça."

Egalement en colère, Reginald s'avança sur Buck. Il mourrait avant que quelqu'un ne mette la main sur Courtney.

Il cria: "Aucun de nous ne deviendra tes esclaves! Maintenant, écartez-vous ou préparez-vous à vous défendre."

À ce moment précis, Courtney s'interposa entre les deux garçons, qui avaient déjà levé leurs épées. Elle avait l'air très en colère. Pour une fille si mince, elle avait une voix puissante. "Je ne suis pas un objet que l'on peut acheter ou prendre. Je ne suis pas l'esclave d'un homme. Je reste avec un garçon aussi longtemps que cela me convient. Quand je veux un nouveau garçon, je parraine un concours. Celui qui gagne mon concours devient mon nouveau petit ami. Tout garçon qui essaie de me prendre avant que je sois prêt, je le découpe avec mon épée, comme je l'ai fait avec le loup sur la route. Je découperai également tout garçon qui essaiera d'enlever mon petit ami avant que j'en ai fini avec lui. Reginald vient de gagner mon dernier concours. Je ne suis pas encore prête pour un nouveau petit ami. Quand je le serai, n'importe quel garçon, y compris vous, pourra concourir pour moi. Maintenant, écartez-vous, ou je vais ajouter du sang à mon épée."

Pendant près de quatre minutes, les Pounders n'ont pas bougé. Ils ont simplement fixé les Light Swords, qui ne montraient aucun signe de recul ou de déplacement. Les Pounders n'avaient jamais rencontré un autre groupe aussi intrépide que celui-ci. Finalement, cinq des Pounders se sont écartés du chemin, ne laissant que Buck sur la route face aux Light Swords.

En tournoyant et en voyant ses camarades Pounders sur le bord de la route, Buck se retourna vers les Light Swords et dit de sa voix la plus agressive et audacieuse: "D'accord, tu peux avoir un laissez-passer cette fois, mais quand tu parraineras un nouveau concours, ma belle, je serai là et je gagnerai.

Tu seras à moi, que tu le veuilles ou non".

Les Light Swords n'ont pas répondu à la dernière déclaration de Buck, car ils ont rapidement dépassé les brutes. Steve et Pénélope ont fait marche arrière alors qu'ils passaient avec leurs épées dégainées. Ils ont fixé les brutes avec un regard méchant sur leur visage. Courtney et Reginald, qui marchaient devant le groupe avec des regards tout aussi méchants, avaient également leurs épées dégainées. Ils ont marché pendant près de dix minutes avant de baisser leur garde et de parler de ce qui venait de se passer.

"Je déteste vraiment cet endroit et tous ceux qui s'y trouvent. Ces enfants me dégoûtent", s'est plainte Pénélope.

"Penelope, pense à ce que j'ai ressenti. J'aurais préféré mourir plutôt que d'avoir les mains de cet affreux garçon sur moi", a répondu Courtney avec indignation.

"Au fait, Courtney, comment avez-vous trouvé l'histoire du concours? Cela sonnait plutôt bien", a déclaré Steve.

"Je ne sais pas. C'était la seule chose à laquelle je pouvais penser pour arrêter le combat."

"Dieu merci, tu l'as fait. Ça a marché. Pour nous tous, c'est une leçon. La plupart des brutes ne sont que ça. Tant qu'ils peuvent effrayer les autres enfants, ils prennent ce qu'ils veulent. Mais s'ils doivent vraiment se battre pour ce qu'ils veulent et risquent d'être blessés, la plupart d'entre eux ne sont que de grands lâches", a déclaré M. Reginald.

"Néanmoins, j'espère que nous trouverons bientôt la voie royale. Le prochain gang Maelstrom que nous rencontrerons ne reculera peut-être pas comme celui-ci."

Les Light Swords ont bien rencontré une autre bande de jeunes, mais les quatre jeunes de la bande ont rapidement reculé lorsque les Light Swords ont dégainé leurs épées et se sont avancés sur eux. Le sang sur les armes des Light Swords et la détermination dans leurs yeux les ont rendus peu enclins à risquer un combat.

Chapitre 15

Luttes

Courtney est sortie de sa classe de septième année par un bel après-midi de début d'automne. Elle se sentait plutôt bien. Elle semblait très bien s'intégrer dans sa nouvelle école. Dede,

Rachel et elle étaient redevenues rapidement amies et, à sa grande surprise, un certain nombre d'enfants de sa classe ont dit de belles choses sur son travail de bénévole à la cuisine. Trent a appelé Courtney à plusieurs reprises, mais jusqu'à présent, elle a trouvé des raisons de ne pas le voir. Courtney espérait que Trent finirait par comprendre qu'elle ne voulait pas être sa petite amie. Courtney a attendu Dede et Rachel, qui lui ont promis de la rejoindre dehors dans quelques minutes. Alors qu'elle se tenait près d'un arbre, Courtney remarqua deux grandes lycéennes qu'elle ne connaissait pas et qui marchaient vers elle. Elles marchaient rapidement et avaient l'air en colère. Courtney a immédiatement attrapé une forte branche tombée à côté de l'arbre. Ses expériences à Maelstrom sont restées fraîches dans son esprit. Il fallait être prêt à se défendre à tout moment.

La fille de tête, une brune aux yeux noisette, s'adressa à elle alors qu'elle s'approchait.

"Es-tu Courtney? Vous ressemblez à la fille dont Trent a parlé." "Oui, je m'appelle Courtney. Qui êtes-vous et que faites-vous au collège? Vous ressemblez à des lycéennes."

"Nous sommes des lycéens et des amis de Trent, que vous avez largué", répond la brune avec colère. L'amie de la brune, une fille aux cheveux noirs, se tut.

Courtney répondit rapidement, essayant de calmer les filles au regard agressif.

"Regarde-moi. Je viens de commencer la septième année. Je suis encore une enfant. Je ne suis pas encore prête à sortir avec un garçon, surtout un garçon plus âgé du lycée. Je n'ai pas largué Trent; je ne suis juste jamais sortie avec lui au départ". Courtney savait qu'elle sortirait avec Reginald s'il vivait ici, mais comme il fait partie d'un monde magique, il ne comptait pas. Elle n'avait pas de petit ami dans ce monde et aucun garçon avec qui elle voulait sortir. La brune encore en colère lui répondit: "Alors pourquoi as-tu mené Trent tout l'été? Il est dans un état lamentable. Nous sommes sortis ensemble en septième et huitième année, et je pensais que nous allions être ensemble pour toujours, mais maintenant il ne me parle plus guère. Quand il le fait, tout ce qu'il peut dire, c'est comment il va te gagner. Tu lui as jeté une sorte de sort. Pour son bien, je dois te découper le visage pour qu'il ne veuille plus de toi".

Avec cette déclaration, la brune a pris un couteau de cuisine dans son sac et a commencé à le balancer à Courtney. Son amie aux cheveux noirs a regardé le couteau en état de choc. Elle ne savait manifestement pas ce que son amie avait l'intention de faire. À ce moment précis, Dede est sortie de l'école et a vu la brune brandir le couteau. Elle a immédiatement pris son téléphone portable et a appelé la police, qui avait un poste à moins d'un kilomètre du collège. Au lieu de paniquer, Courtney a levé le bâton dans sa main droite et a mis son sac de livres devant son visage avec l'autre main. Puis elle s'est accroupie et a attendu. Courtney a fait face à un serpent géant, un loup et des enfants méchants à Maelstrom. Elle affrontait aussi ces filles. Courtney devait garder la tête froide et être prête à se défendre. Elle parla néanmoins à la brune pour voir si elle pouvait la persuader de lâcher le couteau.

"Vous êtes fou? Le simple fait de sortir le couteau de ton sac à main de cette façon va te faire suspendre de l'école. Tu pourrais aller en prison et obtenir un casier judiciaire. Comme je l'ai déjà dit, je ne suis pas une menace pour toi. Si tu veux sortir avec Trent, sors avec lui."

"Je vous l'ai déjà dit, il ne veut plus de moi. Et je me fous complètement d'avoir des ennuis. Je suis encore une enfant. Je vais recevoir une tape sur la main, peut-être des vacances scolaires. Vous, en revanche, vous aurez un visage tranché qu'aucune opération ne pourra réparer. Et surtout, je retrouverai mon Trent. Quand j'en aurai fini avec vous, il ne voudra plus de vous".

Alors que la brune faisait cette déclaration, elle a sauté sur Courtney. Courtney s'est déplacée sur le côté et a fait dévier le couteau avec son sac de livres. Elle a également enfoncé la brune dans la poitrine avec son bâton. Courtney pouvait voir que le bâton lui faisait mal. Elle pouvait le voir sur le visage de la fille. Malheureusement, la jeune fille a coupé le doigt de Courtney à l'extérieur du sac de livres. Bien que cela lui ait fait mal, Courtney n'a montré aucune douleur ou inquiétude. Elle a continué à tenir le sac et à fixer la jeune fille. Les deux filles ont commencé à se déplacer en cercle. L'autre lycéenne n'a pas bougé.

Elle ne voulait pas prendre part à ce qui se passait. La brune prit encore quelques coups de couteau sur Courtney, mais Courtney réussit à éviter les coups de couteau, comme elle avait évité le serpent dans Maelstrom. La brune retint ses coups un peu après avoir été piquée avec le bâton. La brune se retourna soudain et parla à son amie.

"Attrape la fille pour que je puisse la couper. Elle est trop rapide pour que je m'en sorte tout seul. Je n'arrive pas à saisir son bâton et je ne veux pas me faire piquer à nouveau".

L'autre fille a commencé à se déplacer vers l'autre côté de Courtney puis s'est soudainement arrêtée lorsqu'une faible sirène est venue de la route menant à l'école. La sirène est devenue plus forte à la seconde près. Courtney parla à la fille aux cheveux noirs.

"La police arrive. À moins que vous ne vouliez passer le reste de votre adolescence en prison avec votre ami, vous feriez mieux de sortir d'ici. Tu sais que tout ça est fou et malsain."

La deuxième fille se retourna brusquement vers son amie. "Kathy, tu es folle. J'ai accepté d'ébouriffer un peu cette fille. Je n'ai pas accepté de l'attaquer avec un couteau et de lui couper le visage. Je ne vais pas rester dans le coin pour attendre la police. Je ne vais pas passer la nuit en prison avec une bande de drogués et de putains et devoir ensuite affronter mon père. Je me tire d'ici".

"Tiffany, espèce de lâche dégoûtant, tu viens de cesser d'être mon ami. Si tu faisais quelque chose, on pourrait sortir d'ici avant que la police n'arrive."

"Kathy, il est trop tard pour ça. Il doit y avoir vingt enfants ici qui prennent nos photos avec leur téléphone portable. Même si nous nous échappons, la police nous trouvera et nous mettra en prison."

Avec cette déclaration, Tiffany s'est enfuie de l'école aussi vite que ses jambes la portaient. Courtney, qui savait qu'elle avait un avantage, a maintenant essayé de l'utiliser.

"Kathy, ton amie a raison. Tu es sur les téléphones portables de tout le monde et aussi sur le système de sécurité de l'école. Il y a une caméra là-bas sur le côté du bâtiment. Si tu abandonnes maintenant, tu auras peut-être une chance de t'en sortir. Sinon, vous allez avoir de gros problèmes".

À la surprise de Courtney, Kathy a ignoré ce qu›elle a dit et lui a sauté dessus à nouveau. Courtney a à peine réussi à s›éloigner de l›attaque sauvage, mais pas avant que Kathy ne lui coupe le bras. Courtney, dont la douleur apparaît maintenant sur son visage, contrebalance avec un bâton dans la gorge de Kathy. Kathy s›arrêta un instant, toussant et s›agrippant à sa gorge. Mais lorsque Kathy a cessé de tousser, un regard sauvage est revenu dans ses yeux. Courtney a vu le même regard dans les yeux du loup qu'elle affrontait. Au moment où Kathy se préparait à une nouvelle attaque, deux voix masculines puissantes sont venues de derrière elles.

"C'est la police. Lâchez le couteau, jeune fille, ou nous serons obligés de vous tirer dessus. Faites-le maintenant!"

La colère dans les yeux de Kathy disparut soudainement, et la peur prit sa place lorsqu'elle se retourna et regarda les policiers avec leurs armes pointées sur elle. Kathy lâcha le couteau et tomba à genoux, des larmes commençant à se former dans ses yeux. Les policiers lui ont rapidement lié les mains avec des menottes et l'ont emmenée. L'infirmière, qui venait de sortir de l'école, a couru vers Courtney et a commencé à nettoyer et à panser ses coupures.

À l'autre bout du monde, Reginald a dû faire face à ses propres problèmes. Buck, un très grand et très fort élève de huitième année, avait décidé pour une raison quelconque qu'il devait battre tous les garçons de septième et huitième année de l'école. Reginald savait que son tour ne tarderait pas à venir. Il avait vu les visages gonflés et les yeux noirs des enfants qui s'étaient déjà battus avec Buck. Reginald n'avait pas l'intention de laisser Buck le frapper sans se défendre. Le garçon Pounder de Maelstrom semblait encore plus grand et plus fort que Buck. Il faisait face à ce garçon, et il ferait face à Buck également. Pourtant, par précaution, il se mit à porter la canne de son père. Son père a acheté la canne après qu'il se soit foulé la cheville dans une des mines qu'il a inspectées.

Après s'être entraîné avec l'équipe de football pendant une heure, l'entraîneur a décidé de laisser Reginald s'entraîner dans l'espoir qu'il puisse revenir dans l'équipe. Reginald a dit au revoir à ses amis et a commencé la longue marche de retour. Lorsque le terrain de foot a disparu au loin, Buck a soudainement sauté devant Reginald sur le trottoir. Il a ricané en parlant à Reginald.

"Ok, Reginald, c'est ton tour. Les règles sont simples. Je te donne un petit coup de poing et tu ne dis rien à ce sujet. Si tu dis à quelqu'un que je t'ai frappé, je te frapperai si fort que tu ne pourras plus marcher."

"Et pourquoi exactement avez-vous besoin de me battre, Buck? Je vous connais à peine. On n'est pas en cours ensemble, et je ne t'ai rien fait."

"Parce que c'est ce que je fais, battre les autres garçons à l'école. Tu es juste le prochain sur la liste. Maintenant, viens ici pour que je puisse te frapper."

"Ça va peut-être te surprendre, Buck, mais je ne vais pas devenir ton punching-ball. Disons que je me suis déjà battu avec des garçons comme toi et que je n'ai pas reculé pour eux. Je ne reculerai pas pour vous non plus."

"Alors prépare-toi à faire un voyage à l'hôpital parce que c'est là que tu vas."

Avec cette déclaration, Buck a couru vers Reginald, déclenchant sa plus grande rotonde juste au menton de Reginald. Reginald s'est mis sur le côté, évitant la main droite de Buck, et a fait tomber sa canne sur la main gauche de Buck de toutes ses forces. Les os de la main gauche de Buck se sont brisés avec un grand fracas. Hurlant de douleur, Buck se mit à sauter de haut en bas en serrant sa main gauche. Reginald pressait son avantage.

"Buck, la prochaine fois que tu t'en prendras à moi ou à un autre enfant que je connais, je te casserai la tête comme je t'ai cassé la main. Alors c'est toi qui iras à l'hôpital, pas moi. Maintenant, dégagez de mon chemin. J'ai des choses à faire à la maison".

Buck, les larmes aux yeux, s'est rapidement écarté du chemin de Reginald. Il a commencé à dire quelque chose, mais a jeté un autre coup d'œil à la canne de Reginald et a décidé de se taire. Alors que Reginald tournait à un coin de rue, une centaine de mètres plus loin sur le trottoir, il pouvait voir Buck toujours debout, serrant sa main blessée.

Chapitre 16

Retour a Maelstrom

Une heure après avoir rencontré le deuxième gang de jeunes, les Light Swords ont vu une route gris clair partir sur leur gauche. Au loin, ils ont remarqué une rivière et un pont.

"Cela correspond à la description de la route royale. Je pense que nous sommes ici", a déclaré Reginald. "Le Troll nous attendra sous le pont. J'essaie toujours d'élaborer un plan pour passer le Troll, mais chaque plan auquel je pense entraîne la mort d'au moins un d'entre nous. Je suggère que nous nous approchions du pont avec précaution pour voir s'il y a une autre façon de traverser la rivière. S'il n'y en a pas, nous devrons décider ce que nous allons faire ensuite".

"Reginald, je crois que j'ai une idée", dit lentement Courtney, "mais je suis d'accord que nous devrions explorer la zone avant de prendre des décisions sur ce qu'il faut faire. Mon plan comporte aussi beaucoup de risques".

Soudain, les Light Swords se sont emparés de leur tête. Les voix dans leur tête leur demandèrent de prendre la route grise et floue à leur droite plutôt que la route royale. Lorsqu'ils refusèrent d'aller dans cette direction, les voix devinrent plus fortes et plus exigeantes. Ne sachant que faire, les épées de lumière se donnèrent la main et rassemblèrent leurs forces. Les voix s'estompèrent un peu, mais continuèrent à formuler leurs demandes.

"Ces voix viennent du cristal des ténèbres!" a déclaré Courtney. "Pour le combattre, nous devons penser à Elysia, à son amour et à sa gentillesse. Pensez à qui et à ce que vous aimez le plus, et les voix devraient s'en aller."

Courtney pensait à Reginald, tandis qu'il pensait à elle. Pénélope a pensé à Steve, et il a pensé à elle. Miraculeusement, les voix devinrent de plus en plus douces puis s'effacèrent dans le fond. La tempête dans leur esprit s'est dissipée. Les épées de lumière, se tenant toujours la main, tournèrent le long de la route royale. Elles refusèrent de considérer ce qui se trouvait sur la route qu'elles n'avaient pas empruntée. Quoi qu'il en soit, ils savaient que ce serait terrible.

Les Épées-de-la-Lumière firent vite jusqu'à ce qu'elles aperçoivent un nuage de poussière au loin. Reginald désigna des buissons le long de la route et fit signe au groupe de s'approcher d'eux. "Les soldats du Roi des Ténèbres", dit Reginald. "Nous devons nous cacher tout de suite. Ils sont peut-être à notre recherche."

Les Light Swords s'enterrèrent rapidement dans des buissons d'épines au bord de la route. Ils ont essayé d'ignorer les épines acérées des buissons. Les égratignures résultant de leur passage dans ces buissons seraient mineures comparées à la torture que les soldats et le Roi des Ténèbres leur infligeraient. Presque au même moment où ils sont entrés dans les buissons, ils ont entendu une plainte faible mais furieuse.

"Que pensez-vous faire en blessant mes branches, mes feuilles et mes épines? Vous avez l'air de fugitifs. Je devrais vous livrer aux chevaliers ou aux gardes."

S'adressant aux buissons d'épines qui les entourent, Steve a répondu avec colère: "Quelle que soit la douleur que vous subissez, elle n'est pas aussi grave que la nôtre. Vos épines vous font vraiment mal. Et ne pensez même pas à nous transformer en ces méchants soldats et gardes. Si vous le faites, nous dirons aux gardes et aux soldats que vous nous avez demandé de nous cacher en vous. Quand ils découvriront que vous nous avez cachés, ils prendront une hache et vous abattront. Puis ils arracheront vos racines du sol et vous laisseront pour mort."

Le buisson d'épines n'a pas répondu pendant un certain temps, mais il a fini par dire avec beaucoup d'irritation: "Nous nous tiendrons tranquilles, mais nous jurons que si vous nous faites du mal à tous les quatre, nous vous dénoncerons comme nous l'avons dit.

"Nous ferons attention, mais le temps du silence est venu. J'entends des chevaux qui s'approchent", chuchote Steve.

Quelques secondes plus tard, dix Chevaliers noirs à cheval passaient en trombe. Pénélope se mit à bouger, mais Reginald la maintint en place. Les chevaliers s'arrêtèrent soudainement à une cinquantaine de mètres de la route. Le grand et puissant chevalier de tête, qui possédait une armure plus élaborée que les autres, déplaça son cheval pour faire face aux autres chevaliers. Malgré la distance, les Light Swords pouvaient entendre sa voix très forte.

"Nous sommes presque au bout de la route royale. Nous aurions déjà dû trouver les enfants Elysia. Ils sont probablement cachés dans les buissons d'épines ou dans les arbres. Nous n'avons pas le temps de les chercher là-bas. Nous devons surveiller les fosses de torture sur la route grise et floue. Le Roi des Ténèbres est très contrarié par l'évasion de certains enfants la semaine dernière. Même si les enfants Elysia atteignent le pont, ils ne pourront jamais passer le Troll. Nous n'avons pas besoin de nous inquiéter pour eux". Le Chevalier noir de tête a sauté sur son cheval et s'est mis au loin avec ses chevaliers derrière lui.

Lorsqu'ils disparurent, les épées légères, couvertes d'égratignures, reprirent la route, remerciant les buissons d'épines de s'être tus.

"Je pense que nous devrions nous débarrasser des sacs à dos", a déclaré Steve lorsqu'ils ont été réassemblés. "Ils sont grands et lourds et nous rendent plus visibles dans les buissons. De plus, si nous entrons dans le château, ils ne seront pas à leur place".

"Oui, d'accord. Ils ont des trucs utiles, mais je suis fatigué de porter les miens", a dit Reginald.

"Tu es fatigué? Mon sac à dos a encore deux trous à cause du serpent", a ajouté Pénélope. "Si je l'ouvre pour prendre quelque chose, je vais devoir mettre mes mains dans du poison pour serpent. Je veux m'en débarrasser depuis que nous avons combattu le serpent."

"Mettons-les dans les buissons. Si nous avons besoin d'eux, nous savons où ils sont", a déclaré Courtney, en hochant la tête en accord avec Pénélope et Reginald.

Après que les Light Swords aient caché leurs sacs à dos dans les buissons et repris leur marche vers le pont, Reginald a continué à mettre sa main sur la route. Au bout de dix minutes, Reginald a de nouveau agité frénétiquement les épées légères pour les faire sortir de la route. Cette fois, ils se sont cachés dans un peuplement d'arbres. Reginald s'adressa rapidement aux arbres avec une grande urgence dans sa voix.

"Je ne sais pas si vous pouvez m'entendre ou non, mais nous vous demandons de vous taire lorsque les chevaliers passeront. Si vous avez parlé aux buissons d'épines, vous savez ce que nous ferons si vous ne le faites pas".

"Vous n'avez pas à vous inquiéter. Les buissons d'épines nous ont parlé de vos menaces. Nous n'avons pas envie de faire face à un bûcheron. Nous ne dirons rien." Les arbres bruissaient tranquillement leurs feuilles.

Dès que les arbres ont fini de parler, les épées de lumière ont de nouveau entendu le martèlement des sabots sur la route. Les Chevaliers Noirs revinrent. Alors que les enfants regardaient avec horreur, un fermier et une fermière quittèrent leur champ pour marcher sur la route. Les Light Swords ne pouvaient pas très bien voir leurs traits depuis leur cachette. Les fermiers n'entendaient pas les cavaliers ou n'avaient pas peur d'eux. Les Light Swords voulaient les renvoyer à leur ferme, mais s'ils le faisaient, ils seraient vus. Avant que les Light Swords ne puissent décider quoi faire, les Black Knights s'approchèrent des fermiers au grand galop. Le chevalier de tête a levé la main, et les chevaliers se sont arrêtés brusquement devant les fermiers. Une fois de plus, les Light Swords entendirent la voix forte et grossière du grand chevalier de plomb.

"Que faites-vous, bande de fermiers, au milieu de notre route? Vous nous ralentissez. C'est une violation des lois du Roi des Ténèbres que d'interférer avec une patrouille de chevaliers. La peine est la mort. Pourtant, je ne suis pas un homme trop méchant. Je vous donnerai une chance de sauver vos misérables vies. Où sont les quatre enfants Elysia? Nous avons des raisons de croire qu'ils sont sur cette route."

"O, grand chevalier, nous n'avons pas vu d'enfants comme eux. Nous sommes restés toute la journée dans notre ferme, où nous n'avons vu personne. Nous sommes arrivés sur la route il y a quelques minutes seulement et nous n'avons vu personne. Ma femme Thelma a mal au pied, et nous allons en ville pour chercher des remèdes à base de plantes", répondit humblement l'homme.

"Mauvaise réponse!" cria le Chevalier noir en tirant son épée et en la balançant au cou du pauvre homme. Juste avant que l'épée ne frappe l'homme, le chevalier arrêta son élan, ne laissant qu'une petite coupure sur le cou de l'homme. Il rit et les autres chevaliers se joignirent à lui. Puis le chevalier redevint sérieux et s'adressa au fermier avec la même méchanceté dans sa voix qu'auparavant.

"Je crois à ton histoire, mais si jamais je découvre que tu me mens ou si tu apprends où se trouvent les enfants Elysia et que tu ne me le dis pas, je te coupe la tête. Maintenant, écartez-vous, nous retournons au château." Le chef des Chevaliers Noirs reprit sa furieuse chevauchée vers le château. L'homme et la femme retournèrent en courant à travers leurs champs vers la maison, toute idée d'aller en ville pour trouver un remède pour les pieds leur ayant échappé.

Après que les fermiers et les chevaliers aient disparu au loin, les épées de lumière se rassemblèrent sur la route et reprirent leur chemin vers le pont. Comme elles le firent avec les buissons d'épines, les Épées de la Lumière remercièrent les arbres de s'être tus.

Après avoir fait quelques pas, Courtney se tourna vers Reginald avec un regard curieux. "Comment saviez-vous qu'ils allaient revenir?"

"Quand le chevalier principal a parlé des enfants qui s'échappaient des fosses de torture, ça ne m'a pas semblé juste. Je doute que des enfants s'échappent d'une fosse de torture dans cet endroit. Tout comme le serpent, j'ai pensé qu'il pourrait essayer de nous piéger. De plus, je ne comprenais pas pourquoi ils ne nous cherchaient pas dans les buissons, alors j'ai continué à mettre ma main sur le sol pour sentir les vibrations que je savais que beaucoup de chevaux allaient faire. Même si je sentais les chevaux arriver, nous n'avions que quelques minutes pour nous cacher. Nous venions de réussir. Ils avaient un bon plan. Nous avons de la chance que la route en briques ne laisse pas de traces. Si c'était le cas, ils auraient su exactement où nous nous sommes cachés. J'espère que c'est la dernière fois que nous les voyons, mais je pense que chacun de nous devrait tâter le terrain de temps en temps pour voir si quelqu'un arrive. Comme le pauvre fermier vient de l'apprendre, les chevaliers sont assoiffés de sang et vicieux. Nous ne pouvons pas nous permettre de nous faire attraper par eux".

Les trois autres épées de lumière hochent lentement la tête. Après leur rencontre rapprochée avec les Chevaliers noirs, les épées de lumière ont atteint le pont sans autre incident. Elles ne se sont pas approchées du pont tout de suite. Elles se sont plutôt cachées dans les buissons et ont étudié le pont et la rivière.

"La rivière est trop rapide et trop profonde pour être traversée à pied ou même à cheval", a déclaré Steve, faisant écho à ce qu'ils pensaient tous.

"Nous pourrions passer des heures - voire des jours - à monter et descendre la rive, mais je doute que nous trouvions un autre endroit où traverser. De plus, nous serions confrontés à de nombreux dangers en marchant le long de la rive. Je ne sais pas pour vous, mais je ne veux pas passer une minute de plus à Maelstrom. Nous devons récupérer les cristaux et quitter cet endroit aussi vite que possible. Si vous regardez attentivement le pont, vous pouvez voir un niveau inférieur en dessous du milieu. Je pense que le Troll attend des créatures, des enfants et des gens en dessous. Il y a deux plateformes de chaque côté du pont inférieur. Je pense que le Troll met ses pieds sur ces plates-formes quand il se tient debout. S'il est aussi grand qu'on le dit, il peut contrôler n'importe qui ou n'importe quoi venant de là. Je ne vois pas comment nous pouvons le dépasser, même si nous rampons le long de la partie inférieure du pont".

"Je suis d'accord", dit Reginald en se grattant la tête. "La seule chose que nous pouvons faire, c'est que l'un de nous attire l'attention du Troll pendant que les autres se faufilent sur le pont, probablement en grimpant le long des supports du niveau inférieur. Sauf objection, je vais distraire le Troll. En tant que chef de ce groupe, c'est mon travail".

"Non, vous serez tué. J'ai une meilleure idée", a déclaré Courtney. "Herbert et moi avons pris des photos ensemble. Il m'a aussi donné une photo d'un de ses ébats dans les arbres où il a l'air vraiment effrayant. Je peux dire au Troll que le singe le mettra en pièces s'il me touche. Les trolls sont censés être stupides, alors ça pourrait marcher". "Non, je ne peux pas te laisser faire ça. Je ne me pardonnerai jamais si tu es blessé ou tué. Je préférerais mourir à ta place."
Reginald a réagi avec beaucoup d'émotion.

Courtney a attrapé le bras de Reginald et l'a emmené dans un peuplement d'arbres où elle a pu lui parler sans que Steve et Pénélope ne l'écoutent. Elle a regardé Reginald dans les yeux et lui a dit aussi gentiment que possible: "Reginald, je n'ai que onze ans. Je ne suis pas prête à sortir avec des garçons, mais pour des raisons que je ne comprends pas, je t'aime. Si le Troll me tue, je serai toujours en vie dans le monde réel. Quand nous partirons d'ici, nous pourrons toujours nous retrouver. De toute façon, je crois que le Troll croira à mon histoire. J'ai une bonne chance de le dépasser. Sans une bonne histoire comme celle du singe géant, le Troll vous tuera certainement. Donc la seule chance que nous ayons d'être ensemble dans ce monde est que ce soit moi qui parle au Troll."

"Courtney, même pour des raisons que je ne comprends pas, je t'aime. C'est pourquoi il m'est si difficile de te laisser aller là-bas, mais je suppose que tu as raison. Ton histoire te donne une meilleure chance de passer au travers du Troll. Mais avant de te laisser partir, je dois faire une chose, t'embrasser". Avant que Courtney ne puisse formuler une objection, Reginald l'a embrassée sur les lèvres. Courtney a beaucoup aimé ce baiser, mais n'a permis à Reginald de l'embrasser qu'une minute. Elle s'est éloignée de lui et a dit avec indignation qu'elle ne ressentait rien. "Ok, ça suffit. Je devrais faire ces dix gifles, mais vu les circonstances, je ne te giflerai pas pour m'avoir donné ce baiser. On risque de ne pas y arriver. Allons au bord de la rivière aussi discrètement et secrètement que possible. Je descendrai ensuite hardiment la route jusqu'au pont pendant que tu traverseras le pont sur le niveau inférieur".

Reginald et Courtney sont retournés voir Pénélope et Steve, qui étaient engagés dans une petite conversation de leur côté. Ils avaient tous deux l'air coupable. Courtney et Reginald se demandaient tous deux si leurs amis avaient aussi fait un petit baiser. Courtney leur expliqua leur plan. Pénélope et Steve se contentent de hocher la tête en signe d'accord. Ils n'avaient pas d'autre plan.

En tant que tel, les Light Swords se déplacèrent vers l'endroit où le pont commençait. Courtney traversa le pont avec audace tandis que Reginald, Steve et Pénélope commencèrent à se frayer un chemin à travers le niveau inférieur. Alors que Steve et Reginald se frayaient un chemin sur les supports du pont avec une relative facilité, le poids supplémentaire de Pénélope lui causait des problèmes. Steve et Reginald ont dû l'aider encore et encore.

"Je n'étais pas fait pour traverser le pont de cette façon." Elle s'est plainte. "J'ai l'impression que mes bras vont sortir de mes épaules. N'y a-t-il pas un autre moyen?"

"Non, sauf si vous voulez être déchiré par un énorme Troll. Ce n'est qu'un peu plus loin. Ne vous inquiétez pas, Reginald et moi allons nous assurer de traverser", a répondu gentiment Steve malgré les plaintes de Pénélope.

Pénélope a commencé à répondre, mais quand elle a regardé Steve, elle a décidé de ne pas le faire. Elle ne voulait pas avoir l'air mal en point devant lui. Juste avant qu'ils n'atteignent un repaire où ils savaient que le Troll se cachait, le pont commença à trembler violemment. Accrochés au pont de toutes leurs forces, ils regardèrent l'énorme Troll quitter sa cachette et se tenir sur les deux plates-formes. Une fois le Troll sorti de sa cachette, les trois Épées de Lumière se glissèrent dans son antre et coururent vers l'autre extrémité du pont. Le grand repaire dégoûtant sentait encore l'odeur du Troll et de ses pets. De plus, les Épées-de-lumière aperçurent dans un coin un gros tas d'os d'animaux, dont certains avaient encore de la viande sur eux. Ils sentaient encore plus mauvais que le Troll. Pénélope voulait vomir, mais bien sûr, à Maelstrom, elle ne pouvait pas. Pourtant, elle avait l'air et se sentait verte. Le trio est arrivé de l'autre côté de la tanière et a commencé à se frayer un chemin à travers les supports de l'autre côté de la tanière. Ils avaient presque traversé le pont.

Courtney, bien que très effrayée, traversa le pont avec audace. Elle avait presque atteint la moitié du pont lorsque celui-ci s'est mis à trembler. Quelques secondes plus tard, le Troll de vingt et un pieds se releva de sous le pont. Le Troll n'avait qu'un ou deux cheveux sur la tête et une mâchoire saillante avec quatre énormes dents, deux en bas et deux en haut. Ses yeux noirs de part et d'autre d'un nez large et tordu et à l'intérieur d'immenses oreilles, plus grandes que celles d'un éléphant que celles d'une personne, fixaient Courtney. Le troll ne portait qu'un vêtement enroulé autour de sa taille. Le troll portait dans la main droite une massue de trois mètres de long, qu'il soulevait haut dans les airs. Son haleine fétide faillit faire tomber Courtney de ses pieds. Sa voix retentissante a fait trembler le pont.

"Petit, que fais-tu sur mon pont?", cria le troll à Courtney. "Les règles ici sont simples. Si vous n'êtes pas avec le roi, vous payez un péage de cinq pièces d'or. Si tu ne peux pas payer, je te mange si tu es de ce monde ou je te tue si tu es un enfant du monde réel. Où sont mes pièces?"

"Je n'ai pas de pièces, mais Herbert le singe géant m'a dit que je pouvais traverser le pont gratuitement", a répondu Courtney d'une voix calme mais ferme.

Le troll, qui semblait un peu hésitant, a répondu: "Je ne connais aucun Herbert."

"Herbert est mon ami. C'est un singe de trois mètres deux fois plus grand et plus fort que vous. Le Roi des Ténèbres vient de le créer. Il a dit que toi et le Dragon n'êtes pas assez grands et méchants pour ses besoins. Il a fallu une journée entière au Cristal des Ténèbres pour le faire."

"Et alors? Je ne vois aucun Herbert ici. Je pense que vous essayez de me piéger."

"Herbert m'a dit que vous diriez ça, alors il m'a donné un message à vous donner. Il m'a dit: "Dites au Troll que s'il vous fait du mal de quelque façon que ce soit, je viendrai sur son pont. Ensuite, je lui arracherai la main droite, l'avant-bras droit et le bras droit, puis la main gauche, l'avant-bras gauche et le bras gauche. Une fois que je lui aurai arraché les bras, je lui arracherai les deux jambes en commençant par le pied, puis la jambe inférieure et la jambe supérieure. Lorsqu'il n'aura plus de membres, je lui arracherai la tête comme une brindille". Courtney a fait un mouvement de claquement avec ses mains.

"Je n'ai toujours pas de preuve de ce que vous dites. Je vais juste te tuer. Je ne crois pas qu'il y ait un singe géant."

"Le singe a dit que vous diriez ceci, alors j'ai apporté des photos", a dit Courtney en produisant les photos de la poche de son pantalon et en les mettant dans la main géante du troll.

Malgré ses doutes, le Troll a tenu les photos devant ses yeux et les a étudiées de près. La fille a dit la vérité. Le singe a existé. L'une des photos montrait à quel point il aimait la fille, et l'autre le montrait en train de déchiqueter de grands arbres avec facilité.

Aucune créature saine d'esprit n'aurait pu mettre ce singe en colère. Même le Dragon devait rester loin de lui. Le Troll frissonnait en imaginant le singe lui arracher les membres. Devenant soudain gentil, le Troll remit les photos à Courtney et baissa la voix.

"Ok, tu peux y aller cette fois. Tout comme vos amis, qui sont presque de l'autre côté de mon pont. Je les aurais tués après en avoir fini avec toi. Personne ne peut traverser mon pont sans que je le sache. S'il vous plaît, dites au grand singe comment je vous ai laissé traverser mon pont sans demander de péage. Je ne veux pas qu'il soit mon ennemi." "Je dirai à Herbert que tu vas bien. De plus, mes amis et moi ne dirons à personne que vous nous avez laissés passer sans payer de péage", a répondu Courtney gentiment, sachant que le Troll s'inquiéterait de voir des gens et des créatures découvrir ce qu'il avait l'intention de faire.

"Merci. Maintenant, je sais pourquoi le grand singe vous aime. Vous savez comment prendre soin d'un ami. Tu peux traverser mon pont à tout moment."

Faisant un signe au Troll, Courtney a marché jusqu'au bout du pont et a attendu ses amis les mains sur les hanches. Reginald et Steve se sont finalement mis sur la route, entraînant avec eux une Pénélope qui se plaignait. Lorsqu'ils se rassemblèrent à nouveau à l'autre bout du pont, Reginald parla le premier, un peu de jalousie et de crainte se glissant dans sa voix.

"Puisque vous êtes ici l'air reposé et détendu, je suppose que votre plan a fonctionné. J'ai prié pour qu'il fonctionne."

"Oui, le Troll a décidé de faire de moi et d'Herbert des amis plutôt que des ennemis. Il s'est avéré que tu aurais pu venir avec moi. Le Troll savait que vous aviez glissé sur son pont. S'il n'avait pas été convaincu par les photos d'Herbert, il m'aurait tué, puis vous tous. Quand j'ai sorti les photos, je pensais qu'il pourrait dire que nous les avions prises à Elysia, mais comme les photos sont en noir et blanc, il ne pouvait pas le dire.

Reginald, secouant la tête d'étonnement devant la fille qu'il aimait, s'adressa avec force à ses compagnons. "Nous n'avons qu'une courte marche à faire jusqu'au château. Comme pour le pont, nous devrons faire une reconnaissance du château et trouver un moyen d'y entrer. Je ne sais pas encore comment nous allons faire. N'oubliez pas qu'une patrouille de chevaliers pourrait encore nous capturer. Nous devons tester le terrain encore et encore. Nous avons de la chance d'être arrivés jusqu'ici, mais nous avons encore un long chemin à parcourir".

Les autres ont simplement hoché la tête et ont commencé à marcher vers le château, que l'on pouvait déjà voir au loin. Pénélope saisit la main de Steve. Elle ne voulait pas qu'il lui en veuille après qu'elle se soit plainte sur le pont.

Heureusement, Steve a tenu la main de Pénélope, ce qui lui a permis de se sentir beaucoup mieux. Au bout de quelques minutes, les Light Swords ont remarqué des croix bordant la route à droite et à gauche avec surtout des enfants mais aussi quelques créatures et des gens de Maelstrom. Ils gémissaient et se plaignaient. Alors que les Light Swords essayaient d'ignorer ces sons pitoyables, Courtney ne pouvait pas.

"Nous ne pouvons pas laisser ces pauvres êtres comme ça", dit Courtney avec passion, "y compris les enfants comme nous. Nous devons les laisser partir." "J'aimerais que nous le puissions", dit Steve. "Je ressens la même chose que vous, mais le retard nous mettrait sérieusement en danger par les gardes du roi et les soldats. De plus, il faudrait des heures, voire des jours, pour délier tous ces êtres et les arracher à leurs croix. Si quelqu'un nous voyait, il saurait immédiatement que nous ne sommes pas de ce monde. Il y a plusieurs personnes et plusieurs enfants sur cette route. Ils nous dénonceraient dès que nous aurions fait tomber quelqu'un. Notre meilleur moyen d'aider ces pauvres gens est de reprendre le cristal de lumière et de couvrir les rayons nocifs du cristal des ténèbres. Cela changera ce monde et leur donnera une chance de persuader quelqu'un de les aider. Peut-être que si nous réussissons notre mission, nous pourrons les aider sur le chemin du retour".

"Bien que vous ayez peut-être raison, je peux au moins parler à ce gamin ici devant nous et voir ce qu'il dit sur le fait d'être attaché à une croix." Malgré les regards douteux sur les visages de l'autre Épée-de-Lumière,

Courtney s'est approchée de la première croix et a appelé le garçon qui y était accroché.

"Hé, petit, pourquoi es-tu là-haut?"

"Je me suis fait prendre à voler une épée à un des gardes. Le Roi des Ténèbres m'a donné le choix entre aller aux fosses de torture ou être mis ici jusqu'à ce que mon temps à Maelstrom soit écoulé. Bien sûr, j'ai choisi la croix. J'ai eu de la chance. Le Roi des Ténèbres a lu un livre sur les croix et a décidé de les essayer ici. Sinon, j'aurais dû souffrir dans les fosses de torture jusqu'à ce que mon temps soit venu. Personne ne veut y aller".

"Oh, alors tu veux être là-haut?"

"Oui. Si je descendais d'ici, ils me captureraient et me tortureraient. Je pense que c'est la même chose pour la plupart des enfants, des créatures et des gens de Maelstrom ici."

Après avoir écouté le garçon sur la croix, Courtney a levé les mains et a marché droit devant elle, en faisant attention de ne pas regarder les êtres qui souffrent autour d'elle. Elle est restée en colère même après que les croix aient disparu derrière elles. Elle ne pouvait même pas aider les gens dans cet endroit si elle le voulait.

En une heure, les Light Swords s'approchèrent du château et décidèrent de trouver un endroit à l'écart de la route où ils pourraient étudier le trafic sortant et entrant dans le château. Aussitôt qu'ils ont pris position, une autre patrouille de chevaliers est sortie du château. Ils ont regardé les chevaliers presque écraser des paysans qui apportaient des marchandises dans le château, puis pousser une petite charrette de foin de la route de briques. Après le passage au galop des chevaliers, Reginald s'est excité. Il se tourna vers ses compagnons.

"C'est notre chemin vers l'intérieur. Aidons le gars à remettre sa charrette à foin sur la route. Ensuite, on pourra faire du stop jusqu'au château caché dans le foin."

"Pourquoi le gars de la charrette à foin devrait-il nous aider?" demanda Pénélope. "Souviens-toi, les gens sont méchants par ici. Même s'il nous autorise à faire du stop, il va probablement nous doubler et dire aux gardes que nous nous cachons là-dedans."

"Oui, ça peut arriver, mais le gars qui conduit le chariot doit être furieux de la façon dont les chevaliers l'ont traité. Il pourrait nous voir comme un moyen de se venger des gardes du château et des chevaliers. Si nous ne profitons pas de cette opportunité, où allons-nous trouver quelqu'un prêt à nous aider?" a répondu Reginald. Les autres épées de lumière ont haussé les épaules. Cette approche pourrait ne pas fonctionner, mais ils n'avaient pas d'autres idées. Le château avait un grand nombre de gardes à la porte d'entrée et sur les murs au-dessus de la porte. Les Light Swords supposaient que les murs latéraux du château comptaient également un grand nombre de soldats. Le château ressemblait au château d'Elysia, mais il était adossé à une falaise de rochers.

Cela rendait une approche par l'arrière très difficile, voire impossible. Reginald et Steve, malgré plusieurs minutes d'étude, n'ont pas trouvé une seule façon de pénétrer dans ce château lourdement fortifié. Se faufiler dans le château semblait être la seule approche qu'ils avaient.

Sans attendre que le chauffeur le demande, les Light Swords ont aidé le conducteur de la charrette à foin à remettre son chariot sur la route. Le chauffeur, petit et maigre, n'a rien dit pendant qu'ils travaillaient avec lui, mais les a plutôt regardés dans son pantalon ample et sa chemise ouverte. Lorsque la charrette s'est remise en route, l'homme a finalement parlé.

"Je suppose que vous voudrez une sorte de paiement pour ce que vous venez de faire, mais je n'ai pas d'argent", a-t-il dit sans émotion. "Je partirais bien, mais vous avez tous des épées. Si je m'en vais sans payer, vous aurez une raison de me coller vos épées".

"Nous le ferions probablement, mais vous pouvez nous payer d'une autre manière", a commencé Steve. "Nous sommes des amuseurs. Le Roi des Ténèbres aime que nous jouions et chantions pour lui, mais il ne l'admettra jamais. Lui et sa reine se moquent de nous, nous jettent de la nourriture à la tête et nous huent en chantant, mais ils refusent de nous laisser partir et insistent pour que nous jouions et chantions encore et encore. Si nous jouons et chantons assez longtemps, le roi des ténèbres ou sa reine finira par nous jeter de l'argent. La dernière fois que nous sommes venus, les gardes nous ont laissés entrer, mais ils nous ont dit que nous devions payer si nous voulions entrer à nouveau dans le château. Nous n'avons pas d'argent, donc nous ne pouvons pas faire ça. Nous avons besoin de tout l'argent que nous pouvons obtenir du roi et de ses amis pour la nourriture. Alors ce que nous aimerions que vous fassiez pour nous, c'est nous permettre de nous cacher dans votre foin. Vous pouvez nous faire entrer en douce, et nous pourrons gagner l'argent dont nous avons besoin".

"Comment puis-je savoir que vous êtes chanteurs?"

Courtney et Reginald, au lieu de répondre, ont chanté quelques couplets de "If I Loved You". L'homme a levé la main et a dit: "Vous êtes des chanteurs, comme vous l'avez dit. Vous avez de grandes voix. Et bien sûr, je vous suis redevable, mais vous cacher dans le foin est risqué pour moi. S'ils vous trouvent là-dedans, ils s'en prendront à moi aussi bien qu'à vous", dit le chauffeur avec inquiétude.

"Non, vous pouvez prétendre que nous avons grimpé dans le foin sans que vous nous voyiez. Nous sommes d'accord avec votre histoire. Ils peuvent vous en vouloir d'avoir été négligents, mais pas pour autre chose", a répondu Steve avec autant de certitude que possible.

Le chauffeur a mis beaucoup de temps avant de répondre. Il a soigneusement pesé ses options.

Finalement, il a parlé avec une colère considérable dans sa voix. "Ok, monte dans le wagon. Normalement, je ne ferais pas ça, mais garder un peu d'argent loin de ces gardes méchants et cupides me plaît. Cela m'aide aussi à me venger de ces horribles chevaliers, qui sont étroitement liés aux gardes.

Les épées de lumière sautèrent à l'arrière du chariot et s'enterrèrent dans le foin. Le foin sentait mauvais et démangeait beaucoup, mais les épées légères savaient qu'il leur donnait les meilleures chances d'entrer dans le château.

Avant qu'ils ne soient allés très loin, Reginald s'adressa à eux sur le ton le plus sérieux. "Le garde peut essayer de regarder dans le foin pour voir si nous nous cachons ici. A moins qu'il ne vous découvre, ne bougez pas d'un pouce. Nos vies en dépendent."

Courtney, Pénélope et Steve ont acquiescé. Dix minutes plus tard, le chariot s'est arrêté de bouger. Les épées de lumière supposèrent qu'elles étaient arrivées à la porte du château. Une voix grossière et en colère se moquait du chauffeur.

"Qu'est-ce que tu veux, sale paysan? Au lieu de te laisser passer la porte, je devrais te transpercer avec mon épée. Je n'ai tué personne de toute la journée. J'ai envie de tuer quelqu'un. Mes voix l'exigent."

"O puissant gardien, j'apporte du foin pour les chevaux du roi et de la reine. Si vous ne me laissez pas passer, ces chevaux auront très faim et seront très en colère. Je ne voudrais pas être à votre place quand le roi et la reine apprendront que vous avez empêché qu'un chariot plein de foin soit livré à leurs chevaux."

Le garde s'est arrêté un moment pour réfléchir à ce que l'homme a dit. Il a senti son cou nerveusement. Le garde a réalisé que s'il mettait le roi en colère, il pourrait perdre la tête. Sachant maintenant qu'il allait devoir laisser passer le chariot, le garde fit le tour du chariot, cherchant à savoir si quelqu'un ou quelque chose se cachait dans le foin. Il avait encore un travail à faire. Sans prévenir, il a enfoncé son épée dans le foin tout près de la tête de Pénélope, mais n'a rien touché. Satisfait, le garde est retourné à l'avant du chariot.

"Très bien, vous pouvez y aller cette fois. Mais la prochaine fois, apporte de l'argent, ou j'utiliserai mon épée pour m'amuser avec toi", dit-il au chauffeur.

Cinq minutes plus tard, le wagon s'est arrêté. Les Light Swords entendirent le chauffeur murmurer: "Vite, sortez du chariot et nettoyez-vous. Je dois commencer à décharger le foin avant que quelqu'un n'entre ici. Je travaillais dans le coin, donc je connais un peu l'endroit. Si vous marchez jusqu'à l'arrière des écuries, il y a une porte. Quand vous passez la porte, vous entrez dans un long couloir qui mène aux cuisines. La nourriture pour les créatures et les gens de ce monde y est préparée. Juste avant d'arriver à la cuisine, vous trouverez un placard sur votre droite. Vous y trouverez les tuniques que portent les gardes du roi. Cela vous aidera à vous déplacer dans le château. Mais vous devrez jouer le rôle des gardes, qui sont les enfants les plus méchants de Maelstrom. J'espère que vous aurez l'occasion de tuer un garde ou un chevalier dans votre quête. J'aimerais faire payer à l'un d'entre eux les nombreuses fois où ils se sont moqués de moi et m'ont donné des coups de pied".

"Croyez-moi, si on en arrive là, on tuera volontiers un garde pour vous, et encore une fois, merci de nous aider", a déclaré Steve.

Les Light Swords n'ont pas eu besoin d'autres encouragements de la part du chauffeur. Ils sautèrent du chariot, dépoussiérèrent le foin de leurs vêtements et coururent vers la porte arrière. En disparaissant par la porte, ils ont entendu le chauffeur parler à quelqu'un. Ils sont arrivés à temps. Les Light Swords ont couru dans le couloir aussi vite qu'ils le pouvaient. Ils avaient l'air suspect dans leurs tenues actuelles. À deux reprises, elles ont dû se réfugier dans une alcôve ou un couloir pour éviter certains employés de cuisine, mais elles ont tout de même atteint la porte du placard qui leur a été décrite en quelques minutes. Ils ont essayé d'ouvrir la porte, mais elle ne voulait pas bouger. Avant même que les trois autres ne puissent s'inquiéter de la porte verrouillée, Steve a sorti de sa poche un outil de crochetage de serrure.

"Regardez ça. Je suis un expert en serrurerie", a-t-il chuchoté. Steve a tâtonné avec la serrure pendant plusieurs minutes alors que le Light Swords regardait nerveusement vers la cuisine, qui se trouvait juste à un virage du tunnel devant eux. Ils pouvaient entendre l'activité trépidante dans la cuisine. Juste au moment où ils ont commencé à penser qu'ils devaient quitter leur place, les Light Swords ont entendu un clic. La porte s'est ouverte. Ils se sont rapidement installés dans le placard et ont jeté les tuniques des gardes du roi par-dessus leurs vêtements. Ils avaient juste assez de tuniques pour eux quatre, mais celle que Courtney devait porter semblait un peu trop grande. Après avoir fermé la porte du placard, ils ont sorti leur poitrine et ont marché dans le couloir jusqu'à la cuisine.

Juste avant d'arriver à la cuisine, ils ont vu des escaliers menant au château. Sans même hésiter, ils ont monté les escaliers. Le personnel de cuisine a vu les quatre enfants mais n'a pas fait attention à eux. Aucun serviteur ou ouvrier n'a osé défier un garde du roi.

Les épées de lumière montèrent rapidement les escaliers et se retrouvèrent dans une bibliothèque pleine de livres. L'endroit semblait très vieux, avec des toiles d'araignée et des araignées partout. Un vieil homme courbé, aux longs cheveux blancs, avait le dos tourné vers elles. Il ressemblait au Répondeur Royal. Avant qu'il ne puisse se retourner pour voir qui avait monté les escaliers, les Light Swords sortirent de la pièce pour entrer dans un grand couloir. Les gardes, les chevaliers, les servantes et les garçons de service se déplaçaient dans la pièce. Ils regardaient les épées de lumière avec beaucoup de suspicion. Certains des gardes ont commencé à se diriger vers les Light Swords, les mains sur leurs épées. Mais avant que les gardes ne puissent les défier, Reginald sortit son épée et poussa une jeune femme de chambre maigre et nerveuse à passer.

Grognant, Reginald dit avec dégoût: "Toi, paresseux morceau de crotte de vache, donne-moi une bonne raison de ne pas te découper en morceaux et te donner à manger aux créatures de ce château. Je suis sûr que tu ferais un bon repas pour quelqu'un".

"O brave Garde du Roi, je ne veux pas vous offenser. Je travaille très dur. Je ferai en sorte d'avancer plus vite à l'avenir si vous m'épargnez la vie." La pauvre femme de chambre pleurait.

"Eh bien, je suis de bonne humeur. Je vais vous donner un laissez-passer aujourd'hui, mais je vous marque pour l'avenir. Si je te vois encore marcher lentement, je te transpercerai avec mon épée", a déclaré Reginald en coupant avec son épée un "KG" dans la partie supérieure de la robe de la femme près de son cou. La jeune fille effrayée tomba à genoux et Reginald la poussa du pied. Les chevaliers et les gardes du hall hochèrent la tête en signe d'approbation, cessèrent de se diriger vers les épées de lumière, puis retournèrent à ce qu'ils faisaient avant l'apparition des épées de lumière. Ils aimaient l'idée de graver des initiales sur les vêtements des servantes et des garçons de service, avec peut-être un peu de cette sculpture sur leur peau.

Sans s'arrêter une seconde, Reginald sortit de la salle avec les autres épées de lumière qui le suivaient. Personne ne les a défiés. Ils s'installent dans une série de pièces qui bordent le grand hall sur la gauche. Ils se dirigeaient aussi loin que possible vers l'arrière du château sans entrer dans la pièce où ils supposaient que le Roi des Ténèbres tenait sa cour.

Alors qu'ils s'installaient dans la première de ces pièces, Reginald chuchota sous son souffle: "Je me détestais de faire cela, mais je n'avais pas le choix. Nous devions agir comme les gardes du roi. Sinon, les gardes et les chevaliers de la salle nous auraient défiés. J'espère seulement que la jeune fille ne souffrira pas trop. J'ai essayé d'éviter de lui couper la peau lorsque j'ai gravé les initiales, mais j'ai peut-être laissé quelques égratignures". Les autres épées de lumière ont simplement acquiescé de la tête. Ils savaient que Reginald avait fait ce qu'il devait faire, mais ils n'aimaient toujours pas ce qu'il avait fait.

Les épées de lumière continuaient à marcher de pièce en pièce sur le côté gauche de la grande salle vers l'arrière du château. Le Répondeur Royal leur avait dit que le Cristal des Ténèbres se trouvait dans la grotte du Dragon, située dans la falaise rocheuse. Le Répondeur Royal pensait que sur un long couloir à l'arrière de la grande salle, une porte menait à la grotte.

En se déplaçant de pièce en pièce, les épées de lumière pouvaient voir à travers les portes ouvertes sur leur droite dans la grande salle. Sans regarder directement les scènes, ils regardaient le roi et la reine torturer des enfants jetés devant eux par les gardes. Le roi aimait donner des coups de pied aux filles, tandis que la reine aimait donner des coups de pied aux garçons. Les cris des pauvres victimes résonnaient dans les oreilles des épées de lumière. Lorsque le roi donnait un coup de pied si fort à une fille que ses côtes se fendaient, le roi des ténèbres levait les bras en signe de triomphe. Ils entendirent son cours rire. "Comment aimez-vous ce coup de pied? Je devrais être une star du foot."

Toutes les créatures, les gardes, les chevaliers et les enfants qui se tenaient là applaudirent bruyamment son exploit et prononcèrent des mots comme "grand", "incroyable" et "joli coup de pied".

Alors que les Light Swords voulaient entrer dans la grande salle et poignarder le cruel Roi des Ténèbres, ils ont continué à avancer. Ils avaient un travail à faire. Ils regardaient toujours droit devant eux sans vouloir montrer aux autres ce qu'ils ressentaient. Les épées de lumière atteignirent finalement le long couloir qui menait à l'arrière de la grande salle. Ils se sentaient chanceux que la série de salles s'étende aussi loin. Curieusement, ils ne reçurent aucun défi au cours de leur longue marche. Les gens, les créatures et les enfants qu'ils voyaient dans les salles les évitaient. La nouvelle des actions de Reginald s'était déjà répandue dans tout le château. Personne ne voulait que les initiales "KG" soient gravées sur leurs vêtements ou leur chair.

Après avoir tourné à droite dans le long couloir, ils sont immédiatement tombés sur une énorme porte avec une serrure massive juste derrière la grande salle. Heureusement, les gémissements et les cris des enfants, des créatures et des gens de Maelstrom venant de la salle du Grand Trône s'arrêtèrent lorsqu'ils fermèrent la porte menant au long couloir.

Ils ne pouvaient plus supporter de les écouter. Sans qu'on leur dise, les Épées de Lumière savaient que cette porte menait à la grotte du Dragon. Steve sortit son crochet de serrure, mais lorsqu'il le plaça près de la serrure, il réalisa rapidement qu'il ne crocherait pas cette énorme serrure. Les épées de lumière se tenaient là, ne sachant pas quoi faire ensuite.

"Le Dragon a besoin d'être nourri", a finalement dit Steve. "Si nous attendons assez longtemps, la nourriture devrait être apportée ici et la porte ouverte. C'est le seul moyen d'entrer dans la grotte. Je suggère que nous nous cachions dans cette alcôve là-bas et que nous attendions que la nourriture arrive."

Les quatre épées de lumière hochèrent la tête et se glissèrent dans l'alcôve. Elles se sont mises à chuchoter entre elles.

"Je suis étonné que le garde n'ait frappé aucun d'entre nous ou fait bouger aucun d'entre nous lorsqu'il a poussé son épée dans le chariot", a déclaré Steve. "L'épée a manqué mon nez d'environ 5 cm", a dit Pénélope, la voix hésitant. "Je n'ai jamais eu aussi peur de toute ma vie. J'ai cru que je mourrais d'un autre coup d'épée. Si j'avais vu l'épée arriver, j'aurais certainement bougé".

"Nous avons de la chance que vous ne l'ayez pas fait. Vous méritez néanmoins quelques éloges pour avoir gardé la tête froide", a déclaré M. Reginald avec sincérité. Pénélope a hoché la tête, reconnaissante pour les éloges.

"Ce qui m'a étonné, c'est que Steve avait un crochet de serrure et l'utilisait si bien. Comment est-ce arrivé?" a demandé Courtney avec une grande curiosité.

"J'ai trouvé le crochet dans la poche de mon pantalon. Il devait appartenir à un des enfants du Monde des Ténèbres qui vivait chez Slither. Dans le monde réel, je collectionne les serrures. Je passe souvent des heures à essayer de les ouvrir sans clé. C'est une sorte de hobby pour moi. J'ai crocheté la serrure du placard facilement, mais cette serrure monstrueuse devant nous est trop dure pour moi." "Steve, nous sommes tous reconnaissants de tes talents de crocheteur, mais nous devrions aussi être reconnaissants à Reginald. Sa rapidité d'esprit avec son épée nous a sauvé la vie. Je dois admettre que je voulais frapper Reginald pour avoir blessé cette pauvre fille, mais ces méchants gardes et chevaliers nous auraient découverts immédiatement s'il n'avait pas agi de la sorte. Je suppose que c'est ce que c'est que d'être un adulte", a déclaré Courtney, en regardant dans les yeux tristes de Reginald avec sympathie. Elle a pu constater que l'incident l'avait vraiment dérangé. Au lieu de répondre, Reginald a posé sa tête sur l'épaule de Courtney et lui a frotté les yeux. Maelstrom avait déjà commencé à en faire des personnes qu'ils ne voulaient pas être.

Quelques minutes plus tard, les Light Swords ont vu une grande procession descendre dans le hall. Quatre cuisiniers ont fait rouler une énorme marmite de viande, suivis par six des gardes du roi. La procession s'est arrêtée à la porte, le dernier des Gardes du Roi n'étant qu'à quelques pas des enfants. L'un des travailleurs a sorti une clé géante et l'a mise dans la serrure. Deux des autres ouvriers se sont joints à sa lutte pour ouvrir la serrure. Finalement, la serrure s'est ouverte, et les quatre ouvriers l'ont retirée de la porte. Les ouvriers ont alors ouvert l'énorme porte, qui se déplaçait assez facilement sur ses charnières massives. Reginald fit un signe de la main, et les autres épées de la lumière surent immédiatement ce qu'il voulait. Lorsque le cortège a recommencé à marcher derrière le pot, les épées de lumière se sont alignées. Les deux derniers Gardes du Roi regardèrent autour d'eux avec des expressions perplexes, mais lorsqu'ils virent quatre des leurs derrière eux, ils reprirent leur marche dans la grotte sans réfléchir. Parfois, le roi commandait des gardes supplémentaires pour la nourriture. Après tout, les Cristaux de lumière et des ténèbres étaient cachés quelque part dans la grotte.

En moins d'une minute, les épées de lumière sont entrées dans la grotte. L'endroit les dégoûtait. Ils pouvaient sentir et ressentir l'humidité, la mousse, les champignons, la nourriture en décomposition et le soufre que les épées de lumière associaient au feu.

Après tout, le Dragon crachait du feu. Bizarrement, la grotte avait une faible lueur. Les Épées de la Lumière ne connaissaient pas la source de la lumière mais préféraient une grotte éclairée à une grotte sombre. La grotte commençait par un passage étroit, mais s'ouvrait ensuite sur une grande caverne.

Le Dragon ne semblait pas être dans la caverne, mais il devait être proche car son pot retourné se trouvait près de l'entrée. Les quatre cuisiniers se dépêchèrent de mettre le nouveau pot en place, retournèrent le vieux pot sur ses roues et commencèrent à se retirer de la caverne, emportant le vieux pot avec eux. Les épées légères restèrent dans le passage à l'arrière de la ligne des gardes du roi.

Avant que les ouvriers ne puissent quitter la caverne, une voix terrible et puissante les a rejoints, résonnant dans toute la caverne. "Vous avez dix minutes de retard pour mon repas. Vous devrez payer pour ce retard", déclara le Dragon, qui sortit d'une petite pièce au fond de la caverne, avec une voix furieuse. Le Dragon de vingt-deux pieds avait de très grandes ailes repliées sur le côté, un corps couvert d'écailles vert foncé, quatre pattes robustes avec des griffes sur ses pattes géantes, et une grande tête reptilienne avec des cornes sur le dessus. Il avançait la tête vers les gardes et les ouvriers et aspirait son souffle avec un terrible bruit de succion. Le cortège a essayé de courir, mais il a eu très peu de temps pour le faire. En quelques secondes, le Dragon envoya un énorme coup de feu avec un fort bruit de succion de sa bouche ouverte vers la procession. Deux des gardes du roi commencèrent à brûler, et après quelques minutes, ils disparurent en hurlant et en gémissant de douleur. Les autres gardes du roi et les ouvriers, dont certains ont été gravement brûlés, ont attrapé le pot vide et ont couru aussi vite qu'ils ont pu vers la sortie. Les épées légères, même si elles ressentaient la peur et la douleur de quelques brûlures mineures, maintenaient leur position à l'arrière de la ligne plus petite de la Garde du Roi.

Alors que le cortège quittait la caverne, ils pouvaient entendre le Dragon se moquer d'eux.

"J'espère que cela vous servira de leçon, à vous les ouvriers et à la Garde du Roi Des membres de la garde", a déclaré le Dragon. "Vous apportez ma nourriture à temps ou vous en subissez les conséquences. La prochaine fois que vous serez en retard, je vous ferai tous frire et je mangerai les cuisiniers bien faits."

La procession sortit rapidement par la porte de la grotte, à l'exception des épées de lumière, qui restèrent de l'autre côté de la porte massive. Après que tout le monde soit parti, Steve et Reginald ont saisi la porte et l'ont refermée. Puis ils ont fait glisser un gros verrou sur la porte de l'intérieur. Ils occupaient maintenant la grotte avec seulement le dragon. Leur plan pour entrer dans la grotte avait parfaitement fonctionné, mais ils devaient maintenant faire face à la plus grande épreuve de leur quête. Ils doivent récupérer le cristal de lumière dans sa boîte de protection, placer le cristal des ténèbres dans cette boîte, puis mettre le cristal de lumière dans la boîte de verre pour remplacer le cristal des ténèbres sans que le dragon ne les brûle à mort. Ensuite, ils doivent d'une manière ou d'une autre échapper à Maelstrom avec les cristaux. Les épées de lumière se sont blotties dans le couloir pour essayer de trouver un bon plan. Pendant ce temps, ils ont entendu les Gardes du Roi frapper à la porte massive.

"Que faisons-nous maintenant?" a déclaré Reginald.

"Nous élaborons un plan, mais cela demandera un peu de réflexion. Comment vous rapprocher de ce Dragon sans qu'il ne vous brûle vif?" Steve s'inquiétait.

"Je ne sais pas, mais je suis certain que le Roi des Ténèbres trouvera un moyen de défoncer la porte. Donc quoi qu'on fasse, il vaut mieux le faire vite." Pénélope s'inquiète.

Après plusieurs minutes de discussion, les Light Swords ont finalement élaboré un plan. Mais ils se sont battus pour les détails.

Reginald n'aimait pas la partie où Courtney essayait de persuader le Dragon qu'Herbert lui ferait du mal s'il blessait les Epées de Lumière.

"Courtney, je ne sais pas si la stratégie d'Herbert fonctionnera avec le Dragon", dit-il anxieusement. "Les dragons sont censés être beaucoup plus intelligents que les trolls. Il saura qu'Herbert n'est pas de ce monde."

"Je sais, mais c'est toujours la meilleure stratégie que nous ayons", a répondu Courtney avec conviction.

"Oui, Reginald, elle a raison. Même si le Dragon a un point faible sous le cou, il ne peut pas être blessé autrement. Sa peau écailleuse ne peut pas être pénétrée par des épées. Il peut nous brûler à mort avec son souffle, ou nous écraser avec ses pieds, ou encore nous briser tous nos os avec sa queue. Nous devons forcer le Dragon à penser à une menace extérieure si nous voulons avoir la moindre chance de nous approcher suffisamment de lui pour percer son point faible avec nos épées". Steve a argumenté.

"Pourquoi ne pas attendre que le Dragon s'endorme? Il doit bien dormir un jour", observe Pénélope. "De cette façon, nous n'aurons pas à compter sur le Dragon pour croire à notre histoire."

"Non, nous ne pouvons pas attendre que le Dragon s'endorme", a dit Reginald. "Les gens, les enfants et les créatures de Maelstrom essaient d'enfoncer la porte de la grotte. S'ils le font, nous sommes finis. Nous devons essayer de trouver les cristaux maintenant et affronter le Dragon de la manière dont nous avons déjà convenu."

"Oui, c'est la meilleure solution. Ok, nous nous sommes disputés assez longtemps sur le plan. Nous devons parvenir à un accord et ensuite agir", a déclaré Steve avec la finalité. "Permettez-moi de résumer le plan que nous avons élaboré. Nous allons tous les quatre entrer dans la caverne aussi discrètement que possible. Avec un peu de chance, le dragon aura fini de manger et de se reposer dans sa petite chambre au fond de la caverne. Si nous avons vraiment de la chance, il sera endormi, mais je n'y compterais pas.

Une fois dans la caverne, nous nous déploierons aussi loin que possible. Nous chercherons les cristaux le long des parois de la caverne. S'ils sont là, nous les sortirons des murs et nous essaierons de nous faufiler hors de la caverne dans le long couloir à droite. Le répondeur royal soupçonnait que la caverne avait une entrée arrière. Elle doit être en bas.

Si le Dragon nous affronte ou si les cristaux sont dans sa petite pièce, Courtney essaiera de convaincre le Dragon qu'Herbert lui fera du mal s'il nous fait du mal. S'il n'accepte pas cette histoire, Pénélope et moi créerons une distraction pendant que Reginald et Courtney essaieront de mettre une épée dans le point faible du Dragon. Si nous tuons le Dragon avec une épée, nous localiserons rapidement et prendrons les cristaux."

Les épées de lumière acquiescèrent lentement et se dirigèrent vers la caverne. Elles pouvaient encore entendre les coups sur la porte menant au château. Les voix dans leurs têtes étaient aussi devenues beaucoup plus fortes ici. Ils continuaient à dire aux Épées-de-lumière d'ouvrir la porte et de se rendre, mais les voix lancinantes ne faisaient que rendre les Épées-de-lumière plus déterminées à accomplir leur mission. Après avoir résisté aux voix sur la route noire, les Light Swords ont senti qu'ils pouvaient faire face à toutes les demandes qu'ils faisaient dans la grotte.

Comme ils l'espéraient, le Dragon avait quitté la caverne après avoir fini son dîner dans la marmite et l'avoir renversée. L'odeur des restes de viande rendit les Épées de la Lumière malades. Après avoir examiné attentivement la caverne, ils pouvaient voir le museau fumant du Dragon pointer vers sa chambre au fond de la caverne. Les yeux du Dragon semblaient être fermés, mais dans la faible lumière, les Épées de Lumière ne pouvaient pas dire s'il dormait.

Les épées de lumière se sont déployées et ont examiné les parois de la caverne, à la recherche de la cachette des cristaux. Après dix minutes de recherche, ils ont abandonné leurs recherches. Le Roi des Ténèbres ne cacha pas les cristaux dans ces murs ni dans le couloir menant à la caverne, qu'ils avaient déjà examiné en entrant dans la caverne. Il ne restait plus que la chambre du Dragon ou le couloir menant à l'arrière de la caverne comme emplacements possibles pour les cristaux.

Avant qu'ils ne puissent décider quoi faire, le Dragon releva la tête et s'adressa aux Épées de Lumière avec amusement. La puissance de sa voix les choqua une fois de plus.

"Si vous cherchez les cristaux, ils sont ici. Bien sûr, vous ne les verrez jamais. Je vous brûlerai à mort avant même que vous n'atteigniez cette zone. J'aurais déjà dû vous faire frire, mais comme je viens de manger, j'ai décidé de vous observer d'abord un peu. Je suis curieux de savoir comment vous avez fait pour arriver jusqu'ici. Vous êtes les premiers enfants Elysia à entrer dans ma grotte."

"Eh bien, grand Dragon, la raison pour laquelle nous sommes arrivés jusqu'ici est la même que celle pour laquelle tu dois nous laisser partir", dit Courtney avec audace. "J'ai un ami, Herbert, qui fait plus de deux fois ta taille. Si tu fais du mal à l'un d'entre nous, il te déchirera, en commençant par tes ailes, puis en passant par tes quatre jambes. Si vous ne me croyez pas, regardez ces photos".

"Laissez-moi voir cette terrible créature." Le Dragon ricana. Courtney a mis les photos sur un rebord, même avec la tête du Dragon. Le Dragon tourna sa tête vers le rebord et examina les photos. Au bout d'une minute, le Dragon, toujours en train de rire, prit la parole: "Ce grand singe est impressionnant, mais il ne représente aucune menace pour moi. C'est un habitant de l'Elysia, pas de ce monde. Il y a deux semaines encore, j'ai survolé Maelstrom et je n'ai vu aucun singe géant. Avec sa taille, il aurait été facilement visible. De plus, le cristal des ténèbres est à mes côtés depuis plusieurs années maintenant. Aucune créature de cette taille, ou d'ailleurs de toute autre taille, n'a été fabriquée à partir de ce cristal. Aussi puissant que soit probablement votre ami le singe, il mourrait dès qu'il poserait le pied dans ce monde. Je suis déjà fatigué de ce jeu. La façon dont vous êtes arrivé ici n'a pas vraiment d'importance. Vous essayez de prendre mes cristaux. Je dois vous tuer et mettre fin à vos jeux."

Courtney a rapidement quitté sa position devant le Dragon - juste à temps. Le Dragon a frappé la zone qu'elle venait de quitter avec son énorme patte avant droite, en faisant un grand bruit.

"Petite chose glissante, n'est-ce pas?" Le Dragon a ri.

Alors que le Dragon bougeait la tête pour attraper Courtney avec ses dents, Steve attira son attention dans un geste désespéré pour sauver Courtney. "Hé, sale dragon! Je parie que tous les autres dragons rient quand ils voient à quel point tu es faible et lâche." "Quoi, tu m'insulterais? Prends ça." En battant des ailes géantes et en déplaçant sa tête de six mètres vers Steve, le Dragon lui a envoyé une énorme boule de feu. Steve s'éloigna du chemin, mais le souffle du Dragon lui brûla le bras gauche. Steve laissa simplement pendre son bras brûlé en plaçant son épée dans son bon bras droit. Il ressentit une grande douleur mais fit de son mieux pour l'ignorer.

Alors que le Dragon retournait au sol avec un grand fracas qui résonnait sur les parois de la caverne, Courtney et Reginald se déplaçaient sous le long museau du Dragon, à la recherche du point faible de la partie supérieure de son cou. Ils le trouvèrent finalement mais ne purent l'atteindre avec leurs épées. Avant que Reginald ne puisse trouver un plan, le Dragon a posé sa patte massive sur le sol où se tenait Reginald, provoquant un autre bruit sourd qui a rebondit sur les parois de la caverne. Plongeant vers l'avant, Reginald a évité la patte du Dragon au dernier moment en sautant vers la droite.

Le Dragon ricana. "Je dois vraiment améliorer mon coup de pied.

Vous êtes aussi rapides que des petites fourmis."

Pénélope, voyant le danger auquel Courtney et Reginald faisaient face, se mit devant le Dragon et lui cria dessus.

"Hé, le Dragon! Comment se fait-il qu'il n'y ait pas d'autres dragons par ici? Etais-tu si laid que tu les as fait fuir?"

"Encore un enfant irrespectueux! Tu vas mourir pour t'être moqué de moi." Avec un mouvement très rapide, le Dragon a envoyé une boule de feu directement sur Pénélope.

Malheureusement, elle ne s'est pas avérée aussi rapide que Steve. Pénélope a bougé lorsque le Dragon s'est tourné vers elle, mais la boule de feu du Dragon a brûlé tout son côté gauche. Elle est tombée au sol de la grotte en souffrant.

Le Dragon rit à nouveau, se moquant de ses adversaires. "Deux d'entre vous sont hors du combat et deux autres sont à venir. Vous, les enfants d'Elysia, vous êtes vraiment une blague. J'ai hâte de vous voir tous mourir et disparaître de ce monde. Vous lancez des insultes, mais vous n'avez rien pour les soutenir."

"N'y compte pas, Dragon. Nous sommes encore tous les quatre dans le combat. Ton heure est venue. Tu vas payer pour avoir blessé ma Pénélope", répondit Steve avec colère.

Utilisant la distraction causée par Pénélope et Steve, Courtney a fait rouler un rocher jusqu'à une position juste sous le point faible du Dragon et a salué Reginald alors qu'il retrouvait son équilibre après avoir évité la patte du Dragon. Reginald a immédiatement compris ce qu'elle voulait qu'il fasse. Après avoir reculé, il a couru vers le rocher aussi vite qu'il a pu, l'a frappé du pied gauche et s'est lancé vers le point faible du Dragon avec son épée aussi haut que possible au-dessus de sa tête.

"Pour Elysia!" Il s'est mis à crier.

Pendant ce temps, le Dragon déplaçait sa patte droite dans une position où il pouvait piétiner Courtney. "Voyons si je peux enfin écraser l'un d'entre vous, insectes", dit le Dragon un peu plus sérieusement qu'auparavant. Steve, voyant ce que le Dragon voulait faire, prit une pierre et la lança de toutes ses forces sur l'oeil droit du Dragon, tout un tour puisque son autre bras gisait à ses côtés, brûlé et inutile. La pierre s'est envolée directement vers sa cible, touchant le milieu de l'oeil du Dragon. "Ahhhh!" Le Dragon rugit, remettant son pied au sol à un mètre de Courtney. Dans une grande douleur, le dragon bougea la tête d'avant en arrière, la fumée s'échappant de sa bouche. Il dit avec colère: "Ça fait mal. Vous me mettez vraiment en colère, les enfants. Prenez ça, et voyez comment vous aimez ça." Le Dragon aspira son souffle et envoya une énorme boule de feu vers Steve, mais ce faisant, il abaissa son cou juste assez pour permettre à l'épée de Reginald de percer son point faible. Avec le triomphe dans la voix, son épée s'enfonça profondément dans la gorge du Dragon,

Reginald a dit: "Je t'ai eu, sale bête. Maintenant, vous allez apprendre toute la douleur que vous avez causée aux autres".

Reginald a laissé son épée dans le Dragon et a touché le sol juste au-delà du rocher. Il s'est immédiatement enfui devant le Dragon qui se débattait et rugissait, évitant de justesse un coup de queue qui a fait un bruit sourd. Lorsque Reginald a atteint une distance de sécurité, il s'est retourné et a vu Steve brûler après que le souffle du Dragon l'ait couvert de feu. Courtney a couru du Dragon dans l'autre direction, mais le Dragon a commencé à ramper vers Reginald avec un regard de haine pure dans son visage effrayant.

Le Dragon parla à nouveau, mais sa voix perdit de sa puissance, devenant un murmure rauque. "Vous, les enfants faibles, m'avez vraiment fait mal. Je vais peut-être mourir, mais toi, petite mauviette, tu vas mourir avec moi."

Avec sa dernière once de force, le Dragon aspire son souffle avec un fort sifflement et envoie une autre boule de feu vers Reginald. Mais au lieu que le feu sorte de sa bouche comme auparavant, la plus grande partie est sortie du point faible saignant du Dragon. Seule une petite quantité de feu est sortie de la gueule du dragon et n'est pas allée assez loin pour atteindre Reginald. Le Dragon s'est effondré sur le sol en hurlant de douleur. Son propre feu l'a brûlé de l'intérieur. De la fumée s'échappa de la bouche et de la gorge du dragon.

Il fixa Reginald et siffla: "Vous me battez, les enfants, mais vous ne sortirez jamais vivants de Maelstrom. Le Roi des Ténèbres vous torturera puis vous tuera." Le Dragon commença à ramper de nouveau vers Reginald, mais soudain, les yeux du Dragon roulèrent dans sa tête. Il prit une dernière respiration, s'effondra et mourut en soufflant un énorme nuage de fumée.

Sans hésiter, Reginald a couru vers son ami Steve, qui était en feu. Steve, voyant Reginald, leva la main dans un geste de triomphe et d'amitié, râpant ses derniers mots à travers sa douleur. "Les épées de lumière!"

Puis Steve disparut. Étouffant ses larmes, Reginald leva son épée vers son ami et lui dit: "Steve, tu seras toujours mon ami et mon héros."

Réalisant que Pénélope souffrait également de brûlures, Reginald se retourna et courut vers Pénélope dans l'espoir qu'elle puisse survivre. Courtney s'y est déjà agenouillée pour parler à son ami, les larmes coulant de ses yeux. Il écoutait Courtney avec le cœur lourd.

"Pénélope, tu as prouvé que tu étais une personne très courageuse. Je te retrouverai dans le monde réel et je partagerai de nouvelles aventures avec toi. Tu seras toujours ma meilleure amie jusqu'au jour où je mourrai. Ton poids ne devrait plus jamais te préoccuper à partir de ce jour. Après aujourd'hui, personne n'a le droit de se moquer de toi".

Pénélope sourit à Courtney et murmure à travers sa douleur: "Je t'aime, Courtney". Puis Pénélope s'est effondrée dans les bras de Courtney et a disparu.

Reginald saisit une Courtney en sanglots et dit rapidement et avec beaucoup de passion: "Courtney, nos amis sont morts dans ce monde pour sauver Elysia. Nous ne pouvons pas les laisser tomber. Nous devons saisir les cristaux et sortir d'ici avant que le roi ne défonce la porte."

Courtney regarda Reginald pendant un moment puis courut vers le Dragon, avec Reginald juste derrière elle. "Pour nos amis, nous devons réussir ou mourir en essayant!" Elle l'appela pendant qu'elle courait.

Ils ont grimpé sur le Dragon mort et ont immédiatement vu un piédestal encastré dans le mur avec un récipient en verre sur le dessus. Le cristal des ténèbres se trouvait à l'intérieur du récipient. À côté du cristal des ténèbres, sur un autre piédestal encastré, se trouvait une épaisse et lourde boîte. Lorsqu'ils regardaient le cristal des ténèbres, les voix dans leur tête leur criaient de quitter la chambre. Ignorant les voix, Reginald a saisi la lourde boîte et l'a rapidement ouverte. Le Cristal de lumière brilla immédiatement. Reginald retira le cristal de la lourde boîte, et les voix dans leurs têtes disparurent presque instantanément. Courtney prit le cristal des ténèbres et le mit dans la lourde boîte, en fermant le couvercle pour couper ses horribles rayons. Le cristal des ténèbres lui a un peu brûlé les mains lorsqu'elle l'a touché. Ignorant la douleur, Courtney a pris la lourde boîte, et Reginald a pris la boîte en verre avec le Cristal de lumière à l'intérieur. Sans même un instant d'hésitation, ils coururent vers l'autre couloir au fond de la caverne, espérant qu'il menait à une sortie. Son épée étant toujours dans le Dragon, Reginald a ramassé celle de Pénélope, qui gisait sur le sol où elle avait disparu.

Le voyage de Courtney et Reginald à travers le passage de la grotte s'est avéré très difficile. Heureusement, le couloir avait la même faible lueur que le reste de la grotte, qui s'est intensifiée lorsque le cristal de lumière a brillé sur ses murs. Pourtant, le passage n'avait pas été utilisé depuis très longtemps et dégageait une terrible odeur de renfermé, étouffante. De plus, les araignées et leurs toiles, les insectes, les rats et les serpents remplissaient le couloir. Peu après qu'ils aient commencé à descendre dans le tunnel de la grotte, un mille-pattes venimeux est tombé du plafond en direction de Courtney. Reginald l'a écrasé avec son bras tout en gardant sa main dans sa chemise, puis il l'a écrasé avec sa botte. Pendant que Reginald tuait le mille-pattes, une araignée veuve noire est tombée sur le dos de sa chemise. Alors qu'elle rampait vers le cou de Reginald, Courtney l'a piquée avec son épée.

"Hé, Courtney, tu essaies de me poignarder?" dit Reginald.

"Je pensais que tu m'aimais."

"Je t'aime et je veux que tu restes dans le coin pour un moment. Je pensais que tu serais reconnaissante que j'aie poignardé cette araignée mortelle", dit Courtney en montrant à Reginald la veuve noire.

"Oui, même si tu m'as un peu découpée, je suppose que je devrais être reconnaissante. Cet endroit me donne la chair de poule. Pourtant, la plupart des vilaines bestioles et des serpents semblent nous fixer plutôt que d'attaquer. S'ils le faisaient, nous ne durerions pas. Le cristal de lumière doit les affecter comme toutes les autres créatures." À ce moment précis, ils ont tous deux entendu un cliquetis menaçant devant eux.

"Je pense que vous avez parlé à bientôt. Si je ne me trompe pas, c'est un serpent à sonnette, une créature vraiment méchante. Faites briller le cristal de lumière sur lui avant qu'il ne frappe", dit Courtney, la voix tremblante de peur.

Reginald a rapidement déplacé le Cristal de lumière d'avant en arrière jusqu'à ce qu'il trouve un grand serpent à sonnette qui le regardait fixement, enroulé et prêt à frapper. Le Cristal de lumière a arrêté le sifflement et le cliquetis du serpent pendant un moment, mais ensuite sans prévenir, il a bondi vers Reginald, la bouche ouverte et les crocs dégoulinants de salive. Juste avant qu'il ne frappe, Courtney coupa le serpent en deux avec son épée. Le serpent est tombé sur le sol à quelques centimètres seulement de Reginald.

"Wow, merci Courtney. Il n'est pas aussi gros que ce serpent sur la route, mais il est tout aussi venimeux. Je suppose que je te dois encore la vie."

"Ouais, on se doit l'un à l'autre. De toute façon, tu embrasses bien. Ça vaut la peine de te garder pour ça, si ce n'est pour autre chose." Courtney a plaisanté. "Maintenant, sortons de cet affreux tunnel avant que quelque chose d'autre n'essaie de nous tuer."

A ce moment précis, ils entendirent un terrible fracas venant de derrière eux.

"On dirait que quelqu'un a arraché la porte de la grotte de ses gonds et l'a jetée." Reginald s'inquiète.

"Oui, il n'y a qu'une seule créature qui pourrait faire ça, le Troll. Si c'est lui, j'espère qu'il ne descendra pas le tunnel après nous."

"Je ne m'inquiéterais pas pour le Troll. Il est trop grand pour passer dans ce tunnel, mais les Gardes du Roi et les Chevaliers seront à nos trousses.

Nous ferions mieux de nous dépêcher."

Courtney et Reginald ont augmenté leur rythme et ont couru l'un à côté de l'autre avec le cristal de lumière étendu devant eux. Cela semblait les aider. Ils rencontrèrent un certain nombre d'autres créatures méchantes, mais au lieu d'attaquer, ces créatures les fixèrent simplement. Le passage comportait également un certain nombre d'endroits où des rochers étaient tombés. Se frayer un chemin autour de ces obstructions représentait un grand défi. Dans un cas, ils ont dû tirer un certain nombre de pierres lourdes pour passer.

Quand ils l'ont fait, un gros rat avec ses dents barrées a sauté sur Courtney, mais Reginald lui a coupé la tête avec son épée.

Finalement, Reginald et Courtney, sales et fatigués, atteignirent le bout du tunnel. Ils ont vu de légers coups d'œil à travers de lourdes branches recouvrant la sortie. Après plusieurs minutes, ils ont réussi à faire une ouverture dans les branches assez grande pour qu'ils puissent passer, mais en finissant, ils ont entendu les gardes et les chevaliers qui les poursuivaient. Juste au moment où ils craignaient que les chevaliers et les gardes ne les rattrapent, Courtney et Reginald ont entendu un cri suivi de quelques jurons. Leurs poursuivants avaient trouvé l'un des méchants habitants de la grotte. Cela les ralentit pendant un moment. Reconnaissants envers les habitants de la grotte pour la première fois, Courtney et Reginald s'enfuirent de la grotte aussi vite qu'ils le purent.

Au début, ils ne savaient pas où ils allaient, mais bientôt ils ont vu la route royale au loin. Ils se dirigèrent vers la route aussi vite qu'ils le purent. Après avoir couru quelques minutes, Courtney et Reginald ont rencontré une ferme avec une grande grange cachée derrière un peuplement d'arbres. Ils pouvaient encore entendre les gardes et les chevaliers au loin. Apparemment, certains d'entre eux étaient sortis vivants de la grotte. Les deux épées de lumière restantes décidèrent de chercher des chevaux, seul moyen pour eux de distancer leurs poursuivants. Lorsqu'ils ont ouvert la porte de la grange non verrouillée, ils ont repéré deux chevaux dans des stalles l'une à côté de l'autre. Après avoir sellé et monté ces chevaux, Reginald et Courtney sont allés directement chez le fermier qui avait un fusil pointé sur eux. Reginald lui a fait briller le cristal de lumière, et il a laissé tomber son fusil au lieu de le tirer.

Étourdi, il salua simplement Courtney et Reginald alors qu'ils chevauchaient ses chevaux sur son chemin de terre vers la route royale et leur dit: "Faites un bon voyage et soyez gentils avec mes chevaux."

Avant de pouvoir lui répondre, Reginald et Courtney ont vu les gardes et les chevaliers émerger des arbres. Ils ont rapidement encerclé le pauvre fermier. Reginald et Courtney ont entendu des mots de colère venant des chevaliers avant qu'ils ne les perdent de vue. Ils s'inquiétaient de la sécurité du fermier mais ne pouvaient pas l'aider.

Les chevaux du fermier ont fait du bon temps et Reginald et Courtney les ont poussés à avancer. En quelques minutes, Courtney et Reginald atteignent la route royale qui s'éloigne du château. Ils ont immédiatement vu les croix qui s'étendaient le long de la route royale vers le château, mais ne les occupaient plus. Courtney et Reginald se regardèrent mais ne ralentirent pas un instant. Ils espéraient que les êtres pitoyables qui se trouvaient sur les croix il y a peu de temps avaient été libérés après avoir découvert le cristal de lumière et recouvert le cristal des ténèbres. Mais les enfants ont réalisé que ceux qui se trouvaient sur les croix auraient pu subir un sort plus sombre.

Pour la première fois depuis qu'ils ont quitté la grotte, Courtney et Reginald n'ont pas entendu les gardes et les chevaliers les poursuivre. Les deux hommes ont accéléré leur rythme et sont partis au galop sur la route royale, qui n'est plus qu'une mince couche d'or en direction de la route noire principale vers Elysia. Courtney et Reginald pouvaient sentir et sentir la sueur et le travail des chevaux. Alors que Courtney et Reginald se dépêchaient de descendre la route, ils virent des créatures, des gens et des enfants sur la route et près de celle-ci qui erraient dans un état de confusion comme leurs homologues du château. Avec le cristal de lumière qui brillait sur eux, ces êtres n'ont pas défié Courtney et Reginald, même si ces derniers ont fui leur roi. Reginald avait échangé avec Courtney le Cristal de lumière plus léger contre la boîte plus lourde recouvrant le Cristal des ténèbres. Une bande d'enfants s'est contentée de saluer. Lorsque Courtney et Reginald atteignirent le pont, ils ne pouvaient pas voir le Troll, mais après avoir traversé le pont, ils entendirent ses pas lourds derrière eux.

Reginald s'est approché de Courtney et a crié au-dessus du bruit: "Nous ne pouvons pas distancer le Troll! J'espère qu'il se souvient de votre discussion avec lui au sujet d'Herbert".

Avant que Courtney ne puisse répondre, ils ont tous les deux entendu l'appel du Troll qui les suivait. "Bon voyage de retour, et dites bonjour au grand singe de ma part."

"Nous le ferons", répondit Courtney.
La chance est restée avec eux. Alors qu'ils roulaient le long de la route royale menant à la route principale, aucun d'entre eux ne souhaitait penser ou parler de la perte de leurs amis. Ils devaient se concentrer pour sortir de Maelstrom en un seul morceau.

Devant le bruit créé par les chevaux au galop, Reginald appela de nouveau Courtney. "Qu'allons-nous faire du cristal des ténèbres? Nous pourrions l'enterrer le long de la route, le garder pour négocier avec le Roi des Ténèbres, ou essayer de l'emmener à Elysia."

Courtney s'est efforcée de parler tout en s'accrochant à son cheval au galop. "Je pense que l'utiliser comme monnaie d'échange est peut-être la meilleure idée. Si nous l'enterrons, les voix qu'il crée dans la tête des gens conduiront quelqu'un à lui assez rapidement. Dès que cette personne ouvrira la boîte, le cristal des ténèbres reprendra le contrôle de cet endroit, ce qui rendra notre fuite beaucoup plus difficile. Quant à l'emmener à Elysia, je doute que nous nous en sortions avec le Cristal des Ténèbres. Je ne sais même pas quoi en faire si nous l'apportons au château d'Elysia. Peut-être que la meilleure chose à faire pour l'instant est de décider si nous devons le quitter ou le prendre si et quand nous atteindrons l'entrée d'Elysia".

"Oui, l'endroit logique où le roi, ses gardes et ses chevaliers doivent se rendre est l'entrée d'Elysia.

Ils sauront que c'est la seule façon pour nous de nous échapper. Le Cristal des Ténèbres pourrait bien être ce dont nous avons besoin pour négocier notre sortie d'ici. En attendant, nous devons encourager ces chevaux à aller aussi vite qu'ils le peuvent. Je suis sûr que les chevaux du château seront beaucoup plus rapides. Nous pourrions perdre notre avance."

En poussant leurs chevaux à avancer, Reginald et Courtney ont fait un très bon temps en tournant la route noire vers la maison. Certains êtres sur la route noire ont commencé à se diriger vers eux ou à dire quelque chose, mais les chevaux au galop les ont dépassés si rapidement qu'ils n'ont pas eu le temps de réagir. La plupart des enfants, des gens et des créatures les ont ignorés.

Lorsque Courtney et Reginald passèrent près de la zone où ils avaient affronté les loups, cette vitesse s'avéra très importante. Comme auparavant, Courtney et Reginald ont cru à différents moments voir les yeux des loups qui les regardaient. Puis, tout à coup, le loup de tête de la meute qu'ils avaient affronté plus tôt a sauté sur la route devant eux. Alors qu'ils se dirigeaient vers le loup, ses deux compagnons se sont glissés derrière eux et ont commencé à courir après eux.

Reginald cria à Courtney et à son cheval: "Vous et votre ami êtes des chevaux puissants. Je sais que vous avez le sang des champions dans vos veines. Vous êtes bien plus grand qu'un loup. Si vous courez droit sur lui, il devra bouger. Si nous ralentissons, ils peuvent nous attaquer avec leurs puissantes mâchoires. Mon compagnon et moi mettons nos vies entre vos mains."

"Tu as entendu, mon cheval?" demanda Courtney. "Tu es plus grand et plus fort que ces loups.

Cours aussi vite que tu peux." Courtney entendit la faible voix de son cheval entre ses lourdes respirations. "Mon compagnon Hooves et moi ferons ce que tu demandes. Tu as apporté la lumière à ce monde. Comme l'a dit ton compagnon, Hooves et moi, Neigh, avons tous deux des champions de course comme grands-parents. Nous n'avons pas peur d'un simple loup. Peu importe la façon dont ce loup grogne et grogne, il sentira bientôt nos sabots durs s'il ne cède pas".

Alors qu'ils s'approchaient, le loup en chef les a défiés dans un profond grognement. "Vous allez maintenant payer pour avoir tué notre soeur. Nous vous tuerons tous, puis nous nous régalerons avec les chevaux."

Malgré toute sa bravade, le loup en chef trembla un peu lorsque les deux grands chevaux l'atteignirent au grand galop. Mais il ne reculait pas. Au dernier moment, il bondit vers la tête de Hooves, les griffes sorties et les dents dénudées, mais Hooves balança violemment la tête, faisant tomber le loup bondissant sur le sol d'un grand coup de poing. Avant que le loup ne puisse se relever, Neigh l'a piétiné avec ses sabots. Les autres loups, lorsqu'ils virent leur chef tomber, s'arrêtèrent et essayèrent de le réconforter alors qu'il gémissait de douleur.

En guise de remerciement, Reginald s'écria aux deux chevaux: "Vous êtes vraiment des champions! Bravo!".

Plutôt que de répondre, les chevaux se sont concentrés sur leur galop, mais tous deux se sont portés avec plus de fierté que jamais dans leur vie.

Puis, juste au moment où Hooves, Neigh, Courtney et Reginald atteignirent la route menant à l'entrée d'Elysia, le serpent noir géant se jeta sur la route devant eux. Il sifflait de douleur à cause des coupures rouges et infectées faites par les Épées de lumière et se levait lentement pour les affronter.

Neigh et Hooves s'arrêtèrent brusquement devant le serpent mortel, jetant presque Courtney et Reginald par terre.

Hooves s'est excusé et Neigh a hoché la tête. "Nous pouvons écraser des loups, mais pas un serpent venimeux géant. Une morsure de ses crocs tuera n'importe lequel d'entre nous instantanément. Vous devrez tuer le serpent. Tant que nous sommes en sécurité, nous attendrons ici pendant que vous combattez le serpent. Sinon, nous devrons rentrer chez nous."

Courtney et Reginald sont descendus de Neigh and Hooves, en leur disant qu'ils comprenaient ce qu'il fallait faire.

Pour éviter un combat, Courtney a soulevé le cristal de lumière et l'a fait briller dans les yeux du serpent en colère. Le serpent ignora le cristal et répondit.

"Ton cristal de lumière ne fonctionnera pas sur moi. Je t'ai dit que je te tuerais si jamais je te revoyais. Je vais maintenant tenir cette promesse. Sois prêt à mourir."

"Non, serpent, maintenant tu vas mourir." Courtney contestée.

Courtney et Reginald dégainèrent leurs épées et se tournèrent vers le serpent géant. Courtney se dirigea vers la droite tandis que Reginald se dirigeait vers la gauche. Ils restèrent juste au-delà de ce qu'ils croyaient être la portée de frappe du serpent noir.

D'un mouvement des bras pour indiquer à Courtney ce qu'il avait l'intention de faire, Reginald s'est déplacé dans la zone de frappe du serpent, puis a sauté en arrière, espérant que le serpent frapperait. Si c'était le cas, Courtney serait en mesure de couper le serpent avec son épée. Le plan a fonctionné, mais seulement parce que le serpent était gravement blessé. Normalement, le serpent aurait facilement pu frapper Reginald. Pourtant, Reginald s'en est sorti de justesse, les crocs géants du serpent se refermant à quelques centimètres de sa main et sa langue fourchue rugueuse raclant le bras de Reginald.

Courtney a fait pivoter son épée aussi fort qu'elle a pu sur le cou du dangereux serpent juste en dessous de sa tête lorsque le serpent a frappé Reginald. Elle sentit l'épée pénétrer profondément dans la chair du serpent.

Le grand serpent, sifflant encore plus fort, se tourna vers Courtney mais ne pouvait pas lever la tête pour frapper. Le sang s'écoulait de la coupure de l'épée, qui avait presque coupé la tête du serpent de son corps. Malgré son état, le serpent a brisé ses mâchoires sur Courtney qui battait en retraite, la manquant de peu.

Reginald a sauté en l'air et a crié avec fureur en faisant tomber son épée sur la même coupure faite par Courtney. "Je vais te couper la tête pour avoir attaqué ma Courtney!" Fidèle à sa parole, Reginald coupa la tête du serpent géant de son corps avec son puissant coup d'épée, provoquant la chute de la tête du serpent géant sur le sol d'un grand coup de poing. Mais le serpent n'est pas mort tout de suite. Ses énormes mâchoires continuaient à bouger de haut en bas. Il sifflait de douleur. "Je ne mourrai pas tant que je ne t'aurai pas tué. Je ne mourrai pas." Mais lentement, les mâchoires du serpent cessèrent de bouger. Quelques instants plus tard, il est mort en regardant Courtney droit dans les yeux.

Courant aussi vite qu'ils le pouvaient, Reginald et Courtney trouvèrent leurs chevaux qui les attendaient à vingt mètres derrière. Montant rapidement sur Neigh et Hooves et les remerciant de leur attente, ils ont monté les deux fiers chevaux devant le serpent mort et ont repris leur chevauchée désespérée. Courtney pouvait quand même dire que Neigh et Hooves étaient fatigués. Pour les encourager, elle continua à faire briller le cristal de lumière dans les yeux des deux chevaux. Lorsqu'elle le fit, Neigh et Hooves semblaient trouver une nouvelle énergie. Elle doutait qu'ils aient jamais couru aussi loin et aussi vite de toute leur vie, mais en tant que descendants de champions, ils semblaient trouver la force de continuer.

Juste après qu'ils aient commencé à monter vers l'entrée d'Elysia, Reginald cria à Courtney pour se faire entendre au-dessus du martèlement des sabots des chevaux. "J'ai peur que notre combat avec le serpent permette au Roi des Ténèbres de nous rattraper. Nous ne pouvons vraiment pas nous permettre ce retard."

"Je crains que vous n'ayez raison. Si vous écoutez bien, vous pouvez entendre les chevaux nous suivre au loin. Ce doit être le Roi des Ténèbres et ses soldats."

Courtney et Reginald encouragèrent leurs chevaux à courir encore plus vite, mais à peu près à mi-chemin sur la route grise, qui semblait maintenant de couleur vert clair, Reginald et Courtney entendirent pour la première fois clairement les chevaux derrière eux. Leurs poursuivants ont définitivement gagné sur eux. Courtney et Reginald continuèrent à encourager leurs chevaux, espérant que tout irait pour le mieux. Lorsqu'ils tournèrent dans la dernière ligne droite menant à Elysia, le Roi des Ténèbres les approcha rapidement par l'arrière. À côté et à l'arrière du roi se trouvaient les chevaliers et les gardes qu'il avait amenés du château, ainsi que les gardes et les chevaliers qui avaient poursuivi Courtney et Reginald à travers les tunnels. Ils s'unirent à la jonction de la route principale et de la route vert clair. Les soldats qui les suivaient à travers les grottes se sont équipés d'autres chevaux du fermier et d'autres chevaux appartenant aux gens qui erraient dans l'étourdissement.

Reginald sentit une flèche voler au-dessus de sa tête. Les chevaliers leur ont tiré dessus. Courtney s'écria alors qu'une flèche effleurait son épaule gauche. La frontière entre les deux mondes ne se trouvait qu'à quelques mètres devant elle. Reginald cria à Courtney: "Arrêtez de hennir! Elle ne peut pas vivre au-delà de la frontière. Je ferai de même pour Hooves. Nous allons courir les deux derniers mètres."

Les deux hommes descendirent de leurs chevaux au moment où plusieurs flèches perçaient l'air où ils étaient. Les chevaux crièrent alors que d'autres flèches s'enfonçaient dans leurs postérieurs. Courtney et Reginald n'ont pas eu le temps d'aider leurs nouveaux amis, mais Courtney a réussi à dire, alors qu'ils franchissaient enfin la frontière, "Neigh et Hooves, vous êtes de vrais et nobles champions, les meilleurs êtres que nous ayons trouvés à Maelstrom. Je suis désolé que vous ne puissiez pas nous rejoindre à Elysia".

"Nous le sommes aussi. Jusqu'à présent, nous avons été méchants comme les autres ici, mais depuis que vous avez montré le cristal de lumière dans nos yeux, nous avons changé. Si nous mourons ici, nous aurons au moins vécu une partie de notre vie en tant que champions", a déclaré Hooves en guise d'adieu.

Faisant au revoir à leurs nouveaux amis, Reginald et Courtney sont entrés dans Elysia, accueillant les belles couleurs et les beaux sons qui s'y trouvent.

Tous deux ont jeté leurs tuniques de la Garde du Roi et ont poussé un soupir de soulagement lorsque les flèches des soldats et des gardes ont cessé de les atteindre. Mais Reginald et Courtney n'étaient pas en sécurité. Le Roi des Ténèbres et dix de ses gardes du Roi traversèrent l'Elysée juste derrière Courtney et Reginald. Alors qu'ils reculent, Courtney et Reginald font face au Roi des Ténèbres pour la toute première fois.

"Rendez-nous les deux cristaux ou nous vous tuerons", dit le Roi des Ténèbres avec colère. "Nous sommes onze. Vous n'avez aucune chance." "Si vous faites un pas de plus, je détruirai le Cristal des Ténèbres", dit Reginald en soulevant la lourde boîte au-dessus de sa tête et en détachant le couvercle.

Le Roi des Ténèbres hésita un moment. Si le Cristal des Ténèbres était en morceaux, son pouvoir serait détruit en même temps que lui. Mais le Roi des Ténèbres ne pouvait pas rester longtemps en Elysée. Les soldats et les créatures de ce monde ne tarderaient pas à arriver. Aussi, ses gardes semblaient de plus en plus confus. Ils avaient déjà passé trop de temps sans l'influence du Cristal des Ténèbres. S'il restait ici plus longtemps, ils pourraient redevenir des enfants d'Elysia.

Le Roi des Ténèbres se lança sur Reginald, criant à ses gardes: "Tuez-les et prenez les cristaux! Je ne pense pas que l'un ou l'autre cristal puisse être détruit."

Reginald referma le couvercle de la boîte et la jeta avec le cristal des ténèbres à l'intérieur aussi loin derrière lui qu'il le put. Il a évité la poussée d'une épée du Roi des Ténèbres et a effleuré l'épaule du Roi des Ténèbres avec une contre-poussée partiellement bloquée.

"Prépare-toi à mourir, sale gosse", grogna Reginald. "Tu n'as plus les créatures et les gens de ton monde pour t'aider. Tu es à Elysia maintenant."

"C'est peut-être vrai, mais avant que quelqu'un puisse te sauver, je vais te découper en petits morceaux, toi et ta petite amie. Sentez maintenant le tranchant de mon épée", dit le roi des ténèbres en brandissant son épée.

Reginald vient de rencontrer le puissant swing du Roi des Ténèbres, son épée faisant un grand fracas lorsqu'elle frappe l'épée du Roi des Ténèbres. Debout, comme des égaux, ils parièrent d'avant en arrière, leurs lames tournoyant dans l'air et faisant des bruits plus forts en se frappant l'un l'autre. Le Roi des Ténèbres coupa le bras de Reginald, mais ce dernier ignora la douleur et coupa en retour la hanche gauche du Roi des Ténèbres. Pendant ce temps, Courtney s'est battue contre l'un des gardes masculins. Elle avait soigneusement posé le cristal de lumière sur le sol derrière elle et à sa droite pour libérer ses bras.

Bien que le garde soit plus grand et plus fort que Courtney, elle réussit à lui couper l'épaule d'un coup d'épée rapide. À chaque coup, Courtney continuait à céder du terrain, mais elle gardait la boîte avec le cristal derrière elle. Au début, les autres gardes ne se sont pas joints au combat. Toujours confus, ils se sont contentés de regarder. Finalement, un autre des gardes du roi s'avança pour défier Courtney. Il coupa la jambe de Courtney d'un coup rapide, mais un coup de retour de Courtney lui coupa le bras. Courtney tituba mais ne tomba pas. Sa jambe lui fit très mal.

Reginald a également eu des problèmes. Un autre grand garde l'a attaqué. "Maintenant, vous êtes tous les deux finis." Le Roi des Ténèbres a ri. "Ce n'est qu'une question de temps avant que tu meures à mes pieds."

Reginald, à peine capable de tenir debout, répondit courageusement: "Peu importe le nombre de gardes que vous enverrez contre nous, nous gagnerons. Le bien l'emporte toujours sur le mal."

Malgré les paroles audacieuses de Reginald, Courtney et lui seraient bientôt vaincus, surtout si un autre garde se joignait au combat. Même s'ils parvenaient à rester debout, ils ne pourraient plus défendre les cristaux bien longtemps. Le combat continua contre Courtney et Reginald, mais tous deux combattirent courageusement le Roi des Ténèbres et ses gardes. En se repliant, ils réussirent à éviter une poussée d'épée fatale. Malgré tout, Reginald souffre d'une coupure sur le côté, tandis que Courtney se blesse à la hanche. Tous deux crièrent de douleur et luttèrent pour rester debout. À ce rythme, tous deux s'effondreront bientôt, même si aucun garde supplémentaire ne les attaque.

Au moment où la bataille semblait perdue, le sol commença à trembler avec un bruit sourd très fort après l'autre. Les gardes du roi et le roi des ténèbres levèrent les yeux et se replièrent avec horreur. Un Hébert en colère s'approcha d'eux, couvrant d'énormes distances à chaque enjambée.

L'énorme singe poussa un cri. "Laissez ma Courtney tranquille ou je vous déchire en petits morceaux!"

Lui, le maître nageur et Wild Fluffy avaient patrouillé à la frontière en attendant le retour des Light Swords. Par chance, Herbert a vu Courtney et Reginald sortir de Maelstrom alors qu'il remplaçait Wild Fluffy en patrouille. La Garde du Roi, qui avait été réticente à combattre Courtney et Reginald au départ, se retourna et courut vers Maelstrom, mais le Roi des Ténèbres resta. Il se retourna vers Reginald, leva son épée et la fit tomber sur le blessé Reginald, qui vacillait sur ses pieds. Reginald, qui voyait à peine, réussit à lever son épée pour se protéger, mais le puissant coup du Roi des Ténèbres lui fit perdre son épée. Le Roi des Ténèbres a rapidement relevé son épée pour frapper Reginald, désormais sans défense, mais juste au moment où son épée descendait pour un coup fatal, une énorme main a fait tomber le Roi des Ténèbres et son épée en l'air. Ses bras et ses jambes s'agitant, le Roi des

Ténèbres est revenu dans le Maelstrom, un regard d'horreur et de surprise sur son visage. Herbert ramassa les blessés Reginald et Courtney et leur précieuse cargaison de cristaux et courut au château.

Chapitre 17

Vie réelles

Courtney s'est réveillée en sursaut. Elle pouvait sentir des coupures d'épée sur tout son corps et des brûlures sur ses mains, mais bien sûr, ici, elles n'existaient pas vraiment. Sa mère l'a appelée du pied de l'escalier. En marchant un peu raide vers le haut des escaliers, elle a regardé sa mère en bas. Sa mère a parlé la première.

"Hé, l'endormie, tu vas devoir marcher aujourd'hui. J'ai hâte que tu te prépares, mais je peux comprendre que tu veuilles faire la grasse matinée. Aujourd'hui est un grand jour pour toi, le spectacle des talents du collège. Je ne pourrais pas être plus fier de toi. Tu as tellement changé au cours de l'année dernière que je te reconnais à peine. Au début, je pensais que les poupées dans ta chambre t'entendraient jouer et chanter et personne d'autre".

En bâillant, Courtney a répondu avec un sourire sur son visage. "Merci, maman. Je veux juste que tu sois fière de moi. J'aimerais seulement que papa soit là pour qu'il soit fier de moi aussi." "J'ai essayé de le joindre et de lui faire savoir, mais tout ce que j'ai pu faire, c'est de laisser un message sur sa boîte vocale. S'il vient, il t'aimera. Souviens-toi, c'est lui qui t'a donné la guitare au départ".

"Je me souviens, maman."

"Oh, et avant que je parte, Dede et Rachel ont appelé après que tu te sois endormi. Ils voulaient marcher avec toi, l'homme de main, jusqu'à l'école. Dede a reçu un appel d'un garçon, et elle veut ton avis sur ce qu'il faut faire."

"Très drôle, maman, tu sais que je me suis battu avec cette fille en légitime défense. Je ne veux pas être l'homme de main de qui que ce soit. Je ne suis pas sûre non plus d'être très douée pour donner des conseils sur les relations amoureuses.

Je suis rentrée chez moi avec un gars pendant trois mois en tant qu'amie, et la dernière chose dont je me souviens, c'est que sa copine m'a attaquée avec un couteau. Mais je vais appeler Dede et Rachel avant de partir pour l'école".

"Bien. Je suis heureux que vous soyez à nouveau amies. Oh, j'ai presque oublié le plus important. Alors que vous étiez à votre réunion du conseil des élèves hier, un garçon nommé Mike a frappé à la porte. Il était là sous la pluie et me regardait. Il n'avait pas de chaussures aux pieds. Il vous a demandé, mais je lui ai dit que vous deviez assister à la réunion du conseil. Il avait l'air d'un chiot en mal d'amour. Qui est Mike?"

"Je ne sais pas. Il n'y a pas de Mike dans ma classe. Peut-être qu'il est en 4ème ou que Dieu nous en préserve, un autre lycéen. Qui que ce soit, je ne veux pas être avec lui. S'il continue à m'embêter, je devrai lui dire comme j'ai dit à Edward que je ne suis pas intéressée par lui. Je ne pense pas vous l'avoir dit, mais j'ai fait asseoir Edward il y a environ une semaine et je lui ai dit que nous pourrions être amis, mais jamais petit ami et petite amie, à peu près la même chose que ce que j'ai dit à Trent à la fin de l'été dernier. Edward m'a dit qu'il m'aimait. Je me suis sentie mal, mais n'est-il pas préférable de dire la vérité aux garçons? Non pas que ça ait si bien marché avec Trent."

"Bien sûr que ça l'est. Courtney, tu es tellement mature tout d'un coup. Oh, bon sang. Je dois vraiment y aller ou je vais être en retard. Parlons un peu plus après le spectacle. J'ai vraiment aimé notre petite discussion."

"Moi aussi, maman. Mais tu es sûre qu'un garçon s'est présenté à ma porte pieds nus?"

"Je n'y ai pas cru non plus, mais oui, il y a cru."
Courtney s'est rapidement préparée pour l'école, en faisant un peu plus attention à son apparence qu'il y a peu de temps. Ce faisant, Courtney n'a cessé de penser à Frilly Lady et au vestiaire de la route rose. Courtney a rapidement pris son petit déjeuner - un verre de lait, des céréales saines et un pot de yaourt - et s'est précipitée à la porte avec son sac à dos jeté sur l'épaule au dernier moment. Elle a failli fermer la porte à clé quand elle a réalisé qu'elle n'avait pas sa guitare.

Courtney est retournée en courant à l'intérieur, a attrapé sa guitare et s'est enfuie dans la rue. Après que Dede lui ait parlé de l'appel qu'elle avait reçu d'un garçon, Courtney pouvait maintenant raconter son histoire sur le garçon pieds nus. Dede et Rachel allaient adorer. En même temps, elle espérait ne pas avoir à avoir la même conversation avec ce garçon que celle qu'elle venait d'avoir avec Edward et Trent avant lui. Si tout le monde ne la traitait pas de folle, elle dirait au monde entier qu'elle aimait Reginald, le garçon de ses rêves.

Plus tard dans la soirée, une Courtney fatiguée attend son tour pour chanter sur scène. Elle a passé deux jours formidables. Hier, au conseil des élèves, ils voulaient qu'elle se présente à la vice-présidence de l'école. Aujourd'hui, elle a fait son exposé sur Thomas Jefferson dans son cours d'histoire américaine, qui a reçu de bonnes critiques de la part de son professeur et de ses amis. L'année dernière, elle a fait un exposé sur Thomas Edison dans sa classe de sciences et a à peine réussi à passer son examen écrit. Certains enfants se sont moqués d'elle. Elysia a quelque chose à voir avec tout ce qui lui est arrivé. Peut-être disposait-elle maintenant des outils dont le Répondeur a parlé sur la route marron.

Quelques minutes plus tard, Courtney est montée lentement sur la scène du concours de talents avec sa guitare. Des centaines d'enfants et de parents dans le public la regardaient fixement. Elle n'avait dit à personne jusqu'à présent combien elle aimait jouer de la guitare et chanter. Elle espérait que tout le monde l'aimerait, mais malgré ces doutes, elle ne se sentait pas très nerveuse. Après avoir affronté un troll, un serpent géant, des loups et un dragon à Elysia, puis une lycéenne folle avec un couteau, chanter devant un grand nombre de personnes ne semblait pas vraiment effrayant. Courtney était assise sur un tabouret au milieu de la scène. Elle s'est ensuite lancée dans la chanson "Time in a Bottle", ignorant les brûlures et les douleurs de l'épée d'Elysia.

Courtney chantait et jouait magnifiquement de sa guitare, à la clé, et avec juste les bons accents folk qu'elle avait appris de Folk Guy. Courtney a reçu de forts applaudissements lorsqu'elle a terminé, qui ont continué même après qu'elle ait quitté la scène.

Dans les coulisses, Courtney, après avoir accepté les éloges de presque tout le monde pour sa performance, attendit avec impatience de partir. Elle voulait célébrer sa performance avec sa mère. Cependant, une fille de 8e année qui chantait dans toutes les comédies musicales de l'école n'était pas sortie des toilettes. Lorsqu'elle est finalement sortie cinq minutes plus tard, elle a dit à Mlle Worthy, la professeure de musique, qu'elle ne pouvait pas jouer.

Elle avait trop mal à l'estomac. Courtney s'est levée pour partir, mais avant qu'elle n'ait pu le faire, Miss Worthy s'est tournée vers Courtney et lui a dit: "Courtney, tu es de loin la meilleure chanteuse ici.

Connaissez-vous des airs de spectacle? Je voulais vraiment terminer le spectacle avec une chanson de Broadway." "Je connais "If I Loved You" d'un spectacle sur un carnaval, mais je ne veux pas que les enfants pensent que je suis une sorte de porc pour être apparue deux fois. J'ai déjà eu mon tour de chanter."

"Oh, l'air de Carousel, j'adore cette chanson. En fait, j'ai la partition de la chanson. S'il vous plaît, chantez-la pour nous, et ne vous inquiétez pas de ce que les enfants vont dire. Je leur dirai que je vous ai fait chanter la chanson."

"Oh, d'accord. Je suppose que tout ira bien alors."

Laissant sa guitare derrière elle, Courtney s'est dirigée vers le centre de la scène et s'est tenue devant le micro. Miss Worthy et le reste du petit orchestre avaient déjà les partitions devant eux. Mlle Worthy a fait un signe de tête à Courtney, et Courtney s'est adressée à l'auditoire.

"Kathy est censée chanter un air de spectacle, mais elle est malade. Alors Mlle Worthy m'a demandé d'en chanter un à la place. C'est "Si je t'aimais" d'une émission sur un carnaval. Une fille et un garçon le chantent l'un à l'autre, mais je vais le chanter seul.

Faisant semblant que Reginald se tenait à côté d'elle, Courtney s'est penchée sur son registre et s'est lancée dans la chanson au moment où l'orchestre commençait. Dans son esprit, elle se tenait à côté de Reginald à Elysia en lui chantant la chanson. L'amour qu'elle ressentait pour Reginald est devenu partie intégrante de la chanson. Sa voix s'est envolée. Elle atteignit des notes qu'elle ne savait pas qu'elle pouvait atteindre et chanta avec tant de puissance qu'elle ne pouvait pas croire que la chanson sortait de sa bouche. Alors qu'elle tirait tout le sens qu'elle pouvait du dernier couplet de "If I Loved You", elle vit son père dans le public. Il avait les larmes aux yeux.

Lorsqu'elle a terminé, Courtney n'a même pas attendu les applaudissements tonitruants, mais a plutôt couru hors de la scène pour retrouver son père. Malheureusement, le temps qu'elle arrive à l'endroit où elle l'a vu, il était déjà parti.

Pendant ce temps, le même jour, Reginald attendait que le ballon soit mis en jeu lors des finales régionales de football australien pour les enfants de douze ans et moins. Comme le faisaient ses parents, sa tante l'encourageait depuis la ligne de touche. Peu à peu, Reginald a pris de plus en plus de temps pour lui après avoir joué une heure de plus avec ses amis il y a presque un an et demi. Au fur et à mesure, sa tante a commencé à faire de plus en plus de tâches ménagères. Après avoir vaincu la brute de l'école, Reginald est devenu encore plus courageux. Il a rejoint son équipe de football. À sa grande surprise, sa tante s'est à peine plainte de son cœur quand il lui a dit. En fait, elle l'a encouragé à jouer. Elle l'a ensuite félicité pour la façon dont il avait géré sa relation avec Susan et pour son implication plus active dans son école.

Certains de ses amis lui avaient même demandé de se présenter au conseil des élèves. Après de nombreux mois d'obscurité, son monde semblait presque aussi heureux qu'avant la mort de son père et le départ de sa mère, mais ils lui manquaient toujours beaucoup. Le score étant de un contre un, l'horloge indiquait qu'il ne restait que vingt secondes à jouer. Reginald a volé le ballon au défenseur après qu'il ait pris la passe d'entrée. L'autre défenseur se déplace devant lui pour lui couper la route, mais Reginald tient le ballon pour la seconde supplémentaire de Billy Dale et se déplace ensuite rapidement pour dépasser le second défenseur. Le gardien a couru à sa rencontre, et Reginald a feint à droite, puis s'est élancé à gauche, déclenchant avec son pied gauche un coup de pied dans le coin supérieur gauche du but. Au lieu de botter le ballon aussi fort qu'il le pouvait, Reginald a un peu raccourci le coup de pied pour l'empêcher de s'envoler au-dessus du filet. Le coup de pied est resté bas et est allé vers la droite en dépassant le gardien de but dans le coin supérieur gauche du filet.

La sonnerie signalant la fin du match s'est déclenchée juste après que son coup de pied soit entré dans le filet. Son équipe a gagné! Alors que ses coéquipiers se pressaient autour de Reginald, il a souri à sa tante, mais il a souhaité de tout cœur que Courtney soit là aussi.

Chapitre 18

Le Roi et la Reine

Courtney et Reginald se sont réveillés trois jours après qu'Herbert les ait secourus dans une petite pièce qui servait d'hôpital au château. Ils avaient tous deux des bandages sur tout le corps mais semblaient beaucoup plus forts après plusieurs jours de repos. Un médecin chauve, muni d'un stéthoscope autour du cou, a examiné leurs coupures et leurs bandages.

"Après quelques points de suture et un peu de lotion, vos blessures cicatrisent bien", dit le médecin avec un grand sourire. "Dès que vous serez en mesure de vous lever, le roi et la reine aimeraient vous voir. Vous êtes de grands héros. Vous avez sauvé Elysia."

"Eh bien, merci. Je ne sais pas pour Courtney, mais je pense que je peux me lever. Si je le peux, j'irai voir le roi et la reine immédiatement", déclara Reginald malgré la douleur qu'il ressentait à cause de ses coupures et de ses bleus. "Tu n'iras pas sans moi." Courtney s'est jointe à elle en se levant lentement de son lit. Courtney pensait à son père pendant qu'elle le faisait.

"Je suppose que vous pouvez tous les deux aller voir le roi et la reine. Je m'attendais à ce que vous passiez un peu plus de temps à guérir. Je ne vois pas de saignement dans vos blessures, mais s'il vous plaît, marchez lentement. Je ne veux pas que vos blessures se rouvrent," dit le docteur en secouant la tête.

Lorsque Courtney et Reginald ont commencé à sortir lentement de la chambre d'hôpital, sans avertissement, Courtney a giflé Reginald. Avec du feu dans les yeux, elle a dit: "Je te dois dix gifles pour toutes les fois où tu m'as attrapée à Maelstrom, mais je suppose qu'il faudra en donner une. Tu n'avais vraiment pas le choix. Mais je ne veux pas que tu penses que tu peux m'attraper quand tu veux.

Un peu étonné au début, Reginald se mit à sourire. Il a regardé Courtney dans les yeux et lui a dit: "D'accord, je suppose que tu m'en dois une, mais j'ai pris plaisir à t'attraper. On devrait peut-être retourner à Maelstrom."

"Maintenant, tu me taquines. Peut-être que je devrais me trouver un nouveau petit ami", s'est exclamée Courtney en détournant le regard de Reginald. Répondant plus sérieusement que prévu, Reginald retourna Courtney et la fixa profondément dans les yeux.

"Courtney, tu seras la fille qu'il me faut tant que je vivrai."

Courtney s'arrêta un instant, réalisant que les raisons pour lesquelles elle avait frappé Reginald n'avaient rien à voir avec le fait qu'il l'avait attrapée.

Ses yeux se sont adoucis lorsqu'elle a regardé dans les magnifiques yeux verts de Reginald. Elle dit avec beaucoup d'émotion: "Et tu seras le garçon pour moi aussi longtemps que je vivrai. Je suis vraiment désolée de m'être mise en colère contre toi comme ça.

Tu n'as rien fait pour le mériter. Je suppose que je suis en colère contre mon père parce qu'il n'était pas là et que je me suis vengé sur toi. De plus, j'ai un secret que je ne t'ai pas dit et qui me dérange".

"Quel est ce secret? Maintenant que tu en as parlé, tu dois me le dire."

"Ok, je suppose que je devrais. Et voilà. J'ai laissé un garçon me raccompagner chez moi tout l'été et ensuite je l'ai laissé m'embrasser. Je suppose que j'ai senti que tu n'es pas réel et que cet endroit n'est pas réel. Alors je voulais voir ce que ça faisait d'embrasser un vrai garçon. Ça n'a pas du tout marché.

Contrairement à vous embrasser, je n'ai rien ressenti. J'ai fait une erreur. Vraiment, tu devrais être en colère contre moi, et non l'inverse."

"Je t'en voudrais de m'avoir trompé si je n'avais pas fait la même chose. Comme toi, je sentais que toi et cet endroit ne pouvaient pas être réels, alors j'ai laissé une fille plus âgée m'embrasser après qu'elle soit rentrée chez elle avec moi pendant plusieurs mois. Je n'ai rien ressenti non plus. J'aurais tout aussi bien pu embrasser une poupée".

"À quoi ressemble-t-elle? Est-elle plus jolie que moi? Peut-être que je devrais me fâcher à nouveau contre toi", dit Courtney, le feu lui revenant dans les yeux.

"Bien sûr, elle n'est pas aussi belle que toi. Ecoute, nous avons toutes les deux fait la même chose pour la même raison. Maintenant, nous sommes quittes. Il n'y a qu'une seule façon de régler ce problème"

"Qu'est-ce que c'est?"

"Nous devons nous embrasser pour voir la différence entre nous et les autres."

Avant qu'elle ne puisse bouger, Reginald a embrassé Courtney sur les lèvres. Elle l'a embrassé très fort, mais s'est ensuite un peu retirée. Elle a souri à Reginald en reprenant la parole.

"Mon Dieu, Reginald, c'était si merveilleux quand tu m'as embrassée tout à l'heure. Comment aurais-je pu embrasser un autre garçon? Tu as peut-être ruiné ma vie amoureuse avant même qu'elle ne commence."

"J'ai ressenti la même chose. Après la fin de notre séjour à Elysia, nous devons nous retrouver. Sinon, qu'allons-nous faire quand nous serons adolescents?"

"Je ne sais pas. Nous devrons juste le découvrir. De toute façon, assez de ces histoires de filles et de garçons. Nous devons nous présenter au roi et à la reine. Faisons cela."

"D'accord, mais je vais trouver une autre raison pour vous convaincre à nouveau." "Si tu ne trouves pas de raison, je vais en trouver une pour t'embrasser. Maintenant, allons-y. Le roi et la reine nous attendent."

Courtney et Reginald boitent main dans la main à l'entrée de la grande salle du trône. Aussitôt que les gardes les ont vus, ils ont ouvert les grandes portes en grand. Les trompettes sonnaient pour annoncer leur arrivée. Ce qu'ils ont vu les a stupéfiés.

Des centaines de personnes, d'enfants et de créatures s'alignaient des deux côtés de l'allée centrale de la salle du trône. High Five, Tea Lady, Frilly Lady, Wild Fluffy, le maître nageur, avec un bandage sur la tête, Dale, Nez rouge, le colonel, Mane, Matilda, Big Baby, et toutes les autres personnes et créatures qu'ils avaient rencontrées se tenaient là en leur souriant.

Herbert, qui ne pouvait pas entrer dans la grande salle, regarda par la fenêtre. Ils étaient là depuis trois jours, attendant qu'ils apparaissent. Essayant de conserver autant de dignité que possible, Courtney et Reginald se sont rendus, main dans la main, à un endroit situé juste en face du roi et de la reine assis. Ils se sont agenouillés en signe de respect, mais se sont levés lorsque le roi leur a demandé de le faire. "Bienvenue, héros d'Elysia", commença le roi.

"Grâce à vous, le cristal de lumière concentre à nouveau les bonnes pensées de tous les enfants ici sur nos murs. Nous avons déjà récupéré le territoire que nous avons perdu à Maelstrom. En effet, Maelstrom est dans le chaos sans son Cristal des Ténèbres. Les enfants que nous pensions perdus à jamais sont revenus dans notre monde. Presque aucun nouvel enfant ne nous quitte pour Maelstrom. Par conséquent, beaucoup plus d'enfants qui nous rendent visite atteindront l'âge adulte, remplis de bonté et de détermination, plutôt que de colère et de cruauté.

"Ma reine et moi avons longuement discuté du type de récompense à vous offrir et avons décidé qu'une seule récompense était suffisante", a-t-il poursuivi. "Notre temps dans ce monde est très court.

Il ne nous reste plus que quelques jours ici. Reginald, nous t'avons désigné comme nouveau roi, et Courtney, nous t'avons désigné comme nouvelle reine. Les créatures et les peuples de ce monde, selon nos traditions, doivent approuver cette nomination. Ils l'ont fait à l'unanimité. Ma reine et moi avons l'intention de passer les jours qu'il nous reste à parcourir le royaume en visitant tous les endroits que nous n'avons pas vus. Félicitations à vous deux."

Avant que Reginald ou Courtney ne puissent répondre, la reine a parlé avec la même dignité.

"Courtney, je tiens à vous remercier tout particulièrement. Tu as montré au monde que tu as la même force, le même caractère et le même courage que ton nouveau roi. À l'avenir, personne ne considérera plus jamais les filles comme inférieures aux garçons, de quelque manière que ce soit. Toutes les filles vous remercient de nous avoir rendu égales aux garçons dans cet endroit. Je dois également mentionner vos compagnons de l'Épée-de-Lumière, Steve et Pénélope, qui ont fait preuve d'un grand courage dans votre quête. Nous avons déjà commencé à mouler des statues de ces deux personnes qui seront placées dans notre Hall des Héros juste à côté de vos statues.

"Maintenant, mon roi et moi devons faire nos adieux à ce château. Tous saluent le nouveau roi, Reginald, et la nouvelle reine Courtney. Que votre règne soit long et fructueux." Les remarques de la reine ont provoqué un tonnerre d'applaudissements.

Au début, Courtney et Reginald ne savaient pas comment répondre. Ils se sont ensuite regardés en face. Lentement, Reginald commença à hocher la tête, et Courtney fit de même. Lorsque les applaudissements cessèrent, Courtney parla avec autant de gravité que possible, fixant droit devant elle le roi et la reine. "Bien que ce soit une grande surprise pour nous deux, nous sommes honorés d'accepter votre offre d'être le roi et la reine d'Elysia jusqu'à ce que notre heure vienne de quitter cet endroit. Comme premier acte officiel, nous allons commander une statue de l'ancien roi et de la nouvelle reine pour qu'elle se place parmi nos héros. Ils ont bien mené Elysia dans une période de grand danger. Je vous remercie également d'honorer nos amis et collègues disparus, Pénélope et Steve. Ils se sont tenus à nos côtés et ont combattu les maux auxquels nous étions confrontés avec beaucoup de courage. Sans leur aide, nous n'aurions jamais pu ramener les cristaux de Maelstrom".

Le vieux roi et la reine ont enlevé leurs vêtements royaux et ont quitté leurs trônes royaux.

Courtney et Reginald s'assirent chacun sur leur trône et placèrent la couronne et les vêtements royaux par-dessus leurs vêtements ordinaires. Lorsque les nouveaux roi et reine se sont enfin sentis à l'aise sur leur trône, Reginald a parlé pour la première fois en tant que roi.

"Oui, je suis d'accord avec tout ce que Courtney a dit. Nous ferons de notre mieux pour être de bons souverains. Pour notre deuxième acte officiel, nous souhaitons honorer le grand singe Herbert. Sans lui, notre quête n'aurait jamais été couronnée de succès. Dans le cadre de cet acte officiel, Courtney aimerait que les fenêtres soient ouvertes pour que Herbert, qui se trouve à l'extérieur, puisse entendre clairement l'honneur que Courtney va maintenant lui faire", a déclaré Reginald, adoptant un regard plus royal. Certains soldats ont ouvert les grandes fenêtres, et Herbert s'est rapproché pour pouvoir entendre Courtney plus clairement, alors qu'elle déclarait de sa voix la plus royale: "Herbert, par le pouvoir qui nous a été conféré en tant que monarques, nous ordonnons par la présente la création d'un grand singe femelle qui sera votre partenaire dans cette vie.

En apprenant la nouvelle, Herbert a commencé à sauter de haut en bas, secouant tout le château. Au bout d'un moment, il s'est calmé et, avec un grand sourire, a dit: "Oh, merci, merci! C'est ce que j'ai toujours souhaité depuis que je suis venu au monde". Les participants surpris ont applaudi après qu'Herbert ait terminé sa célébration.

Courtney a poursuivi son discours, en posant ses yeux sur Wild Fluffy et Swim Master, qu'elle pouvait voir au milieu de la grande salle. "Pour notre troisième acte en tant que souverains, je voudrais décerner une médaille à Wild Fluffy et à Swim Master. Swim Master distrait Slither et ses enfants Maelstrom, tandis que Wild Fluffy courait courageusement pour avertir Herbert de notre emprisonnement par Slither. Veuillez venir ici et recevoir vos récompenses".

Après avoir accroché un médaillon d'or sur Wild Fluffy, qu'il pouvait à peine porter, et sur Swim Master, Courtney s'est à nouveau exprimé: "Lors de mon séjour à Elysia, j'ai remarqué que plusieurs personnes et créatures de ce monde ont des problèmes à essayer de vivre au jour le jour. Par exemple, Wild Fluffy doit chercher des carottes et des laitues pour survivre et nourrir ses enfants, mais ce faisant, il est souvent menacé par les agriculteurs qui cultivent ces légumes. Comme c'est le cas dans mon monde réel, toutes les créatures d'Elysia ont des droits fondamentaux en tant que citoyens de ce monde.

Notre quatrième acte officiel consiste à demander aux personnes qui répondent de rédiger une déclaration des droits de l'Elysée pour tous les animaux et les plantes de ce monde. Cette charte deviendra le nouveau fondement de nos lois. Pour être un endroit vraiment magnifique, toutes les créatures, plantes et personnes d'Elysia doivent être capables de poursuivre le bonheur à leur manière".

Cette dernière déclaration a suscité un tonnerre d'applaudissements.

De nombreuses plantes, personnes et créatures de ce monde avaient des griefs qui ne semblaient jamais résolus. Pour la première fois, ils pourraient bien avoir un moyen de résoudre certains de ces problèmes. Tous les peuples et les créatures d'Elysia se réjouissaient de vivre sous une nouvelle Déclaration des droits.

"Une fois de plus, je suis d'accord avec tout ce que Courtney a dit et fait, mais j'ai encore un acte officiel à faire avant que nous ne terminions cette cérémonie. Courtney et moi, votre nouvelle reine et votre nouveau roi, déclarons une semaine de vacances à l'Elysia pour tous les êtres vivants dans six mois à compter d'aujourd'hui. Il y aura de la danse, de la musique, de la nourriture et des boissons pour ceux qui mangeront et boiront. Deux représentants de chacune des routes se réuniront pour planifier ce festival. Nous devons célébrer notre victoire et ce monde pour ce qu'il donne à tant d'enfants qui viennent ici dans le besoin. Il est maintenant temps de nous mettre au travail et de planifier la célébration. Courtney et moi devons passer un peu de temps à nous habituer à nos nouveaux emplois".

Après que Reginald et Courtney aient pris le pouvoir en tant que roi et reine, Courtney a consacré presque tout son temps à travailler sur la Déclaration des droits de l'Elysée qu'ils avaient promise. Chaque personne, plante et créature a soumis une liste de droits qu'elle pensait devoir figurer dans le document. Les personnes qui ont répondu ont essayé d'écrire tous ces besoins de manière lisible et, dans un défi beaucoup plus difficile, ont essayé de résoudre les conflits dans les droits que les différents groupes et individus demandaient. Par exemple, les plantes ne voulaient pas être mangées, mais les gens et les créatures du monde devaient manger. Les plantes ont donc finalement accepté de fournir des graines, des fruits, des racines et des feuilles que les gens et les créatures pouvaient manger, étant entendu qu'une plante individuelle ne pouvait pas être tuée dans le processus de collecte de cette nourriture. Il faut en laisser suffisamment pour que la plante puisse repousser. Il faut également laisser suffisamment de graines et de fruits pour que de nouvelles plantes puissent démarrer. Le document accordait également à Fluffy Rabbit, devenu un héros, et à d'autres lapins comme lui, le droit de prélever un certain nombre de carottes et de têtes de laitue dans le champ d'un agriculteur, à condition de négocier un accord avec ce dernier sur la quantité qu'ils pouvaient prélever. Des centaines de conflits ont dû être résolus de cette manière, mais en fin de compte, la bonne volonté d'Elysia a encouragé les parties adverses à trouver des accords. Lorsqu'il était impossible de parvenir à un accord, Courtney et Reginald avaient la difficile tâche de résoudre les conflits. Ils s'efforçaient de prendre les bonnes décisions dans ces conflits, mais devaient souvent demander l'aide du Répondeur royal.

Étonnamment, le livre de la Déclaration des droits semblait grandir d'heure en heure, et comme il le faisait, les plantes, les créatures et les gens d'Elysia semblaient de plus en plus heureux. Même Cédric, Tea Lady, l'Interlocuteur adulte et Big Baby devinrent moins grincheux et désagréables.

Pour Courtney, l'apogée de son époque en tant que reine fut la rencontre de Bertha, le grand singe femelle, avec Herbert. La rencontre romantique eut lieu dans le plus grand champ d'Elysia. Tout ce qui était plus petit aurait pu causer des dommages aux arbres ou à tout autre chose dans la région. Courtney et Reginald ont fait construire une cabane dans les arbres au bord du champ afin de pouvoir assister à la rencontre.

Une fois arrivé, Herbert a arpenté le champ avec une poignée de branches d'arbres en fleurs, en attendant que Bertha apparaisse. Finalement, Herbert sentit le sol trembler et les arbres se plaignirent d'avoir été écartés. Il se tourna vers le bruit et attendit patiemment. Quelques instants plus tard, Bertha émergea des arbres et s'arrêta à seulement six mètres d'Herbert. Elle avait les mêmes cheveux bruns qu'Herbert et semblait presque aussi grande. Elle portait une robe rose sur ses hanches et un soutien-gorge rose sur sa poitrine. Timidement, elle regarda ses pieds et bougea ses longs cils. Herbert tomba immédiatement amoureux de Bertha. Il réduisit rapidement la distance qui les séparait et donna à Bertha les branches d'arbre en fleur. Elle fixa les branches pendant plusieurs instants, puis elle leva lentement la tête et regarda Herbert dans les yeux.

"Elles sont magnifiques", dit-elle avec un sourire doux et sournois. "Je m'appelle Bertha. Vous êtes un singe très fort et un héros de ce monde. Je suis honorée d'être à vos côtés."

"Tout l'honneur est pour moi. Je m'appelle Herbert. Je t'ai attendu toute ma vie."

Pendant les moments suivants, ils sont restés là à se regarder l'un l'autre. Puis, sans autre commentaire, Bertha s'est approchée d'Herbert et l'a embrassé. Herbert lui rendit son étreinte. Ils restèrent ainsi pendant plusieurs minutes encore. Finalement, Herbert s'éloigna de Bertha et lui frappa la poitrine. Le bruit se faisait entendre à des kilomètres à la ronde.

Bertha sourit et dit simplement: "Très sexy, Herbert. Veux-tu être mon homme?"

"Oui, Bertha, si tu veux être ma femme."

"Oui, bien sûr, Herbert. Maintenant, allons nous amuser pour célébrer notre union."

Main dans la main, les deux hommes ont traversé la forêt dans un tonnerre d'une heure, en pliant des troncs d'arbres, en jouant à cache-cache - une chose assez difficile pour des singes géants - et en sautant main dans la main à l'air libre, ce qui, pour le reste de l'Elysée, a sonné et a été ressenti comme un tremblement de terre. Étonnamment, les arbres et autres plantes qui ont pris la plupart des punitions des ébats d'Herbert et de Bertha ne se sont pas plaints. Comme tout le monde, ils ont célébré le bonheur des deux amants mais ont juré de se plaindre amèrement si les deux géants recommençaient. À partir de ce moment, Herbert et Bertha passèrent tout le temps qu'ils pouvaient ensemble. Ils s'aimaient autant que n'importe quelle créature d'Elysia.

Au fil des mois, Courtney, maintenant âgée de douze ans, a eu besoin de Reginald et l'a aimé de plus en plus chaque jour. Contrairement à leur temps passé ensemble dans le domaine de la musique, ils avaient très peu de temps pour agir en tant que petit ami et petite amie. Au château, ils avaient décision après décision à prendre, groupe après groupe à rencontrer, et dispute après dispute à résoudre. Lorsqu'ils se rendaient à Elysia, ils se rendaient souvent dans différentes régions pour couvrir plus de terrain. Pourtant, lorsque Courtney s'est endormie dans le monde réel, elle n'a pensé qu'à voir Reginald.

Elle embrassait Reginald de temps en temps ou il l'embrassait, mais elle ne l'embrassait pas assez ou, quand elle l'embrassait, elle ne l'embrassait pas assez longtemps. Finalement, Courtney a décidé de programmer une danse royale officielle en conclusion de la parade et du festival annuels. Si elle ne pouvait pas passer un moment romantique dans son emploi du temps habituel, elle le passerait de manière formelle.

Chapitre 19

Les Cérémonies

Lorsque les sculpteurs ont terminé les statues de Steve et Pénélope, Reginald et Courtney ont prévu une cérémonie officielle pour les montrer pour la première fois.

Même si le nouveau roi et la nouvelle reine avaient été très occupés, leurs pensées se sont souvent tournées vers leurs amis et leur mort à Maelstrom.

Tous deux ont réalisé qu'ils en étaient venus à compter très fortement sur leurs amis. À plusieurs reprises, chacun d'entre eux s'était tourné vers Steve ou Pénélope pour leur demander ce qu'ils pensaient et ce n'est qu'au dernier moment qu'ils ont réalisé qu'ils ne vivaient plus en Elysia. Chacun avait préparé un petit discours pour la cérémonie, mais ni l'un ni l'autre ne croyait qu'un discours commencerait à transmettre leurs véritables sentiments.

Avec tous leurs amis réunis dans la salle de cérémonie où se trouvaient toutes les lois, et avec Herbert et Bertha qui regardaient par la fenêtre à l'autre bout du long couloir, Reginald décida d'y aller en premier. Il a rapidement retiré le drap de la statue de Steve, qui se trouvait au bout du couloir, du côté droit. La statue de Pénélope se trouvait sur le côté gauche, en face de la statue de Steve. Les statues de Reginald et de Courtney, lorsqu'ils quittaient Elysia, occupaient l'espace entre leurs amis. Reginald aimait la statue de Steve, qui ressemblait beaucoup à son ami disparu. Mieux encore, Steve maniait l'épée contre un ennemi inconnu. Steve aurait beaucoup aimé cette pose.

Reginald se lança dans son discours. "Créatures, enfants et gens d'Elysia, aujourd'hui je dévoile la statue de mon ami Steve, un des grands héros d'Elysia. Sans Steve, les épées de lumière ne seraient jamais revenues avec les cristaux de lumière et d'obscurité. Il est mort face à l'horrible Dragon, son épée levée en triomphe alors qu'il brûlait à mort.

Même si Steve vit encore quelque part dans notre monde, il ne reviendra malheureusement jamais ici.

"Comment décrire mon ami? Un leader, un garçon avec de grandes aptitudes physiques, un ami loyal et une personne courageuse, il avait toutes ces qualités et plus encore. Par-dessus tout, dans les grandes traditions de la chevalerie, il a fait preuve d'un grand courage. Je n'oublierai jamais comment il a défendu l'honneur de Pénélope devant des enfants méchants de Maelstrom qui se moquaient d'elle. En fait, avec sa statue lui servant de substitut, moi, le roi Réginald, je fais de Steve un chevalier d'Elysia et j'utilise mon épée pour lui toucher les deux épaules en reconnaissance. Pas un jour ne passe sans que je pense à mon ami disparu et que je souhaite qu'il me conseille dans mon rôle de roi. Steve, un jour, dans l'autre monde, nous nous retrouverons et je te dirai combien moi et le reste des êtres d'Elysia pensons à toi. Je vous salue tous, Steve, héros d'Elysia".

La foule assemblée a fait écho au cri de Reginald, mettant les mains ou les épées en l'air comme Reginald l'a fait. Après que la foule se soit rassemblée, Courtney s'est approchée de la figure drapée de Pénélope. Comme Reginald, elle arracha le drap, révélant une statue un peu amaigrie de Pénélope brandissant son épée à la manière de Steve. Courtney aimait cette figure de Pénélope, révélant un côté de Pénélope dont personne ne connaissait l'existence.

"La plupart des gens qui ont rencontré Pénélope se sont concentrés sur son poids", a déclaré solennellement Courtney. "Ils se sont souvent moqués d'elle et lui ont parfois dit des choses cruelles. Ils ne connaissaient pas du tout Pénélope. Sa vraie valeur se trouvait à l'intérieur. Tout comme Steve, Pénélope avait toutes ces grandes qualités d'honneur et de loyauté. Elle a fait face à un terrible dragon et l'a combattu avec autant de courage que nous tous.

Héroïne pour nous, Pénélope avait aussi un grand talent de violoniste. Elle jouera un jour, dans notre monde, devant de grandes foules, j'en suis sûr. Concert Master peut vous dire à quel point elle est douée. Mais surtout, Pénélope est devenue ma meilleure amie, et elle le restera jusqu'au jour de ma mort. Un jour, Pénélope et moi nous retrouverons dans notre monde, et je lui dirai l'amour que moi et le reste d'Elysia avons pour elle. Comme l'a fait Reginald avec Steve, moi, Courtney, reine d'Elysia, je touche l'épaule droite et l'épaule gauche du statut de Pénélope et, par la présente, je fais de Pénélope un chevalier d'Elysia et j'ordonne à tous ceux qui viendront après nous de la reconnaître de cette manière. Tous saluent Pénélope, héros de l'Elysia".

La foule a fait écho à la déclaration de Courtney et a applaudi comme elle l'avait fait pour Steve.

Beaucoup d'épées et de mains se sont tendues vers le ciel. Bertha et Herbert ont applaudi très fort, ce qui, pour ceux qui n'étaient pas présents à la cérémonie, ressemblait à un coup de tonnerre. Au bout de quelques minutes, les nombreuses créatures, enfants et personnes s'éloignèrent silencieusement de la cérémonie, chacun perdu dans ses pensées, aucun ne l'étant plus que Courtney et Reginald.

Courtney a présidé la deuxième cérémonie, la présentation du Livre des droits d'Elysia. Reginald est resté discrètement à l'arrière-plan. La cérémonie s'est déroulée dans une clairière dans les bois afin que les plantes et les arbres qui s'y trouvaient puissent y assister, ainsi que la plupart des créatures, des personnes et des enfants d'Elysia. Le livre nouvellement créé était posé sur une seule table au milieu de la clairière. Courtney et tous les auteurs du livre se tenaient derrière la table. La foule s'est calmée lorsque Courtney a levé la main.

"Bien que je ne sache pas de quel pays je viens, je crois que mon pays d'origine a une constitution, qui est la plus haute loi du pays", a commencé Courtney.

"Cette constitution prévoit des droits fondamentaux pour tous ses citoyens. Le Livre des droits d'Elysia fait exactement la même chose. Une fois qu'il sera adopté, même le roi et la reine devront faire ce qu'il dit. Les répondeurs d'Elysia ont passé presque toutes les heures de la journée, ces derniers mois, à préparer ce livre et à vous écouter, vous les citoyens d'Elysia, en faisant cela. Je pense que c'est un très bon livre, et je veux que vous vous joigniez à moi pour montrer notre reconnaissance aux répondeurs pour tout leur travail".

Lorsque les applaudissements ont cessé, Courtney a repris son discours. "Le Livre des droits nous a posé de nombreux défis, notamment la façon dont nous allions le modifier au fil du temps et comment il allait être accepté par tous ceux qui vivent en Elysia. Pour y faire face, nous utiliserons ce que nous utilisons dans mon monde, le vote. Ce n'est pas une tâche facile. Comment comptons-nous tous les insectes et les brins d'herbe dans un vote? Nous avons donc décidé de donner une voix à chaque catégorie d'êtres vivants comme suit: les arbres et toutes les autres plantes, les insectes, les gens, les enfants de l'autre monde, les créatures spéciales et les autres animaux, y compris les oiseaux, les mammifères de la forêt, les mammifères domestiques et les animaux de zoo. Ces groupes devront décider entre eux de la manière dont ils voteront. Quatre des six groupes devront voter oui pour que le livre soit officiellement adopté. De plus, chaque année, les personnes qui auront répondu compileront les modifications apportées au livre par les groupes. Une fois encore, quatre des six groupes devront voter pour accepter les modifications afin de les intégrer au livre. "Une fois que le Livre des droits sera devenu la loi la plus élevée du pays, toutes les créatures et les plantes d'Elysia seront encouragées à résoudre leurs différends en utilisant le livre. Ce n'est que lorsqu'aucune résolution n'est possible entre deux parties opposées que l'affaire sera portée devant le roi et la reine pour une décision finale. Je sais que ce processus sera difficile pour beaucoup, mais en fin de compte, je pense que tout le monde aura une vie meilleure grâce à ce livre".

Courtney a reçu un applaudissement poli pour son discours. En vérité, le Royal Answerer en avait écrit la plus grande partie et l'avait aidée à développer la stratégie qu'ils ont utilisée pour vendre le livre à ses sujets. Même si elle était très intelligente, Courtney ne comprenait pas tous les tenants et aboutissants de l'élaboration et de la vente d'un livre aussi important. La réunion a été interrompue peu de temps après. Toutes les créatures d'Elysia ont dû lire le nouveau livre et décider si elles étaient favorables ou non à son adoption. Leur enthousiasme allait attendre qu'elles décident à quel point elles aimaient le livre.

Dans les semaines qui suivirent, de nombreuses disputes firent rage sur le contenu du livre. Courtney travailla presque sans relâche pour tenter de satisfaire les différents groupes qui devaient approuver le livre. Les réponses comprenaient des changements de dernière minute, mais le processus a rapidement atteint un point où il est devenu difficile de poursuivre la discussion. C'est alors que Courtney ordonna de procéder au vote. À sa grande surprise, cinq des six groupes approuvent le Livre des droits.

Les plantes ont voté non. Ils pensaient que le livre ne les protégeait pas suffisamment des dégâts causés par les insectes, mais ils ont accepté d'utiliser le processus d'amendement pour faire pression en faveur de changements à l'avenir. Fatiguée comme une enfant par le fait qu'Elysia pouvait être heureuse qu'elle ait approuvé le livre, Courtney célébra tranquillement son succès avec Reginald.

Chapitre 20

La fête et la danse

L'idée d'un festival a enthousiasmé tout le monde. Sans aucune direction de Courtney et Reginald, des équipes se sont formées sur les différentes routes et zones d'Elysia. Même la route noire a créé une équipe qui comprenait Tabby et Sexy Cat.

Le festival a commencé par une courte parade dans la même rue du parc utilisé par Bill Jumper et Ted Skipper. Le roi Réginald et la reine Courtney ont mené le défilé. La reine Courtney a pris la parole à la fin du défilé depuis un podium situé à côté de la fontaine.

"Nous sommes tous très excités par le festival d'une semaine qui commence aujourd'hui. Des tracts sont distribués dans toute l'Elysée, décrivant tous les événements de la semaine prochaine sur chacune des routes. J'ai cru comprendre qu'après avoir terminé ce discours, le T. rex a lancé un défi aux tricératops.

Nous leur avons dit de ne pas rendre le combat trop réaliste, ni aucun autre combat de dinosaures d'ailleurs. Nous ne voulons pas que quelqu'un soit blessé.

"Reginald et moi aimerions assister à chacun des événements, mais ils sont si nombreux que je doute que nous puissions le faire. Néanmoins, nous espérons pouvoir en assister à autant que nous le pouvons. Nous sommes tous les deux chanteurs, donc si vous voulez nous trouver, nous serons probablement sur la route bleu poudre plus que partout ailleurs.

"Reginald et moi espérons que cette célébration deviendra un événement annuel. Elysia est un endroit très spécial. Nous devrions célébrer qui nous sommes et ce que nous faisons ici pour tous les enfants qui, comme moi, viennent chercher de l'aide. Maintenant, je suis censé souffler dans cette énorme corne pour lancer les festivités. Ses fabricants m'assurent que je peux la souffler très bien. Alors voilà."

Après que Courtney ait soufflé l'énorme cor, qui a résonné dans toute l'Elysée, les festivités ont commencé partout. À la fin de la première journée, des feux d'artifice ont éclaté dans le ciel. Les jours suivants, chaque route a organisé ses propres célébrations spéciales. Sur la route rose, les filles s'habillaient avec leurs poupées dans leurs plus beaux atours. Puis elles ont organisé un concours avec Frilly Lady et Tea Lady comme juges pour déterminer les meilleures tenues. Big Baby a tapé sa cuillère sur sa chaise haute pour célébrer le gagnant. De plus, les chats et les chiens de la route rose ont organisé une exposition de chiens et de chats. Swim Master n'a pas réussi à sortir du premier tour, mais comme il est le seul chien d'Elysia à avoir reçu une médaille du roi et de la reine, il ne s'est pas senti trop mal. Sur la route rouge, tous les sports ont organisé des championnats spéciaux. Les équipes gagnantes ont reçu des trophées et un dîner a été organisé en leur honneur, même si de nombreux concurrents n'ont rien eu à manger. De plus, le colonel a organisé la plus grande bataille de l'histoire, avec plus de deux cents enfants des deux côtés. Il a invité Reginald à être le général de campagne d'une des équipes, mais en tant que roi, Reginald a poliment décliné l'invitation. Sur la route marron, les répondeurs ont organisé des lectures de poésie et de nouvelles. Alice, une fille timide et douce de neuf ans, a lu une de ses histoires sur Elysia qui a vraiment impressionné les répondeurs. Sur la route violette, Bill Jumper et Ted Skipper ont organisé une autre course, que Ted Skipper a remportée cette fois-ci. De plus, Herbert a défié toutes les créatures des manèges à thème à un concours de dames. En finale, il a réussi à battre Pégase dans une septième partie très disputée.

Sur les pistes de skateboard, de vélo et de roller, un concours de manœuvres des plus audacieux a eu lieu. High Five a gagné en effectuant un quadruple saut périlleux sur son vélo. Il a descendu une rampe très raide à des vitesses approchant les soixante miles à l'heure, puis lorsqu'il a atteint le bout, il a grimpé de près de trente pieds en faisant ses sauts périlleux dans les airs. Tout le monde s'est bien amusé. Certains enfants allaient de route en route pour participer à tous les événements qu'ils pouvaient trouver. Le zoo a organisé l'un des événements les plus intéressants, un cocktail officiel et un dîner. Reginald et Courtney ont décidé d'y assister en leur qualité officielle de roi et de reine. Tous les animaux ont revêtu leurs plus beaux habits. Les singes, les singes et les autruches portaient des smokings. Les lions, tigres, léopards, jaguars, lynx et guépards, qui avaient défié tous les animaux de l'Elysia à une course, portaient des shorts de velours, mais se déshabillèrent. Ils estimaient que leur fourrure était supérieure à n'importe quel vêtement.

Les éléphants, les hippopotames, les rhinocéros, les antilopes, les zèbres, les ours et les girafes portaient des shorts et des chemises formels. L'événement s'est déroulé dans l'auditorium des chats. Les singes ont servi tous les cocktails et les collations aux enfants et aux gens, et pour les animaux mangeurs de foin et d'avoine, des seaux spéciaux remplis de nourriture de la plus haute qualité se trouvaient près des entrées de l'auditorium. Les mangeurs de viande mangeaient du beefsteak et du tartare de thon dans les plateaux passés devant les singes, mais les plats ne provenaient pas d'animaux morts. À Elysia, les chefs cuisiniers utilisaient des légumes pour préparer tous les plats à base de viande. Pour célébrer la fête, certains des animaux avaient du vrai vin et de l'hydromel fait à partir de miel. Gertrude, la girafe qui avait trop d'hydromel, se mit à se balancer d'avant en arrière, tombant presque sur le côté. Helen, l'éléphant, devait rester près de Gertrude pour la pousser à la verticale lorsqu'elle se balançait trop.

Courtney et Reginald ont circulé parmi les animaux, les complimentant sur leur apparence et sur leur grande fête. Après que chaque être ait mangé à sa faim, les lumières se sont soudainement éteintes. Kang escorta rapidement Courtney et Reginald à une table devant une scène de fortune. Les rideaux se sont séparés, et Mildred l'hippopotame s'est dirigée vers le micro au bord de la scène. Elle portait une jupe en cuir serrée, un chemisier, de lourdes boucles d'oreilles et un collier de diamants brillants. Mildred avait poli ses énormes dents pour qu'elles brillent sous les projecteurs. Elle se dirigeait vers le micro de manière séduisante, en balançant ses hanches.

"Bienvenue, chers invités et compagnons de route du zoo", commença Mildred, "au premier cocktail et dîner officiel jamais organisé au zoo. Nous sommes très honorés que le roi Réginald et la reine Courtney soient présents ce soir. Alors que la plupart d'entre vous sont habitués à me voir danser, ce soir je vais chanter pour vous. Mon premier numéro est "Diamonds Are a Girl's Best Friend".

À la surprise de tous, Mildred s›est lancée dans la chanson avec une merveilleuse voix profonde et sexy. Pendant qu›elle chantait, elle se balançait sur ses hanches et se déplaçait d›une partie de la scène à l›autre. Bien que personne ne sache comment elle a fait, Mildred s›est même levée sur ses pattes arrière pour montrer les diamants qu›elle avait sur ses pattes avant en chantant le refrain «Diamonds Are a Girl›s Best Friend». Lorsqu›elle s›est rabattue sur ses quatre jambes, toute la scène a tremblé. Malgré sa taille, Mildred s'est présentée comme une femme sexy et séduisante.

Reginald s'est tourné vers Courtney et a murmuré: "Wow, Mildred est vraiment une bonne chanteuse et une grande interprète".

"Oui, vous devriez la voir danser sur "Shake That Behind". Ça, c'est vraiment quelque chose. Pénélope et moi sommes venues ici avant de vous rencontrer sur la route bleu poudre, mais je vais devenir triste si je commence à penser à Pénélope. Bref, j'ai une question pour toi. Aimes-tu quand les filles tremblent et bougent de cette façon?"

"J'aime quand tu bouges comme ça."

"Huh. Je vais devoir regarder comment je marche autour de toi.

Je ne veux pas que tu penses que j'essaie de t'attirer."

"Pour m'attirer Courtney, tout ce que tu as à faire c'est d'être près de moi." "C'est une belle chose à dire. Peut-être qu'un jour, je marcherai que mais je ne veux pas que vous vous fassiez des idées". "Quelles sont ces idées?"

"Les choses que font les garçons et les filles plus âgés. De toute façon, on ne devrait pas parler.

Faisons attention à la performance."

Le dernier jour du festival, lorsque la danse officielle avait lieu, Courtney et Reginald marchaient main dans la main à la tête du défilé annuel du festival Elysia, qui clôturait les célébrations sur les routes. Tout le monde se sentait bien, car le festival avait jusqu'alors connu un énorme succès. Partout où le roi et la reine ont voyagé, ils ont reçu un accueil chaleureux et des remerciements pour avoir créé ce grand événement. High Five, Tea Lady, Frilly Lady, Wild Fluffy, Swim Master, Herbert, Dale, Nez rouge, le Colonel, Mane, Matilda, Bill Jumper, Ted Skipper, et les dinosaures alignés derrière Courtney et Reginald, Herbert et Bertha occupant chacun une rangée entière. Le chef de concert, le directeur de la chorale et le Folk Guy ont fait de la musique mais se sont suffisamment éloignés les uns des autres pour ne pas se déranger. Les danseurs de la route bleu poudre ont également montré leurs différents mouvements de danse. Des centaines de créatures, d'enfants et d'adultes Elysia ont suivi le roi et la reine et ceux qui se trouvaient devant, tandis que des centaines d'autres s'alignaient sur le parcours du défilé. Bien que Courtney et Reginald n'aient aucune idée de la façon dont ils allaient s'en sortir, le défilé parcourait chacune des routes d'Elysia, dont beaucoup n'avaient jamais été vues par Courtney et Reginald. La route orange se démarquait parmi ces endroits.

"Courtney, cette route n'est-elle pas celle où vivent la plupart des insectes?"

Reginald dit, en serrant la main de Courtney: "Je pense que oui. Royal Answerer, c'est bien ça?" dit Courtney en se tournant vers lui. Le répondeur royal, comme le veut la tradition, marcha dans la file derrière le roi et la reine.

"Oui, ma reine. Les insectes vivent partout en Elysée, mais la plupart d'entre eux vivent le long de cette route."

"Quelles festivités ont-ils eu ici?" demanda Courtney.

"J'ai entendu dire qu'ils avaient un concours de saut à la puce, un chœur de moustiques, une marche des fourmis, un spectacle de beauté des papillons, et une course de frelons, ma reine."

"Wow, ça a l'air amusant. Je suis désolée d'avoir raté les concours. Si je suis ici l'année prochaine, je m'assurerai d'y assister."

A ce moment précis, un fort bourdonnement se fit entendre. Une centaine d'abeilles se sont envolées vers Reginald et Courtney et se sont arrêtées, planant en deux longues files. Reginald et Courtney ont immédiatement donné le signal de l'arrêt du défilé. Bien que ces abeilles semblaient être deux fois plus grosses que les bourdons dans le monde réel, Reginald et Courtney durent plisser les yeux pour voir l'abeille de tête sur la ligne droite qui avait un gilet rouge vif et un petit bâton doré. Les autres abeilles de la ligne avaient le même gilet mais ne portaient pas de bâton. Courtney a dû se rapprocher pour l'entendre, bien qu'il ait parlé de sa voix la plus forte.

"Faites place à la Reine des Abeilles, Buzz le Vingtième!" Les abeilles des deux lignes bourdonnaient aussi fort qu'elles le pouvaient. Une abeille deux fois plus grande que les autres abeilles a rapidement volé dans l'espace entre les deux lignes. Elle avait une robe en soie bleu-vert frangée de cheveux jaunes. Une petite couronne était nichée sur le dessus de sa tête.

Courtney parla au moment où Buzz s'arrêta devant elle. "Bienvenue au défilé annuel d'Elysia, Votre Altesse. Vous êtes la bienvenue à l'avant de notre défilé, comme il se doit en tant que reine."

"Salutations à vous, Reine et Roi d'Elysia. Je vous apporte également les salutations de la reine des fourmis, le 23 mars. Elle est occupée à produire d'autres bébés fourmis et n'a pas pu se joindre à moi pour vous souhaiter la bienvenue. Je dois moi aussi retourner à mes tâches d'accouchement, je ne peux donc malheureusement pas me joindre à votre défilé.

Néanmoins, nous avons travaillé avec les organisateurs de la parade. Ce soir, lors du bal annuel d'Elysia, tous les papillons d'Elysia danseront dans les airs pour les participants au bal", a déclaré Buzz en entendant le bourdonnement de ses ailes. "Les papillons seront un spectacle merveilleux. Merci, Reine Buzz." Courtney a fait la révérence à Buzz.

Quand Reginald a vu Courtney faire sa révérence, il s'est vite incliné. À son tour, Buzz lui a fait la révérence.

Avant que Buzz ne puisse partir, Reginald s'est adressé à elle. "Comme vous le savez peut-être, Votre Altesse, je suis responsable de la défense d'Elysia.

Vous pourriez nous aider grandement en envoyant certains de vos guerriers apicoles sur des vols occasionnels de la porte à Maelstrom et pour y signaler toute activité inhabituelle ou dangereuse."

"Je serais heureux de le faire. Nous sommes à côté de la route noire. Un de mes escadrons peut facilement y patrouiller quotidiennement. Maelstrom est une menace aussi grande pour nous que pour vous. À Maelstrom, les enfants écrasent régulièrement les insectes et les aspergent de produits chimiques dangereux. Je ne veux pas qu'il y ait d'insectes ici ou que mes ruches soient menacées", a répondu Buzz avec un bourdonnement de colère.

"Merci, Votre Altesse. Nous avons besoin de votre aide et nous vous en sommes reconnaissants".

"Avant de partir, je vais vous présenter Angry Stinger, le chef de mon escadron de plongée. Comme je bourdonne ici, je pense que je vais lui confier la tâche de patrouilleur de frontière. Angry Stinger est mon meilleur commandant, et l'escadron de plongée est mon meilleur escadron."

La reine Buzz déclencha un bourdonnement alternatif que les abeilles qui l'entouraient adoptèrent comme leur propre bourdonnement. En quelques minutes seulement, une autre file de grosses abeilles s'est mise à voler entre les abeilles alignées, comme l'avait fait la reine. Un Stinger en colère s'est envolé à la tête de cette ligne d'abeilles constituant l'Escadron de plongée. Tous les membres de l'escadron de plongée portaient un treillis et un casque. Angry Stinger avait six étoiles sur son revers et un très grand dard, qu'il avait brillamment poli.

"Ma reine, tu m'as invoquée", dit Angry Stinger à son arrivée.

"Oui, Angry Stinger, je veux que vous et l'escadron de plongée patrouilliez la frontière de Maelstrom à la recherche des équipes de quête de Maelstrom. Nous ne pouvons pas permettre à Maelstrom de reprendre le cristal des ténèbres et de voler le cristal de lumière. Reginald, le roi d'Elysia, vous fournira les horaires des patrouilles", a déclaré la reine d'une voix très forte et autoritaire.

"Ton souhait est mon ordre, ma reine. Je rencontrerai Reginald demain après le festival pour revoir les horaires des patrouilles."

"Je serai heureuse de te rencontrer, Angry Stinger. Ce sera un privilège de travailler avec un si bon commandant," dit Reginald, en s'inclinant légèrement.

"Et moi avec toi, mon roi. Tes exploits et ton courage sont connus de tous en Elysée."

Avec cette déclaration, Angry Stinger s'inclinait légèrement, bourdonnait bruyamment et revenait rapidement d'où il était venu, l'escadron de plongée le suivant de près.

Peu après le départ d'Angry Stinger, la Reine Buzz a pris la parole. "Eh bien, je dois y aller aussi. On a besoin de moi à la ruche. Je vous félicite pour vos succès passés et vous souhaite une bonne fin de fête. Mes chers enfants, laissez-nous partir".

Buzz s'envola à nouveau dans l'espace entre ses compagnons d'abeille. Lorsqu'elle a terminé son voyage, les abeilles de la file ont pris position à côté et derrière elle. Elles sont ensuite toutes parties, leur bourdonnement s'estompant lentement au fur et à mesure qu'elles disparaissaient dans le lointain.

Le Royal Answerer s'adressa d'urgence à Courtney et à Reginald. "Vous avez bien géré cette situation. Le bourdonnement est très important. Elle produit un miel spécial, qu'elle cache dans un endroit connu d'elle seule. Si le cristal de lumière est recouvert de ce miel et qu'un vêtement d'un vieux roi et/ou d'une vieille reine est placé dans le miel, le cristal peut ramener ce roi et/ou cette reine, à condition qu'ils aient quitté Elysia naturellement et au moment prévu, dans leur quatorzième année. Lorsque le roi et la reine auront quinze ans, le vieux roi et la vieille reine disparaîtront à nouveau d'Elysia. Ce pouvoir spécial n'a jamais été utilisé, mais il a été prédit qu'un jour, un vieux roi et une vieille reine reviendront et sauveront Elysia".

Le répondeur royal poursuit. "Si le cristal des ténèbres est recouvert par le mucus des grenouilles venimeuses qui vivent dans le redoutable marais de Maelstrom, un roi et une reine des ténèbres peuvent également être ramenés à leur quatorzième année, à condition bien sûr qu'ils aient quitté leur monde naturellement et au moment prévu. Je suis censé dire ce secret à chaque nouveau roi et à chaque nouvelle reine, mais j'ai oublié de vous le dire jusqu'à ce que Buzz me le rappelle".

"Wow, c'est une grande nouvelle, mais pourquoi un roi et une reine ramèneraient un vieux roi et une vieille reine comme rivaux? Je ne sais pas si je voudrais faire ça", s'étonne Reginald.

"Je ne sais pas vraiment", répondit le répondeur royal. "C'est peut-être pour cela qu'il n'a jamais été utilisé. Pourtant, le temps peut venir où un roi et une reine en exercice ont besoin de l'aide d'un roi et d'une reine du passé."

Courtney et Reginald se sont regardés dans les yeux. Quels que soient les défis qu'ils auront à relever, ils aimeraient tous deux passer une autre année à Elysia.

Le festival s'est lentement achevé. Courtney et Reginald se livrèrent à tant d'activités qu'ils arrivèrent à peine à temps au château pour se préparer à la danse officielle. Alors que les ouvriers, les enfants et les créatures préparaient la grande salle, Reginald se dirigeait vers sa chambre pour s'habiller tandis que Courtney faisait de même à l'autre bout du château.

Le temps de la danse formelle est enfin arrivé. Les trompettes retentissent dans la grande salle pour le début de la danse formelle, l'entrée de la reine Courtney. Rivington fait l'annonce alors que les grandes portes de la salle du trône s'ouvrent largement.

"Créatures, peuple d'Elysia, et enfants du monde réel en visite, puis-je vous présenter Courtney, Reine d'Elysia."

Les êtres dans la vaste salle du trône bondée se mirent à haleter. Courtney était absolument magnifique, la plus belle reine de l'histoire de l'Elysia.

Frilly Lady avait passé près de deux heures à coiffer les magnifiques cheveux auburn de Courtney, qui lui descendaient dans le dos en vagues élégantes, et à lui appliquer son maquillage subtil. Ensuite, Frilly Lady a aidé Courtney à choisir une jolie robe formelle vert émeraude avec des chaussures assorties.

Pour compléter le tableau, les bijoux de la reine scintillèrent aux poignets de Courtney, à ses oreilles et sur son grand collier. Courtney descendit lentement et majestueusement l'allée de la grande salle vers son beau roi, ses beaux yeux bleus étincelants. Elle avait un immense sourire sur le visage. Des fleurs de lilas entouraient Courtney. De l'encens de santal tourbillonnait dans l'air au-dessus d'elle.

Reginald était magnifique dans son pantalon formel et sa veste bien ajustée couverte de médailles, alors qu'il attendait patiemment que Courtney l'atteigne. Ses yeux verts éblouissaient dans la lumière. Ses cheveux noirs brillaient.

Des créatures, des gens et des enfants habillés de façon formelle remplissaient la grande salle. Même Herbert se tenait dehors dans la cour avec Bertha.

Herbert portait une veste de soirée avec des queues, et Bertha portait une robe rose. Les tailleurs d'Elysia ont travaillé pendant deux semaines pour confectionner les énormes tenues. Les fenêtres étaient ouvertes pour que Bertha et Herbert puissent entendre la musique. Des papillons oranges et jaunes dansaient autour des têtes du couple massif.

Le maître de concert se tenait devant son orchestre. Lorsqu'il vit Courtney, il leva sa baguette et dirigea son orchestre en jouant une valse de Strauss. Après s'être incliné devant la foule assemblée en couple, Reginald a pris Courtney dans ses bras et l'a fait bouger sur la piste de danse avec aisance et grâce.

D'autres couples dans la salle se joignirent à eux, tout comme Bertha et Herbert dans la cour. Des centaines de bougies illuminaient la vaste salle, jetant leur douce lumière sur le roi et la reine tant aimés d'Elysia. De brillants papillons bleus et rouges dansaient et se tissaient dans l'air au-dessus des foules de personnes dans la grande salle, aidant à faire tourbillonner l'encens alors qu'ils se déplaçaient gracieusement en spirales et en cercles. Courtney a ressenti la magie de cette danse. Elle voulait rester dans les bras de Reginald pour toujours. Les danses se succédaient. Le monde tournait devant ses yeux tandis que Reginald la faisait tournoyer au son d'une belle musique. Elle ne reconnaissait presque personne d'autre. Seuls elle et Reginald existaient. Sans même s'en rendre compte, les deux se rapprochaient de plus en plus l'un de l'autre. Ils ne dansaient presque plus.

Reginald chuchota à l'oreille de Courtney: "Tu es si belle ce soir. Je veux juste te tenir dans mes bras et ne jamais te laisser partir. Je ne peux pas croire que tu vas bientôt me quitter."

"Je t'aime, Reginald. Tu es la réalisation de tous mes fantasmes. J'aimerais que cette nuit dure pour toujours. Même si je dois partir, je te retrouverai dans le monde réel. Tiens-moi bien", répondit Courtney, laissant ses lèvres effleurer l'oreille de Reginald pendant qu'elle y murmurait.

Sans répondre, Reginald embrassa Courtney passionnément sur ses lèvres. Au lieu de résister, Courtney l'embrassa passionnément en retour. Puis, toujours aussi lentement, Courtney se sentit s'évanouir. La musique et l'odeur des fleurs commencèrent à s'évanouir.

Elle sentit les lèvres de Reginald de moins en moins jusqu'à ce qu'elle ne puisse plus les sentir.

"Reginald, ne pars pas!" appela-t-elle. "Ne me quitte pas! Je vais mourir sans toi."

Mais au lieu de parler à Reginald, Courtney a parlé au mur à côté de son lit dans le monde réel. Courtney a éclaté en sanglots, le cœur brisé lorsqu'elle a réalisé que l'horloge indiquait 2 heures du matin. Elle a pleuré pendant des jours après. Elle pleura pendant des jours. Quand elle dormit, elle ne vit pas Elysia. Elle n'a vu que l'obscurité jusqu'à ce que le matin la salue.

Chapitre 21

La bataille finale

Fred, le roi des ténèbres, boitillait dans sa salle du trône. Son bras droit et sa jambe cassés venaient de guérir suffisamment pour qu'il puisse marcher sans béquilles. Lorsque Herbert le repoussa dans le Maelstrom, Fred aurait pu facilement mourir, mais la chance a voulu qu'il atterrisse dans une zone d'herbe douce sur son côté droit, ce qui a suffisamment cassé son atterrissage pour empêcher sa mort. Son douloureux rétablissement l'avait rendu plus déterminé à tuer Courtney et Reginald et à récupérer les Cristaux de lumière et d'obscurité qu'ils avaient emportés à Elysia. Bien qu'il soit resté alité pendant plusieurs mois, le Roi des Ténèbres avait envoyé une équipe de quête après l'autre pour récupérer les cristaux, mais jusqu'à présent, aucune n'avait réussi à atteindre le château d'Elysia. Ces échecs répétés lui rappelaient une phrase de sa mère, disparue depuis longtemps: "Si tu veux accomplir quelque chose, fais-le toi-même". Fred avait maintenant l'intention de le faire avant que l'âge adulte ne l'arrache à l'Elysée et à Maelstrom.

Pour atteindre ses objectifs, le Roi des Ténèbres a soigneusement sélectionné les six meilleurs enfants guerriers, une tâche difficile maintenant que l'absence du Cristal des Ténèbres avait considérablement réduit le nombre de ses sujets et leur dévouement au mal. Les six qu'il a sélectionnés ont survécu à une série de combats armés brutaux à la poursuite du trophée du meilleur guerrier de Maelstrom. Il les a nommés les Torture Rangers. Contrairement à ses derniers guerriers, les Torture Rangers resteront avec lui jusqu'à la fin. Ceux qui avaient fui Herbert en Elysia, le roi des ténèbres les jeta dans les fosses de torture, où ils moururent lentement et douloureusement comme des lâches devraient le faire.

Sous la pression de Fred, le sorcier royal trouva des sorts qui permirent d'ouvrir une seconde porte sur Elysia. La porte, très petite et bien cachée, servait de point d'entrée à la plupart des équipes de quête du Roi des Ténèbres, évitant le fort d'Elysia à la porte normale. De plus, en préparation de sa quête, Fred mit en place des équipes d'éclaireurs qui surveillaient attentivement les mouvements des troupes d'Elysia et des singes géants Bertha et Herbert. Fred n'avait pas l'intention de rencontrer l'un ou l'autre d'entre eux. Lorsque lui et ses six guerriers entrèrent dans Elysia, il savait comment éviter d'être détecté sur la majeure partie du chemin menant au château d'Elysia. Jetant un dernier coup d'œil aux plans de son équipe de quête, Fred approuva de la tête. Il s'est également rendu à sa fenêtre pour observer les Torture Rangers s'entraîner dans la cour. Avec ces guerriers, il allait enfin récupérer les cristaux. Selon ses espions, aujourd'hui serait le jour parfait pour envahir l'Elysée.

Herbert et Bertha passeraient leur temps à faire un pique-nique romantique dans les bois, et non à patrouiller à la frontière entre l'Elysée et Maelstrom.

"Bruit sourd, prenez mon attelage et prévenez les Torture Rangers que nous sont prêts à rouler jusqu'à la frontière de l'Elysée. Nous avons des cristaux à récupérer et un roi à tuer! Mais d'abord, emmenez-moi au magicien royal. Il est censé avoir quelque chose pour moi!" Le Roi des Ténèbres cria aussi fort qu'il le put.

"J'arrive, Votre Altesse", répondit rapidement Thud, un lourd bossu.

Aidant à guider le roi dans les escaliers étroits de sa chambre à coucher vers le hall principal et ensuite vers la chambre du magicien royal au-dessus des cuisines, Thud attendait pendant que Fred parlait au magicien royal.

"Hé, Sorcier, où est ma potion d'invisibilité?"

Le Sorcier Royal, avec un rictus sur le visage, se tourna lentement vers son roi. Il répondit avec son sifflement habituel.

"Votre Altesse, j'en ai une petite bouteille, assez pour rendre un garçon invisible pendant une heure. Vous devez boire toute la bouteille pour qu'elle fonctionne."

"C'est tout ce que vous avez? Sortir les cristaux du château d'Elysia peut prendre plus de temps que cela et plusieurs d'entre nous devront devenir invisibles."

"Cette potion est faite à partir du nectar de la Vénus géante. J'ai passé plus de deux ans dans le dangereux marais de Maelstrom pour la recueillir. À deux reprises, le piège à mouches, qui peut être difficile à voir, a failli me dévorer. Une autre fois, l'Alligator Snap géant m'a poursuivi jusqu'à ce que je lui jette une potion de sommeil. J'ai pris de grands risques en préparant cette potion."

"Sorcier, c'est ton problème, pas le mien. Fais-moi encore de la potion pour dormir, ou je t'accrocherai à une de mes croix. Maintenant, donne-moi la bouteille avant que je ne perde mon sang-froid."

"Voilà, votre Altesse. Je vais essayer d'en faire plus."

"Veillez à ce que ce soit fait. Bruit sourd, sortons d'ici", dit le roi des ténèbres en mettant soigneusement la potion d'invisibilité dans la poche qu'il portait autour de son cou.

"Oui, votre Altesse."

Thud a dégagé un chemin pour le roi jusqu'à la cour, où une voiture l'attendait. Thud avait appris à la dure qu'on ne pouvait pas laisser le roi attendre.

Alors que Thud aidait le Roi des Ténèbres à monter dans son carrosse, Fred essayait d'ignorer les douleurs dans son bras et sa jambe. Au lieu de cela, il étudia les faibles couleurs pastel tout autour de lui. Il allait bientôt transformer son monde en un lieu de noir et blanc, comme Maelstrom l'avait toujours été.

Deux mois après le départ de Courtney d'Elysia, Reginald arriva à son nouveau fort, à la frontière entre l'Elysia et Maelstrom. Il laissa un mot au Répondeur royal pour que le nouveau roi et la nouvelle reine l'ouvrent lorsque lui et Courtney auraient quatorze ans, mais chaque jour il luttait contre la lourde tristesse qu'il ressentait au départ de Courtney. Si le nouveau roi et la nouvelle reine ne les rappelaient pas, il risquait de ne plus jamais la revoir.

Pour combattre ces sentiments de tristesse, Reginald se jeta à la défense d'Elysia. Lorsque son heure serait enfin venue, il laisserait Elysia saine et sauve. Marshall et Mark, ses gardes royaux, se tenaient aux côtés de Reginald, tandis qu'il parlait avec le capitaine du petit fort, Barry.

"Barry, avez-vous réussi à trouver une autre entrée pour Maelstrom? Nous continuons à trouver des équipes de quête de Maelstrom, qui ne sont évidemment pas passées par ici."

"Nous avons cherché, Votre Altesse, mais sans succès. Notre frontière avec Maelstrom fait plus de trente miles de long. L'entrée peut être n'importe où. Où qu'elle soit, elle est bien cachée. Le répondeur royal doit arriver demain pour nous aider à chercher.

Il vient de terminer ses recherches sur le type de sort que le magicien de Maelstrom a utilisé pour ouvrir l'entrée et sur la façon dont il peut le détecter.

Je vous promets que, comme la plupart de mes soldats, je parcourrai personnellement chaque centimètre de la frontière jusqu'à ce que nous trouvions cette entrée. Tout ce dont nous avons besoin, c'est d'une petite force dans le fort. J'ai demandé à Bertha et Herbert de marcher aussi sur la frontière, mais ils passent le jour suivant ensemble. Ils ne seront de retour sur la frontière que demain en fin de journée. Le Roi des Ténèbres doit avoir des espions et des éclaireurs qui observent ce que nous faisons. Nous avons interrogé des enfants que nous avons trouvés près de la frontière, mais jusqu'à présent, nous n'avons aucune piste".

"Oui, au château, nous pensons la même chose. Nous recherchons également tout enfant suspect", a déclaré le roi, en regardant attentivement Barry. Le roi a ensuite ajouté: "Je vais faire le tour du fort et parler aux soldats. Je veux les encourager et les remercier pour leur service. De plus, ils peuvent avoir des idées qui peuvent nous être utiles. Lorsque j'aurai terminé ma tournée, Marshall, Mark et moi passerons un peu de temps près de la frontière. Je ne peux pas supporter l'idée de rester assis ici dans un fort ou dans le château pendant que les équipes de quête de Maelstrom sont dehors à essayer de voler nos cristaux".

"Les soldats aimeraient beaucoup vous parler. Vous êtes leur roi guerrier très respecté et aimé. Mais vous devez être prudent près de la frontière maintenant. Sans Herbert ou Bertha ici pour effrayer les équipes de quête de Maelstrom, vous êtes en danger. Je devrais peut-être envoyer une équipe complète avec vous pour vous protéger."

"Non, vos hommes sont nécessaires ailleurs. Je ne suis pas inquiet. Marshall et Mark me protégeront. De toute façon, je pourrais remarquer quelque chose le long de la frontière qui nous sera utile."

Le roi Réginald se détourna du capitaine et marcha le long de l'extérieur du fort, parlant à tous les soldats qu'il pouvait trouver. Marshall et Mark restèrent près de lui, à l'affût de toute menace. Au bout d'une heure, le roi Réginald a terminé sa visite du petit fort et s'est approché du capitaine une fois de plus.

"Capitaine Barry, comme je l'ai dit plus tôt, je vais marcher le long de la frontière pendant un certain temps. Faites savoir à vos soldats où je serai. Je tiens à vous remercier pour votre hospitalité. Vous avez un bon groupe d'hommes, de femmes et d'enfants qui travaillent ici. Ils font honneur à Elysia. Continuez à leur rappeler combien leur travail est important pour l'avenir d'Elysia."

"Je le ferai, Votre Altesse. Mais avant de partir, emmènerez-vous avec vous Louise, la pigeonne voyageuse? Si vous rencontrez quelque chose là-bas, Louise peut nous transmettre un message, et nous pourrons rapidement vous venir en aide. C'est la meilleure pigeonne que nous ayons."

"Je suppose que tout ira bien. Où est-elle? J'aimerais y aller", dit Reginald en se retournant à l'entrée du fort.

"Me voici, puissant roi", dit Louise en s'envolant au bras du roi Reginald. "C'est un grand honneur de vous servir. Je suis le pigeon voyageur le plus rapide de la flotte de volières. Il vous suffit d'écrire votre message, de le mettre dans ma pochette attachée à ma jambe, et je l'emmènerai là où vous voulez. Durant toutes mes années de pigeon voyageur, j'ai toujours livré mes messages à temps et au bon endroit".
"Eh bien, Louise, si c'est vrai, nous sommes heureux que tu

viennes avec nous. Tes talents pourraient bien être nécessaires dans les heures à venir. Si tu as besoin d'un perchoir, je pense que Marshall peut te porter sur son épaule."

Louise gonfla sa poitrine et ébouriffa ses plumes. "Je vais passer un peu de temps sur son épaule, mais je vais aussi explorer la région de temps en temps pour m'assurer qu'aucune équipe de quête de Maelstrom n'est à proximité. Vous êtes bien mieux avec moi dans votre équipe."

"Je ne pourrais pas être plus d'accord, Louise. Maintenant, je pense que nous sommes prêts à partir. Capitaine, continuez à faire du bon travail. On se voit bientôt", dit Reginald en conduisant son équipe hors de la porte du fort.

Une heure plus tard, Marshall, Mark, Louise sur l'épaule de Mark et Reginald ont marché dans une zone herbeuse avec de grands arbustes à côté de la frontière entre les deux mondes. Puis, tout à coup et de manière inattendue, un groupe de sept grands garçons armés d'épées émergea de derrière un grand arbre à une centaine de mètres de là. Alors que Reginald ne pouvait pas voir très clairement le visage des garçons à cette distance, le Roi Noir lui-même semblait être le chef de l'équipe, car il boitait beaucoup. Selon leurs éclaireurs et leurs espions, le Roi des Ténèbres avait subi une fracture du bras droit et de la jambe quand Herbert l'a relancé dans Maelstrom. Seul le Roi des Ténèbres serait autorisé à diriger un groupe de quête en boitant. Reginald fit un mouvement des bras pour que ses compagnons s'agenouillent afin d'éviter d'être détectés. Ils ne s'en sortiraient pas bien dans une confrontation directe avec cette équipe de quête.

Lorsque l'équipe s'est éloignée de sa position, Reginald a parlé sérieusement à Louise.

"Louise, j'ai besoin que vous portiez ce message au Capitaine Barry. Il disait: "Veuillez vous rendre immédiatement dans une zone d'environ trois miles au nord du fort, le long de la frontière. Une grande équipe de quête avec le Roi des Ténèbres comme chef vient de sortir de derrière un grand arbre dans une zone herbeuse. Louise vous montrera notre emplacement actuel. Nous suivrons le groupe et laisserons une trace de papier de couleur violette pour vous montrer où nous sommes allés. Nous ne laisserons pas ce groupe nous voir". Après que Reginald ait joint le message à Louise, celle-ci s'est envolée en disant: "Maintenant, vous allez voir comme je peux bien voler. Je reviendrai avec une grande force de soldats avant que vous ne le sachiez".

Reginald a rapidement répondu: "Louise, il vaudrait peut-être mieux que tu attendes. L'équipe de quête pourrait te voir."

Malheureusement, Louise n'a pas entendu Reginald. Alors qu'elle volait haut dans les airs, une flèche s'est arquée vers elle, frappant son aile. Louise s'est effondrée sur la terre, battant des ailes du mieux qu'elle pouvait pour éviter un atterrissage brutal.

Reginald et ses gardes du corps se précipitèrent vers Louise. Elle sauta sur le sol, incapable de voler plus longtemps, mais semblait par ailleurs indemne. Louise se mit au garde-à-vous et s'adressa au roi.

"Je suis vraiment désolée. J'ai manqué à mes devoirs envers vous, Votre Altesse. Je ne pourrai pas prendre votre message avec mon aile de cette façon. Avant de voler à nouveau, mon aile aura besoin de temps pour guérir."

"Louise, vous avez fait preuve de courage en transmettant votre message alors que vous saviez que l'ennemi se trouvait à proximité. Tu ne recevras que des éloges de ma part. Pour votre sécurité, veuillez vous cacher dans ces buissons. Nous allons distraire l'équipe de Maelstrom pour qu'elle ne vous trouve pas. Nous enverrons de l'aide pour vous quand nous le pourrons."

"Je le ferai, Votre Altesse. Prenez soin de vous. J'ai observé l'équipe de Maelstrom. Ils ont l'air d'un groupe de méchants, et je pense que le Roi des Ténèbres est leur chef."

"Nous le ferons, Louise. Au revoir et soyez prudente."

Après que Louise se soit glissée dans des buissons denses, Reginald a rapproché son équipe du Roi des Ténèbres et de ses soldats pour entendre tout ce qu'ils pourraient dire. Ils marchaient aussi calmement que possible. Reginald avait besoin de savoir ce que le Roi des Ténèbres avait l'intention de faire ensuite. Presque dès qu'ils se sont approchés, Reginald et son équipe ont entendu la voix forte du Roi des Ténèbres.

"Bon tir, Richter. Cet oiseau n'ira nulle part de sitôt. Mais si l'oiseau tombé est un pigeon voyageur, il y aura probablement des soldats à proximité. Nous devons les éliminer avant d'aller chercher les cristaux dans le château Elysia. Sinon, ils peuvent avertir les autres soldats que nous sommes ici. S'il y a trop de soldats Elysia, nous devons retourner à Maelstrom avant d'être pris. Mais d'après ce que j'ai vu jusqu'à présent, il ne semble pas y en avoir beaucoup. Massa, je veux que vous fassiez un repérage dans la zone où l'oiseau vient de sortir. Les soldats se cachent peut-être dans ces buissons."

"Votre Altesse, je suis d'accord avec vous. Je connais très bien les oiseaux. L'oiseau qui émerge de ce buisson au loin vole comme un pigeon voyageur."

"Alors vous feriez mieux de vous mettre en route. Notre équipe pourrait être en danger."

"Oui, Votre Altesse, je suis en route."

Reginald, bougeant frénétiquement les bras, mena son équipe directement vers la frontière entre les deux mondes dans la direction où le Roi des Ténèbres venait d'arriver. Heureusement, personne dans l'équipe de quête du Roi des Ténèbres ne les a entendus. Reginald n'avait pas l'intention de retourner à son ancien emplacement. Sans aucun doute, Massa, en tant qu'éclaireur, pouvait lire les traces. Avec un peu de chance, leur parcours erratique l'embrouillerait, mais Reginald ne pouvait pas compter là-dessus.

"Les buissons là-bas à droite sont épais," dit Reginald. "Allons-y aussi discrètement que possible. L'éclaireur ne devrait pas pouvoir nous trouver."

Essayant de se tenir à l'écart du Roi des Ténèbres et de ses guerriers, le roi et ses deux hommes se sont rapidement enterrés dans les buissons. Les buissons se plaignaient amèrement, bruissant leurs feuilles. "Aïe! Vous pliez nos branches et faites tomber certaines de nos feuilles. Pourquoi avez-vous besoin de vous cacher au milieu de nous?"

"Silence. Je suis le roi Réginald. Le Roi des Ténèbres et plusieurs de ses méchants enfants soldats sont juste derrière ces arbres. Si nous pouvons nous cacher de ces soldats, nous pouvons avertir les soldats du château et du fort que l'équipe de Maelstrom est ici. Le Roi des Ténèbres veut reprendre le Cristal des Ténèbres et voler notre Cristal de Lumière. S'ils réussissent, la zone dans laquelle vous vous trouvez fera partie de Maelstrom. Vous mourrez instantanément en tant qu'être vivant créé ici. Voulez-vous que cela se produise?"

"Oh et bien, si vous le dites ainsi, je suppose que nous pouvons prendre un peu de votre mouvement en nous. Mais faites attention, s'il vous plaît. Chaque fois qu'une feuille saine tombe, nous perdons une partie de nous." Les buissons gémissaient.

Quelques instants seulement après que les buissons se soient calmés, Massa a suivi la piste de l'équipe de Reginald jusqu'à l'endroit qu'ils avaient occupé avant d'entrer dans les buissons. Agenouillé, il a étudié les empreintes dans l'herbe puis a regardé à droite leur nouvelle cachette. Au lieu de s'approcher de Reginald et de ses gardes, Massa a commencé à sauter de haut en bas.

"Je les ai trouvés!" cria-t-il. "Je crois qu'ils ne sont que trois. Nous devrions être capables de les vaincre facilement. Venez vite avant qu'ils ne s'enfuient."

Reginald n'a pas hésité. Bougeant avec son bras droit, il a fait sortir Marshall et Mark des buissons en direction de Massa. Massa a essayé de fuir vers son camp, mais Marshall a instinctivement interrompu sa retraite. N'ayant nulle part où aller, Massa lança un cri de guerre et courut vers Reginald avec son épée tenue en l'air. Il reconnut le roi Reginald, car le Roi des Ténèbres avait montré aux Torture Rangers une photo du roi Elysia.

"Mort au roi Elysia." Il grogna.

Reginald se déplaça sur le côté pour éviter un coup de Massa vicieux qui sifflait en l'air. Alors que l'épée de Massa manquait sa cible, Mark le poignarda dans la jambe droite avec son épée. Massa est tombé à terre, en jurant. "Je te tuerai même si je n'ai qu'une jambe pour le faire." Mais avec sa blessure, il n'allait nulle part pour l'instant. Sa jambe a beaucoup saigné.

Ignorant Massa, Reginald parla à ses compagnons de guerre avec urgence. "Vite, retournez vers le fort. Si nous avons de la chance, nous pouvons y retourner avant que le Roi des Ténèbres et ses soldats nous rattrapent."

Le Roi des Ténèbres et cinq de ses guerriers se dirigèrent aussi vite qu'ils le purent vers Massa en pleurant et en criant. Le Roi des Ténèbres a parlé à ses Torture Rangers en chemin. "Alejandro, tu es le garçon coureur le plus rapide de Maelstrom. Je veux que tu contournes les trois soldats et que tu les ralentisses pour que nous puissions les rattraper. Stanislaw, Fabian, Riley et Richter, je veux que vous continuiez à courir derrière Alejandro. Je vous rattraperai aussi vite que possible. Nous allons laisser Massa où il est. Il ne fera que nous ralentir. Nous devons arrêter ces soldats avant qu'ils ne disent à toute l'Elysée que nous sommes ici."

Alejandro a laissé le Roi des Ténèbres derrière lui. Quand il a atteint Massa, il a parlé rapidement. "Par où sont-ils partis? Le roi m'a ordonné de les arrêter assez longtemps pour que les autres les rattrapent." En pointant son bras, Massa a parlé à travers sa douleur. "Ils se sont enfuis par là. Ils sont trois, dont le roi Réginald. Ils n'ont que quelques minutes d'avance sur vous.

Vous devriez les rattraper rapidement. J'aimerais pouvoir y aller, mais je ne marcherai pas sur cette jambe pendant un certain temps."

Alejandro a décollé quelques secondes après que Massa ait arrêté de parler. Fabian, Richter, Stainslaw et Riley ont ensuite rejoint Massa. Après avoir rassemblé les indications de Massa, ils ont rapidement décollé après Alejandro. En partant, Fabian a dit, en levant le bras en l'air: "Ce sera un grand jour pour les Torture Rangers. Nous allons récupérer les cristaux et tuer le roi Elysia. Aux Torture Rangers!"

Stainslaw, Richter et Riley ont répondu en décollant avec Fabian, en lançant également leurs bras en l'air. "Torture Rangers, les meilleurs et les plus méchants enfants guerriers des deux royaumes." Mark, Reginald et Marshall coururent aussi vite qu'ils le purent, mais ils entendirent bientôt des bruits de pas.

Le Roi des Ténèbres et ses soldats les ont poursuivis. Les pas ont soudainement dévié vers la gauche, mais d'autres sont arrivés derrière eux. Reginald savait que les forces de Maelstrom avaient l'intention de le piéger entre deux groupes. Il a pointé légèrement vers la droite et s'est dirigé dans cette direction. Les pas venant de derrière les ont suivis. Après presque dix minutes, Reginald a vu un jeune de Maelstrom se rapprocher sur sa gauche. Bougeant avec son bras gauche, Reginald s'est soudainement dirigé vers le guerrier à pieds de flotte, tirant son épée au passage. Marshall et Mark dégainèrent également leur épée.

Utilisant sa grande vitesse, Alejandro s'est envolé vers sa gauche quand il a vu les trois guerriers se diriger vers lui. Il les distança facilement pendant un moment, puis la frontière apparut soudainement devant lui. Sentant les guerriers Elysia s'approcher de lui par derrière et par la gauche, il se dirigea vers sa droite pour longer la frontière. Alejandro n'avait parcouru qu'une courte distance lorsqu'il s'arrêta soudainement et se retourna pour faire face aux guerriers Elysia.

Reginald a vu le soldat de Maelstrom qui les attendait et a crié à ses compagnons: "Il essaie de nous retarder pour que les autres puissent nous rattraper. Chargez!"

Alejandro, qui a fait preuve d'une grande agilité ainsi que de rapidité, s'est esquivé lorsque Reginald, Mark et Marshall l'ont rattrapé. Il a fait des sauts périlleux près du sol, coupant Marshall sur son côté gauche avec son épée alors qu'il roulait à travers eux. Ce faisant, Mark s'est tenu à terre et a coupé le haut de la jambe d'Alejandro. Alejandro s'est agrippé à sa jambe en criant "Aïe". Il a réussi à se lever, mais il ne pouvait plus courir. Reginald et ses gardes du corps se sont tournés vers lui, Marshall saignant d'une coupure au côté. Instablement, Alejandro brandit son épée contre le roi Reginald. Il a entaillé l'épaule du roi, mais a ensuite senti une épée lui poignarder la jambe droite. Il est tombé à terre en gémissant et en essayant d'arrêter le sang qui coulait de sa jambe. Alejandro ne pouvait plus se battre.

Marshall, Mark et Reginald reprirent leur voyage vers le fort, laissant Alejandro gémir sur le sol.

Mais Marshall, dont la douleur se voyait clairement sur son visage, ne pouvait que marcher rapidement. Mark et Reginald ont dû ralentir pour permettre à Marshall de les rattraper. Au bout de cinq minutes, ils ont entendu des pas derrière eux. Les guerriers du Roi des Ténèbres les ont dépassés. Même si Reginald et ses gardes du corps ont essayé d'augmenter leur rythme, Riley et Richter les ont dépassés dans un élan de vitesse. Stanislaw et Fabian se sont rapidement rapprochés par l'arrière. Les Elyséens se sont retrouvés encerclés.

Stanislaw parle avec un ricanement. "Si ce n'est pas le roi Réginald et deux de ses guerriers, l'un d'eux est déjà blessé. Ce devrait être un combat facile. Soyez prêts à mourir. "

"Attendez. Le Roi des Ténèbres n'est pas encore là", a déclaré Fabian. "Nous ne voulons pas gâcher son plaisir. Jouons avec notre prise jusqu'à ce qu'il arrive." "Une idée géniale. On peut s'entraîner au maniement de l'épée." Riley ajouté.

Pendant les premières minutes, Marshall, Mark et Reginald ont réussi à empêcher les Torture Rangers de les blesser trop gravement. Marshall et Mark, les meilleurs sabreurs d'Elysia, ont fait preuve d'une grande habileté. Richter et Riley l'ont découvert lorsque Marshall, malgré sa blessure, leur a infligé des coupures douloureuses aux bras avec leurs épées clignotantes et clignotantes. Reginald s'est également bien battu, coupant Fabian à la jambe. Mark a à son tour coupé Stanislaw au bras. Mais les Torture Rangers les ont quand même piégés. Réalisant cela, Reginald a essayé de se précipiter sur Fabian, qu'il croyait être le plus faible des Torture Rangers, en criant "Pour Elysia". Mais Riley lui a coupé le haut de la jambe, forçant Reginald à revenir au centre du cercle. Pendant ce temps, à courte distance, Angry Stinger et son escadron fouillent soigneusement la zone proche de la frontière à la recherche de l'ennemi.

Lorsqu'il a vu le combat à l'épée, Angry Stinger s'est retourné pour faire face à ses guerriers.

"Le roi Réginald est en difficulté! Formez vos quatre groupes d'attaque. En partant de ma gauche, groupe d'attaque Alpha, vous prenez le premier garçon; Beta, le suivant; Delta, le suivant; et Omega, le dernier garçon. Faites en sorte que chaque piqûre compte. Allez dans les zones les plus délicates des garçons. Maintenant, plongez, mes braves, plongez!"

L'un d'eux, ses abeilles ont répondu en mettant leur jambe avant droite devant leur visage. "Pour ceux qui vont mourir, nous vous saluons, commandant."

Avec des bourdonnements de colère qui se sont lentement transformés en un seul rugissement, les quatre groupes d'attaque de dix abeilles ont plongé sur les quatre garçons de Maelstrom. Reginald et ses gardes du corps ont été confrontés à de sérieux problèmes, et ils le savaient. Après la tentative de libération de Reginald, le courant de la bataille a commencé à tourner. Mark et Marshall, au lieu d'attaquer les Torture Rangers, essayèrent de protéger leur roi blessé. Les Torture Rangers ont profité de ce changement. Fabian, après s'être concentré sur Reginald, a soudainement frappé le poignet droit de Mark avec son épée, le coupant gravement. Mark a laissé tomber son épée mais a réussi à s'agenouiller et à la saisir de la main gauche et a rencontré une poussée vers le bas de Stanislaw, s'accrochant à son épée avec toute cette force alors que les deux épées s'entrechoquaient. Reginald, distrait par le mouvement de Fabian, a également vu son épée lui échapper des mains sous une puissante poussée de Richter. Il s'est lui aussi laissé tomber à terre et a ramassé son épée alors que Richter se profilait au-dessus de lui. Marshall s'est déplacé pour protéger son roi, mais Riley l'a profondément entaillé à l'épaule gauche.

Fabian a lancé son épée sur le cou de Mark, mais à mi-chemin de son élan, une abeille l'a piqué juste en dessous de l'œil et a laissé son dard derrière elle. Fabian a tiré son épée vers l'arrière et a commencé à la balancer en l'air alors qu'une abeille après l'autre le piquait. Il n'arrêtait pas de crier: "Maudites abeilles!"

Stanislaw, Riley et Richter ont également fait pivoter leur épée en l'air lorsque des abeilles les ont attaqués. Richter gémissait et menaçait. "Je vous couperai avec mon épée, créatures infernales."

Fabian s'est soudainement effondré sur le sol. Allergique aux abeilles, son visage s'est gonflé au point qu'il ne pouvait plus voir. Il a tremblé sur le sol dans une douleur énorme. Réalisant qu'ils ne pouvaient pas lutter contre les abeilles et les Elysians, Stanislaw, Riley et Richter rompirent leur cercle autour de Reginald, Mark et Marshall et se mirent à courir vers l'entrée cachée de Maelstrom.

Reginald et ses gardes du corps, malgré leurs blessures, les ont poursuivis sur plusieurs mètres avant que les Torture Rangers ne s'arrêtent. Le Roi des Ténèbres se tenait devant ses soldats, la colère sur son visage se voyant clairement.

"Vous êtes des lâches dégoûtants." La voix puissante du Roi des Ténèbres a traversé ses troupes. "Ne voyez-vous pas que le roi et ses gardes du corps sont blessés? Ignorez les abeilles. Tant que vous pouvez encore tenir debout, vous pouvez vous battre. Suivez-moi."

Stanislaw, Richter et Riley se stabilisèrent, se retournèrent et, avec le Roi des Ténèbres, commencèrent à avancer sur Reginald et ses gardes du corps. Stanislaw, Richter et Riley, très étourdis par le poison des abeilles, ressemblaient à des porcs-épics avec tant de dards qui leur sortaient du visage. Richter et Riley pouvaient à peine voir, et le côté gauche gonflé du visage de Stanislaw ressemblait à une balle de tennis dans sa bouche. Mais les trois guerriers levèrent leurs épées pour l'attaque. Pour la première fois, Mark, Marshall et Reginald remarquèrent qu'après que chaque abeille ait piqué un garçon de Maelstrom, elle tombait sur la terre en se tortillant.

L'abeille est ensuite morte quelques minutes plus tard. L'attaque des abeilles allait bientôt prendre fin.

Alors qu'ils avançaient, Stanislaw cria: "Maintenant que toutes vos abeilles sont mortes, je peux me débarrasser de vous. Vous allez payer pour ce que vous avez fait à mon visage et à ceux de mes compagnons d'armes!"

"C'est la bonne attitude", dit le roi des ténèbres avec satisfaction. "Nous sommes toujours plus nombreux qu'eux, et je viens de rejoindre la bataille. Vous trois, occupez les gardes du corps. Je vais m'occuper du Roi Réginald."

Stanislaw, Richter, Riley, Mark et Marshall se sont précipités pour se rencontrer dans la bataille, mais les guerriers blessés et étourdis ne se sont pas fait beaucoup de mal. Ils pouvaient à peine lever leurs épées. Les Torture Rangers avaient un guerrier de plus, mais ils avaient du mal à garder l'équilibre. Le poison des abeilles les avait vraiment affectés. Bien que moins étourdis que les Torture Rangers, Mark et Marshall avaient de nombreuses coupures et se sentaient faibles. Les deux groupes se criaient dessus et se maudissaient, mais ne pouvaient pas faire autrement. Reginald, cependant, était confronté à un Roi des Ténèbres, qui a rapidement signalé la situation de Reginald.

"Donc, c'est maintenant entre vous et moi. Malheureusement pour vous, vous n'avez pas l'air très bien. Vous perdez trop de sang à cause de vos blessures. Je ne pense pas que vos gardes du corps puissent vous aider. Ils semblent être très occupés en ce moment. Tout ce que j'ai à faire, c'est m'asseoir ici et attendre que vous tombiez. Ensuite, je pourrai vous couper en morceaux avec mon épée, comme j'aurais dû le faire la première fois que nous nous sommes rencontrés."

"Roi des ténèbres, tu ne me battras jamais, jamais", répondit courageusement Reginald.

Pourtant, malgré ses paroles, Reginald restait là, ne sachant que faire. Le Roi des Ténèbres a dit la vérité. Il se sentait déjà étourdi et faible. Reginald devrait attaquer maintenant, tant qu'il le peut encore, mais dans son état, il ferait un piètre adversaire pour le Roi des Ténèbres. Il avait déjà combattu le Roi des Ténèbres et avait presque perdu contre lui avant l'arrivée d'Herbert. Mais il n'avait pas le choix. Reginald leva son épée pour son dernier combat, mais comme il le faisait, il entendit un fort bourdonnement.

Angry Stinger regarda toutes les abeilles de l'escadron de plongée mourir en héros, mais la bataille continua. Le Roi des Ténèbres arriva. Le Roi Réginald était toujours confronté à de sérieux problèmes. Il doit agir. Angry Stinger pointa son corps vers le bas et vola de toutes ses forces vers le Roi des ténèbres, créant un bourdonnement très fort comme un avion en plongée.

Angry Stinger a vu le Roi des Ténèbres devenir de plus en plus grand dans sa vision. Alors que le visage du roi des ténèbres était visible, Angry Stinger a concentré toute son attention sur l'œil gauche du roi des ténèbres, effectuant les ajustements de dernière minute nécessaires à sa trajectoire de vol. Angry Stinger a frappé l'oeil gauche du Roi Noir avec une force énorme et a relâché son dard avec un coup très fort. Angry Stinger est tombé au sol, saignant du trou où son dard était autrefois sorti de son corps.

Le Roi des Ténèbres a crié "Ahhh" lorsque Angry Stinger lui a piqué l'œil. Son visage s'est tordu de douleur. Il sautillait sur sa bonne jambe jusqu'à ce qu'il soit pris de vertige. Puis le Roi des Ténèbres s'est mis à genoux, son oeil gauche étant fermé.

"Espèce de lâche", dit-il à Reginald. "Tu dois utiliser les abeilles pour te sauver. Mais je te tuerai, roi Reginald, si c'est la dernière chose que je fais."

Alors que Reginald s'avançait sur le Roi des Ténèbres à genoux pour enfin mettre fin à cette bataille, il a vu Fred sortir une bouteille de son pantalon, la déboucher et boire rapidement son contenu. Presque aussitôt, le Roi des Ténèbres disparut, ne laissant que ses vêtements et son épée visibles. Avant que Reginald n'atteigne les vêtements et l'épée, l'étrange spectacle s'est déplacé derrière un arbre. Reginald courut derrière l'arbre, mais seuls les vêtements du Roi des Ténèbres étaient posés sur le sol. Le Roi des Ténèbres et son épée disparurent. Il entendit un grand rire, mais quand il se tourna vers elle, il ne vit rien. Une voix sortit de nulle part.

"Eh bien, j'avais l'intention d'utiliser cette potion pour récupérer les cristaux du château, mais je suppose que vous tuer en est une aussi bonne utilisation. Je ne te vois pas aussi bien que d'habitude avec un seul oeil qui fonctionne, mais bien sûr, tu ne me vois pas du tout". Avant que Reginald ne se lève, il a senti une forte poussée. Il est tombé à terre et, sans réfléchir, a ramené son épée devant lui lorsque, soudainement, l'épée du Roi des Ténèbres est apparue et s'est retournée contre lui. Il parvint à arrêter le coup avec un fort fracas puis s'éloigna de l'arbre en roulant.

L'épée du Roi des Ténèbres disparut à nouveau, alors que Reginald entendait la voix du Roi des Ténèbres de sa droite.

"Tu ne peux pas voir mon épée, n'est-ce pas? Je la cache derrière mon dos. La prochaine fois que tu la verras, l'épée te coupera la tête." Reginald se leva rapidement, son épée devant lui.

Il a fermé les yeux presque tout le long du chemin et s'est concentré sur les sons autour de lui. Il se dirigea lentement et calmement vers la voix qu'il venait d'entendre. Au début, Reginald n'a rien entendu, mais tout à coup, il a entendu un léger pas derrière lui. Reginald s'est mis à genoux et a tournoyé avec son épée. Son épée a frappé quelque chose lorsque l'épée du Roi des Ténèbres, apparue de nulle part, a commencé à descendre vers la tête de Reginald. Le Roi des Ténèbres cria "Aïe" alors que son épée se déplaçait vers sa droite, frappant l'épaule gauche de Reginald. L'épée blessa Reginald, mais celui-ci avait encore l'usage de son bras gauche.

"Un coup de chance qui a sauvé votre misérable vie, mais je ne suis pas trop blessé. L'épée a frappé mon armure latérale. Maintenant, tu vas vraiment mourir." Le Roi des Ténèbres grogna.

À ce moment précis, des cris forts et le bruit des chevaux venaient des buissons à quelques mètres au sud. Soudain, l'épée réapparut, s'éloignant rapidement de Reginald vers le nord. Les soldats restants du Roi des Ténèbres interrompirent leur attaque et suivirent le balancement de l'épée. Alors que l'épée commençait à rétrécir au loin, Reginald entendit le Roi des Ténèbres dire: «Je ne peux pas combattre autant de soldats, mais je vous tuerai plus tard, et n'osez pas penser que vous avez gagné. J'ai d'autres plans pour récupérer les cristaux."

Reginald s'est remis sur pied avec l'aide de Barry et des dix soldats qu'il a amenés avec lui. Il leur a immédiatement parlé.

"Rapidement, le Roi des Ténèbres et trois de ses soldats ont couru le long de la frontière au nord. Il boite et son oeil est très enflé, mais le Roi des Ténèbres a bu une sorte de potion d'invisibilité. On ne peut pas le voir, mais son épée est visible, tout comme ses soldats. Barry, tu devrais pouvoir les attraper avant qu'ils ne s'échappent à nouveau dans Maelstrom. Après avoir traité avec le Roi des Ténèbres, cherche Louise. Elle se cache dans des buissons à environ 800 mètres au nord d'ici."

"Oui, Votre Altesse, je vais y aller tout de suite avec cinq de mes hommes. Béatrice, le roi est blessé.

S'il vous plaît, soignez ses blessures."

"Bonne chance, Barry," le roi a appelé après Barry.

Béatrice, l'infirmier du fort, a soigneusement pansé les blessures de Réginald. Alors qu'elle travaillait, Reginald lui demanda: "Vous êtes arrivé au bon moment. Vous avez dû nous suivre, mais pourquoi? Nous avions Louise et nous aurions dû pouvoir vous transmettre un message." "Le capitaine a estimé que vous couriez un trop grand risque avec une si petite force. Il voulait être à proximité si quelque chose se passait mal." "Je suis vraiment content qu'il l'ait fait. Nous serions peut-être morts s'il ne l'avait pas fait."

Après avoir terminé avec Reginald, Béatrice a pansé les blessures de Mark et Marshall. Elle leur demanda à tous les trois de s'asseoir un moment, mais un Reginald impatient, qui se sentait déjà un peu plus lucide après avoir reçu des soins médicaux, chercha rapidement Angry Stinger. Il le trouva étendu sur le sol près de l'endroit où le Roi des Ténèbres s'était tenu. S'agenouillant pour s'approcher, Reginald s'adressa à lui avec révérence.

"Angry Stinger, vous et l'escadron de plongée vous êtes montrés comme des héros aujourd'hui. Sans votre aide, le Roi des Ténèbres aurait très bien pu se rendre au château d'Elysia et prendre les cristaux. Au moins, mes gardes du corps et moi serions morts. Je salue votre courage. Si je savais que piquer mon ennemi me coûterait la vie, je ne sais pas si j'aurais le courage de me sacrifier de cette façon."

"Merci pour vos louanges, Votre Altesse. C'est à mon escadron que revient tout le mérite. Ils ont agi comme de grands guerriers et font honneur à tous les autres guerriers de l'abeille avant eux. Comme le veut notre tradition, veuillez nous enterrer, chacun d'eux et moi, ici, sur le site de la bataille. Rassemblez nos dards que vous pouvez trouver et placez nos casques sur les dards de notre tombe. Pour moi et les autres personnes qui ne peuvent pas trouver nos dards, vous devrez utiliser un petit bâton. Lorsque vous nous enterrerez, nos âmes vivront pour garder la frontière de l'Elysée pour l'éternité. Je veux juste..." Avant que Angry Stinger ne puisse terminer, ses yeux se sont fermés et il est mort.

Avec l'aide de Mark, Marshall et des soldats, Reginald a veillé à ce que chaque abeille reçoive un enterrement militaire complet selon leurs traditions apicoles. Seuls Mark, Marshall et les autres soldats ont entendu les remarques de Reginald sur les tombes d'abeilles, mais il les a délivrées comme si toute l'Elysée se tenait là. "Si jamais un moment de l'histoire d'Elysia a révélé comment nous nous tenons ensemble comme un seul homme, c'est bien ce moment. Alors que Mark, Marshall et moi nous sommes battus aussi durement que possible contre le Roi des Ténèbres et ses forces, nous avions déjà perdu la bataille lorsque Angry Stinger et son escadron de plongée sont venus à notre secours. Ils ont inversé le cours de la bataille et nous ont donné une victoire aujourd'hui. Pour une abeille, ils se sont sacrifiés pour défendre l'Elysée. Des statues de Angry Stinger et de l'Escadron de plongée seront préparées et placées dans notre salle des héros.

Je vous en fais la promesse en tant que roi d'Elysia. Observons tous un moment de silence pour nos héros tombés au combat."

Alors que Reginald quittait tristement le lieu d'inhumation avec Mark et Marshall et les autres troupes du fort, il commença à se sentir étrange, contrairement à ce qu'il ressentait habituellement en quittant Elysia. Elysia s'est lentement évanouie autour de lui. Soudain, sa chambre est apparue, mais il ne voyait que l'obscurité dehors. Son heure était venue. Reginald était devenu un homme. À moins qu'un futur roi ne le rappelle dans sa quatorzième année, Reginald ne reviendrait plus jamais à Elysia et à son Courtney.

Epilogue

Reginald s'est assis devant l'ordinateur de son école, comme il le faisait tous les jours après l'école et tous les jours juste avant l'école. Il n'avait qu'une demi-heure avant de devoir assister à une réunion du gouvernement étudiant. Personne ne s'est assis à aucune des autres tables d'ordinateur dans la petite salle. Comme toujours, Reginald mettait des messages dans les salles de discussion des écoles secondaires des régions du centre des États-Unis et de Sydney. Reginald espérait que Courtney fasse la même chose. Après le cinquième mois écoulé depuis que Courtney avait disparu dans ses bras, Reginald aurait dû l'oublier, mais il n'a pas pu le faire. Au contraire, il pensait à Courtney plus qu'il ne le faisait lorsqu'il la voyait tous les soirs à Elysia. Il savait qu'elle existait là-bas. Il la trouverait sur Internet, peu importe le temps que cela prendrait. Reginald a localisé un salon de discussion pour jeunes adolescents dans la région de Chicago. Il a lu les messages avec attention. Une série a immédiatement attiré son attention.

Happy Girl: "Avez-vous vu les finales du Chicago Talent Show?

C'était quelque chose."

Shoe Girl: "Ouais, j'ai vraiment aimé Mat. Il est très mignon, mais la fille qui a gagné a mieux chanté. Quel est son nom?"

Happy Girl: "Ah, je crois que c'est Courtney. Oui, c'est ça. Elle est très belle aussi, mais elle n'avait pas l'air d'être coincée ou quoi que ce soit. Mais je ne veux pas qu'elle soit avec mon petit ami. Je suis content qu'elle vive à vingt miles d'ici."

Excité, au lieu de mettre son message habituel dans le salon de discussion, "Je cherche la reine d'Elysia", Reginald a quitté le salon de discussion et a tapé "Chicago, Illinois,

USA Talent Show" dans son navigateur. Le site web est immédiatement apparu. Il a cliqué sur le bouton du gagnant du concours. Il a failli perdre son souffle. Elle se tenait là, sa Courtney, souriant avec sa guitare à côté de sa mère, Ann, selon la légende de la photo. Reginald a rapidement lu l'article en dessous de la photo, découvrant qu'elle vivait à Des Plaines, dans l'Illinois, et que son nom de famille était McGee. Il a rapidement accédé au compte de téléphone internet qu'il avait créé au cas où il trouverait Courtney. Reginald a appelé les renseignements pour Des Plaines et a demandé le numéro de téléphone d'Ann McGee à Des Plaines. L'opérateur téléphonique a répondu: "Oui, il y a un listing, Sean et Ann McGee sur Pearl Street. Le numéro est le 847-367-9000".

Reginald a remercié l'opérateur et a ensuite composé le numéro en utilisant ses codes d'accès internationaux.

Après plusieurs sonneries, une voix de femme s'est mise en ligne. Elle avait l'air irritée.

"Bonjour, j'espère que ce n'est pas une autre fille qui appelle à la blague." "Non, ce n'est pas ça. Je m'appelle Reginald. Et comme vous pouvez probablement le voir à mon accent, je viens d'Australie. Je connais votre fille d'un endroit que nous avons visité en ligne appelé Elysia.

Nous sommes devenues amies en parlant et en échangeant nos photos, alors j'ai décidé d'appeler pour entendre la voix de Courtney."

"L'Australie, hein? Eh bien, vous ne pouvez pas lui faire beaucoup de mal de là-bas. Je lui dirai ce que vous avez dit, mais elle a refusé de répondre aux appels téléphoniques après la victoire de son concours de talents. Alors ne vous faites pas trop d'illusions."

Tenant le téléphone dans sa main, Ann McGee a appelé en haut des escaliers d'une voix forte.

"Courtney, il y a un garçon au téléphone, dit qu'il s'appelle Reginald d'Australie et que vous vous connaissez grâce à un site en ligne appelé Elysia. Tu veux que je lui dise que tu ne prends pas les appels?"

"Oh mon Dieu! Non, maman, je vais prendre l'appel." "Tu es sûre?"

“Oui, oui. Je l'ai maintenant, maman. Raccroche s'il te plaît.”

En se tournant vers le téléphone, Courtney, très nerveuse, a dit doucement: “Bonjour.”

Soudain, une idée vint à Reginald en entendant la voix de Courtney. Reginald chanta en réponse.

“Si je t'aimais, les mots ne viendraient pas facilement.”

Courtney a répondu en chantant. “Je tournerais en rond.” Puis, presque à bout de souffle, elle dit: “Reginald, c'est vraiment toi, mon amour? Tu existes vraiment en dehors d'Elysia. J'ai pensé à toi chaque minute de chaque jour depuis que nous avons dansé au bal.”

“J'ai pensé à toi tout aussi souvent. Je t'aime tellement, Courtney. J'ai voulu mourir quand tu as disparu dans mes bras. Je vais te parler au téléphone ou t'écrire tous les jours jusqu'à ce qu'on se revoie.”

“Je t'aime tout autant, Reginald, et je t'écrirai et t'appellerai aussi. Mais comment sais-tu que je suis une personne réelle et pas seulement une partie de ton rêve Elysia?”

“C'est facile. Seule une vraie fille me giflerait; une fille dans mes rêves ne le ferait jamais.”